KB158652

위 우리의 첫 번째 NBA 우승! 6번이나 챔피언에 올랐지만, '첫 우승'은 처음이라는 사실만으로도 특별하다. 사진에 있는 얼굴들은 선발 출전 선수들이지만, 주전, 후보 구분할 것 없이 모든 선수들이 우승에 기여했다.

아래 '드림팀'이라는 이름의 국가대표팀 일원으로 올림픽에 출전하여 세계 최고의 선수들과 함께 호흡하고 경쟁한 것은 말로 표현할 수 없이 큰 영광이었다. 나는 1992 바르셀로나 올림픽에서 미국에 우승을 안겼고, 금메달을 획득했다.

내가 성공시킨 수많은 덩크슛 중에서,
1994년 플레이오프 경기 중 패트릭 유잉을 앞에 두고 내리꽂은 슬램덩크만큼 압도적인 것은 없었다.
그 경기는 우리가 시카고 스타디움에서 치른 마지막 홈경기여서 더 특별했다.

위 1994년 NBA 올스타전에서 29득점 11리바운드로 맹활약하며 MVP를 수상한 것은 내 커리어에서 가장 자랑스럽게 여기는 업적 중 하나다.

아래 1997-98 시즌 우승 후, 시카고 그랜드 파크에서 열린 이벤트에 다시 모인 영광의 얼굴들. 우리는 8년 동안 무려 6개의 우승 트로피를 들어올리며 NBA를 지배한 왕조이자 월드 챔피언이었다.

미국 농구 명예의 전당에 이름을 올리게 된 날,
헌액식에서 나를 소개해줄 프레젠터를 내가 직접 선택해야 했다.
물론 오직 단 하나의 선택만이 있었다.

UNGUARDED

나로 하여금 가장 나은 내 자신이 될 수 있게 해주고 또 의미 있는 삶을 살 수 있게 해준 내 아이들 안트론, 테일러, 시에라, 스카티 주니어, 프레스톤, 저스틴 그리고 소피아에게 이 책을 바칩니다.

UNGUARDED

UNGUARDED

SCOTTIE PIPPEN

언가디드 : 스카티 피펜 자서전

bs
브레인스토어

차례

추천의 글 12 / 프롤로그 17

CHAPTER 1
내 고향 햄버그 Hamburg 37

CHAPTER 2
농구에 빠지다 I Got Game 53

CHAPTER 3
대학에서 더 큰 사람이 되다 Bigger Man on Campus 71

CHAPTER 4
나를 사로잡은 도시 시카고 My Kind of Town 85

CHAPTER 5
처음부터 다시 시작 Starting Over 99

CHAPTER 6
첫 번째 장애물 The First Hurdle 119

CHAPTER 7
필 잭슨 감독 시대의 도래 Phil in the Void 139

CHAPTER 8
중대한 사명을 띠고 On a Mission 153

CHAPTER 9
첫 번째 댄스 The First Dance 169

CHAPTER 10
다시 다 함께 Together Again 189

CHAPTER 11
한 꿈에서 다른 꿈으로 From One Dream to Another 207

CHAPTER 12
세 번째는 마법이다 Third Time's a Charm 227

CHAPTER 13
1.8초 1.8 Seconds 247

CHAPTER 14
그가 돌아왔다 He's Back 273

CHAPTER 15
챔피언 반지 두 개 더 Two More Rings 293

CHAPTER 16
더 라스트 댄스 The Last Dance 319

CHAPTER 17
서쪽으로 가다 Go West, Old Man 343

CHAPTER 18
나의 라스트 댄스 My Last Dance 363

감사의 글 382

배트맨이 되고 싶었던 '위대한' 로빈, 또 다른 전설 스카티 피펜의 항변

내게 미국(북미) 프로농구 NBA 역사상 가장 위대한 원투 펀치를 꼽으라 한다면, 1초의 망설임 없이 마이클 조던과 스카티 피펜을 말할 것이다. 두 선수가 이끈 시카고 불스는 1990년대에 6번이나 우승했다. 그것도 3년 연속 우승을 두 번(1991~1993, 1996~1998)이나 거머쥐었다. 3년 연속 우승을 '쓰리-핏'Three-peat이라고 하는데, 시카고 불스 이전에 '쓰리-핏'을 달성한 팀은 1950년대 미니애폴리스 레이커스(1952~1954)와 1960년대 보스턴 셀틱스(1959~1966) 밖에 없었다. 시카고 이후에도 LA 레이커스(2000~2002) 한 팀뿐이었으니, 3년 연속 정상을 지키는 것이 얼마나 힘든 일인지 감이 올 것이다.

이처럼 위대한 우승 행진을 이끈 조던과 피펜은 선수 개인으로서도 굉장히 훌륭한 역량을 발휘해왔다. 조던은 가장 위대한 선수를 일컫는 'G.O.A.T.' 논쟁에서 항상 제일 먼저 거론되는 전설이고, 피펜도 '농구 명예의 전당'에 입성한 스타플레이어였다. NBA가 50주년과 75주년을 기념해 선정한 최고의 선수 명단에서도 두 선수의 이름을 찾는 건 어렵지 않았다. 최고의 '해결사' 마이클 조던, 그리고 최고의 '만능 선수' 스카티 피펜. 두 선수는 코트 위에서만큼은 실과 바늘 같은 존재였다.

나는 조던만큼이나 피펜을 좋아했다. 한참 NBA에 푹 빠졌을 때, 조던이 '첫' 은퇴를 했고, 피펜은 시카고에서 외롭게 자신을 증명해갔다. 비록 홀로 우승을 이끌진 못했지만, 그는 올스타 MVP(1994년)가 됐으며 생애 첫 올 NBA 퍼스트 팀에 선정됐다. 코트 위 활약도 눈부셨다. 필사적으로 팔을 뻗어 패스를 차단하고, 그렇게 빼앗은 공을 갖고 선 홀로 코트를 가로질러 우아하게 이륙, 특유의 원 핸드 덩크를 꽂던 장면이 눈에 선하다. 클라이드 드렉슬러 같은 스코어러와 매치하고, 필요할 때는 213㎝의 하킴 올라주원의 등 뒤에 서서 포스트업을 버티던 그 집념의 수비 역시 피펜의 상징이었다. 이처럼 피펜도 농구선수 업적만 놓고 본다면 자신의 시대에서 충분히 빛난 최고의 선수였다.

그런데, 이 둘을 표현할 때 한 가지 바뀌지 않는 것이 있다. '원투 펀치'를 언급할 때 피펜은 결코 '원one'으로 꼽히지 않았다. 조던의 이름 앞에 피펜이 표기되는 경우는 많지 않았다. 심지어 둘을 상징할 때 사용되었던 '배트맨과 로빈Batman & Robin'에서도 피펜은 물론 배트맨이 아닌 로빈이었다. 기분 나쁜 표현일지 모르겠지만, 조던이 뛰는 시카고 불스에서 피펜은 '2인자'였다. 누구도 부정하지 않았다.

조던은 그 자체로도 더없이 훌륭한 선수였지만, 피펜이 있었기에 더 빛났고 우승 역시 수월했다는 평가를 받는다. 그렇다면, '조던 없는' 피펜은 얼마나 빛날 수 있었을까? 23년간 농구를 취재해온 기자 입장에서 이는 조회수를 올리기 좋은 주제 중 하나였다. 하지만, 정작 당사자 입장에서는 오랫동안 '한恨' 혹은 서러움으로 남았던 것 같다.

피펜의 책은 그 이슈에서부터 시작된다. 시카고 불스 왕조의 마지막 여정을 다룬 〈더 라스트 댄스The Last Dance〉는 코로나 팬데믹 기간 중 농구팬들의 '경기 갈증'을 해소해준 최고의 콘텐츠였다. ESPN은 놀라운 집요함으로 그들이 남긴 흔적을 훑어간다. 조던 관련 자료는 거의 다 봤다고 생각한 나조차도 생소한 장면이 많았을 정도로 제작사의 성의가 굉장했다. 다큐멘터리를 통해 가장 수혜를 본 선수는 역시 마이클 조던이다. 얼마나 독종이었고, 승리를 갈망했는지, 그리고 마지막 순간엔 얼마나 위대했는지를 보여준다. 반면 피펜은 최고의 원투 펀치로 언급되어온 것에 비해 비교적 비중이 적었고, 파트너가 아닌 그저 '팀 동료' 중 하나로 여겨질 때도 있다.

피펜은 조던의 정반대 편에서 그 과정을 훑기 시작했다. 본인 역시 시카고 불스 왕조의 당당한 일원으로 조명 받을 자격이 있다는 것을 주장한다. 피펜은 이 책을 통해 자신의 처절하면서도 치열했던 일대기를 소개하는 한편, 조던에게 서운한(혹은 화가 난) 이유를 차근차근 설명한다. 처음 외신을 통해 책 소개를 봤을 때, 단순히 책을 팔기 위한 노이즈 마케팅이 아닐까 싶었다. 하지만, 책을 읽다보면 왜 그가 이런 책을 쓰게 됐는지 알게 될 것이다. 물론, 책을 읽은 뒤에도 피펜을 '이해한다'라고 말할 수 있을 지는 확신할 수 없다. 어느 구간에서는 반박하고 싶을 지도 모른다. 다른 구간에서는 동조하고 있을 수도 있다.

책을 읽은 뒤에는 이런 생각도 하게 된다. 전 세계 농구팬이 생생히 목격한 일임에도, 그 일의 관점은 어느 입장에서 보느냐에 따라 달라질 수도 있다는 것이다. 독감으로 고열에 시달리던 조던이 빅 플레이를 성공시킨 뒤, 피펜 품에 기대어 벤치로 향하던 장면을 기억할 것이다. 일명 '독감 경기'Flu Game로 알려진 1997년 NBA 파이널 5차전의 한 컷으로, 조던과 피펜 콤비를 상징하는 장면이기도 하다. 그렇게 시카고 팬들이 감동했던 순간이지만, 책을 읽다보면 그 순간을 대하는 피펜의 관점은 우리 생각과 달라서 흥미로웠다.

그러나 피펜이 순전히 조던을 비난하기 위해 이 책을 쓴 건 아니다. 오히려 피펜이 일관되게 부정적인 시선을 보내는 대상은 故제리 크라우스 전 단장이다. 피펜은 조던이 얼마나 큰 부담감 속에서 뛰었는지 이해하며, 얼마나 대단한 선수였는지도 인정하고 있었다. 그렇게 그를 동경하면서도, 온 농구 세상이 '우리'가 아닌 '조던'에게만 주목하는 것을 못마땅해 한다. 그런 면에서 피펜은 책을 통해 자신을 몰라준 이들에 대한 서러움과 아쉬움을 표출하고 싶었던 것일지도 모른다. 함께 힘을 모아 열심히 경쟁했는데도 정작 '큰 형'만 찾은 미디어, 구단, 감독, 그리고 팬들에게 말이다.

글_손대범(KBSN 농구해설위원)

* 본문 하단의 각주는 역자의 주석이다.

프롤로그

PROLOGUE

2020년 5월 19일 화요일 오후 6시 13분.

마이클 조던Michael Jordan에게서 문자가 왔다. 평소엔 연락도 잘 하지 않더니.

"친구, 잘 지내? 나 때문에 화났다는 말 들리던데. 시간 되면 얘기 좀 했으면 해서."

마침 그 날 저녁엔 스케줄이 꽉 차 있었던 데다, 나는 우리 얘기는 시간이 제법 필요할 거라는 걸 알고 있었다. 한 시간 반 후에 나는 이런 답장을 보냈다.

"내일 얘기하지."

마이클 말이 맞았다. 나는 그 때문에 화가 나 있었다. 코로나 19 팬데믹 초기에 방영되어 몇 주일간 수백만 명이 시청한 시카고 불스의 NBA 1997-98시즌 결승전을 다룬 ESPN의 10부작 다큐멘터리 〈더 라스트 댄스The Last Dance〉 때문이었다.

〈더 라스트 댄스〉는 코로나19 팬데믹 때문에 TV에서 그 어떤 스포츠 생방송도 내보내지 않던 2020년 4월 중순부터 5주 연속 일요일 밤마다 방영되었다. 갑자기 집에 갇혀 지내는 것이 새로운 일상이 되어버린 코로나19 팬데믹 상황에서 사람들은 이 다큐멘터리를 보면서 잠시나마 해방감을 맛볼 수 있었다. 허구한 날 대규모 감염 뉴스, 입원 뉴스 그리고 누구나 당할 수 있는 죽음에 대한 뉴스들뿐이었으니까.

총 10회의 에피소드 가운데 마지막 두 에피소드는 5월 17일에 방영됐다. 이전 8개 에피소드들의 경우와 마찬가지로 그 마지막 두 에피소드 역시 나나 자랑스런 팀 동료들에 대한 칭찬은 별로 없었고 마이클 조던 찬양 일색이었다. 굳이 책임을 묻자면 거의 다 마이클 탓이었다. 그 다큐멘터리 프로듀서들이 그에게 작품에 대한 최종 편집권을 주었으니까. 아마 그렇지 않았다면 그 다큐멘터리는 생겨나지도 못했을 것이다. 그가 주인공이자 감독이었던 것이다.

나는 사실 훨씬 더 많은 걸 기대했다. 1년도 더 전에 처음 그 다큐멘터리에 대한 얘기를 들었을 때, 평소 알려지지 않은 많은 얘기들이 소개될 거라는 생각에 하루라도 빨리 보고 싶어 미칠 지경이었다.

나는 1987년 가을 신참 선수로 시카고 불스에서의 생활을 시작했는데, 12명의 선수들이 일심동체가 되어 움직인 그 시기는 내 선수 생활을 통틀어 가장 멋진 시기였다. 우리에게 필요한 건 농구공과 골대 그리고 우리의 상상력뿐이었으며, 마치 운동장에서 뛰노는 아이들처럼 우리는 미국 전역을 누비며 우리의 꿈을 이루기 위해 애썼다. 1990년대에 시카고 불스의 일원이 된다는 건 뭔가 마법 같은 일의 일부가 되는 것이었다. 그 시대에도 그랬고 아마 앞으로도 영영 그럴 것이다.

그런데 마이클 조던만은 예외였다. 그는 현 세대의 팬들을 상대로 어떻게 해서든 선수 시절 자신이 가장 위대한 선수였다는 걸 입증해 보이려 했다. 또 많은 사람들이 르브론 제임스LeBron James를 그보다 더 뛰어나진 않더라도 최소한 대등한 선수로 여겼지만, 그는 자신이 훨씬 더 위대한 선수였다는 걸 입증해 보이려 했다. 그래서 두 제리(시카고 불스 구단주 제리 라인스도르프Jerry Reinsdorf와 단장 제리 크라우스Jerry Krause) 사이의 불화로 팀이 해체 수순을 밟는 게 분명해지면서 시카고 불스의 감독 필 잭슨Phil Jackson이 1997-98시즌을 끝으로 시카고 불스를 떠나려 했을 때의 스토리인 '라스트 댄스'•가 아니라, 마이클 조던 자기 자신의 이야기를 내놓았다.

1997년 가을에 제리 크라우스 단장은 사이가 좋지 않았던 필 잭슨 감독에게 이런 말을 했다. "82경기 전승을 거둔다 해도 달라질 건 없을 거요. 이게 당신이 시카고 불스 감독으로 보내는 마지막 시즌이 될 테니까."

ESPN 측에서는 〈더 라스트 댄스〉 방영 2주일 전에 내게 첫 8회분 에피소드들의 링크들을 보내주었다. 나는 서던캘리포니아 집에서 세 명의 십대 아들과 함께 그 다큐멘터리를 봤는데, 보는 내내 내 눈을 믿을 수가 없었다.

다큐멘터리 1회 에피소드에서는 이런 장면들이 나왔다.

- 노스캐롤라이나 주립대학교 신입생인 마이클 조던이 1982년 미국대학스포츠협회(NCAA) 타이틀 전에서 조지타운대학교 호야스Georgetown Hoyas 팀을 상대로 결정적인 점프슛을 날리는 장면.
- 1984년 하킴 올라주원Hakeem Olajuwon(휴스턴 로켓츠)과 샘 보위Sam Bowie(포틀랜드 트레일 블레이저스)에 이어 드래프트 전체 3순위로 시카고 불스에 의해 지명된 마이클 조던이 NBA에 돌풍을 일으키고 싶다며 포부를 밝히는 장면.
- 마이클 조던이 NBA 은퇴 후 복귀해 치른 단 세 번째 경기 만에 시카고 불스를 이끌고 밀워키 벅스Milwaukee Bucks에 승리를 거두는 장면.

1회 에피소드에서는 이런 식으로 계속 스포트라이트가 등번호 23

- last dance. 필 잭슨 감독이 선수들에게 자신이 선수들과 함께 하는 마지막 시즌을 '마지막 춤'에 빗대 한 말

번인 마이클 조던에 맞춰졌다.

2회 에피소드에선 스포트라이트가 잠시 내 어려운 성장 과정과 불가능할 것 같았던 NBA로의 입성에 맞춰지는 듯했으나, 곧 다시 내레이터의 이야기는 마이클 조던과 승리를 향한 그의 굳은 결의 이야기로 돌아갔다. 나는 그저 소품에 지나지 않았다. 마이클은 나를 가리켜 '역대 최고의 팀 동료'라 했다. 그러나 내 귀에는 그게 왠지 나를 업신여기는 말처럼 들렸다.

아무리 봐도 내 눈을 믿을 수밖에 없었다. 나는 노상 마이클 주변만 맴돌고 있었다. 마이클의 의도가 무언지 알 수 있었다. 뭔가 다른 걸 기대했다니 내가 얼마나 순진했는가!

모든 에피소드가 다 그랬다. 조각의 받침대 위에는 마이클이 서 있었고 나머지 팀 동료들은 전부 그 아래 놓인 작은 소품들이었다. 메시지는 명확했다. 마이클은 그 당시를 돌아보면서 우리 모두를 자신을 뒷받침하는 조연들로 본 것이다. 한 시즌 한 시즌을 거치면서, 우리는 승리할 때는 별로 또는 전혀 그 공을 인정받지 못했고 패배할 때는 거의 모든 비난을 뒤집어썼다. 코트에서 24번 슛을 날려 6번만 성공해도 또 5번의 턴오버를 범해도, 그를 숭배하는 언론과 대중들의 마음속에서 그는 여전히 '오류 없는 조던'Errorless Jordan이었다.

이제 50대 중반의 나이가 된 나는 마지막 경기를 치른 지 17년이 지난 시점에 다시 또 우리 모두가 비하되는 장면들을 지켜보고 있었다. 한 번 그런 경험을 한 것만으로도 충분히 모욕적인 일인데 말이다.

그 이후 몇 주 동안 나는 나처럼 모욕감을 느끼는 여러 옛 팀 동료들과 얘기를 나누었다. 우리는 그를 위해 그리고 그 잘난 그의 명성을 위해 모든 걸 다 바쳤는데, 그는 어떻게 감히 우리를 이런 식으로 대할 수 있단 말인가! 나와 호레이스 그랜트Horace Grant, 토니 쿠코치Toni Kukoc, 존 팩슨John Paxson, 스티브 커Steve Kerr, 데니스 로드맨Dennis Rodman,

빌 카트라이트Bill Cartwright, 론 하퍼Ron Harper, B.J. 암스트롱B. J. Armstrong, 룩 롱리Luc Longley, 윌 퍼듀Will Perdue, 빌 웨닝턴Bill Wennington이 없었다면 마이클 조던은 절대 마이클 조던이 될 수 없었을 것이다. 혹 이름이 빠진 선수가 있다면 미리 사과의 말 전한다.

그렇다고 해서 지금 어떤 경우든 마이클 조던은 슈퍼스타가 되지 못했을 거란 얘기를 하고 있는 건 아니다. 물론 그는 대단한 선수였다. 그러나 그는 사실 한 팀으로서 우리가 거둔 성공(8년간 6번 우승) 덕에 권투선수 무하마드 알리Muhammad Ali 외에 그 어떤 운동선수도 누리지 못한 엄청난 명예를 누렸다.

게다가 내 팀 동료들과 나는 다큐멘터리 〈더 라스트 댄스〉로 땡전 한 푼 만지지 못했지만 마이클은 무려 1,000만 달러를 벌어들였다. 옛날에 경험했던 황당한 서열 정리 같은 걸 또 다시 겪고 있는 기분이다. 한 시즌 내내 우리는 카메라맨들이 우리 라커룸 안에까지 들어오고 우리의 훈련장과 호텔들, 그리고 작전 회의는 물론 우리의 삶 속까지 들어오는 걸 허용해야 했는데 말이다.

그 주에 연락을 해온 예전 팀 동료는 마이클 조던뿐이 아니었다. 이틀 후 존 팩슨에게서도 문자가 왔다. 그는 우리가 우승을 거둔 처음 두 결승전에서 선발 포인트 가드였으며, 이후 시카고 불스의 단장이 되었고, 다시 부사장 자리에까지 올랐다. 팩슨 역시 마이클만큼 자주 연락하는 사이는 아니었다.

"이봐, 피펜…… 나 팩슨이야. 마이클 라인스도르프 구단주가 자네 전화번호를 알려줬어. 내가 팀 동료로서 자네의 모든 걸 존경한다는 걸 알아줬으면 해서 말이야. 빌어먹을 온갖 얘기가 다 돌겠지만, 난 내 실제 경험들을 믿어. 자네가 신참 선수에서 프로 선수로 성장하는 걸 다 지켜본 나니까. 미디어를 포함한 다른 이들이 자네에 대해 이러쿵저러쿵하는 말하는 거 신경 쓰지 마. 자네는 성공을 거두었고 그럴 자격이 있어. 난 늘 자네의 팀 동료였다는 걸 행운이라고 생각해."

단 이틀 간격으로 마이클과 잭슨으로부터 문자를 받은 게 과연 우연의 일치였을까? 나는 그렇게 생각하지 않는다.

두 사람 다 내가 문제의 다큐멘터리 때문에 얼마나 화가 나 있는지 잘 알고 있었다. 그들은 혹 내가 무슨 문제라도 일으킬까 두려워 전화를 한 것이었다. 그러니까 아직 고문인 잭슨에게 돈을 지급 중인 시카고 불스에 피해가 갈까봐 또 늘 주요 관심사인 마이클의 위대한 족적에 누를 끼칠까봐 두려워서 말이다.

잭슨과 나는 여러 해 동안 별로 잘 지내지 못했다. 2003년 여름에 나는 멤피스 그리즐리스Memphis Grizzlies의 제안을 거절하고 시카고 불스와 2년 계약을 맺었다. 당시 나는 시카고 불스에서 에디 커리Eddy Curry, 타이슨 챈들러Tyson Chandler, 자말 크로포드Jamal Crawford, 커크 하인릭Kirk Hinrich 같은 젊은 선수들의 멘토가 되어주고 또 시카고 불스 감독이 된 빌 카트라이트와도 긴밀히 협력해 일하기로 되어 있었다. 나와 빌 카트라이트는 1988년부터 1994년까지 시카고 불스에서 함께 선수 생활을 했다. 우리는 그를 '티치'Teach라 부르곤 했다. 평소 말이 많지 않았지만, 입을 열었다 하면 상대로 하여금 뭔가 생각을 하게 만들었기 때문이다.

"피펜, 나는 자네가 빌 옆에서 지켜보며 감독 일 하는 걸 도와줬으면 해." 당시 잭슨이 내게 한 말이었다.

물론이지. 내가 바라던 게 바로 그런 새로운 도전이었다. 서른여덟 나이에 운동선수로서의 내 경력은 끝나가고 있었다. 농구 코트 안팎에서 내가 할 수 있는 일은 많았지만, 나는 그런 경험이 언젠가 내 자신이 감독이 되는 데, 그리고 바라건대는 시카고 불스의 감독이 되는 데 도움이 될 거라 확신했다.

그러나 상황은 그런 식으로 흘러가지 않았다. 내가 불스에 복귀한 후 단 14경기를 치른 뒤 빌 카트라이트는 해고됐고 그 대신 스캇 스카일스Scott Skiles가 시카고 불스 감독이 됐다.

나는 2004년 10월에 은퇴를 하기에 앞서 겨우 24경기를 뛰었다. NBA 리그에서 17년, 그리고 208경기의 플레이오프 매치까지 계산한다면 19년 반 이상을 보낸 뒤 내 몸은 만신창이가 되어 있었다. 존 팩슨은 내가 자신과 시카고 불스를 실망시켰다고 느꼈다. 그리고 바로 그 때문에 내가 시카고 불스의 미래를 위해 해줄 얘기가 얼마나 많은지 잘 알면서도 내가 은퇴한 뒤 시카고 불스의 인사 문제와 관련해 내 의견을 묻지 않았던 듯하다.

2010년 마침내 다시 시카고 불스에 발을 붙이게 되었지만, 나는 그저 1년에 몇 번 얼굴을 내미는 마스코트에 지나지 않았다. 팬들을 위해 사인을 하고 시즌권 구매자들을 만나는 등 주로 한 가지 목적을 위해, 그러니까 시카고 불스의 영광스런 과거를 떠올리게 해주는 연결고리 역할을 하기 위해 고용됐던 것이다.

그러다가 2014년 초에 나는 드디어 보다 의미 있는 역할을 맡게 된다. 시카고 불스 측에서 좋은 유망주들을 스카우트해달라며 나를 10여 군데의 대학 농구 경기에 파견한 것이다. 그 당시 가본 농구 경기들 중 하나가 노스캐롤라이나 주 더럼의 캐머런 실내 경기장에서 열린 대학 랭킹 5위인 듀크대와 1위인 시러큐스대의 경기였다. 나는 TV에서 듀크대학 팀의 경기를 많이 봤다. 그 팀의 경기는 정말 볼 만했다. 얼굴에 파란색 페인트칠을 한 듀크대 학생들은 경기 내내 자리에서 일어나 자신들의 자랑인 블루 데블스Blue Devils 팀을 열렬히 응원해 상대팀들을 주눅 들게 했었다.

그 경기에서 신입생 포워드 자바리 파커Jabari Parker가 이끄는 듀크대가 시러큐스대를 66 대 60으로 꺾었다. 경기장 안이 얼마나 요란한지 믿을 수가 없을 지경이었다. 우리가 여러 해 동안 뛰었던 시카고 불스의 홈구장 시카고 스타디움보다 훨씬 더 요란했다. 그날 나는 그 경기에 완전히 빠져 덩달아 흥분했다. 나는 시카고 불스가 단순히 내 이름을 이용하는 게 아니라 농구 선수로서의 내 경험과 지식을 활용해주길 바랐다.

스카우팅 리포트들을 제출한 뒤 나는 팩슨과 다른 관계자들로부터의 회신을 기다렸다. 그들은 내게 다음엔 무얼 해주기를 바랄까? 그러나 끝내 아무 회신도 없었다. 2014년도 NBA 드래프트를 몇 주 앞두고도 시카고 불스 측에서는 그 어떤 관련 미팅에도 나를 초대하지 않았다. 순간 나는 그들이 애초부터 그냥 내 비위나 맞추려 한 게 아닌가 하는 생각이 들었다.

2020년 5월 22일, 그러니까 존 팩슨이 내게 문자를 보낸 그 다음 날, 나는 그와 전화로 몇 분간 얘기를 나누었다. 그는 단도직입적으로 말했다. "핍, 나는 자네가 시카고 불스로 컴백한 뒤에 일어난 일들이 정말 마음에 들지 않아. 이 조직은 늘 자네를 푸대접해왔지. 나 역시 그게 잘못됐다고 생각한다는 걸 알아줬으면 해."

나는 아주 오랫동안 뭔가 잘못됐다는 걸 알고 있었지만, 팩슨이 그 사실을 인정한다는 말을 듣고 기뻤다. 그렇다고 해서 내가 그를 용서할 거라는 뜻은 아니었다. 그게 정말 그의 진심이라 해도, 용서하기엔 너무 늦었다.

그래서 난 말했다. "존, 다 좋은데 말이야. 자넨 거의 20년간 시카고 불스에서 아주 중요한 직책을 맡았어. 그 잘못된 걸 바로잡을 기회는 얼마든지 있었는데, 자넨 그러지 않았다고."

그가 갑자기 울기 시작했다. 어찌 해야 좋을지 몰라, 나는 그저 그가 울음을 멈추기만을 기다렸다. 그가 왜 울었는지 알 수 없었지만, 솔직히 말해 알고 싶지도 않았다.

다행히도, 오래지 않아 우리의 통화는 끝났다.

■ ■ ■ ■

ESPN에서 방영된 다큐멘터리에는 그럴 가치도 없는 것들이 많이 들어가고 정작 들어가야 할 것들은 많이 빠졌다. 결론은 이것이다. 그 다큐멘터리는 명예의 전당에 이름을 올릴 자격이 충분한 내 선수 경력은 전혀 다루지 않고 있다.

한때 내 팀 동료였던 그리고 어쩌면 친구였던 마이클 조던이 그렇게 한 것이다. 어쩌면 자신이 더 높아지려면 나를 끌어내려야 한다고 생각했는지도 모른다. 그가 농구 코트 안팎에서 이뤄온 모든 것들을 감안해볼 때, 그래야 자신의 위치가 더 공고해진다고 느꼈으리라. 그러나 그 모든 건 분명 사실이 아니다.

먼저 1992년 클라이드 드렉슬러Clyde Drexler가 이끄는 포틀랜드 트레일 블레이저스와 맞붙었던 NBA 결승 6차전에서의 일을 예로 들어보자. 시리즈를 3승 2패로 앞서고 있던 우리는 그대로 잘 마무리해 2년 연속 우승, 그리고 사랑하는 홈 팬들 앞에서 처음 우승컵을 들어올리기 위해 혼신의 힘을 다하고 있었다. 우리 팬들은 수십 년간 그 순간을 기다려왔으니까.

그런데 일이 계획대로 돌아가지 않고 있었다. 4쿼터를 앞둔 상황에서 포틀랜드 트레일 블레이저스가 15점 차로 앞서가고 있었다. 그들의 스몰 포워드 제롬 커시Jerome Kersey와 포인트 가드 테리 포터Terry Porter가 펄펄 날고 있었다. 반면에 마이클 조던은 혼자 너무 많은 걸 해내려다 역효과를 내고 있었다.

텍스 윈터Tex Winter코치가 필 잭슨 감독에게 어필했다.

"마이클을 빼야 합니다. 공을 너무 오래 잡고 있어 경기를 망치고 있어요."

텍스 코치만큼 경기를 꿰뚫고 있는 사람은 없었다. 그는 1960년대에 캔자스주립대학교 코치 시절 자신이 유행시킨 트라이앵글 오펜스• 전술에서 조금이라도 벗어나는 선수는, 그것이 설사 마이클 조던이라 해도 가차 없이 비판했다. 훗날 간단히 '트라이앵글'로 알려지게 된 이 공격 전술에선 공과 선수의 움직임이 가장 중시됐다. 또한 트라이앵글 오펜스는 텍스 코치의 공격 전술 그 자체였으며, 우리의 성공을 위해서도 꼭 필요한 공격 전술이었다.

7차전이 불가피해 보였다. 7차전에선 무슨 일이든 일어날 수 있다. 부상을 당할 수도 있고, 심판들에게서 잘못된 판정이 나올 수도 있고, 기적 같은 슛이 터질 수도 있다. 그야말로 무슨 일이 일어날지 모르는 것이다.

다른 선수들과 함께 내가 코트에 나선 상태에서(당시 마이클은 벤치에 앉아 있었음) 4쿼터가 시작됐고, 우리는 극적으로 점수 차를 좁혔다. 우리가 시즌 초에 새크라멘토 킹스Sacramento Kings에서 영입해온 가드 바비 핸슨Bobby Hansen이 멋진 3점슛을 터뜨리면서 점수 차가 줄어든 것이다. 스테이시 킹Stacey King과 스콧 윌리엄스Scott Williams 같은 신참 선수들도 코트 양 끝에서 맹활약을 펼쳤다. 팬들은 열광했다.

81 대 78로 포틀랜드 트레일 블레이저스가 앞선 상황에서 경기 종료 약 8분 30초 전에 마이클이 다시 코트로 들어왔다. 필 잭슨 감독이 평소보다 몇 분 더 오래 마이클을 벤치에 앉혀 두었던 것이다. 결국 경기는 포틀랜드 트레일 블레이저스의 패배로 끝났다. 최종 점수는 97 대 93이었다.

'농구는 어떤 한 개인이 하는 경기가 아니라 팀이 하는 경기이다.' 나는 농구를 정의하는 말로 이보다 좋은 말은 생각해낼 수가 없다.

• triangle offense. 1990년대 시카고 불스를 NBA 최강으로 이끌었던 공격 전술로, 우리말로는 '삼각 공격'이라고 함

ESPN 다큐멘터리에서는 마이클이 벤치에 앉아 있다 컴백한 얘기는 단 한 마디도 없다. 마치 그런 일이 없었다는 듯이. 포틀랜드 트레일 블레이저스와의 6차전 장면에선 그저 마지막 몇 초만 보여주고 있다.

왜일까? 그 답은 분명하다.

그렇게 중요한 경기에서 '조연들'이 결정적인 역할을 하는 걸 보여주는 건 마이클의 위대함을 부각시키는 데 도움이 되지 않을 테니까. 4쿼터에서 필 잭슨 감독이 마이클을 좀 더 일찍 코트로 컴백시켰다면, 그 경기는 십중팔구 졌을 것이다. 텍스 윈터 코치가 정확히 본 것이다. 당시 마이클은 공을 제대로 돌리지 않고 있었다.

ESPN 다큐멘터리는 1992년의 그 결승 6차전 대신 1차전에 초점을 맞췄으며, 또한 그 시즌에 MVP 경쟁에서 2위까지 오른 포틀랜드 트레일 블레이저스의 클라이드 드렉슬러는 마이클의 적수가 못 된다는 걸 입증하는 데 초점을 맞췄다. 그 다큐멘터리에서 반복해서 나타나는 주제는 이것이다. 마이클 조던은 스스로 동기부여를 하기 위해 실존 인물이든 가상 인물이든 악당을 만들어낸다. 나는 이게 늘 궁금했다. 우승컵을 들어 올린다는 목표만으로는 동기부여가 안 됐던 걸까?

ESPN 다큐멘터리에서 빠뜨린 또 다른 중요한 장면은 1997년 6월 1일 일요일에 있었던 유타 재즈Utah Jazz와의 결승 1차전과 관련이 있다. 경기 종료 9.2초를 남겨놓고 82점으로 동점을 이룬 가운데, 유타 재즈의 스타 파워 포워드인 '우편배달부' 칼 말론Karl Malone에게 두 개의 자유투 기회가 주어졌다.

칼이 자유투를 던질 준비를 하고 있을 때 내가 그에게 말했다. "우편배달부는 일요일엔 배달 안 해."

76퍼센트의 자유투 성공률을 자랑하던 칼은 두 차례의 자유투를 다 놓쳤다. 그리고 곧이어 공을 잡은 마이클이 경기 종료 버저가 울리는 순간 점프슛에 성공하면서 경기는 끝났다. 우리는 그렇게 계속 유타 재즈를 몰아쳐 5번째 우승컵을 들어 올렸다.

당시 내가 칼에게 한 말은 다큐멘터리에서도 소개됐어야 했다. 만일 마이클 조던이 그런 말을 했다면 바로 스포트라이트를 받으며 이런 칭송을 들었을 것이다. "마이클 조던은 위대한 농구 선수일 뿐 아니라, 경기를 유리하게 이끄는 능력도 타고 났다."

같은 시리즈 6차전에서 경기 종료 몇 초 전 유타 재즈가 동점을 만들거나 역전에 성공할 기회를 맞았을 때 나는 그들의 인바운드 패스를 가로챘다.

그 스틸 장면은 다큐멘터리에도 나왔다. 그러나 그 스틸을 누가 했는지는 관심 밖이었다. 역시 이번에도 스포트라이트는 마이클 조던이 얼마나 이타적인 선수인가 하는 데 맞춰졌다. 그가 그 공을 바로 스티브 커에게 패스해줌으로써 승리를 결정짓는 점프슛을 날릴 수 있게 해주었다는 것. 우리가 첫 우승컵을 거머쥔 1991년 챔피언 결정전 5차전 마지막 순간 마이클이 계속 존 팩슨에게 공을 패스해주었을 때와 똑같은 상황이 재연된 것이다.

그 당시 마이클의 그런 행동은 사실 전혀 영웅적인 행동이 아니었다. 공간이 열린 팀 동료에게 패스를 하는 건 필 잭슨 감독과 텍스 윈터 코치가 처음부터 늘 우리에게 강조해왔던 일이기 때문이다.

반면에 내 경우는 어쩌다 제대로 잘하지 못할 경우 존 F. 케네디 암살 장면이 담긴 에이브러햄 저프루더Abraham Zapruder의 26초짜리 비디오•보다 더 철저한 비판과 검증을 받아야 했다.

증거물 1호: 1994년에 치러진 시카고 불스와 뉴욕 닉스New York Knicks의 플레이오프 경기에서 나는 경기 종료 1.8초를 앞두고 출전을

• 댈러스에 살고 있던 주민 저프루더의 홈비디오 카메라에 담긴 케네디 암살 장면 녹화 영상

거부한 채 코트 밖으로 나갔다. 필 잭슨 감독이 마지막 슛을 토니 쿠코치에게 맡기고 내겐 경기장 밖에서 인바운드 패스를 하라고 한 것에 대한 반발이었다. 당시까지 나는 정규 시즌과 플레이오프를 합쳐 무려 1,386경기에서 뛰었다. 지금까지도 그 마지막 1.8초와 관련해 사람들은 이런 질문을 가장 많이 한다.

"그때 왜 출전을 거부했습니까?", "후회는 없습니까?", "그때로 다시 돌아간다 해도 그렇게 할 겁니까?"

정말 적절한 질문들이다(그리고 이 질문들에 대해선 뒤에서 다시 자세히 답할 예정이다). 사실 1994년에 있었던 이 일은 1997-98 시즌을 다룬 다큐멘터리 〈더 라스트 댄스〉와는 아무 상관이 없으며, 따라서 그 다큐멘터리에서 다룰 내용도 아니었다. 그런데 왜 마이클은 다시 그 일을 거론해야겠다고 느낀 걸까? 그게 내 자신과 내 위상에 어떻게 안 좋은 영향을 줄 건지에 대해 잠시 생각해봤던 걸까? 게다가 1994년에 그는 시카고 불스에 있지도 않았으며, 농구를 그만두고 야구를 하고 있었다.

한편 나는 내가 발목 수술을 1997년 10월까지 미뤘다는 내용이 왜 〈더 라스트 댄스〉에 담기게 됐는지 잘 안다. 그해 가을에 내가 다른 팀으로 트레이드를 요청한 내용의 경우도 마찬가지. 두 내용 모두 〈더 라스트 댄스〉에 담겨 있다.

그런데 대체 마이클은 어떻게 감히 내게 '이기적'이었다는 말을 할까?

이기적인 게 어떤 건지 알고 싶은가? 합숙 훈련을 바로 코앞에 두고, 구단에 자유계약 선수들을 알아보고 영입할 여유도 주지 않은 채 갑자기 은퇴하는 것이 이기적인 것이다. 1993년 마이클이 시카고 불스를 그런 상황에 빠뜨렸다. 그래서 제리 크라우스 단장은 어쩔 수 없이 주로 이탈리아에서 뛰던 저니맨 피트 마이어스Pete Myers를 영입해야 했다.

마이클 조던의 위선적인 면을 보여주는 예는 그뿐만이 아니었다. 그는 팀 동료 호레이스 그랜트에게 샘 스미스Sam Smith의 1991년도 베스트셀러 『더 조던 룰즈The Jordan Rules』의 취재에 응해달라는 요청을 했는데, 그 책은 시카고 불스가 첫 우승을 하기까지 몇 개월간 비공개로 진행된 일들을 밝힌 책이었다. 그러나 ESPN 다큐멘터리에서 마이클은 신참 선수 시절에 팀 동료들이 어느 날 호텔에서 코카인을 흡입하고 대마초를 피는 걸 목격했다는 말을 했다.

호레이스 그랜트는 작년에 한 라디오 인터뷰에서 다음과 같은 말로 마이클에 대한 자신의 생각을 털어놨다.

"당신이 만일 누군가를 밀고자라 부르고 싶다면, 그 염병할 밀고자는 바로 그 친구입니다."

마이클은 가끔 믿기지 않을 만큼 둔감하다. 언젠가 마이클은 1997-98 시즌에 자신이 한 경기에서 쫓겨난 것과 관련해 데니스 로드맨에게 엄청 화가 났다는 얘기를 했다. 내가 발목 수술 이후 몸을 추스르고 있던 때였다. 당시 마이클은 '나 혼자 버려뒀다'면서 데니스를 비난했다.

'나 혼자 버려두고?' 이게 진정 코트 위에 남아 있는 다른 팀 동료들을 존중하는 사람의 말인가?

이 외에도 마이클이 나와 다른 팀 동료들을 교묘하게 또 노골적으로 무시한 사례는 얼마든지 있다. 그 핵심이 무엇일까? 각종 통계 자료들을 보면, 미국인들은 1980년대나 1990년대에 그랬듯 지금도 마이클 조던을 끔찍이 사랑한다는 걸 알 수 있다. 이는 결코 변하지 않을 것이며, 나는 또 그걸 감수하며 살 수 있다.

내가 통제할 수 있는 건 단 하나, 다큐멘터리 〈더 라스트 댄스〉에 대해 내가 어떻게 반응하느냐 하는 것뿐이었다. 침묵으로 일관하는 것 말이다.

그렇다고 해서 그게 내가 몇 년간 고정 게스트로 출연해온 내 친구레이첼 니콜스Rachel Nichols의 ESPN 프로그램 〈더 점프The Jump〉에도 출연하지 않는다는 의미는 아니었다. 만일 내가 그 프로그램에 출연한다고 했다면, 레이첼은 아마 내가 미국인들이 매주 일요일 밤에 보고 있는 다큐멘터리에 대해 뭔가 한 마디 해주길 바랐을 것이다. 그러나 나는 수십 군데의 미디어에서 밀려들어오는 출연 요청도 받아들이지 않았다.

그렇다고 그 문제에 대해 완전히 침묵으로 일관하지도 않았다. 그럴 수가 없었다. 나는 정말 너무 화가 났다. 다큐멘터리가 회를 거듭하는 동안, 나는 론 하퍼, 랜디 브라운, B.J. 암스트롱, 스티브 커 등 옛 팀 동료들에게 연락을 했다. 우리들 사이의 유대 관계는 선수 시절만큼이나 굳건했다.

ESPN 다큐멘터리에서 마이클은 자신이 모두 지켜보는 앞에서 팀 동료를 닦달했던 일들을 정당화하려 했다. 그는 팀 동료들이 그들보다 거친 팀들을 상대하려면 더 거칠어져야 한다고 생각했다. 그런 그가 다시 팀 동료들을 막 대하는 걸 보고 있노라니, 선수 시절에도 그랬듯 화가 치밀었다.

마이클은 잘못 알고 있었다. 우리가 여섯 번이나 우승할 수 있었던 건 그가 팀 동료들을 닦달했기 때문이 아니다. 그가 팀 동료들을 그렇게 닦달했음에도 불구하고 우승을 한 것이다.

우리는 팀 플레이를 한 덕분에 여섯 번이나 우승을 했는데, 내가 선수 생활을 시작하고 맞은 첫 두 시즌에는, 그러니까 더그 콜린스가 시카고 불스의 감독이던 시절에는 그렇지 못했다. 시카고 불스의 선수로 뛴다는 게 우리에게 특별히 와 닿았던 건 선수들 간에 굳건한 동료애가 형성됐기 때문이지, 불멸의 선수 마이클 조던과 한 팀이라는 게 축복으로 느껴졌기 때문이 아니다.

나는 마이클보다는 훨씬 더 팀 동료들과 잘 지냈다. 그 누구든 우리 두 사람과 함께 선수 생활을 한 사람에게 물어보라. 나는 늘 동료들의 등을 도닥여주든가 아니면 용기를 주는 말을 했다. 특히 마이클이 이런저런 이유로 누군가를 닦달할 때는 더욱 그랬다. 또한 나는 늘 다른 선수들에게 자기 자신을 믿으라고 그리고 더 이상 자기 자신의 가능성을 의심하지 말라고 했다. 모든 선수가 어느 시점에선가 자기 자신의 가능성을 의심한다. 중요한 건 그 의심을 어떻게 떨쳐낼 건가 하는 것이다.

마이클과 나는 서로 가까웠던 적이 전혀 없었고 지금도 그렇다. 내가 전화를 하거나 문자를 할 때면 그는 으레 때 맞춰 답을 한다. 하지만 나는 그가 어떻게 지내는지 안부 전화나 문자는 하지 않으며, 그 역시 마찬가지이다. 우리가 코트 위에서 워낙 호흡을 잘 맞췄기 때문에, 아마 많은 사람들이 믿지 않으려 하겠지만 실제 그렇다.

농구 코트만 벗어나면, 나와 마이클은 전혀 다른 삶을 살아온 전혀 다른 사람들이다. 나는 시골 출신으로 인구가 3,000명 정도밖에 안 되는 아칸소 주 햄버그에서 자랐고, 마이클은 도시 출신으로 노스캐롤라이나 주 윌밍턴에서 자랐다.

고등학교를 졸업했을 때 나는 어떤 대학교도 데려가려 하지 않았다. 마이클은 모두가 데려가려 했다.

일단 시즌이 끝나면, 샴페인을 터뜨리며 자축을 하든 그렇지 않든, 우리 두 사람은 10월 훈련 캠프가 시작될 때까지 서로 거의 한 마디도 섞지 않았다. 마이클에게는 그만의 친구들이 있었고 나 또한 그랬다. 누구의 탓도 아니다. 두 개인 사이에 친근함을 강요할 수는 없는 거니까. 친근함이 있든 없든 말이다.

그러나 세월이 흐르면서, 그리고 특히 둘 다 영영 농구계를 떠나면서, 우리 두 사람은 서로에 대해 좀 더 큰 공감대를 갖게 됐다.

어쩌면 스포츠 세계는 우리의 큰 에고를 채우기엔 너무 작았는지도 모른다. 어쨌든 마이클은 나를 자신의 '조수'로, 그러니까 모든 경기와 연습에서 원하는 결과를 얻기 위해 필요로 하는 사람 정도로 봤다. 빌어먹을! 나는 '조수'란 말이 너무 싫었고, '배트맨의 로빈' 식으로 불리는 것도 질색이었다. 게다가 나는 100퍼센트 팀 지향적인 사람이어서, 그가 자기 혼자 경기에 이기려고 할 때마다 화가 났다.

■ ■ ■ ■

마이클과 나는 그가 내게 문자를 보낸 지 이틀 만에 통화를 했다. 나는 단도직입적으로 말했다.

"나 〈더 라스트 댄스〉 보고 실망했어. 내게 호의적인 다큐멘터리는 아니더군. 그 다큐멘터리 자네가 편집에 참여한 걸로 아는데, 시카고 불스 팀 이야기가 아니라 아예 마이클 조던 다큐멘터리로 변질시켰던데. 대체 뭘 주장하려는 건지 모르겠어. 내가 위대한 선수였다는 거야 아니면 악당이었다는 거야?"

나는 그에게 왜 내가 경기 종료 1.8초를 앞두고 코트 밖으로 나간 걸 마지막 장면으로 편집했냐고 물었다. 그는 사과한다면서 자신이 나라도 화가 났을 거라는 말 외에 별다른 말은 하지 않았다. 나는 더 이상 몰아붙이지 않았다. 그래 봐야 아무 소용없다는 걸 잘 알고 있었으니까. 전화를 끊은 뒤, 마이클과 나는 통화하기 이전 상태로 돌아갔다. 겉으로 보기엔 서로 우호적인 상태, 아니 심지어 서로 다정해 보이는 상태로 돌아간 것이다. 그러나 나는 늘 그래 왔듯 우리 두 사람 사이엔 어떤 벽 같은 게 있다고 느꼈다.

1994년 9월 론 하퍼가 자유계약 선수로 시카고 불스와 계약을 했을 때, 그는 내게 시카고 불스에 새로 오는 선수들이 꼭 하는 질문을 했다.

"마이클 조던과 어떤 관계야?"

"좋은 질문인데, 어쩌지? 좋은 답을 해줄 수는 없어서."

마이클과 내가 함께 선수 생활을 한 지 거의 25년이나 됐지만, 나는 아직도 그 질문에 대한 좋은 답을 못 찾고 있다. 나는 우리 둘이 친하지 않은 것에 별 신경을 쓰지 않는다. 내겐 친구들이 많으니까. 그러나 종종 신경이 쓰이는 경우들이 있는데, 〈더 라스트 댄스〉를 볼 때도 분명 그런 경우였다. 우리 두 사람 관계가 이러지 않았다면 어땠을까 하는 생각을 하면서 마음이 아팠던 것이다. 정말 마음이 아팠다.

물론 나만 옳다는 얘기는 결코 아니다. 뭔가 달라질 수도 있었을 만한 기회들이 있었는데 그걸 놓쳤고, 그래서 지금 이 모든 걸 감수할 수밖에 없는 것이다.

1987년, 내가 아직 신참 선수였을 때 마이클이 내게 윌슨Wilson 골프채 한 세트를 주었다. 농구를 하지 않을 때의 자기 안식처로 나를 초대한 것이다. 그런데 나는 너무 순진해서 그의 그런 호의를 잘 알지 못했다. 게다가 당시 허리에 심각한 문제가 있어 골프가 별 도움도 되지 못했다. 내 담당 의사는 까놓고 말했다.

"농구 선수 생활을 계속하고 싶다면 골프는 멀리하게."

또 다른 기회는(이걸 기회라고 불러도 좋다면) 1993년 여름에 다가왔다. 그리고 나는 지금도 그 생각을 할 때마다 처참한 기분이 든다. 마이클의 아버지 제임스 조던James Jordan이 살해를 당한 것이다. 그와 마이클은 떼려야 뗄 수 없는 사이였다.

사실 그 소식을 들었을 때 바로 마이클에게 연락했어야 했다. 나는 시카고 불스의 홍보팀을 찾아갔고, 거기서 팀의 그 누구도 마이클과 연락되지 않는다는 말을 듣고서는 바로 포기했다. 나도 3년 전에 아버지를 잃었기 때문에, 마이클에게 조금은 위로를 해줄 수도 있었을 텐데. 그때 이후 지금까지 마이클과 나는 그의 아버지 죽음에 대해 얘기를 한 적이 없다.

사람들은 내가 〈더 라스트 댄스〉를 보고 실망할 게 뭐 있냐고 했다. 그 다큐멘터리에서 내가 시카고 불스에서 의당 받아야 할 존경을 받지 못한 위대한 선수로 나오고 있고, 또 우리가 코트에서 뛰는 걸 보지 못한 세대의 팬들에게 내가 시카고 불스의 성공에 없어선 안 될 존재였다는 걸 보여주고 있는데 실망할 게 뭐 있냐는 것이다.

마이클 자신도 다음과 같은 말로 나를 높이 평가했다. "사람들이 마이클 조던 얘기를 할 땐 스카티 피펜 얘기도 해야 합니다."

나는 마이클의 그 말에 대해 그리고 또 2020년 봄에 친구들과 예전 팀 동료들 그리고 팬들에게 들었던 그 비슷한 말들에 대해 진심으로 고맙게 생각한다. 그럼에도 불구하고 나는 매주 방영되는 〈더 라스트 댄스〉 에피소드들을 보면서 그래도 뭔가 내 얘기를 해야겠다는 생각이 들었다.

일부는 내 잘못이고(좀 더 적극적일 수도 있었는데 그러지 못해서), 또 일부는 오랜 세월 마이클 제퍼리 조던Michael Jeffrey Jordan에게 경도되어온 언론과 일반 대중들의 잘못이다. 모든 사람들이 그의 곡예사 같은 동작들에 워낙 푹 빠져 박스 스코어•나 스포츠 뉴스 하이라이트에는 나오지 않는 행동들을 보지 못했기 때문이다. 차징, 박스아웃, 스크린플레이 등 그런 행동들을 열거하자면 끝도 없다. 그렇게 아주 기본적인 플레이에 관한 한 나는 마이클에 뒤질 게 없었다.

그럼에도 불구하고 마이클 조던은 모든 이들의 마음속 슈퍼스타가 되었고 나 스카티 피펜은 그렇지 못했다.

그건 순전히 그가 나보다 3년 먼저 NBA 리그에 발을 들여놓았기

• box score. 신문이나 잡지 등에서 경기에 출전한 선수의 이름, 득점, 실점, 합산 점수 따위를 한눈에 볼 수 있게 정리해 발표하는 것

때문이다. 그가 이미 자신의 입지를 굳힌 상황에서, 내가 코트 양쪽 끝에서 공격 수비 모두 제 아무리 빠른 속도로 발전해도 사람들은 늘 내가 2인자로 남길 바랬다. 사실 입단 3~4년 만에 나는 시카고 불스에서 마이클만큼이나 가치 있는 선수가 됐으며, 그래서 그가 얼마나 많은 득점 타이틀을 거머쥐든 개의치 않았다. 그러다가 1993년 마이클이 은퇴하고 나서야 사람들은 비로소 내가 얼마나 가치 있는 선수인지를 깨닫게 됐다.

마이클이 빠진 첫 해에 시카고 불스는 55경기에서 승리했고 플레이오프 2라운드까지 진출했다. 뉴욕 닉스와의 5차전에서 경기 종료 몇 초 전에 나온 최악의 심판 판정만 아니었다면, 우리는 아마 그때 또 다시 우승컵을 들어 올렸을 것이다.

내가 시카고 불스에 합류하기 전 마이클 조던의 플레이오프 전적은 1승 9패였다. 그러다 그가 빠진 포스트시즌에서 우리의 플레이오프 전적은 6승 4패였다.

〈더 라스트 댄스〉에서 마이클 조던은 자기 이야기를 할 기회를 잡았다.

이번은 내 이야기를 할 기회이다.

내 고향 햄버그

CHAPTER 1 HAMBURG

1960년대 말부터 1970년대 초 사이에 나는 미국의 조그만 전원 도시 햄버그에서 남들처럼 목가적인 어린 시절을 보내고 싶었다. 그러나 그러지 못했다.

정확한 기억은 없지만, 우주의 한 귀퉁이에 살고 있던 내게 경천동지할 일이 일어났다. 내가 알고 있는 건 단 하나, 당시 13살이었던 로니Ronnie 형이 아주 오래 더 이상 뛰어놀 수 없게 됐다는 것. 그는 체육 시간에 심각한 부상을 입고 병원에 입원했다. 부상을 입었다기보다는 폭행을 당했다는 게 맞는 말이다. 그 일이 일어났을 때 12형제들 가운데 막내였던 나는 겨우 세 살이었다.

로니 형은 체육 수업이 시작되길 기다리고 있었는데, 평소 그를 괴롭히던 아이가 다가와 갑자기 등 한가운데를 내리쳤다. 형은 바로 바닥에 고꾸라져 일어나질 못했다. 형보다 두 살 어렸던 누나 샤론Sharon이 그걸 보고 바로 달려왔지만, 학교 측에서 곧 체육관에서 사람들을 다 내보내 형 근처에 아무도 있지 못하게 했다. 그 못된 아이는 얼마 전부터 학교에서 형을 괴롭히고 있었다. 샤론이 형에게 맞서 싸우라고 다그쳤지만, 그는 그러지 않았다. 형은 그런 사람이었다. 나는 지금껏 그보다 더 착한 영혼은 본 적이 없다.

입원한 지 몇 개월이 지난 어느 날 마침내 형이 집에 돌아왔다. 지금도 기억하지만, 그때 나는 난생 처음 형을 만나는 기분이었다. 그는 목 아래쪽이 다 마비되어 걸을 수 없게 되었다. 내가 어머니 에델 피펜Ethel Pippen이 어떻게 형을 병원에서 빼오게 됐는지 전말을 알게 된 건 그로부터 여러 해가 지나서였다.

병원은 햄버그에서 몇 시간 정도 떨어진 데 있었다. 부모님들은 주말에 형 병문안을 갔다. 어머니는 12형제를 키우느라 눈 코 뜰 새 없이 바빴고, 2차 세계대전 참전 용사였던 아버지 프레스톤 피펜Preston Pippen은 약 24킬로미터 떨어진 도시 크로셋에 있는 조지아-퍼시픽 제지공장에서 벌목 작업을 하고 있었다. 그 제지공장에선 화장실용 휴지와 화장지, 키친타월 등을 제조하고 있었는데, 그 공장에서 일하는 사람은 금방 표가 났다. 그 공장 특유의 독특한 냄새 때문에 햄버그 어디에서든 그 냄새를 맡을 수 있었던 것이다. 뭐라 표현해야 좋을지 모르겠지만, 그 냄새는 정말 구역질 날 정도였다.

그건 그렇고, 어느 일요일 날 어머니와 아버지가 병원에 도착했는데, 그곳 사람들에게서 형을 만날 수 없다는 말을 들었다. 의사들은 자신들이 형에게 새로운 치료 프로그램을 실시하고 있는데, 부모님들이 계속 과잉보호를 하면 형의 몸 상태가 더 나아지질 못한다며 걱정하고 있었다.

그러면서 그들은 부모님들에게 이렇게 말했다. "아드님 등은 아무 문제없습니다. 뇌가 문제입니다. 그래서 걷지 못하는 거고요."

당시 의사들은 이미 형을 병원 본관에서 정신 병동으로 옮겨 놓은 상태였다. 나는 우리 어머니가 1980년대 말부터 1990년대 초 사이에 활약한 '배드 보이즈'•보다 더 거칠다는 걸 잘 알고 있기에, 의사들이 형에게 무슨 짓을 했는지 알아챈 순간 어머니가 의사들에게 어떤 표정을 지었을지 상상이 가고도 남는다. 나는 자라면서 어머니의 그런 표

• Bad Boys. 당시 디트로이트 피스톤스 선수들의 별명

정을 자주 보았다. 겁나게 무서운 표정.

"내 아들을 보기 전엔 절대 이 병원에서 나가지 않을 거예요." 어머니는 그렇게 우겼다.

그러자 의사들은 어머니한테 이렇게 경고했다. "정 그러신다면, 아드님을 완전히 데리고 가셔야 할 겁니다. 저희는 더 이상 아드님을 돌보지 않을 거라고요."

그건 문제도 아니었다. 어머니는 형을 원래 있어야 할 곳, 즉 집으로 데려올 수 있게 되어 그 이상 좋을 수 없었다.

"그럼 그러세요." 마침내 의사들도 동의했다. "우린 상관없습니다. 어쩌면 조만간 죽을 수도 있어요."

그 말에 어머니가 답했다. "정말 조만간 죽게 된다면, 내 곁에서 죽어야죠."

어머니는 그 날 병원에서 있었던 일을 좀체 입에 올리지 않았다. 그리고 어쩌다 입에 올릴 때면 그야말로 세상 다 산 사람 같았다. 내심 의사들의 마지막 말이 진짜인지도 모른다는 두려움이 있었던 게 아닌가 싶다.

형이 집에 돌아온 뒤 우리는 병원 사람들이 그에게 무슨 짓을 했는지 보다 잘 알 수 있게 되었다. 형은 수개월간 악몽에 시달렸는데, 그럴만한 이유가 있었던 것이다. 사고 그 자체가 문제가 아니었다. 병원 측에서 그를 다룬 방식이 문제였다.

우리는 매일 밤 잠자리에 들면서 로니 형이 악몽에 시달리고 있다는 걸 알았다. 다만 언제 그런 일이 일어날지는 몰랐다. 로니 형은 땀에 흥건히 젖은 상태로 눈을 떠 비명을 질러대기 시작했다. 어머니는 물론 형들과 누나들은 그런 그를 진정시키기 위해 온갖 노력을 다 했다.

"절대 다시는 거기로 돌아가지 않을 거야." 그들은 로니 형을 안심시켰다.

일단 형이 진정되면, 어머니는 다시 나머지 우리들에게 관심을 돌렸다. 당시 형제자매들 중 여러 명은 이미 집을 나가 독립을 한 상태였다. 그럼에도 불구하고 아직도 해야 할 일들이 태산이었다.

어머니는 우리에게 이렇게 말하곤 했다. "니들 다시 자러 가야 돼. 아침 일찍 일어나야 하잖아."

그러나 우리들 중 그 누구도 어머니보다 일찍 일어나진 않았다. 내가 5~6살쯤 된 뒤 어머니는 매일 아침 집을 나가 다른 사람들의 집을 청소하러 가곤 했다. 단 돈 한 푼이 새로웠기 때문이다.

나는 그 시절에 우리 집에 돈이 좀 있어서 가엾은 로니 형에게 그렇게 큰 상처를 준 사람들을 혼내줄 수 있었더라면 하는 바람이 있다. 그 사람들 중에는 학교 측 사람들도 포함된다. 로니 형을 폭행하기 오래 전에 그 못된 아이를 제재했어야 하는데, 아무 조치도 취하지 않았으니 말이다.

또한 당시 병원 간호사들은 먹고 싶을 때 언제든 먹으면 된다며 식판을 로니 형 옆에 놔두고 그냥 가버렸다. 그런데 형은 혼자선 먹을 수가 없었다. 움직일 수도 없었다. 배는 고픈데 아무 도움도 못 받고 그냥 누워만 있었던 것이다.

로니 형은 어둠을 무서워했다. 그래서 우리는 형이 잠들기 전에는 계속 불을 켜두어야 했고, 잠든 걸 확인한 후에야 불을 껐다. 한 달 정도 지나자, 점차 안정을 찾아 이제 천장에 매달린 전등불 대신 조그만 탁상용 스탠드만 켜두고도 눈을 붙일 수 있게 되었다. 그의 등은 온통 보기 흉한 욕창 투성이었다. 그래서 욕창이 너무 심해질 때마다 우리는 그 욕창들을 떼어내고 침대를 청소해야 했다.

매일매일 우리 모두 로니 형이 다시 건강을 되찾을 수 있게 지극정성으로 또 사랑으로 간호했다. 우리 모두 말이다. 우리는 로니 형을 목욕시켰다. 음식도 먹여주었다. 운동을 하게 도와주었다. 몇 년이 걸렸지만, 결국 로니 형은 두 지팡이를 짚고 돌아다닐 수 있게 되었고, 그러면서 '걸어 다니는 지팡이'라는 별명도 갖게 됐다. 그는 맞춤 제작된 특수 자전거를 타고 식료품점까지 가는 법도 배웠다.

이제 60대 중반이 된 로니 형은 지금도 우리들이 자란 햄버그의 바로 그 작은 땅에 살고 있다. 내 누나 킴Kim이 그를 돌보고 있다. 악몽을 꾸는 건 오래 전에 사라졌다. 나는 가능한 한 자주 형을 보려 한다. 그는 내게 그 어느 누구보다 많은 영감을 주었다. 운명이 자신에게 저지른 짓을 저주하며 모든 걸 포기할 만도 했지만, 그는 그러지 않았다. 창조적이며 행복한 삶을 살기 위해 고군분투했다. 피펜 집안에서 가장 큰 성공을 거둔 사람은 내가 아니다. 로니 형이다.

그는 그 어떤 장애물이 앞을 가로막든 자신에 대한 믿음을 버리지 않았다. 또한 많은 저녁들을 자신의 소중한 CB 라디오•를 이용해 미국 전역의 트럭 운전사들과 몇 시간씩 대화를 하며 보내고 있다. CB 라디오가 그와 바깥세상을 이어주는 다리 역할을 하고 있는 것이다.

나는 로니 형과 우리 가족에게 이렇게 심한 고통을 준 그 못된 사람을 증오해야 하겠지만, 실은 그렇지 않다. 당시 그 사람 역시 어린 아이였고, 아이들은 원래 서로 아주 못된 짓들을 한다. 아울러 나는 왜 그나 그 가족들 중 어느 누구도 로니 형이나 우리 부모님들에게 사과를 하지 않았는지 이해할 수가 없다. 지금도 여전히 예전에 살던 데 살고 있는 그 못된 사람이 혹 로니 형을 만날 수 없겠냐며 연락을 한 적이 있다.

형은 별 관심이 없었다. 나는 그를 탓하지도 않았다. 이제 와서 사과라니. 너무 늦었다. 나는 로니 형에게 단 한 번도 그 날 체육 시간에

• 주로 차량에 설치되는 양방향 라디오. 사람의 목소리를 공공 주파수 영역 내에서 예약된 주파수로 전송함

있었던 일에 대해 또는 병원 측에서 형에게 한 일들에 대해 물어본 적이 없다. 그 고통스런 시간들을 재연해서 좋을 건 없으니까. 형을 위해서나 나를 위해서나.

■ ■ ■ ■

로니 형이 폭행을 당한 지 10년쯤 됐을 때, 우리 가족은 또 다른 충격적인 일을 겪었다. 그날 있었던 일은 지금도 기억난다. 모든 게 아주 생생히.

그 날 아버지는 소파에 앉아 저녁 식사를 즐기고 있었다. 그는 TV로 야구 경기를 보는 걸 그 무엇보다 좋아했다. 당신 자신이 젊은 시절에 아주 뛰어난 야구 선수였기 때문이다. 60세쯤 되었던 아버지는 그 무렵 관절염 때문에 제지공장 일도 못하고 있었다. 그리고 관절염이 너무 심해, 내가 출전하는 리틀 야구 리그 경기를 보러올 때면 관람석 대신 주차장에 세워둔 자신의 트럭 안에 앉아 있곤 했었다.

문제의 그 날 밤, 어머니는 한 블록 떨어진 교회에서 부활절 행사 예행연습을 하고 있었다. 그녀에게 신앙은 세상 그 무엇보다 소중했다.

갑자기 아버지가 접시를 떨어뜨리며 소파 모서리 쪽으로 푹 쓰러졌다. 눈은 정신 나간 상태였고, 먹은 걸 다 토해냈다. 음식이 콧구멍으로 흘러내렸다. 나는 어찌 할 바를 몰랐다. 아버지를 저녁 식사 자리에 데려온 킴 누나가 밖으로 뛰어 나가 한 이웃에게 부탁했다. 교회로 가 어머니 좀 불러달라고. 어머니는 바로 집으로 달려왔고, 조금 있다가 앰뷸런스가 도착했다.

아버지는 몸 오른쪽으로 뇌졸중이 왔다. 나는 왠지 별 일 아니라고 생각했다. 너무 어려 뇌졸중이 일어나면 사람이 어찌 되는지를 몰랐던 것이다. 아버지는 영영 걸을 수 없게 되었고, 사실 말도 할 수 없게 되었다. 예, 아니오 정도로 말할 수는 있어도 완전한 문장은 말하지 못했는데, 희한하게도 이 문장만은 예외였다. "무슨 말인지 알지?" 우리는 아버지가 왜 그 문장은 말하면서 다른 문장은 말하지 못하는지 알 수가 없었다. 또한 아버지는 자신에게 어떤 일이 일어났는지 알고 있었는데, 그게 정말 잔인한 부분이었지 싶다. 아버지가 느꼈을 그 절망감과 좌절감은 상상조차 안 된다. 벗어날 희망도 없이 하루하루 자신의 몸속에 죄수처럼 갇혀 지내야 하는 그 절망감과 좌절감,

어떻게든 아버지를 돕기 위해 또 다시 온 가족이 힘을 합쳤다. 이것이야말로 서로 사랑하는 대가족이 누릴 수 있는 많은 축복들 중 하나이다. 우리는 아버지가 식사는 물론 샤워도 할 수 있게 도와주었다. 아버지가 신체 기능들을 제대로 통제할 수 없었기 때문에 온갖 뒤치다꺼리도 다 했다. 예를 들어 다른 형이 아버지를 들어 올리면 내가 밑에 기저귀를 채워드리는 식이었다. 몇 년 후 나는 이런 생각을 했다. 시카고 불스에서의 첫 시즌 때 허리에 문제가 생긴 건 혹 역기 같은 운동기구들이나 로니 형과 아버지를 들어 올리다 생긴 게 아닌가 하고 말이다. 형도 아버지도 다 무거웠다.

늘 그랬듯 어머니는 상황에 대처하는 법을 잘 알고 있었다. 그녀는 아버지가 그 어떤 모임에서도 배제된다는 느낌을 갖지 않게 했다. 예를 들어 저녁 식사 자리에서 아버지는 휠체어에 앉은 채 식구들과 함께하며 혼자 식사하는 법도 배웠다. 가끔은 아버지가 장애가 있다는 걸 거의 잊을 정도였다.

어머니가 보여준 힘은 놀라웠다. 그 힘은 그녀의 신앙과 깊은 관련이 있었다. 어머니는 결코 신세 한탄 같은 걸 하지 않았다.

그게 무슨 도움이 되냐고?

어머니의 어머니, 그러니까 외할머니 엠마 해리스Emma Harris는 훨씬 더 강한 여성이었다. 마을 사람들의 말에 따르면, 외할머니는 그 어

떤 남자보다 더 열심히 일했다. 나는 그 말을 믿었다. 외할머니 역시 자기연민 같은 것에 빠지지 않았다. 그런 기질은 미국 남부에 살던 흑인들이 자신들의 운명에 대해 한탄하지 않던 시대에 생겨난 게 아닌가 싶다. 그들은 하나님이 자신들에게 내리는 운명은 그대로 다 받아들였고, 그저 주어진 상황을 개선하기 위해 최선을 다했다. 한 번에 하루씩.

어머니는 루이지애나 주에서 자랐고, 어린 시절에 자신의 어머니와 함께 목화 따는 일을 했다. 한 해의 추수가 끝나면, 농장주는 일하는 사람들에게 보너스로 보상을 해주곤 했다. 그런데 한 해에는 그 보너스가 나오지 않았고, 그래서 사람들은 자기 집 뜰에서 나는 것들을 먹으며 버텨야 했다.

1940년, 그러니까 어머니가 16살이 되던 해에, 허리케인이 들이닥쳐 미국 남동부의 여러 지역에 홍수가 났다. 어머니는 가족들과 함께 아칸소 주로 이주했다. 어린 시절에 나는 루이지애나 주에 그대로 남은 친척들 집을 방문하곤 했다. 그리곤 늘 한 농장에서 세 가족이 살았다는 사실에 놀라곤 했다. 우리 흑인들은 공민권법, 투표권법 같은 인종차별 폐지법들을 만들어내기 위해 1960년대 말에서 1970년대 초까지 정말 험하고 먼 길을 걸어왔다. 그러고도 아직 갈 길이 멀었다.

아버지가 뇌졸중으로 쓰러진 해에 나는 8학년•이었다. 그 이후 아버지는 두 번 다시 내가 필요로 하는 아버지가 되어줄 수도, 또 한 사람으로 살아가는 데, 특히 백인들의 세상에서 흑인으로 살아가는 데 필요한 걸 보여줄 수도 없었다.

그래서 나는 아버지 대신 형들의 도움을 받아 내 갈 길을 찾았지만, 늘 뭔가 모를 공허감 같은 게 느껴졌다. 그리고 그 공허감은 이후 여러 해 동안 아주 존경하는 선배 흑인 및 백인들과 어울려 지내면서

• eighth grade. 한국의 중학교 2학년

도 좀체 채워지질 않았다. 내가 존경한 선배들 중에는 고등학교와 대학 시절의 농구 감독들도 포함된다. 그렇다고 꼭 그 분들을 아버지 같은 존재로 느낀 건 아니었다. 그러나 어쨌든 그 분들로부터 앞으로 살아가는 데 너무도 소중한 이런저런 가치들을 배운 건 사실이다.

게다가 나는 내 또래의 아이들이 누릴 수 있는 자유도 상실했다. 아이들은 학교에서 집으로 돌아오면, 대개 밖에 나가 놀거나 뭔가를 탐구하는 등, 아이들다운 자유를 누린다. 즐거운 시간을 보내는 것 외에 달리 해야 할 일은 없다. 그러나 내 경우 집에 오면 일을 해야 했다. 어머니나 형 또는 누나들 중 한 사람이 내게 시키려고 생각해두었던 허드렛일들 말이다. 심지어 학교 숙제까지 한참 뒷전으로 밀리는 경우가 많았다.

어떤 기준으로 봐도 우리는 가난했다. 나는 1965년 9월에 태어났는데, 그 당시의 우리 집에는 침실이 네 개밖에 없었고, 여러 해 동안 온 식구가 욕실 하나를 공동 사용해야 했다. 예를 들어 식구들 중 한 사람이 주방 싱크대를 사용하면, 다른 한 사람은 욕조를 사용하고, 또 다른 한 사람은 변기를 사용하는 식이었다. 모두가 별 다른 생각 없이 그렇게 했다. 우리 집에는 아주 오랜 동안 전화기도 없었다. 그래서 누군가가 바로 이웃에 살고 계시던 할머니에게 전화를 하면, 할머니가 우리 집에 찾아와 전화 왔다고 전해주셔야 했다.

그럼에도 불구하고 나는 결코 우리 집이 가난하다고 느끼지 않았다. 축복을 받았다고 느꼈다.

식탁 위에는 늘 먹을 게 푸짐하게 있었다. 우리는 집 뜰에서 호박과 옥수수 그리고 다른 채소들을 키웠고, 돼지와 닭들도 길렀다. 사랑도 부족함이 없었다. 많은 흑인 아이들은 자신의 삶 속에서 아예 아버지라는 존재 없이 성장하는 경우가 많고, 우리 어머니처럼 자식들에게 헌신적인 어머니도 흔치 않다.

내가 아는 다른 많은 흑인 남자애들과는 달리 나는 늘 별 문제가 없었다. 물론 그건 다 어머니 덕이었다. 나는 밖에 나가 놀고 싶으면 먼저 어머니에게 물어봤다. 그리고 내가 나쁜 아이들과 어울리는 걸 볼 경우 어머니는 앞으론 절대 그 아이와 놀지 말라고 딱 잘라 말했다. 그리고 어머니 말을 거역한다는 건 상상할 수 없는 일이었다.

통행금지 시간을 어기는 것도 상상할 수 없는 일이었다. 어머니가 현관문을 잠가 놓고 잠자리에 들면, 그 현관문은 밤새 잠겨 있었다. 다음 날이면 다시 또 힘든 하루를 맞아야 하는 상황에서, 어머니는 누군가가 그 원칙을 어겨 잠이 깰 경우 그걸 용서해줄 의사가 전혀 없었다. 어머니가 유일하게 쉴 수 있는 시간이 잠자는 시간이었는데, 그나마 그 시간도 늘 충분하진 못했다.

어머니는 형들과 누나들에 비해 내게 특히 더 엄했다. 형들과 누나들은 주일 학교와 교회에 다니지 않아도 됐지만 나는 아니었다. 친구들은 밖에서 놀고 있을 때 나 혼자 이해도 안 되는 설교를 듣고 찬송가를 불러야 해 벌 받는 기분이었고, 그래서 나는 가끔 어머니를 원망하고 그랬다. 그런데 지금 와서 돌이켜보면, 그게 그렇게 감사할 수가 없다. 지금 하나님은 내 삶에서 아주 강력한 존재인데, 그건 순전히 어머니 덕이다.

나를 늘 바른 길로 인도해준 사람은 어머니뿐이 아니었다. 형들과 누나들도 그랬고 우리의 이웃들도 그랬다. 늘 누군가가 나를 지켜보고 있었다. 어떤 식으로든 잘못을 저지를 경우 그 소식은 바로 어머니 귀에 들어갔다. 그래서 동네 사람들은 늘 내게 이런 말을 하곤 했다.

"너 한 번 더 그러면 엄마한테 일러준다."

햄버그에서 나는 늘 놀라운 공동체 의식을 느꼈다. 거기에선 모든 사람들이 늘 서로를 도울 준비가 되어 있었다. 어떤 친구가 2~3달러가 필요하다 그러면 내가 그 돈을 주었고, 그 친구 또한 그랬다. 그게 갖고 있는 전 재산이라 해도 마찬가지였다.

그 당시에는 사람들이 거의 다 서로의 일에 끼어들지 않았다. 당신이 사람들의 일에 끼어들지 않으면 그들 역시 그랬다.

그런데 40년 넘도록 아직 내 기억 속에 생생하게 남아 있는 예외의 경우가 있었다.

1979년 6월 1일. 같은 동네에 살고 있던 스무 살 난 청년 찰스 싱글톤Charles Singleton이 우리 집 앞을 걸어가고 있었다. 당시 나는 아무 생각 없이 그런 그를 보았다. 나는 늘 길에서 찰스와 마주치곤 했다. 그러면 내가 안부 인사를 하고 그 또한 안부 인사를 했다. 찰스는 반 블록 떨어진 요크네 식료품점 쪽으로 가고 있었다. 나는 거의 매일 그 식료품점에서 쇼핑을 했다. 요크 부인은 우리 식구들에게 각종 상품을 외상으로 주는 좋은 여성이었다. 그녀는 식료품점 뒤에 있는 작은 집에 살고 있었다.

그런 요크 부인이 목에 칼을 두 번이나 찔렸다. 그리고 병원에서 숨을 거뒀다. 숨을 거두기 전에 그녀는 경찰에게 찰스가 범인이라고 했다. 나는 그 날 무심코 본 그 찰스가 겨우 몇 분 후 다른 사람을 죽였다는 사실에 엄청난 충격을 받았다.

찰스가 범인이라는 소문이 쫙 퍼지자, 경찰은 그를 잡기 위해 마을 곳곳을 수색했다. 햄버그는 작은 동네였고, 결국 그는 오래지 않아 붙잡혔다. 찰스 싱글톤은 24년간 감옥 생활을 하다가 2004년에 처형됐다.

찰스가 아직 도피 중이던 어느 날 내 형 지미Jimmy가 우리 집 현관문 쪽으로 향했다. 그 형은 피부가 흰 편인데다가 그 시절에 유행하던 아프로• 헤어스타일을 하고 있어, 찰스 싱글톤과 비슷해 보였다.

• Afro. 1970년대에 흑인들 사이에 유행했던 둥근 곱슬머리

형에게 아버지가 말했다. "아들아, 너 아무래도 밖에 나가지 않는 게 좋을 거 같다. 찰스 싱글톤과 비슷해 보여서 말이다." 이는 아버지가 뇌졸중을 일으키기 1년 전쯤의 일이다.

검은색 피부를 가진 사람이 문제를 일으키지 않는 방법은 간단했다. 흑인들이 있는 곳에만 있으면 됐다.

그렇다. 지금은 다 옛날얘기 같지만, 그 당시에는 그랬다. 그 당시 학교 구내식당의 경우, 거의 예외 없이 흑인들은 흑인들과 함께 앉았고 백인들은 백인들과 함께 앉았다. 백인이 전체 학생의 3분의 2 가까이 되는 상황에서, 내게는 그게 당연하게 느껴졌다.

내 부모님들은 미국 내 인종 문제를 놓고 나와 장시간 얘기를 나눈 적이 없었다. 인종 문제는 논의할 문제가 아니었다. 그냥 받아들여야 하는 문제였다. 얼마나 많은 우승을 거두었든 그리고 또 얼마나 많은 돈을 벌었든, 나는 단 한시도 내 피부색에 대해 잊은 적이 없으며, 어떤 사람들은 단지 그것 때문에 나를 아주 싫어하기도 한다.

■ ■ ■ ■

오랜 세월 나는 내 성장 과정이 오늘날의 내 모습에 어떤 영향을 주었는지에 대해 깊이 생각해본 적이 없다. 나는 과거가 아닌 미래에만 집중했다. 그러나 오늘날 그런 내 접근 방식에 변화가 생겼다. 50대 중반이 된 지금, 나는 내가 과거에 왜 이런저런 결정들을 내렸는지 또 그게 앞으로의 내 자신에게 어떤 의미가 있는 건지를 좀 더 깊이 들여다보고 싶다.

시카고 불스가 첫 우승컵을 거머쥐기 약 1주일 전인 1991년 6월에 나는 1,800만 달러에 5년 연장 계약을 받아들이기로 결정했는데, 그 결정을 예로 들어보자. ESPN 다큐멘터리를 보면, 다른 선수들이 구단주

측과의 노사 단체 협약을 통해 훨씬 더 많은 돈을 받게 된 걸 감안하면 나는 그리 순진해 보일 수가 없었다.

그때 그 연장 계약에 서명하지 말았어야 했다고 생각하지 않냐고? 물론이다. 그 연장 계약으로 인해 나는 수백만 달러를 손해 봤고, 시카고 불스에서의 나머지 기간 내내 제리 라인스도르프 구단주 및 제리 크라우스 단장과의 관계도 안 좋아졌다. 그 연장 계약에 서명하지 않았다면, 아마 내 마음자세도 완전히 달라졌을 것이다. 누가 알겠는가? 어쩌면 시카고 불스에서만 선수 생활을 했을지도 모른다.

그렇다고 해서 후회스럽다는 얘기는 아니다. 그 당시 나는 내게 주어진 정보들을 토대로 연장 계약을 하기로 결론 내렸다. 의심의 여지 없이 당시로선 그게 옳은 결정이었다. 나는 백인이든 흑인이든 안정된 배경에서 출발한 다른 선수들과는 달랐다. 나는 일찍이 내 형과 아버지에게 일어난 일들을 통해, 살다 보면 그 어떤 사전경고도 없이 모든 걸 잃을 수도 있다는 걸 배웠다. 그러니까 뜻하지 않은 부상으로 아무것도 못 이루고 선수 생활이 끝날 수도 있는 건데, 나는 그런 위험을 감수할 여유가 없었다.

시카고 스타디움에서 종종 우리 벤치 뒤에 앉아 있던 비운의 NFL 와이드 리시버 대릴 스팅리Darryl Stingley의 경우가 그 좋은 예이다. 대릴은 1973년 드래프트 1라운드에서 프로 미식축구팀 뉴잉글랜드 패트리어츠New England Patriots에 지명됨으로써 자신의 꿈을 이뤄가고 있었다. 그런 그가 1978년 오클랜드 레이더스Oakland Raiders와의 시범 경기 도중 불의의 사고를 당하게 된다. 프로 미식축구계에서 가장 난폭한 태클을 하는 선수로 악명 높던 뉴잉글랜드 패트리어츠의 디펜스 백 잭 테이텀Jack Tatum과 충돌하면서 큰 사고가 난 것.

때론 단 한 방으로 모든 게 끝난다. 대릴은 그 사고로 하반신 마비가 와 다시는 걷지 못하게 됐다. 대릴과 나는 1990년대 초에 친해졌다.

경기가 끝나면 우리는 함께 식사를 하거나 술을 마셨다. 그는 자신의 한계들에도 불구하고 보통 사람처럼 느끼고 싶어 했다. 그리고 자신의 환경에 너무 잘 적응해, 선수로 뛰던 시절보다 더 큰 감동을 사람들에게 주었다. 나는 대릴을 보면서 로니 형을 떠올리곤 했다. 나는 대릴을 너무도 존경했고, 그래서 그가 2007년에 세상을 떠났을 때 정말 큰 상심에 빠졌다.

어린 시절 로니 형과 아버지의 불행을 견뎌낸 것이 훗날 내가 다른 사람들에게 마음을 여는 방식에도 영향을 주었다. 자의든 타의든 사람들이 내 곁을 떠나지 않으리라는 건 절대 확신할 수 없다. 그리고 서로 신뢰를 쌓는 데는 시간이 걸린다. 형들과 누나들을 제외하고 내 가장 친한 친구들이 늘 팀 동료들이었던 것도 아마 그런 이유 때문이었는지도 모른다. 코트 위에서 서로 믿을 수 있다면, 그야말로 중요한 현실 영역들에서도 서로 믿을 수 있는 거니까.

농구 팀은 가족과 다를 게 없어서 각자 나름대로의 역할을 맡고 있다. 그리고 그 역할을 제대로 하지 못하면 다른 모든 사람들에게까지 안 좋은 영향을 주게 된다. 우리 가족의 경우도 그랬고 내가 선수 생활을 한 고등학교, 대학교, 프로 농구 팀들의 경우도 그랬다. 서로 다른 12명의 형제들 속에서 성장한 나는 각 팀 동료가 무얼 필요로 하는지를 거의 본능적으로 알 수 있었다. 형과 누나들 각자가 무얼 필요로 하는지 알 수 있었듯이 말이다.

예를 들어 좋아하는 위치에 서 있는 슈터에게 공을 계속 패스해주면 설사 몇 차례 슛에 실패했던 슈터라도 자신감을 되찾게 된다. 실책으로 턴오버를 범하거나 박스 아웃에 실패해 감독이나 마이클로부터 심한 질책을 받은 선수를 격려해주는 경우도 마찬가지이다. 누군가가 이런저런 모욕을 당했을 때 일부러 시간을 내 그 하소연에 귀 기울여 주는 경우도 마찬가지.

다른 사람들을 돕는 것에 대한 관심은 단순히 농구 코트의 테두리를 벗어나 삶의 모든 국면들에까지 확대된다. 나이가 들면서 나는 내 자신이 도움을 절실히 필요로 하는 사람들에게 깊은 유대감을 느낀다는 걸 알게 됐다.

대학 시절 내 수석 코치였던 아치 존스Arch Jones의 딸 에이미 존스Amy Jones의 경우가 그 좋은 예이다. 에이미는 두 살 때 머리 타박상을 입어 뇌의 전두엽 부분에 혈전이 생기게 됐다. 의사들이 그 혈전을 제거했지만, 그 과정에서 에이미는 평생 발달 장애를 갖게 됐다. 나는 에이미가 일곱 살 때 그 애를 만났다. 그런데 만날 때마다 느낀 거지만, 에이미는 아무리 봐도 무슨 장애가 있는 여자애 같지 않았다. 내 눈에는 다른 애들처럼 농담도 하고 사람을 안기도 하고 응석도 부리는 평범한 여자애였다. 나를 대하는 것도 그랬다. 우리는 그렇게 친한 사이가 되었다.

분명히 말하지만, 나는 지금 성인군자 이미지를 주려는 게 아니다. 에이미를 도와줌으로써 내 자신을 도울 수 있었으며, 어린 시절에 겪은 일들을 더 잘 이해할 수 있게 되었다. 오늘날까지도 나는 누군가가 심한 좌절감에 빠져 있을 때 최대한 빨리 달려가 도움을 주려고 하며, 그렇게 하는 것에서 다른 그 어떤 일보다, 그러니까 NBA 우승을 하는 일보다 더 큰 성취감을 느낀다.

에이미의 얼굴에 웃음꽃이 피는 걸 보면 나는 그 날 하루 종일 너무 기분이 좋았다. 요즘 어쩌다 로니 형과 같이 시간을 보낼 때도 그렇다. 형의 육신이 휠체어에 갇혀 있다고 해서, 잠시도 달리 형을 대하는 경우란 없다. 나는 지금도 형을 놀려대고 형 또한 나를 놀려댄다.

나나 형이나 지금과 달라지길 바라지 않는다.

농구에 빠지다

CHAPTER 2 I GOT GAME

우리 집에서 한 블록 떨어진 파인 스트리트에는 농구 코트들이 있었다. 그 코트들은 집에서 워낙 가까워 거리에 차들이 많이 다니지 않는 날 저녁에는 공을 드리블하는 소리, 공이 골대 가장자리에 맞는 소리, 아이들이 파울이라고 외치는 소리 등이 그대로 들릴 정도였다. 지금 이 순간에도 눈을 감으면 그 아름다운 소리들이 들리는 듯하다. 그리고 그 소리들이 들리면 내 어린 시절이 떠오른다.

파인 스트리트에 농구 코트들이 지어진 건 내가 7살쯤 됐을 때이다. 그리고 그 타이밍이 더할 나위 없이 좋았다. 그 코트들이 없었다면 나는 아마 그 중요한 성장기에 농구를 배우지 못했을지도 모른다. 우리 집 근처에 다른 농구 코트들은 없었으니까. 그런데 이용하기 좋은 자신만의 농구 코트가 있을 경우 혼자 몇 시간이고 연습할 수는 있지만, 자신이 필요한 자질을 갖고 있는지 알려면 매일 친구들과 경기를 하면서 실전 경험을 쌓아야 한다. 그리고 그런 자질을 갖고 있는지는 가능한 한 빨리 아는 게 좋다.

파인 스트리트 농구 코트들의 경우 다행히 골망이 별로 안 좋은 쇠줄이 아니라 나일론망이었고, 바닥이 콘크리트여서 공이 제대로 잘 튕겼다. 농구 선수를 꿈꾸는 아이에겐 꽤 괜찮은 농구 코트였던 것이다.

내 꿈은 NBA 필라델피아 세븐티식서스Philadelphia 76ers의 줄리어스 어빙Julius Erving 같은 선수가 되는 것이었다. '닥터 제이'Dr. J로 불렸던 그는 마치 다른 우주에서 온 외계인처럼 공중을 날아다녔다. 영영 코트로 내려오지 않을 것처럼. 그러다 마침내 우리 인간들이 사는 땅으로 내려올 때면, 대개 멋진 덩크슛이나 플로터슛•을 성공시켰다.

카리스마는 또 어땠고? 닥터 제이 이래로 농구계에 그만한 선수는 없었다. 미안, 마이클 조던. 미안, 매직 존슨Magic Johnson. 미안, 르브론 제임스. TV에서 닥터 제이의 경기가 나올 때면 나는 잠시도 그에게서 눈을 뗄 수 없었다.

그러나 그 당시 나를 알던 사람들에게 내 경기가 누구 경기와 비슷했냐고 물어보라. 장담하건대 닥터 제이라는 이름은 나오지 않을 것이다. 대신 NBA에서 15년간 포인트 가드로 뛴 뒤 명예의 전당에 이름을 올린 그의 팀 동료 모리스 칙스Maurice Cheeks라는 이름이 나올 것이다.

그 당시 아이들은 농구 경기를 할 때 이런 말을 하곤 했다. "나는 칙스 역을 맡을래."

선수 입장에선 아마 이보다 더 기분 좋은 칭찬은 없을 것이다. 아이러니컬하게도 내 미들네임도 모리스이고, 내가 포틀랜드 트레일 블레이저스에 있을 때 두 시즌 동안 모리스 칙스로부터 코치를 받기도 했다. 모리스 칙스의 총 스틸 수는 2,310개로, 내가 은퇴할 때의 총 스틸수는 거기에 3개 못 미쳤다. 역대 스틸 수 기록에서 그는 6위, 나는 7위이다.

칙스는 나를 볼 때마다 이런 말을 했다. "자넨 절대 나를 못 따라잡을 걸."

안타깝지만 그는 어쩌면 영원히 가버린 시대의 포인트 가드였다. 그는 패싱이 첫째고 득점은 두 번째라고 생각했다. 그리고 나는 NBA에서 스몰 포워드로 여겨졌지만, 내 스스로는 선수 생활 내내 나 자신

• floater shot. 키 큰 수비수의 블록을 피하기 위해 높은 포물선 형태로 쏘는 슛

을 포인트 가드로 생각했다. 그리고 또 어떤 사람들은 나를 칙스처럼 이타적인 가드들을 본받으려 애쓰는 포인트 포워드••라 부르기도 했다. 칙스는 키가 185cm밖에 되지 않아 프로 농구 선수치고는 작은 편에 속했다. 내 경우 고등학교 시절에 키가 약 175cm였고, 그래서 칙스 흉내를 내려는 건 어느 정도 설득력이 있었지만 키가 2미터 가까이 되는 닥터 제이 흉내를 내려는 건 설득력이 없어 보였다. 칙스는 그나마 이 세상 사람 같았다.

10대 시절에 나는 초등학교 때 만난 친구 로니 마틴Ronnie Martin과 자주 어울렸다. 로니와 나는 청소년 미식축구와 리틀 리그 야구에서 서로 경쟁했다. 우리는 또 대개 매주 토요일과 일요일 저녁에, 그리고 여름에는 평일에, 파인 스트리트 농구 코트에 가장 먼저(대개 늦어도 오후 2시 전) 도착했다. 그리곤 다른 사람들이 오길 기다리는 동안 1대 1로 하프코트 게임을 하곤 했다. 먼저 21점을 내는 쪽이 이기는 경기로 성공한 슛은 2점, 자유투는 1점이었다.

로니는 마른 편이었다. 나는 체중이 더 적게 나가 기껏해야 50kg 정도였다. 그래서 로니도 별 힘 들이지 않고도 나를 제칠 수 있을 정도였다. 그 당시에 나는 신체 접촉을 좋아하지 않았다. 그래서 긴 팔과 드리블 기술을 이용해 슛 성공률을 높이는 지능적인 경기를 했다. 나는 내 장점을 살렸고, 로니 또한 그랬다. 우리는 서로 언젠가 농구계에서 큰 성공을 거둘 거라는 얘기를 했다. 그 외에도 참 많은 얘기를 했다.

우리는 농구의 모든 측면에서 나아지기 위해 많은 노력을 했다. 로니에겐 삼촌이 있었는데, 그는 우리에게 자유투 서클 바로 위 등 어떤 위치에서 슛을 해도 공이 백보드에 맞고 나오며 골인 되게 하는 법을 가르쳐주었다. 그 삼촌은 백보드 중앙에 있는 사각형을 맞추기만 하면,

•• point forward. 포인트 가드와 파워 포워드의 역할을 함께 소화할 수 있는 선수

공을 얼마나 세게 던지든 거의 다 바스켓 안으로 들어간다고 했다. 그래서 나는 자유투 서클 바로 위에서 그런 식의 슛 연습을 엄청 많이 했고, 그 결과 그게 내가 가장 즐겨 구사하는 슛이 되었으며, 그건 이후 선수 생활 내내 마찬가지였다.

그러다 오후 4시쯤 되면 다른 사람들이 농구 코트에 모습을 드러내기 시작했다. 그중 일부는 고등학교를 갓 졸업한 젊은이들이었고, 일부는 30대 또는 40대로 훨씬 더 나이가 많은 사람들이었다. 후자 가운데 상당수는 제지 공장에서 막 교대 근무를 마치고 온 사람들이었는데, 그건 제지 공장 특유의 냄새 때문에 바로 알 수 있었다. 그들은 농구 경기를 했는데, 믿기 어려울 만큼 실력이 좋았다. 그들은 굉장히 높은 점프슛도 구사했다. 마치 달처럼 높이 날아올랐다.

그러면서 우리에게 이렇게 말하곤 했다. "아주 높이 슛하는 법을 배우는 게 좋을 거야. 안 그러면 우리에게 다 블록당할 걸."

그건 농담이 아니었다. 경기는 치열했다. 우리는 경기에 자존심 외엔 아무것도 걸지 않았는데도 그랬다. 그걸로 충분했다. 경기에서 이기면 계속 뛸 수 있었다. 그러나 지면 서너 경기 후에나 다시 뛸 수 있었다. 그리고 내가 속한 팀이 19득점을 해 슛 하나(2점)만 성공시키면 이기게 될 경우, 나는 더블팀 수비를 당하곤 했다. 이는 더블팀 수비를 당하는 상황에 대처하는 법을 배우는 데 더없이 좋은 훈련이 되었다.

남쪽 지방에 사는 일의 단점을 하나 꼽으라면, 숨 막힐 만큼 덥다는 것이었다. 그래서 선수들은 기온이 내려간 뒤 코트에 나타나는 경우가 많았고, 그런 다음 서슴지 않고 코트에서 우리를 내몰았다. 어쩔 수가 없었다. 다들 우리보다 덩치가 컸으니까.

따로 심판이 없었기 때문에 우리와 상대팀 모두 자신들이 직접 파울 판정을 내렸다. 노상 그랬다. 내가 알기로 그런 사람들은 미국 어디에든 있는데, 어떤 사람들의 경우 아예 얼굴에 철판을 깔고 제 멋대로 파울을 외쳤다. 그건 NBA에서도 마찬가지여서, 어떤 선수들은 슛에 실패할 경우 늘 상대 팀이 자신에게 파울을 범했다고 주장한다. 내가 선수 생활을 하던 시절에는 거칠기로 악명 높은 디트로이트 피스톤스의 스몰 포워드 애드리안 댄틀리Adrian Dantley가 바로 그런 선수였다.

파인 스트리트 농구 코트에서 수비수는 이렇게 주장하곤 했다. "난 파울 안 했어요. 우리의 슛 기회예요."

그러면 상대 선수는 이렇게 말했다. "아뇨, 우리의 공격 기회가 맞아요. 그쪽에서 파울을 했으니 우리 공이죠."

"난 파울을 하지 않았다니까요."

계속 그런 식이었다. 어느 쪽도 포기하려 들지 않았다. 경기를 지속하기 위해(안 그러면 로니와 나는 계속 코트 밖에 있어야 했겠지만), 결국 상대의 파울로 피해를 봤다고 주장하는 선수가 자유투 서클 바로 위에서 슛을 했다. 그 슛이 들어가면 공은 계속 그의 팀 소유였고, 들어가지 못하면 공은 상대팀 소유가 됐다.

로니와 나는 다른 사람들이 다 떠난 뒤에도 그대로 코트에 남는 경우가 많았다. 우리는 반복해서 H-O-R-S-E 게임이라는 걸 했다. 한 선수가 성공시킨 슛을 다른 선수가 똑같이 따라해 성공시키지 못할 경우 다섯 개의 알파벳(H, O, R, S, E) 중 하나씩 받아, 먼저 HORSE(말)란 단어를 완성하는 쪽이 지는 게임이다. 어둠이 내려도 가로등 덕분에 바스켓을 볼 수 있었다. 그런 다음 종종 우리는 코트를 떠나 햄버거를 사 먹었다. 하나만 사서 반으로 나눠 먹었다. 각자 하나씩 사 먹을 형편이 못됐기 때문이다.

파인 스트리트 농구 코트를 이용할 수 없을 때 나는 사촌 형이 할머니 집 뒷마당에 만들어놓은 농구 코트에서 연습을 했다. 코트는 흙먼지로 덮여 있었고, 림은 곧 쓰러질 듯 낡고 가벼운 골대에 붙어 있었고, 백보드는 합판으로 되어 있었다. 어떤 날에는 림에 네트가 붙어 있지 않았다. 또 어떤 날에는 림에 네트가 간신히 한두 자락 붙어 있었다. 그런 날에는 누군가가 사다리를 타고 올라가 림에 네트를 제대로 연결해주어야 했다. 아, 그 시절이 그립다.

나는 할머니 집 뒷마당의 그 코트에서 몇 시간씩 보내며, 마치 모리스 칙스나 닥터 제이라도 된 양, 또 때론 NBA 결승 7차전에서 마지막 슛을 날리는 보스턴 셀틱스Boston Celtics의 스타 래리 버드Larry Bird라도 된 양 슛을 날렸다. 물론 그 슛들은 늘 골망 안으로 빨려 들어갔다. 나는 심지어 카림 압둘자바Kareem Abdul-Jabbar의 전매특허나 다름없는 스카이훅 슛• 연습도 해서 결국 그 슛에도 익숙해졌다.

어떤 날에는 그야말로 꼭두새벽부터 흙먼지 덮인 그 코트를 찾았다. 그런 날에는 더 많은 슛 연습을 할 수 있었고 더 많은 동작들을 다듬을 수 있었으며 더 많은 꿈들을 꿀 수 있었다.

그런데 할머니 생각엔 그 시간이 일러도 너무 일렀던 모양이다.

그래서 이렇게 소리치곤 하셨다. "그 공 내려놓고 당장 집으로 돌아가! 대체 지금이 몇 시인 줄 알아?"

할머니가 그렇게 호통을 치실 때마다 나는 간이 덜컹 내려앉았다. 아마 다른 사람들도 마찬가지였을 것이다. 그 당시 우리 동네 사람들은 별 생각 없이 서로 이웃집 마당을 들락거리곤 했다. 그런데 할머니는 그런 걸 아주 싫어하셨다.

그래서 그런 사람들에겐 이렇게 호통 치셨다. "한 번 더 우리 집 마당을 들락거리면 총 맞을 줄 알아!"

할머니라면 그런 말을 하시고도 남았다.

• skyhook shot. 팔을 옆으로 크게 휘둘러 공이 높이 날아가도록 던지는 훅 슛으로 수비하기가 매우 어려움

■ ■ ■ ■

파인 스트리트 농구 코트와 할머니 집 뒷마당 농구 코트에서 그 많은 시간을 보냈음에도 불구하고, 사실 어린 시절 내가 가장 좋아한 스포츠는 농구가 아니었다. 바로 미식축구였다. 과거에도 그랬고 지금도 그렇지만, 미국 남부에서 미식축구는 종교나 다름없다. 나는 7~8학년 때는 와이드 리시버로 뛰고 고등학교 때는 스타팅 라인업에 들어갈 정도로 미식축구에 재능도 있었다. 나는 동작이 빨랐고 수완도 뛰어났으며 정확한 경로로 달렸다.

다만 내가 뛰어넘을 수 없는 장애물이 하나 있었다. 내 포지션을 놓고 경쟁 중인 아이가 시장의 조카였던 것. 내 포지션에 있던 아이들이 이미 여럿 중도 포기를 했다. 그러나 나는 그러지 않았다. 나는 우리 팀의 매니저들 중 하나가 되었다. 그만큼 미식축구를 사랑했다. 나는 유니폼들을 빨래했고 물병들을 나누어 주었으며 선수들 및 감독들과 함께 버스를 타고 원정 경기를 하러 다녔다. 팀의 일원이 된 기분이었다.

내가 미식축구에 대한 미련을 못 버린 이유는 또 있었다. 미식축구가 집 밖에서 더 많은 시간을 보낼 수 있는 핑계거리가 된 것이다. 식료품점을 들락거리는 심부름이나 기저귀 빨래 같은 일을 하지 않아도 될 핑계거리 말이다. 그 덕에 나는 저녁 식사 시간인 6시쯤이 될 때까지 맘 놓고 밖에서 연습을 할 수 있었다. 저녁 6시면 로니 형이나 아버지를 돕기 위한 허드렛일들이 거의 다 끝난 시간이었다. 물론 나는 내 가족들을 사랑했다. 그들은 내게 세상 그 자체였다. 당시에는 그저 우리 집이 가정보다는 병원에 더 가깝게 느껴져서 좀 피곤했을 뿐이다. 고등학교 2학년 초에 도널드 웨인Donald Wayne 감독이 뭔가 얘기할 게 있다고 하기 전까지만 해도 모든 게 아주 순조롭게 풀려나가는 듯했다.

웨인 감독은 농구팀을 맡고 있으면서, 동시에 미식축구팀 수석 코치들 중 한 사람이기도 했다. 그는 거친 사람으로 유명했다. 그럴 만도 했다. 만일 어떤 선수가 수업 중에 잡담을 하다 걸리거나 연습장에 늦게 올 경우, 웨인 감독은 가차 없이 처벌을 내렸다. 내가 고등학교에 다닐 때만 해도 체벌은 워낙 흔했고, 그래서 내 기억에 이의를 제기하는 부모도 전혀 없었다.

"미식축구 매니저 일을 그만두고 우리의 농구 시즌 외 훈련에 합류할 생각 없어?" 그가 내게 물었다.

"미식축구 시즌이 끝난 뒤에 합류하겠습니다." 다소 무심한 어조로 내가 답했다.

농구 훈련을 할 이유가 없었던 것이다. 전혀. 게다가 문득 이런 생각도 들었다. 농구팀의 다른 선수들 대여섯 명이 미식축구와 농구 양쪽에서 경쟁 중이고, 그래서 아마 웨인 코치는 미식축구 시즌 중에는 그들에게 역기 같은 걸 들어 올리는 근력 운동은 시키지 않을 거라고. 그러니 농구팀 훈련에 합류한다 해서 뭐가 달라지겠는가?

잘못된 선택이었다. 웨인 감독은 아예 농구팀에서 나를 제외시켜 버렸다. 그렇게 절망스러울 수 없었다. 나는 혼자 슛 연습을 하러 체육관에 가는 것조차 허용되지 않았다. 몇 주 동안 계속 그랬다. 나는 내 농구 인생은 끝났다고 확신했다 .

바로 그때 구세주가 나타났다. 마이클 아일랜드Michael Ireland라는 웨인 감독의 수석 코치였다. 그는 중학교 시절 내 농구팀 감독이기도 했다. 그는 내게서 웨인 감독이 보지 못한 그 무언가를 보았다. 아일랜드 코치는 며칠 간격으로 계속 웨인 감독에게 나를 다시 농구팀에 받아달라고 요청했다.

답은 '노'였다. 웨인 감독의 원칙들은 오랜 동안 고수되고 있었고,

그래서 그는 절대 예외를 인정하려 하지 않았다. 그는 근력 운동을 하지 않는다는 이유로 이미 다른 많은 선수들을 내보냈고, 그런 원칙들에 대해 재고할 생각이 없었다. 한 선수를 내보내도 대체할 선수는 얼마든지 있었으니까. 그때 나는 아버지가 더 이상 예전의 아버지가 아니어서 잃는 게 한두 가지가 아니라는 걸 절감했다. 예전의 아버지 같았으면 십중팔구 웨인 감독에게 이의를 제기했을 것이고, 그럼 뭔가 달라질 수도 있었을 텐데. 빌리Billy 형이 내 편을 들어주었다. 고맙게도 나를 위해 나서준 것이다. 그러나 빌리 형은 아버지가 아니었다.

그러던 어느 날 느닷없이 웨인 감독이 나를 다시 농구팀에 받아들이겠다고 했다. 모든 건 아일랜드 코치 덕분이었다. 그가 강력히 요청하지 않았다면, 웨인 감독이 마음을 바꾸지 않았을 것이고, 그렇다면 아마 지금의 나는 절대 없었을 것이다. 그리고 아마 나는 함께 자란 다른 친구들처럼 아직 햄버그에 있었을 것이고, 꿈을 이루지 못한 채 제지 공장 같은 데 다니고 있었을 것이다.

웨인 감독은 나를 농구팀에 다시 받아들이는 대신 한 가지 조건을 내걸었다. 훈련에 합류해야 하는 건 물론이고, 매일 훈련 뒤에 경기장 관람석 계단들을 뛰어 오르내려야 한다는 것.

계단이 몇 개였냐고? 모른다. 세다가 포기했으니까.

웨인 감독은 알고 싶었던 것이다. 농구 그 자체에 대한, 그리고 또 미래에 대한 내 열정이 어느 정도인지. 그랬다. 나는 계단을 뛰어 오르내리는 게 너무너무 싫었지만, 그렇다고 그걸 포기하면 바로 쫓겨나 다시는 농구를 못하게 되리라는 걸 알고 있었다. 그런데 한 번은 거의 포기할 뻔했다. 푹푹 찌는 습한 날이었고, 막 한 시간 정도 훈련을 한 뒤였다.

웨인 감독은 나를 팀에서 내보낼 수도 있고 퇴학시킬 수도 있고 북쪽의 군사학교로 보낼 수도 있었지만, 아무래도 좋았다. 그 어떤 경우든 빌어먹을 계단을 다시 뛰어 오르내리는 것보단 나을 것 같았다. 그런데 다행히, 마침 팀 동료 둘이 그 근처를 지나다 내가 뛰지 않고 있는 걸 보았다. 그들은 내가 뛰는 걸 그만둘 경우 어떤 처벌을 받게 될지, 또 얼마나 큰 후회를 하게 될지 잘 알고 있었다.

그날 당장이나 그 다음날 또는 그 다음 다음날은 아니더라도, 살아가며 내내 후회하게 될 거라는 걸 말이다.

"힘내, 핍! 넌 할 수 있어!" 그들은 소리쳤다. 그 당시엔 모두가 나를 핍(Pip)이라 불렀다. 그야말로 내게 꼭 필요한 격려였다. 그날 오후에 그리고 이후 매일 오후에 나는 다시 계단을 뛰어 오르내렸다. 그리고 두 번 다시 포기 직전 상태까지 간 적이 없었다.

당시 나는 불공평한 처벌을 받고 있다고 느꼈다. 대체 내가 뭘 할 수 있었겠는가? 내가 자란 곳은 미국 남부였다. 나는 흑인이었고, 웨인 감독은 백인이었다. 물론 나는 그를 인종차별주의자로 생각한 적이 전혀 없었지만, 우리의 피부색과 우리가 살고 있는 곳, 우리가 살고 있는 시대를 무시한다는 건 불가능했다.

그 당시 나는 웨인 감독이 이런저런 트집으로 괜히 내 발목을 잡으려 한다고 생각했다. 그러나 지금 와서 돌아보면 그건 정말 잘못된 생각이었다. 그는 사실 내게 목적의식과 옳고 그름에 대한 감각을 심어주려 했던 것인데, 그건 어머니를 빼곤 그 누구도 애써 해주려 하지 않은 일이었다. 당시 나는 그런 걸 깨닫기에는 너무 어리고 또 자기중심적이었다.

하루는 아침에 눈을 떴는데, 다행히 늦잠을 자지 않았다. 그 날 웨인 감독은 내게 할 얘기가 있다며 자기 사무실로 오라 했다. '이번엔 또 뭘 잘못을 한 거지?' 꼬투리를 잡자면 한도 끝도 없는데.

"넌, 인생 목표가 뭐야?" 그가 내게 물었다.

순간 당황스러웠다. 내게 그런 질문을 한 사람은 아무도 없었다. 집

안에서도 내 인생 목표에 대한 얘기를 나눠본 적이 없었다. 대학 진학 얘기? 그런 얘기는 더더욱 없었다.

"프로 농구 선수로 뛰고 싶습니다." 조금도 망설이지 않고 내가 답했다.

그렇다. 그렇게 말했다. 그는 조금도 놀란 기색이 없었다. 나는 그가 가르친 선수들 가운데 그런 꿈을 털어놓은 게 내가 처음은 아닐 거라고 확신했다.

내 말에 웨인 감독은 이렇게 답했다. "그래, 그러려면 모든 걸 두루 잘해야 돼. 안 그러면, 아무데도 못가."

웨인 감독 말이 옳았다. 모든 걸 두루 잘하지 못하면 아무데도 갈 수 없었다. 째깍째깍. 시간은 쉬지 않고 가고 있었다. 현실 세계에 발을 내딛기 전 마지막 기착지들 중 하나인 고등학교 시절은 그렇게 끝나가고 있었다.

내 마음가짐은 완전히 바뀌었다. 나는 경기장 관람석 계단들을 적이 아닌 친구로 받아들이기 시작했다. 그러면서 속으로 이런 말을 했다. '내 두 다리는 더 강해질 거야. 점프도 더 높이 하게 될 거고. 경기가 끝나 다른 선수들은 다 녹초가 될 때도 나는 여전히 스태미너가 남아 돌 거야.' 나는 날마다 슈팅 연습을 했고 수비 연습을 했으며 볼 핸들링 연습도 했다. 내 목표는 스타 선수가 되는 것이었다. 비단 고등학교에서뿐 아니라 대학에서도. 그리고 바라건대 언젠간 NBA에서도.

그러나 그 모든 노력이 아직 보상을 받지 못하고 있었다. 고등학교 2학년이 되면서 웨인 감독은 나보다는 내 절친 로니 마틴을 더 중시하기 시작했다. 로니에 대해선 악감정이 전혀 없다. 그는 뛰어난 선수였다. 그러나 사실 농구 경기의 모든 면에서 내가 나았다. 나는 일부 3학년 선수들보다도 나았다. 우리 팀이 혼쭐날 때마다 나는 벤치에 앉아 이런 생각을 하곤 했다. '내가 공격을 이끈다면, 우리 팀이 이런 곤경에 빠지진 않을 텐데.' 나는 무기력하게 당하고만 앉아 있진 않았다. 나는 내가 농구팀에 속해 있다는 것만도 큰 행운이라는 걸 깨달았다. 그러지 못할 수도 있지 않았던가.

곧 시즌이 끝났다. 그러나 내 경우 힘겨운 시간의 시작일 뿐이었다. 고등학교 2학년에서 3학년으로 올라가던 해 여름에, 나는 수많은 시간을 농구 코트와 체력 단련실에서 보냈다. 나는 막 고등학교를 졸업해 가을부터 리틀 록 소재 아칸소대학교 농구팀에서 뛰게 될 마이론 잭슨Myron Jackson과 함께 훈련을 했다. 먼 사촌인 마이론은 내게 햄버그를 벗어날 길이 있다는 걸 확실하게 보여준 산 증인이었다.

나는 고등학교 3학년 때부터의 모든 경기가 기억나진 않는다. 오래전 일인데다, 그 이후 워낙 많은 경기를 치러왔기 때문이다. 우리 햄버그 라이온스Hamburg Lions가 대단한 팀이었다는 건 기억난다. 아일랜드 코치와 웨인 감독은 그야말로 상호보완적이었다. 아일랜드 코치는 수비에 강했고 웨인 감독은 전반적인 전술 운용에 강했다.

보통 2시간씩 진행된 훈련에서 우리는 45분간 수비 훈련을 했다. 이를테면 지역 방어, 대인 방어, 하프코트 프레스, 풀코트 프레스 등을 연습한 것이다. 아일랜드 코치가 가장 중시하는 건 각도와 농구공보다 앞서 움직이는 것이었다. 우리는 상대 선수들이 자유투 서클 부근에서 슛을 하지 않을 수 없을 만큼 강도 높은 압박 수비를 했다. 그리고 그 공이 떨어질 때쯤이면 우리는 이미 이상적인 수비 태세를 갖출 수 있었다. 이게 바로 종종 승패를 결정 짓기도 하는 디플렉션•과 스틸을 해내는 방법이다. 수비가 제대로 되지 않으면 경기 자체가 제대로 풀리질 않는다.

나는 우리가 수비에 너무 많은 시간을 쏟는다고 생각했다. 다른 선

• deflection. 상대 선수가 핸들링 또는 패스 중인 공에 손을 뻗어 쳐내는 것

수들도 마찬가지였다. 상대 선수들을 막는 게 골대 안에 공을 집어넣는 것보다 더 신나는 일은 아닌데 말이다. 그게 얼마나 잘못된 생각이었던가! 그 당시 우리가 수비에 쏟은 시간은 1분 1초가 다 그럴 가치가 있었고, 훗날 미처 예상치도 못했던 방식들로 내게 도움이 된다.

1991년 시카고 불스가 처음으로 NBA 결승에 올라 LA 레이커스LA Lakers와 맞붙었을 때를 예로 들어보자. 파이널 시리즈 2차전 초반에 마이클 조던이 두 번째 파울을 얻었을 때 필 잭슨 감독은 매직 존슨을 내게 맡겼다. 마이클은 1차전 때 매직 존슨을 묶지 못했고, 그게 우리 팀의 패인들 가운데 하나였다. 나는 위험하기 짝이 없는 매직 존슨의 오른손에서 공을 빼내려 애썼다. 그리고 그때 쓴 기술들이 바로 아일랜드 코치한테 배운 기술들이었다. 그날 우리는 손쉽게 LA 레이커스를 꺾었고, 이후 5경기 만에 시리즈 우승을 차지했다.

고등학교 3학년 때의 한 순간이 특히 기억에 남는다. 당시 우리는 햄버그에서 한 시간 정도 떨어진 학교인 맥기히McGehee 고등학교의 농구팀과 맞붙고 있었다. 나는 로니 마틴에게서 공을 받은 뒤 농구 골대 쪽으로 달려갔다. 내 주변엔 아무도 없었다. 평소 같았으면 아마 레이업슛을 노렸을 것이다. 그게 처음부터 연습해온 기본들 중 하나였으니까. 그러나 그땐 그러지 않았다. 언제 튀어나올지 알 수 없는 내 속의 그 누군가가 이렇게 외쳤다. '기본 같은 것들은 잊어!'

나는 마치 닥터 제이처럼 쏜살같이 골대 쪽으로 달려가 최대한 높이 날아올라 덩크 슛을 시도했다. 팀 동료들이 전부 벤치에서 일어나 달려 나왔으며 한동안 자리에 앉질 못했다. 내가 잘못 알고 있는 게 아니라면, 당시 심판은 우리에게 테크니컬 파울을 주었다. 그러나 그건 아무도 개의치 않았다. 그때 우리 팀은 설사 테크니컬 파울 10개를 받는다 해도 여전히 맥기히 팀을 앞서는 상황이었으니까. 그 시즌 나머지 기간 내내 나는 기회가 있을 때마다 덩크 슛을 날렸다.

당시 우리는 우리가 소속된 컨퍼런스에서 무패 기록을 세우는 등 최종 23승 3패로 정규 시즌을 마감했다. 한때 우리는 지역 신문 「아칸소 가제트Arkansas Gazette」에 의해 아칸소 주 1위 팀으로 선정되기도 했다.

키가 큰 팀 동료 이라 터커Ira Tucker와 스티븐 화이트Steven White가 인사이드에서 득점을 올리며 코트를 지배했고, 로니와 나는 공격을 이끌었다. 키가 약 186㎝까지 자랐던 나는 포인트 가드였지만, 상황에 따라 센터를 비롯해 그 어떤 포지션도 소화할 수 있었다. 그리고 그렇게 여러 포지션에서 뛰면서, 나는 코트를 폭넓게 보는 법을 배웠다. 나는 우리 팀이 '전국구 팀'으로 불리는 게 너무 좋았다.

그런데 당시 내가 배운 그 어떤 교훈들도 인종과 관련된 교훈만큼이나 뿌리 깊거나 지속적이진 못했다. 피부색이 농구에 어떤 영향을 미치는지를 적나라하게 본 것이다. 웨인 감독은 같은 포지션을 놓고 경쟁이 벌어질 때 흑인 선수들보다는 실력이 처지는 백인 선수들을 기용하는 경우가 많았다. 물론 이는 웨인 감독에 국한된 얘기는 아니다. 이는 미국 남부 전역에서 흔히 일어나고 있던 일로, 만일 그가 백인 선수들을 기용하지 않는다면 학교 측에선 그렇게 할 다른 감독을 찾아냈을 것이다.

우리가 할 수 있는 건 아무것도 없었다. 그래도 기죽지 않으려고, 속으로 이렇게 말하곤 했다. '기회가 올 때까지 기다리자!'

대부분의 경우 결국 모든 건 실력으로 결정된다. 3학년이 되기 전 해에 한 백인 아이가 한 사립 고등학교에서 햄버그고등학교로 전학을 왔다. 그러자 일부에서는 그 아이가 나보다 더 중용될 거라 생각했다. 그러나 난 실력으로 이겼다. 그 아이가 설사 아칸소 주지사 빌 클린턴•의 조카라고 해도 상관없었다. 중요한 건 내 실력이 훨씬 낫다는 것이

• Bill Clinton. 당시는 주지사였으며 후에 미국 제 42대 대통령이 됨

었다.

흑인으로 살려면 절대 자기 자신이 누구인지 또 어디 출신인지 잊어선 안 된다. 당시 우리 흑인 선수들은 종종 아일랜드 코치의 집을 찾아가 먹을 걸 좀 먹거나 이런저런 일을 하며 시간을 보냈다. 아일랜드 코치는 흑인이었다. 그러나 웨인 감독의 집은 찾아가지 않았다. 개인적으로 그에게 악감정은 없었다. 중요한 건 그저 그는 백인이었고 그래서 백인 동네에 살았다는 것. 결국 끼리끼리 어울리는 것이다.

■ ■ ■ ■

우리 팀은 1시드•• 팀에 배정된 상태였고, 그래서 우리는 아칸소주에서 우승할 기회가 높다고 생각했다. 그러나 실제로는 우승 근처에도 못 갔다.

우리는 첫 경기에서 서쪽으로 두 시간쯤 거리에 있는 스탬프스고등학교 팀에게 45 대 43으로 패했다. 슛 실패 외에 우리에게 좌절감을 안겨준 건 파울 트러블 문제였다. 그리고 그 문제에 관한 한 나는 누구보다 큰 죄책감을 느꼈다. 경기 종료 1분 정도를 남기고 내가 파울을 범해 퇴장 당했기 때문이었다. 그렇게 내 고등학교 선수 생활도 끝났다.

절망감을 극복하고 나서, 나는 내게 감사해야 할 일이 얼마나 많은지 깨달았다. 나는 적절한 노력만 기울인다면, 내가 원하는 높은 수준의 경기를 할 수도 있다는 걸 스스로 증명해 보였다.

근데 당장 어떻게 해야 하지? 내 지역 내 명문 대학들은 이미 자신들이 원하는 선수들과 계약을 마친 상태였다. 나는 매그놀리아에 있는

•• seed. 토너먼트 등의 조 편성에서 특정 팀 혹은 선수에게 부여되는 우선권

서던아칸소대학교와 몬티첼로에 있는 아칸소대학교의 수석 코치들과 전화 통화를 해봤지만, 내가 아는 한 어느 대학교 수석 코치도 내 경기를 보러 와주지 않았다. 나는 아예 존재하지도 않는 듯했다.

그때 웨인 감독이 다시 다가와 물었다. "자, 이제 다음 계획은 뭐야?"

"대학 농구팀에서 뛰고 싶습니다."

"어떻게 그럴 건데? 자넨 그냥 왜소한 친구일 뿐인데."

아, 감독님, 제발 진심이 뭔지 말해 주세요.

이런저런 얘기 다 그만두고, 아일랜드 코치가 처음부터 그랬던 것처럼 그 역시 내게서 많은 잠재력을 봤고, 내게 어떻게든 최선을 다해 돕겠다고 약속했다. 그리고 그는 약속을 지키는 사람이었다.

웨인 감독은 햄버그에서 2시간 30분쯤 떨어진 콘웨이에 있는 센트럴아칸소대학교의 유명한 감독 돈 다이어Don Dyer에게 연락을 했다. 웨인 감독은 1960년대에 헨더슨주립대학교 농구팀에서 돈 다이어 감독과 함께 선수 생활을 했다.

웨인 감독은 돈 다이어 감독에게 이렇게 말했다고 한다. "체구가 좀 작고 근력 운동도 해야 하지만, 정말 경기력이 좋은 선수입니다. 한 번 봐주시지 않겠습니까?"

그러자 다이어 감독이 이렇게 답했다고 한다. "그러지. 이리 데려와 보게."

얼떨결에 빌리 형과 나는 콘웨이로 출발했다. 체육관에 도착하자, 다이어 감독이 다른 선수 두 명을 불러 세운 뒤, 자신에게 내가 무얼 할 수 있는지 보여 달라고 했다. 아무것도 걸 수 있는 게 없었다. 내 미래 외에는.

나는 코트에 오래 있지 않았다. 길어야 20분. 뛰어난 감독들은 누군가의 자질을 파악하는 데 오랜 시간이 걸리지 않는다. 다른 선수들은 나보다 덩치가 훨씬 더 컸다. 당시 나는 체중이 약 72kg이었다. 웨인 감독 말이 옳았다. 나는 정말 왜소했다. 그럼에도 불구하고 나는 자신이 있었다. 내가 보기보다 더 큰 잠재력을 갖고 있고, 그래서 다이어 감독도 좋은 인상을 받게 될 거라고.

그런데 어떻게 알았냐고? 물론 다이어 감독은 웨인 감독에게 나를 만나봤는데 자기 팀엔 적합하지 않다고 말할 수도 있었다. 그럼 모든 게 끝났으리라. 그 어떤 대학 농구팀도 원하는 선수들을 다 받아줄 자리는 없을 테니까.

그때 누군가가 말했다. "다이어 감독님이 사무실에서 자넬 보자는데."

나는 그의 사무실 문을 노크했다. 다이어 감독은 바로 본론으로 들어갔다. "좀 전에 보니 아주 괜찮았어. 그래 지금 어떻게 되어가고 있나?" 그는 내가 어떤 대학을 가게 됐는지 묻고 있었다.

"감독님, 아직 아무 데도요."

그러자 그는 한 가지 제안을 해왔다. 이런 식의 제안이었다.

"우리는 다가올 시즌에 대비해 선수들과 이미 계약을 다 마쳤지만, 자네를 근로 장학생으로 뽑을 수는 있네. 경기에서 뛰지 못할 수도 있지만, 나머지 팀 동료들과 함께 훈련할 수 있는 기회는 있지. 어떤가?"

다이어 감독이 실제 그런 말을 한 건 아니지만, 분명 그렇게 말하는 듯했다. "받아들이든가 아님 말든가."

나는 그 제안을 받아들였다. 완전한 농구 장학생으로 선발된 건 아니었지만, 아칸소 주 햄버그에서 온 나 스카티 모리스 피펜을 원하는 사람이 있다는 것이 중요했다. 그 사람 외에는 누구도 나를 원하지 않았으니까.

물론 기회가 오면(만일 온다면) 나는 내 자신을 입증해 보여야 할 것이다. 그러나 웨인 감독에게 그랬듯, 나는 해낼 수 있다. 빌리 형과 나는 차에 올라 집으로 돌아왔다. 그날 그 드라이브에 대해선 아무 기억도 없다. 내 마음은 이미 백만 마일 밖에 가 있었으니까. 나는 그렇게 흥분될 수가 없었다. 드디어 대학에 가게 됐다.

대학에서 더 큰 사람이 되다

CHAPTER 3 BiGGER MAN ON CAMPUS

1983년 여름에 나는 역기나 덤벨 같은 걸로 근력 운동을 했고 코트의 모든 위치에서 슛 날리는 연습을 수도 없이 했다. 나는 여전히 로니와 함께 파인 스트리트 농구 코트에서 1대 1 하프코트 경기를 하며 혼쭐나곤 했다. 그게 내겐 자극이 됐다. 나는 질 때마다 오히려 의욕이 더 생겨났고 더 나아졌다. 선수 생활 내내 그랬다.

2개월 정도 후에 여름이 끝났고, 나는 콘웨이의 센트럴아칸소대학교로 떠났다. 새로운 삶을 향해. 사실 나는 내심 불안했다. 새로운 삶을 산다는 건 새로운 사람들을 사귄다는 건데, 내겐 그게 결코 쉬운 일이 아니었다. 나는 고등학교 시절 경기를 하기 위해 장거리 자동차 여행을 하거나 어쩌다 루이지애나 주에 사는 어머니 친척들을 방문할 때 외에는 햄버그 밖으로 나간 적이 없었다. 그러던 내가 이제 전혀 아는 게 없는 세상으로 나가게 된 것이다.

대학 생활 첫 날부터 나는 농구에만 집중했다. 내게 농구는 미래로 가는 티켓이었다. 나는 매일 기숙사 근처에 있는 체육관에서 시간을 보냈다. 내 목표는 다이어 감독과 그 스태프들에게 내가 더 이상 그들이 지난봄에 봤던 그 허약한 아이가 아니라는 걸 보여주는 것이었다.

그 목표는 달성됐다. 그러나 아직 갈 길이 멀었다. 나를 빼고 코트에서 뛰는 다른 선수들은 다 장학생들이었다. 나는 속으로 말했다. '문제없어. 내 차례가 오기만 해봐.' 그리고 몇 주 후, 내가 상상한 것보다 더 일찍, 내 차례가 왔다.

두 선수가 장학생 명단에서 빠지면서 갑자기 내가 그 명단에 들어가게 된 것이다. 나중에 알게 된 사실이지만, 다이어 감독의 농구팀에서는 선수들이 수시로 들어오고 나가고 했다. 그는 단 한시도 다른 감독들 눈에 띄지 않은 미지의 보석 찾는 일을 멈추지 않았다. 그런 선수는 어딘가 있기 마련이었고, 그래서 그는 그런 선수를 잘 찾기만 하면 됐다.

한 번은 농구팀이 장거리 여행 중에 경기 후 맥도날드에서 저녁 식사를 하게 됐는데, 다이어 감독이 햄버거를 사려고 줄을 서 있는 한 아이를 보게 됐다. 그 아이는 키가 약 195㎝, 아니 어쩌면 좀 더 커 보였다. 다이어 감독은 갑자기 하던 일을 멈추고 그 아이에게 다가갔다. "너 몇 살이니? 혹시 장학금 받을 생각 없니?" 그 아이는 아마 다이어 감독이 제정신이 아니라고 생각했을 것이다.

과장 하나도 안 보태고, 장학생이 된다는 건 정말 대단한 일이었다. 대학 학비는 싸지 않았고, 내 스스로 가난하다는 생각은 하지 않았지만 사실 나는 억수로 가난했다. 나는 근로 장학생인데다 연방정부 장학금도 받고 있어서 다른 학생들에 비해 비용이 덜 들었다. 그러나 그 비용도 만만치 않아, 늘 어떻게든 돈을 절약할 방법을 찾고 있었다. 그래서 구내식당에서 저녁을 먹은 뒤 다시 줄을 서서 햄치즈 샌드위치나 칠면조 샌드위치 두어 개를 집어 내 배낭 안에 넣어두곤 했다. 그리곤 잠자리에 들기 전에 그 샌드위치들을 꺼내 전자레인지에 넣었다. 그렇게 하루에 세 끼가 아닌 네 끼를 먹었다.

게다가 내 경우 장학생이 됐다는 건 단순히 금전적 도움이 됐다는 것 이상이었다. 이제 비로소 진정한 팀의 일원이 된 기분이었다. 그 전엔 그런 기분을 느끼지 못했다. 그리고 팀의 일원이 됐다는 건 또 돈 다이어 감독이 선수들에게 기대하는 것들을 보여주어야 한다는 의미

이기도 했다. 그가 선수들에게 기대하는 건 한두 가지가 아니었다. 나는 한때 웨인 감독이 선수들에게 너무 많은 걸 기대한다고 생각했었다. 혹시 이런 말 아는가? 'My way or the highway'(내가 시키는 대로 하든가 아니면 그냥 가던 길 가든가). 다이어 감독은 이 말을 너무 많이 해서 그가 이 말을 직접 만든 게 아닌가 하는 생각이 들 정도였다.

그는 끊임없이 훈련을 시켰다. 농담이 아니라, 한 번은 크리스마스 날에도 훈련을 했다. 간혹 원정 경기에서 참패라도 당한 경우, 우리는 콘웨이로 돌아오는 대로 한 사람도 열외 없이 모두 운동장을 돌아야 했다. 시간이 아무리 늦어도 상관없었다. 다른 팀 동료들과 마찬가지로, 나 역시 뭐든 다이어 감독이 시키는 대로 했다. 과거 웨인 감독 말을 듣지 않았다가 어떤 일을 겪었는지 생생히 기억하고 있었기 때문이다.

그러나 그것도 한계는 있었다. 한 번은 다이어 감독이 우리를 한계 상황까지(한계 상황 그 이상까지는 아니더라도) 밀어붙였을 때, 나는 코트 밖으로 나가버렸다. 아직 훈련이 끝나지 않았지만 개의치 않았다.

"빌어먹을, 발 아파 죽겠네! 난 그만둬야겠어!" 내가 말했다. 만일 다른 누군가가 그런 짓을 했다면, 다이어 감독은 아마 그 자리에서 바로 그를 쫓아냈을 것이다. 그런데 그 당시 나는 우리 팀 최고의 선수였을 뿐 아니라 아칸소 주 대학 컨퍼런스 최우수 선수이기도 했다. 그런 나를 쫓아낼 수는 없었다. "오늘은 이만 끝내자. 모두들 내일 봐." 그가 말했다.

하지만 다이어 감독이 늘 내게 너그러운 것만은 아니었다. 어느 날 우리는 한 경기에서 패했다. 경기 종료 몇 초를 남긴 상황에서 내가 림에 맞고 튀어나온 공을 가볍게 건드려 넣지 않고 덩크 슛을 하려 했기 때문이었다. 그 덩크슛이 림 뒤쪽에 맞고 다시 튀어나온 것이다. 다이어 감독은 화가 머리끝까지 났다. 그가 보기에 나는 농구의 신들이 전한 뜻을 거역한 대역죄인이었다. 이후 라커룸에서 그는 내가 모든 팀원들이 보는 앞에서 사과해야 한다고 했다. 거의 불가능한 요구였다.

그러면서 그는 말했다. "그때까진 아무도 여기서 꼼짝 않는다. 스카티가 준비되면 와서 알려줘. 얼마나 오래 기다려야 하든 상관없어." 나는 30분, 아니 어쩌면 조금 더 오래 내 고집을 꺾지 않았다. 사과? 무엇에 대한? 나는 다른 그 누구보다 이기고 싶었다. 실수를 했을 뿐이다. 마음대로 하라고 해. 게다가 누군가가 사과를 해야 한다면, 그건 바로 우리를 이렇게 오래 붙잡아두고 있는 다이어 감독이었다.

팀 동료들 또한 내 편이었다. 그러면서도 그들은 집에 가고 싶어 했다. 힘든 하루였으니까.

그들은 말했다. "핍, 우린 네 잘못이 아니었다는 걸 알아. 그냥 가서 미안하다고 해. 그래야 빌어먹을 이곳에서 빠져나가지."

"가서 그렇게 해."

다이어 감독이 도착했을 때, 나는 그가 듣고 싶어 하는 말을 해줬다. 물론 전혀 내 진심은 아니었다. 그러자 다이어 감독이 말했다. "모두들 내일 보자."

그리고 언젠가는 내가 문자 그대로 버스를 놓친 때도 있었다. 그날 나는 오후 한 시에 시작되는 강의를 듣고 있었다. 버스는 오후 2시에 우리가 머물고 있던 콘웨이의 패리스 센터를 출발해 그 날 저녁 경기가 열리는 매그놀리아로 갈 예정이었다. 나는 2~3분 일찍 강의실을 빠져나오면 시간에 맞출 수 있을 거라 생각했다. 강의실에서 패리스 센터는 멀지 않았다. 게다가 설사 조금 늦더라도 별 문제 없을 것이었다. 당시 나는 모든 사람들에게 말했듯, 올 아메리칸 대학 선발팀 멤버였다. 설마 나를 두고 떠나진 않겠지.

올 아메리칸이라는 게 대체 뭔지 참!

운 좋게도 나는 우리가 즐겨 찾던 캠퍼스 내 식당 치카딜리Chick-a-

Dilly를 운영 중이던 데이비드 리David Lee라는 신사 덕에 위기를 모면했다. 리는 농구 프로그램의 중요한 후원자였고 다이어 감독의 친구이기도 했다. 한두 시간 후 우연히 리를 만나 상황 설명을 했더니, 그가 나를 자신의 캐딜락에 태워주었다. 그리곤 매그놀리아에 도착할 때까지 내내 거의 시속 130㎞로 달린 것 같다.

나는 경기 전반 약 7분을 남겨 놓은 순간에 체육관에 도착했다. 다이어 감독을 비롯한 모든 사람들이 나를 보고 놀란 표정이었다. 다이어 감독은 경기 후반 약 6분이 지날 때까지도 내 등번호를 불러주지 않았다. 나는 그가 내게 벌을 주고 있는 거라 생각했다. 그러나 그 벌은 오래갈 수가 없었다. 내가 합류했을 때 우리는 3점 차로 지고 있었다. 남은 시간 동안 나는 11득점을 했고, 우리는 6점 차로 이겼다. 그 날 이후 나는 두 번 다시 버스를 놓친 적이 없다.

다이어 감독은 가끔 저녁 6시 넘게까지 훈련을 하게 했다. 선수들은 그걸 아주 싫어했다. 구내식당은 저녁 6시면 문을 닫았기 때문에, 늦은 시간까지 훈련을 하게 될 경우 우리는 구내식당에 미리 연락해 몇 분 정도만 더 늦게까지 문을 열어달라고 요청하곤 했다. 그 답은 대개 '예스'였다. 그리고 그게 불가능할 경우 우리는 데이비드 리가 운영하는 식당 치카딜리를 이용했다.

다이어 감독은 얼마 전 세상을 떠났다. 그는 시카고 불스의 필 잭슨 감독을 포함해 그간 내가 같이 생활한 그 어떤 감독보다 더 속속들이 농구의 모든 걸 꿰차고 있었다. 그는 600경기 넘게 승리했으며, 결국 전미대학선수협회(NAIA) 명예의 전당에 이름을 올렸다. 새로운 이론을 만들어내기 위해 애쓰는 수학자처럼, 그는 늘 자신의 사무실 안에서 칠판 위에 새로운 전술을 끼적이곤 했다.

그러다 누군가가 사무실에 들르면 이렇게 묻곤 했다. "어때? 이게 먹힐 거 같아?"

그러나 그 누구도 수석 코치였던 아치 존스만큼 우리 팀에 근본적이며 지속적인 영향을 미친 사람은 없었다. 다이어 감독이 팀 전술에 신경을 썼다면, 존스 코치(우리는 주로 '코치 J'라는 애칭으로 불렀음)는 사람들에 신경을 썼다. 그는 우리로 하여금 훗날 농구를 그만둔 뒤, 아니면 더 이상 농구를 할 수 없게 된 뒤 남아 있는 오랜 세월을 어떻게 살 것인가 하는 문제에 대해 생각해볼 수 있게 해주었다. 나중에 어떤 아버지가 될 것인가? 어떤 남편이 될 것인가? 어떤 시민이 될 것인가? 등등.

코치 J는 어머니 손에서 자랐다. 그의 아버지는 그가 태어나기도 전에 세상을 떠났다. 고등학교 시절 그의 농구팀 감독이 그를 무척 아꼈다. 코치 J가 스스로 코치가 되어 롤 모델을 필요로 하는 아이들을 이끌어주게 된 것도 바로 그 감독 때문이 아니었나 싶다.

다이어 감독이 어떤 선수를 혼낼 때마다, 코치 J는 적절한 때를 기다렸다가 그 선수가 한 일 또는 하지 않은 일이 스스로 생각하는 것만큼 대단한 일은 아니라며 위로를 해주었다. 얼마나 많은 선수들이 코치 J 덕에 자신감을 되찾을 수 있었는지 모른다.

나는 코치 J와는 오랜 시간 얘기를 나눌 수 있었다. 우리는 농구 외에 많은 것들에 대해 얘기를 나누었다. 삶에 대한 얘기도 나누었다. 나는 가족 외의 그 누구에게도 그렇게 마음을 열었던 적이 없다. 나는 발달 장애를 가진 그의 사랑스런 딸 에이미 존스 외에 그의 다른 두 아이는 물론 놀라운 그의 아내 아티Artie와도 알고 지냈다. 에이미의 문제에 대처하면서 보여준 그녀의 힘과 용기를 보며 나는 어머니 생각을 많이 했었다.

코치 J는 다른 방식들로도 내게 도움을 주었다. 내가 가스나 다른 기본 생필품들을 살 돈이 없을 때, 그는 잠시도 지체하지 않고 바로 10달러 내지 20달러를 내주었다. 그리고 그게 쌓이고 쌓여 곧 2,000달러가 됐다. 돌이켜보면, 나는 당시 미국대학스포츠협회(NCAA)의 원칙을 어겼던 셈이다. 근데 사실 코치 J의 도움이 없었다면 나는 대학 4년을 제대로 넘기지 못했을 것이다. 한 푼이라도 도와달라며 식구들에게 손 벌리는 건 불가능한 일이었으니까.

오늘날 많은 대학 운동선수들이 이와 비슷한 상황에 처해 있다. 그래서 나는 그런 대학 운동선수들이 뭔가 보상책을 마련해달라고 요구하는 것에 공감하며, 또 최근 그와 관련된 대법원 판결도 나왔지만 우리는 지금 계속 그 방향으로 움직이고 있는 것이다. 고매한 척하는 사람들이 학생 운동선수들에 대해 하는 말도 안 되는 그런 얘기는 하지 말라. 이 젊은 남성과 여성들은 학생이기보다 운동선수이며, 대학 생활에 필요한 돈을 마련하기 위해 이런저런 노동을 하고 있다.

적당한 용어가 생각나지 않아 하는 말인데, 그 선수들은 어떤 면에서 노예나 다름없다.

■ ■ ■ ■

대학 1학년 때 나는 경기당 평균 4.3득점에 리바운드 3개밖에 안 되는 선수였다. 상관없었다. 잊지 말라. 센트럴아칸소대학교에 들어갈 때 나는 1년 내내 벤치나 지키고 앉아 있을 수도 있는 신세였다. 그런데도 나는 20경기에 출전했다. 정식 선발되어 첫 날부터 장학금을 받은 신참 선수들보다 더 많은 경기 수였다.

즐겁고도 놀라운 일이었지만, 나는 코트 밖에서도 많은 친구들을 사귀었으며, 혼자서도 얼마든지 잘 해나갈 수 있다는 사실을 알게 됐다. 캠퍼스 생활이 워낙 편해, 1학년 마친 뒤 여름은 물론 2, 3학년 여름에도 캠퍼스를 떠나지 않았다. 지금 내 삶이 녹아 있는 곳은 햄버그가 아니다. 콘웨이이다.

나는 여름에는 일도 하고 농구도 했는데, 그 스케줄이 가히 살인적이었다. 나는 가정용 가구 및 사무용 가구를 만드는 용접 공장 비르코 Virco에서 오후 11시부터 그 다음 날 오전 7시까지 야간 근무를 했다.

일은 극도로 위험했다. 산성 액체에 빠질 경우 살아나오기 힘들었다. 나는 어깨에 화상을 입었고, 그 바람에 보기 싫은 흉터들이 지금까지도 남아 있다. 내가 할 일은 박스들을 뒤져 한 번에 의자 다리 두 개를 꺼내, 페달이 네 개 달린 자동 공작 기계를 이용해 의자에 붙이는 것이었다. 용접된 금속은 엄청나게 뜨거웠다. 양 손에 장갑을 껴야 했다. 그래도 완전히 안전하지는 못했다.

그런데 그런 위험은 무릅쓸만했다. 보수가 상당했던 것. 회사 측에서는 각 교대 근무 시간에 얼마나 많은 의자를 조립하느냐에 따라 돈을 주었다. 날이 너무 덥지만 않다면, 나는 보통 300개 정도를 조립했다. 어떤 날은 공장 내부 온도가 섭씨 38도가 넘었다. 나는 1주일에 약 750달러를 벌었고, 첫 해 여름에 5,000달러 가까이 모았다. 나 같은 배경을 가진 사람에게 그건 복권에 당첨된 거나 다름없는 돈이었다.

교대 근무가 끝나면 집으로 차를 몰고 가 간단한 운동을 한 뒤 6~7시간 정도 잠을 잤다. 그리곤 바로 차를 몰고 30분 정도 떨어진 리틀 록으로 달려가 던바 섬머 리그Dunbar Summer League로 알려진 리그에 참가하곤 했다. 아칸소 주 전역에서 몰려온 정상급 선수들도 몇 명 참가하는 리그였다. 당시 우리는 이런 말을 되뇌곤 했다. "부상 사절."

그 리그에 정기적으로 참가하는 선수들 중에는 훗날 시카고 불스에서 같이 뛰게 될 피트 마이어스도 있었다. 피트는 앨라배마 주의 한 지역사회 대학에서 전학 와 리틀 록에 있는 아칸소대학교에서 2학년 시즌을 시작하려 하고 있었다. 나는 피트를 비롯해 다른 선수들과 경기를 했다. 그리곤 밤 9시경 차를 몰고 콘웨이로 돌아가 샤워를 하고 간단히 요기를 한 뒤 밤 11시까지 용접 공장으로 갔다.

내 스케줄은 정말 살인적이었다. 게다가 생산적이기도 했다. 그러면서 경기력을 완전히 새로운 차원으로 끌어올릴 준비를 하고 있었으니까. 그러다 1984년 여름에 뭔가 큰 변화가 생겼고, 그로 인해 모든 게 바뀌게 된다.

키가 커진 것이다. 나는 얼마 전부터 내 키가 왜 형들만큼 크지 않는지 의아했다. 형들은 다 키가 180㎝를 훌쩍 넘었다. 나는 이러다 키가 조금도 안 크는 거 아닌가 걱정이 되기 시작했다. 그러다 정말 키가 쑥 컸다. 내 키는 195㎝까지 자랐고, 그런데도 계속 크고 있었다. 결국 내 키는 약 201㎝까지 커졌다. 한동안 나를 보지 못했던 사람들이 제일 먼저 꺼내는 얘기는 주로 내 키 얘기였다.

“오, 이런! 드디어 해냈군.”

그리고 커진 키 때문에 나는 많은 덕을 보게 된다. 나는 포인트 가드의 패싱 기술들은 이미 다 익힌 상태였다. 이제 나는 그 기술들을 나보다 더 작은 수비수들에게 써먹을 수 있게 됐다. 그리고 이젠 상대 선수들에게 더블팀 수비를 당해도, 그들보다 키가 더 커 앞 공간이 열린 팀 동료를 쉽게 찾아낼 수 있었다. 유일한 단점이라면 효과적인 슛을 하기 위해 굳이 멀리서 슛을 하지 않아도 됐다는 것. 그런 면이 경기력 향상에 도움이 되지 않았고, 따라서 훗날 NBA에서는 어느 정도의 조정이 필요했다. 나는 다이어 감독과 존스 코치에게 한층 발전된 새로운 버전의 내가 실제 경기에서 얼마나 뛰어난 실력을 뽐낼 수 있는지 하루라도 빨리 보여주고 싶어 미칠 지경이었다. 그러나 불행히도 그러기까지는 한참을 기다려야 했다.

1984년 가을에 나는 학사 경고를 받았다. 그 누구 잘못도 아닌 내 잘못이었다. 그 전 학기에는 아무도 없이 나 혼자였던 데다가, 농구 선수로서 부족한 게 뭔지를 살피는 데 너무 몰두해 학업을 등한시했다. 이제 그 대가를 치를 때가 된 것. 센트럴아칸소대학교의 최저 평균 학점이 얼마였는지는 잘 기억나지 않는다. 어쨌든 그 최저 평균 학점 근처에도 못 간 건 분명했다.

나는 그 위기 상황에서 고등학교 시절 계단을 뛰어 오르내릴 때 썼던 접근법을 그대로 썼다. 그러니까 학업을 적이 아닌 친구로 여기기로 한 것. 나는 지도 교수들과 반 친구들에게 도움을 청했고, 처음으로 도서관도 찾아갔다. 나는 아인슈타인 같은 천재는 아니었지만, 가을 학기가 끝날 때쯤 내 학점들은 그런대로 괜찮은 편이었다. 이제 마음 놓고 뭔가를 보여줄 수 있었다.

그리고 정말 뭔가를 보여줬다. 내가 경기당 평균 득점(18.5점)과 리바운드(9.2개) 두 부문에서 아칸소 주 대학 컨퍼런스 선두가 된데다, 몇몇 선수들을 내보내고 대신 몬티첼로 소재 아칸소대학교에서 가드 지미 맥클레인Jimmy McClain을 데려오면서 우리 2학년 농구팀에 거는 기대는 더 커졌다. 그 기대에 부응해야 할 텐데.

우리는 23승 5패의 기록으로 1965년 이후 첫 컨퍼런스 우승컵을 안았다. 그런데 그 5패 중 1패는 몬티첼로 소재 아칸소대학교 볼 위빌즈Boll Weevils 팀과의 지역 선수권 경기에서 나왔다. 막판에 우리 팀이 망한 것이다. 아니, 정정한다. 막판에 내가 망친 것이다.

연장전에서 처음 공을 잡게 된 내가 덩크슛을 놓쳤다. 그것만으로도 속상한 일이었다. 그리고 경기 종료를 3초 앞두고 마지막 공을 잡은 내가 레이업슛을 날렸는데, 공이 림 주변을 맴돌다 밖으로 떨어졌다. 동점이 될 수 있었던 슛을 놓친 것이다. 나는 그 시점까지 19득점 10리바운드 4스틸 2블록슛을 기록하는 등 잘 뛰고 있었다. 꽤 괜찮았다. 그러나 나는 결정적인 한 방에서 실패했고, 그건 큰 문제였다.

그 결과 우리 센트럴아칸소 베어즈Central Arkansas Bears가 아닌 볼 위빌즈가 캔자스시티에서 열리는 전미대학선수협회(NAIA) 전국 토너먼트에 나갔다. 나는 주로 4학년생인 나머지 선수들에게 너무너무 미안했다. 내 자신에게도. 전국 무대에 얼굴을 내밀 기회가 사라졌고, 그런 기회가 또 온다는 보장도 없었다. 나는 전국 무대에 대한 갈망이 너무 컸고, 그래서 2학년이 끝나기도 전에 페이엣빌 소재 아칸소대학교의 레이저백스Razorbacks로 옮길 수 있는 가능성을 찾아 나섰다.

아칸소 주에서는 레이저백스에 들어가는 것보다 더 나은 일은 없었다. 그 팀에 들어간다면 장학생이 되든 안 되든 그런 건 개의치도 않았을 것이다. 그저 그 팀 유니폼을 입고 다른 선수들과 함께 운동할 수 있게만 해준다면, 콘웨이에서 그랬던 것처럼 모든 길은 내 스스로 찾아갈 수 있을 텐데.

레이저백스에는 수석 코치 놀란 리처드슨Nolan Richardson이 새로 와 있었는데, 그는 오클라호마 주 털사에서 농구 코칭 프로그램을 바꾸어 1981년 내셔널 인비테이셔널 토너먼트(NIT)에서 우승을 한 바 있었다. 그는 미국 농구계에서 가장 명석한 두뇌를 가진 코치들 중 한 사람으로, 미국 남부에서 주요 대학교 농구팀을 이끌게 된 최초의 흑인이기도 했다. 그의 밑에서 코치를 받을 수 있다면 그보다 더한 영광은 없으리라.

내가 어떤 생각을 품고 있는지를 알게 된 코치 J는 바로 나를 찾아왔다. 나는 그를 맞을 준비가 되어 있었다.

"여기선 뭔가, 모든 게 잘 풀리지 않고 있어요. 다른 데서 뛰어야겠어요." 내가 말했다.

나는 원래 미국대학스포츠협회(NCAA) 디비전 I 수준이지만 디비전 II 대학에 갇혀 있는 선수로, NBA 스카우트 담당자들의 눈에 띄지 않을까 두려웠다•. 당시만 해도 인터넷이 나오기 한참 전이었다. 오늘날에는 선수가 실력만 있다면 스카우트 담당자들의 레이더에 포착되

• 디비전 I, II, III 대학들이 있는데, 가장 우수한 선수들이 가는 곳은 디비전 I

지 않을 수가 없다.

코치 J는 아칸소대학교 레이저백스로 가면 분명 NBA 스카우트 담당자들의 눈에 띌 거고, 또 최정상급 선수들과 경쟁함으로써 기술을 연마할 기회도 갖게 될 거라고 했다. 게다가 '3월의 광란'•의 스릴을 맛볼 수 있는 가능성 또한 높아질 것이다. 어린 시절에 나는 매년 전미대학농구 토너먼트를 지켜봤다. 다른 아이들도 다 그랬겠지만, 1979년 봄에 래리 버드(인디애나주립대)와 매직 존슨(미시건주립대)이 자웅을 겨룰 때는 단 한시도 TV에서 눈을 뗄 수가 없었다. 아마 대학 농구가 그때와 같은 영광을 다시 누리긴 힘들 것이다.

코치 J는 내 말이 끝나길 기다린 뒤 이런 말을 했다. "기회가 있을 거네, 내 약속하지. 내가 스카우트 담당자들을 불러 모을 거고, 그래서 세상 사람들이 자네를 알게 만들 거야."

나는 그가 나를 한 상품이 아닌 인간으로 대해주는 게 너무 고마웠다. 코치 J는 내가 콘웨이에서도 더 행복해질 수 있을 거라 굳게 믿었는데, 결국 그가 옳았다. 선수들의 재능은 워낙 층이 다양하기 때문에, 내가 만일 아칸소대학교 레이저백스나 다른 디비전 I 대학 팀에 갔다면 존재감을 드러내지 못했을 지도 모른다.

콘웨이에 그대로 남아 있으면서 나는 하루가 다르게 발전했다. 우리 팀 역시 마찬가지였다. 4학년 때 로니 마틴은 우리 팀의 포인트 가드였고 로비 데이비스Robbie Davis는 우리 팀 최고의 슈터였다. 나는 상대 팀 선수들의 높이나 속도에 따라 이 포지션에서 저 포지션으로 포지션을 옮겼다. 다이어 감독은 늘 그랬듯 요구하는 게 많았다. 세 시즌을 함께하다 보니 나는 그가 우리에게 무얼 기대하는지 훤히 알 수 있었다.

• March Madness. 미국대학스포츠협회가 매년 3월에 개최하는 전미대학농구 토너먼트의 별칭

우리는 다시 컨퍼런스 우승컵을 들어 올렸지만, 전미대학선수협회(NAIA) 17 구역 토너먼트에서 또 다시 좌절을 맛봤다. 나는 그 전해에 아칸소대학교의 볼 위빌즈에 패하면서 하늘이 무너지는 듯 가슴이 아팠다. 그러나 이번에 하딩대학교의 하딩 바이슨즈Harding Bisons에게 패한 것에 비하면 그건 아무것도 아니었다. 우리는 준결승에서 그 팀에게 88 대 87로 석패했다. '절대' 놓쳐선 안 되는 경기였는데. 절대 말이다. 한 달 전에 우리는 그 팀을 84 대 54로 대파했다. 그것도 그들의 대학 건물 안의 경기장에서.

이번 경기는 우리 대학 건물 안에서 홈 경기로 벌어졌다. 대체 어찌 이런 일이 일어날 수 있었을까? 전후 사정을 얘기해보자면 이렇다. 하딩 바이슨즈에는 키가 172㎝밖에 안 되는 팀 스몰우드Tim Smallwood(맹세컨대 내가 지어낸 이름이 아님)라는 이름의 가드가 있었는데, 그가 갑자기 신들린 듯 11개의 3점슛을 날려 무려 7개를 성공시켰다. 게다가 코리 캠퍼Corey Camper라는 선수가 경기 종료 5초 전에 7미터 거리에서 3점슛을 꽂아 넣어 바이슨즈가 1점 차로 앞서게 됐다. 당시 캠퍼는 코트 오른쪽에 있었고 앞이 활짝 열린 상태였다. 그때 하딩 바이슨즈의 감독이 타임아웃을 외쳤다. 그 소리를 듣지 못한 캠퍼가 그대로 일생일대의 슛을 날린 게 오히려 우리에겐 행운이었다.

우리에겐 아직 경기를 뒤집을 마지막 기회가 있었다. 우리 측에서 타임아웃을 요청한 뒤, 나는 코트를 가로질러 골대 3미터 앞까지 달려갔으나, 시간이 부족해 경기 종료 버저가 울리기 전에 슛을 날리질 못했다.

당시 나는 39득점에 12리바운드를 기록했다. 내가 뛴 최고의 경기들 중 하나였다, 정말 그랬을까? 아니었다. 어째서 아니냐고? 내가 다시 우리 팀을 승리로 이끄는 데 실패했고. 무엇보다 자유투 15개 중에 8개만 성공시켰다. 무려 7개를 놓쳤고, 그 때문에 우리는 패했다. 자유투 2개만 더 성공시켰다면 결승까지 오를 수 있었는데.

경기 종료 버저가 울리자마자, 나는 바닥에 쓰러져 울었다. 얼마나 오래 바닥에 무릎을 꿇고 앉아 있었는지 모른다. 그 시간이 영원한 것처럼 길게 느껴졌다. 내 대학 선수 생활은 그렇게 끝났다.

캔자스시티로 가서 전미대학선수협회(NAIA) 토너먼트에 참가할 마지막 기회 또한 그렇게 날아갔다. '3월의 광란'은? 아마 그걸 경험할 기회도 함께. 그럼에도 불구하고 NBA 스카우트 담당자들은 캔자스시티로 가겠지. 그 전 해에 전미대학선수협회에 소속된 오클라호마 주 남동부의 한 대학 농구팀 선수가 전미대학선수협회 토너먼트의 한 경기에서 46득점 32리바운드를 기록했다. 그리고 그 선수는 NBA 드래프트 2라운드에서 디트로이트 피스톤스에 지명됐다. 그 선수의 이름은? 바로 데니스 로드맨이었다.

나는 3년 연속 우리 컨퍼런스에서 경기당 평균 득점(23.2점)과 리바운드(10개) 부문에서 선두를 달렸고, 어시스트 부문에서 2위를 기록했지만, 고등학교 선수 생활을 마쳤을 때 느낀 것과 다르지 않은 기분을 느꼈다.

'이제 뭘 어떻게 하지?'

내 삶은 여전히 미정 상태였다. 대학 3학년 때 한 친구가 나를 카렌 맥컬럼Karen McCollum에게 소개시켜 주었고, 카렌은 내 첫 여자 친구가 되었다. 내가 여자 친구를 늦게 사귄 것은 이성에게 수줍음이 많은 편이었기 때문이다. 오래지 않아 카렌과 나는 사랑에 빠졌다. 나는 함께 가정을 꾸리는 걸 생각할 정도로 그녀를 사랑했다. 그런데 내 삶에는 또 다른 사랑, 농구가 있었다. 이것이 나중에 문제가 된다.

나를 사로잡은 도시 시카고

CHAPTER 4 MY KiND OF TOWN

코치 J는 내가 센트럴아칸소대학교를 떠나고 싶다고 했을 때 했던 약속을 지켰다. 그는 누군가로 하여금 내 경기 모습을 보게 했다. 그 누군가는 NBA 스카우트 책임자 마티 블레이크Marty Blake였다. 그야말로 최고의 스카우트 담당자를 찾아낸 것.

한 차원 높은 데로 올라갈 잠재력을 지닌 선수들을 찾아내는 데 블레이크만큼 많은 시간을 보낸 사람은 없었다. 그는 유명 대학들만 찾아다닌 게 아니었다. 미국 내 모든 대학의 농구 체육관들을 찾아다닌 것 같았다. 그렇게 해서 찾아낸 선수들 중 하나가 데니스 로드맨이었다. 만일 블레이크가 어떤 선수에 대해 아는 게 없다면, 그러니까 아주 열성적인 코치나 스포츠 정보 책임자가 그 선수에 대해 알려준 정보 외에 아는 게 없다면? 그렇다고 그게 그 코치나 정보 책임자의 잘못은 아니지 않는가.

코치 J는 블레이크를 설득해 콘웨이에 오게 했는데, 그것은 행운이(아니 어쩌면 비운이) 한 사람의 운명에 얼마나 큰 영향을 미치는지를 잘 보여주는 예였다. NBA 세인트루이스 호크스•의 단장으로 재임 중이던 1961년, 블레이크는 아칸소공과대학 농구팀 가드였던 J.P. 러브레이디J.P. Lovelady에게 관심이 있었다. J.P.는 슈팅도 좋았고 거친 수비에도

• St. Louis Hawks. 1968년에 연고지를 이동해 애틀란타 호크스로 팀명이 바뀜

능했다. 그해 2월 10일 밤에 J.P.는 아칸소공과대학 농구팀의 컨퍼런스 라이벌 대학들 중 하나와 맞붙었는데, 그 경기에서 23득점에 14리바운드를 기록했다. 그리고 이틀 후 자동차 사고를 당해 세상을 떠났다. 블레이크는 그 장례식에 참석했는데, 거기에서 J.P.의 팀 동료들 중 하나인 아치 존스, 즉 코치 J를 만나게 된다.

시간을 빨리 돌려, 때는 다시 콘웨이에서의 내 대학 4학년 시절. 코치 J는 블레이크에게 전화를 해 두 사람이 J.P.의 장례식장에서 만났던 걸 상기시키면서, 내 경기를 봐달라고 요청했다. 그런데 아무래도 코치 J의 그 요청이 아주 설득력이 있었던 듯하다.

1986년 12월 13일, 블레이크는 해티즈버그에 있는 서던미시시피대학교에 모습을 드러냈다. 그 대학교의 골든 이글스Golden Eagles는 우리보다 훨씬 강한 팀, 그 시즌에 내셔널 인비테이셔널 토너먼트(NIT) 우승할 정도로 강했다. 우리는 95 대 82로 패했다. 당시 나는 24득점을 올렸고 잘 뛴 편이었다. 그보다 더 중요한 건 그날 내가 블레이크에게서도 좋은 점수를 받았다는 것이다. 그는 내가 다섯 가지 포지션을 두루 잘 소화해낸다는 사실에 좋은 인상을 받은 듯했다. 나는 그가 그런 선수를 흔히 보지 못했을 거라 생각한다.

블레이크는 NBA 팀들에게 내 소문을 퍼뜨렸다. "모두들 가서 봐야 할 겁니다. 정말 장래가 촉망되는 친구입니다."

그러나 모든 팀 단장들의 반응은 이랬다. "됐네요."

그러나 시카고 불스의 제리 크라우스 단장은 달랐다. 제리는 빌리 맥키니Billy McKinny를 보냈는데, 7시즌 동안 NBA 선수로 활약했던 빌리는 그 당시 시카고 불스의 스카우트 담당자였다. 2017년에 세상을 떠난 제리 크라우스 단장은 여러 해 동안 많은 사람들로부터 비난을 받았다. 나도 그를 비난한 사람들 중 하나였다. 나는 지금도 내가 했던 비난 중 단 한 단어도 철회하고 싶지 않을 만큼 그에게 응어리진 게 많다. 그럼에도 불구하고 그는 칭찬 받아야 할 면도 많았다. 그는 다른 사람들에게는 없는 인재를 알아보는 눈이 있었고, 블레이크와 마찬가지로 이 광대한 나라에서 인재를 찾기 위해서라면 그 어디든 달려갔다.

증거물 1호: 노스캐롤라이나 주 소재 윈스턴세일럼주립대학교에서 얼 '더 펄' 먼로Earl "the Pearl" Monroe를 발탁.

과거 볼티모어 불리츠Baltimore Bullets는 제리가 스카우트 담당자로 활동하던 1960년대에 먼로를 드래프트했다. 그러니까 제리는 먼로의 보기 드문 재능들을 처음 알아본 사람들 중 하나였던 것이다. 포지션이 가드였던 먼로는 NBA 역사상 가장 위대한 선수들 중 하나로, 훗날 명예의 전당에도 이름을 올리게 된다.

스카우트 담당자 빌리 맥키니는 1987년 2월 말에 우리 센트럴아칸소대학교와 헨더슨주립대학교 농구팀의 경기를 보러 왔다. 나는 그가 경기를 지켜본다는 걸 전혀 몰랐는데, 어쩌면 잘된 일이었다. 그 사실을 미리 알았다면, 아마 부담감 때문에 제대로 뛰지 못했을 것이다. 선수들은 다음 오디션 기회가 언제 올지 전혀 알 수 없다. 그런 기회가 오긴 오는 것인지조차. 그 날 나는 29득점 14리바운드 5스틸로 경기를 끝냈다. 맥키니는 좋은 인상을 받았지만, 아직까지는 내 잠재력에 확신이 서질 않았다.

내가 잘한 걸까 아니면 상대 팀이 약했던 걸까? 이런 상황이었기 때문에, 한 달 후 우리 팀이 하딩 바이슨즈에게 1점 차로 패하면서 2년 연속 캔자스시티에서 열리는 전미대학선수협회(NAIA) 토너먼트에 출전할 기회를 놓친 건 정말 엄청난 타격이 아닐 수 없었다. 그 경기를 지켜봤을 맥키니와 다른 스카우트 담당자들에게 내 자신을 입증해 보이고, 이후 더 나은 팀들을 상대로 더 멋진 경기를 치르는 걸 보여줄 수 있는 절호의 기회였는데 말이다. 누구나 한두 번 좋은 경기를 보여줄 수 있다. 그러나 최정상급 선수들은 매일 그리고 매년 좋은 경기를 보인다.

마티 블레이크에 대해 그리고 그가 나를 위해 해준 일들에 대해 생각할 때면, 나는 내가 정말 축복 받은 사람이라는 걸 새삼 느끼게 된다. 어디를 가든, 누군가가 나를 믿어주었고 나를 위해 싸워주었으며 내게 열심히 뛸 기회를 주었다. 아일랜드 코치가 그랬다. 웨인 감독도. 다이어 감독도. 코치 J도. 그리고 지금은 마티 블레이크가. 나는 아칸소 주 남부의 한 조그만 도시 출신으로, 가진 거라곤 꿈밖에 없었다. 그들은 나를 도와줄 의무도 없었다. 그런데도 도와주었다.

블레이크는 단순히 NBA 팀들에게 나를 잘 살펴보라고 권하기만 한 게 아니었다. 그는 버지니아 주 포츠머스로 나를 초대해 포츠머스 인비테이셔널 토너먼트Portsmouth Invitational Tournament에 출전할 기회까지 주었다. 그의 영향력은 그렇게 대단했다. 이 토너먼트는 1953년 이후 매년 열려온 토너먼트로 미국 최고의 대학 선수들 상당수가 참가하고 있다. 그 참가자들 중에는 존 스탁턴John Stockton, 데이브 코웬스Dave Cowens, 릭 배리Rick Barry, 얼 먼로 등이 포함되어 있으며, 지금 이들의 이름은 각기 스프링필드의 명판에 새겨져 있다. 나는 믿을 수 없을 만큼 흥분해 있었다.

한편으로는 불안하기도 했다. 거기엔 새로 알아야 할 또 다른 집단의 사람들이 있었다. 그들은 모두 고등학교 때부터 각종 토너먼트에서 경기를 해 서로 잘 알고 있는 듯했다. 나는 한 명도 모르는데. 잘 어울리지 못하면 어쩌지? 내 자신이 내 생각만큼 잘하지 못하면 어쩌지? 그 다음에는?

포츠머스에는 한 팀에 8명씩 총 64명의 선수들이 있었다. 그중 특히 눈에 띄는 선수가 키가 160㎝밖에 안 되는 웨이크포레스트대학교 농구팀 가드 먹시 보그스Muggsy Bogues였다. 참으로 애석한 일이지만, 요즘 아이들은 아마 먹시라는 이름은 들어보지도 못했을 것이다. 그는 아주 놀라운 선수였다. 그 단신에도 불구하고 그는 코트 전체를 훤히 내다볼 수 있었고, 내가 같이 뛰어본 다른 그 어떤 포인트 가드보다 공 마무리가 더 깔끔했다. 먹시는 모리스 칙스에 비견할 만한 선수였다. 그는 득점보다는 패스를 더 중시했으며, NBA에서 14년간 선수 생활을 했다.

그날 포츠머스에서 먹시와 나 우리 두 사람은 아주 멋진 콤비였다. 우리는 코트 위를 이리저리 내달리며 그야말로 폭풍을 일으켰다. 젊었고 두려움도 없었으며 있는 그대로의 자기 모습을 내보였다. 그 날 우리 두 사람은 모두 올-토너먼트 팀에 이름을 올렸다.

많은 스카우트 담당자와 단장들이 관람석에 앉아 있던 블레이크에게 다가가 그 토너먼트에 나를 초대한 것에 대해 사의를 표했다. 그날 내 경기를 좋게 본 사람들 중 한 사람은 시카고 불스의 단장 제리 크라우스로, 그는 마이클 조던을 도와 시카고 불스를 우승으로 이끌고 가게 해줄 퍼즐의 빠진 한 조각을 찾아냈다고 믿었다. 시카고 불스는 이후에 있을 NBA 드래프트 8순위와 10순위 지명권을 갖게 된다. 전해오는 얘기들에 따르면, 드래프트 지명권 측면에서 불리했던 제리는 내가 드래프트 이전에 열리는 그 어떤 토너먼트에도 참가하지 못하게 하려 애썼다. 다른 단장들이 자신이 내린 결론과 같은 결론을 내리게 될까 두려웠던 것이다. 또 소문에 따르면, 제리는 내게 돈을 주어 휴가라도 보낼 생각이었다고 한다. 물론 이 모든 건 확인 불가능하다. 그러나 제리를 잘 알고 있는 터라, 그 모든 게 사실이었다 해도 나는 아마 조금도 놀라지 않을 것이다.

그러나 그 시점에서 오디션을 중단한다는 건 옵션이 아니었다. 많은 경기를 치를수록 드래프트에서 내 몸값이 더 올라갈 상황에서 오디션 중단이라니. 포츠머스에 오기 전까지만 해도 나는 드래프트 순위 뒤로 쳐져 지명될 전망이었다(오늘날에는 드래프트가 총 2라운드에 걸쳐 진행되지만 그 당시에는 7라운드에 걸쳐 진행됐다). 그러나 내 몸값이 계속 오른다면 드래프트 2라운드에, 아니 어쩌면 1라운드에 지명될 수도 있었다. 모든 경우가 가능했다.

다음에 참가할 토너먼트는 하와이의 알로하 클래식Aloha Classic 토너먼트였다. 애초에 나는 참가 선수 명단에도 없었다. 그러나 버지니아주 포츠머스에서의 경기 덕에 갑자기 변화가 온 것. 하와이에서의 드래프트 경쟁은 아주 치열했다. 많은 선수들이 드래프트 1라운드에서 지명되길 원했기 때문. 내 마음 자세는 평소와 같았다. '그래 한 번 해보자.' 결국 나는 더 좋은 경기를 보여주었다. 나는 이번에도 다시 올-토너먼트 팀에 이름을 올렸고, 덩크슛 콘테스트에서 우승도 했다. 상으로 받은 것은 대형 휴대용 카세트 라디오로, 나는 그걸 들고 아칸소로 되돌아왔다. 그와 함께 자신감도 그 어느 때보다 커졌다.

제리 크라우스 단장이 나를 다른 스카우트 담당자나 단장들 눈에 띄지 않게 하려 노력했다는 얘기를 했는데, 그가 실제 그런 노력을 하지 않았던 건 아니다. 그렇다면 제리 크라우스가 아니지.

하와이에 있던 어느 날, 제리의 친구이자 대리인이었던 프레드 슬로터Fred Slaughter가 빅 아일랜드 일대를 둘러보는 장거리 여행에 나를 데려갔다. 그때 나는 속으로 생각했다. '이 사람은 대체 왜 내가 관광에 관심이 있을 거라 생각하는 걸까?' 나는 여기에 다른 무엇이 아니라 농구 경기를 하러 온 것인데. 바로 그때 '이 '관광'의 진정한 목적이 무얼까?' 하는 의문이 떠올랐다. '혹 내가 시카고 불스 외의 다른 팀들에서 온 사람들을 만나 얘기하는 걸 막으려는 게 아닐까?'

그 작전은 먹히질 않았다. 나는 하와이에 머무는 동안 많은 스카우트 담당자 및 단장들과 면담을 했다.

언젠가 마티 블레이크는 내 매력을 이렇게 요약한 적이 있었다.

"포인트 가드로, 오프 가드로, 그리고 포인트 포워드로도 뛸 수 있고…… 3점슛 능력이 뛰어나며…… 볼 핸들링도 좋고…… 부담감만 잘 극복한다면 스타 선수가 될 능력이 있으며…… 다양한 특급 기술들을 갖고 있다."

하와이 토너먼트 이후에도 나는 아직 할 일이 남아 있었다. 드래프트 직전에, 정상급 선수들은 이른바 '시카고 콤바인'Chicago combine을 위해 시카고에서 마지막으로 한 번 더 모였다.

당시 나는 윈디 시티•로 돌아가길 학수고대하고 있었다. 그 전해 여름에 나는 한 달 정도 시카고에 머물면서 큰 누나 바바라Barbara와 다른 몇몇 친척들을 방문했다. 정말 말도 못하게 좋았던 기억이다. 크고 화려하고 예측 불가능한 도시. 시카고는 햄버그와 콘웨이가 갖지 못한 모든 걸 갖고 있었다. 게다가 화상을 입을까 두려워하며 가구 공장에서 의자들을 조립하는 것보다는 아무리 짧은 시간이라도 시카고에 있는 게 훨씬 더 좋았다.

나는 시카고 WGN 방송국에서 방영하는 시카고 컵스Chicago Cubs의 야구 경기를 보면서 시카고를 떠올렸다. 특히 7회말 경기 시작 전에 WGN의 전설적인 중계방송 해설자 해리 캐리Harry Caray가 리글리 필드 야구장에 운집한 관중들을 향해 〈나를 야구장으로 데려가 주오〉••로 관중들의 열기를 달아오르게 하던 기억이 났다. 시카고 컵스가 경기를 그리 잘하지 못하면 또 어때? 아버지와 나는 가능한 한 자주 그 팀의 경기를 봤다. 그 시간들이야말로 우리 두 사람이 함께 보낸 가장 멋진 시간들 중 하나였다.

누나를 방문했을 때 나는 저녁에 63번가와 레이크 쇼 드라이브에

• Windy City. 시카고의 애칭

•• Take Me Out to the Ball Game. 메이저리그에서 7회 말 시작 전 잠시 쉬는 시간에 부르는 노래

있는 농구 코트들에서 많은 시간을 보냈다. 그러면 병원에 근무하던 한 사촌이 퇴근할 때 차를 몰고 와 나를 태워주었다. 우리는 몇 시간 동안 그곳 코트에 있곤 했다. 사람들이 하루 일과를 마치고 몸을 풀러 오는 걸 보면서 파인 스트리트 코트 생각이 났었다. 거기에 오던 단골 선수들 중에는 드웨인 웨이드 시니어Dwyane Wade Sr.도 있었는데, 그는 훗날 NBA 스타가 된 드웨인 웨이드Dwyane Wade의 아버지였다. 그 사람도 농구를 잘했다. NBA에서도 성공할 수 있었냐고? 그건 말하기 어렵다. 거리의 농구 선수와 프로 농구 선수는 하늘과 땅 차이이기 때문이다.

시카고 콤바인에서 나는 뭔가 달라진 걸 감지할 수 있었다. 모든 사람들이 포츠머스와 하와이에서보다 내게 더 큰 관심을 보였다. 에이전트들도 계속 찾아왔다. 나는 결국 축구 선수인 카일 로트 주니어Kyle Rote Jr.와 그의 파트너인 지미 섹스턴Jimmy Sexton과 계약을 맺었다. 두 사람은 이후 거의 내내 내 에이전트로 활동하게 된다. 그들은 햄버그에서 몇 시간 거리인 멤피스에 살고 있었는데, 왠지 둘 다 편했다. 나는 세상 물정에 밝고 남부 사람 특유의 친화력이 있는 그들이 좋았다. 게다가 둘 다 신앙심이 깊었다. 나는 그들을 믿을 수 있었다.

나는 다시 매일 서로 다른 팀에서 온 사람들을 만났다. 그들은 농구 선수로서의 나뿐 아니라 인간으로서의 나에 대해서도 알고 싶어 했다. NBA 팀들은 자신들이 지명할 선수에게 많은 시간과 돈을 투자한다. 선수를 잘못 지명할 경우, 특히 드래프트 순위상 최상위권에 가까운 선수를 잘못 지명할 경우, 그 팀은 몇 년을 퇴보할 수도 있다. 렌 바이어스Len Bias의 경우가 그 좋은 예이다.

1986년 엄청나게 뛰어난 재능을 가진 메릴랜드대학교 출신의 파워 포워드 바이어스(키 203㎝)는 전체 드래프트 2순위로 그 당시 다시 우승컵을 안았던 보스턴 셀틱스에 영입된다. 바이어스는 래리 버드, 케빈 맥헤일Kevin McHale, 로버트 패리시Robert Parish 등등 쟁쟁한 선수들이 포진해 있던 보스턴 셀틱스에 더없이 잘 어울릴만한 선수였다. 장밋빛 미래가 보장됐다. 그런데 전혀 아니었다. 바이어스는 이틀 후 코카인 과다 복용으로 갑자기 세상을 떠났다.

6월 중순에 나는 드래프트 순위가 가장 높은 선수들에 대한 지명권을 갖고 있던 도시 몇 군데를 방문했다. 포츠머스 토너먼트 참가 이후 내 몸값이 그렇게 높아진 것이다. 내 에이전트 지미 섹스턴이 동행했다. 나는 혼자서는 누구를 만나도 편치가 않았다.

방문한 여러 도시들 중 하나는 피닉스였다. 피닉스 선즈Phoenix Suns는 드래프트 2순위 선수 지명권을 갖고 있었는데, 나를 2순위로도 넘보고 있었던 것이다. 드래프트 1순위 선수 지명권을 갖고 있던 샌안토니오 스퍼스San Antonio Spurs는 이미 해군 출신 스타 센터 데이비드 로빈슨David Robinson을 점찍어놓고 있었다. 나는 피닉스 선즈의 단장 제리 콜란젤로Jerry Colangelo와 당시 피닉스 선즈 프런트에서 일하고 있던 전 감독(그리고 미래의 감독이기도 한) 코튼 피츠시몬스Cotton Fitzsimmons를 만났다. 그들은 다른 모든 사람들과 똑같은 질문들을 했다.

"마약에 손 댄 적 있습니까?"

"가족 중에 마약을 한 사람은 없습니까?"

"자유 시간에는 뭘 하면서 지냅니까?"

아마 렌 바이어스가 마약 과다복용으로 죽지 않았더라면 아무도 묻지 않았을 질문들이었다.

다음 목적지는 시카고였다. 시카고 불스에서는 그들의 근력 및 훈련 코치이자 UCLA 미식축구팀과 필라델피아 이글스Philadelphia Eagles 코치 딕 버메일Dick Vemeil의 동생인 알 버메일Al Vermeil이 나서서 내게 엄격한 테스트를 실시했다. 한 테스트에서는 파울 서클• 부근 이곳저곳에

• foul circle. 자유투 라인 중앙을 중심으로 그린 반지름 1.8미터의 원

농구공들을 갖다 두었다. 내 스피드와 민첩성을 보기 위한 테스트로, 나는 30초 내에 최대한 많은 덩크슛을 날려야 했다. 나는 상당수의 덩크를 성공시켰다.

코트에서 두 시간 정도를 보내며 내 몸은 완전히 파김치가 되기 시작했다. 애초부터 그들이 의도한 바였다. NBA 농구팀들은 선수의 한계점이 어느 정도인지를 알고 싶어 하기 때문. 만일 어떤 선수가 테스트 중에 포기한다면, 아주 힘든 상황에 부딪힐 때도 포기할 가능성이 높은 것이다. 내 말을 믿어라. NBA 농구팀들은 정말 그런 테스트를 한다. 그들은 하루빨리 그 모든 걸 알아내야 한다. 드래프트가 있는 날 밤 선수를 지명하기 전에 말이다.

나는 포기하지 않았다. 내 사전에 포기란 없다. 나는 완전 녹초가 되었다. 정말 그랬다. 나는 몇 달 동안 거의 쉬지 않고 계속 운동을 해오고 있었다. 그래서 나는 내 에이전트들에게 말했다. "제발 운동은 그만요. 어떤 팀이 그 때문에 나를 지명하길 꺼린다면, 그러라 그러세요."

■ ■ ■ ■

1987년 6월 22일 드디어 운명의 날이 다가왔다. 장소는 뉴욕 매디슨 스퀘어 가든 안에 있는 극장 펠트 포럼이었다. 빅 애플•은 난생 처음이었다. 나는 정말 큰 충격을 받았다. 시카고가 큰 도시라고 생각했었는데. 뉴욕은 시카고보다 훨씬 더 큰 도시였다. 교통 체증에 막혀 거의 꼼짝도 않는 택시 안에서 발을 동동 구르다가, 결국 뉴욕이란 도시에서 가장 빨리 다니는 방법은 걷는 거라는 걸 깨달았다. 그래서 어디든 걸어서 갔다.

• Big Apple. 뉴욕의 애칭

지금 와서 돌이켜보면 그 당시에 나는 정말 참 순진했다. 텔레비전에서 드래프트 전 과정을 본 적이 없었던 터라, 드래프트 1라운드만 보여주는지 전 라운드를 보여주는지도 몰랐다. 또한 결정의 시간이 다가오는데도, 대체 어떤 팀이 나를 지명할지도 전혀 알지 못했다. 다만 마음속으론 포워드를 필요로 하고 있던 피닉스 선즈가 나를 지명할 가능성이 있다고 생각했다. 드래프트 3순위 지명권을 갖고 있던 뉴저지 네츠New Jersey Nets와 6순위 지명권을 갖고 있던 새크라멘토 킹스가 나를 지명할 가능성도 있다고 생각했다.

아무튼 이제 모든 건 조만간 결정될 판이었다. 내 에이전트 지미 섹스턴과 내가 막 호텔을 나서려 하는데 전화벨이 울렸다. 전화를 건 사람은 시카고 불스의 제리 크라우스 단장이었다. 늘 그렇듯 뭔가 비밀스런 음성이었다.

"아무한테도 말하면 안 되네." 제리가 말했다. "우리가 트레이드를 해서, 자네는 이제 시카고 불스에서 뛰게 될 걸세."

그 트레이드에서 시카고 불스는 시애틀 슈퍼소닉스Seattle SuperSonics와 원칙적인 합의를 했다. 시애틀 슈퍼소닉스로부터 드래프트 5순위 지명권을 넘겨받는 조건으로 1998년도 드래프트 8순위 지명권과 2라운드 지명권 그리고 1988년 트레이드 옵션 또는 1989년 드래프트 지명권을 넘겨주겠다는 합의 말이다.

제리의 말에 나는 흥분하지 않을 수 없었다. 시카고 불스는 내 1지망 팀이었다. 그러나 나는 너무 흥분하지 않으려 애썼다. 공식적으로 결정된 건 아무것도 없었던 데다가, 마지막 순간에 합의가 깨지는 경우도 많기 때문이다. 그 당시엔 몰랐지만, 모든 건 조지타운대학교 농구팀 스몰포워드였던 레지 윌리엄스Reggie Williams에게 달려 있었다. 윌리엄스가 여전히 드래프트 5순위 지명이 가능하다면 시애틀 슈퍼소닉스가 그를 지명할 거고, 그렇게 되면 시카고 불스는 불운을 탓해야 할 상황이었던 것.

내 에이전트 지미 섹스턴과 나는 저녁 일찍 펠트 포럼에 도착했다. 나는 1,000달러도 더 나가는 갈색 정장을 걸쳤다. 정장 한 벌에 아니 그 무엇에든 그렇게 많은 돈을 써본 건 그때가 처음이었다.

NBA 커미셔너 데이비드 스턴David Stern이 연단에 올라섰다. 해군 출신 스타 센터 데이비드 로빈슨이 제일 먼저 지명됐고, 뒤이어 네바다-라스베이거스대학교의 포워드 아르멘 길리엄Armen Gilliam이 지명됐다. 피닉스 선즈가 아르멘 길리엄을 지명한 건 놀랄 일도 아니었다. 그는 미국 내 최정상급 대학 농구팀들 중 하나에서 선수 생활을 했다. 나는 그렇지 못했다. 그 다음에 뉴저지 네츠가 오하이오주립대학교 출신의 가드 데니스 홉슨Dennis Hopson을 지명했고, 네 번째로는 로스앤젤레스 클리퍼스가 레지 윌리엄스를 지명했다.

바로 그 다음의 일이었다.

"시애틀 슈퍼소닉스는 센트럴아칸소대학교의 스캇 피펜을 지명했습니다." 데이비스 스턴이 말했다.

환호성도 야유도 없었다. 혼란뿐. 아마 펠트 포럼에 모여 있던 사람들과 전국 각지의 많은 사람들이 의아해했으리라. '대체 스캇 피펜이 누구야?' 어쨌든 내 이름이 스캇 피펜•으로 불린 건 그때가 마지막이다.

나도 모르는 새에 내 인터뷰 장면이 전국 TV에 방송됐다. 어떤 남자가 내게(그는 나를 '스카티'라 불렀음) 이미 재비어 맥다니엘Xavier McDaniel과 톰 챔버스Tom Chambers가 선발 포워드로 자리잡고 있는 팀에서 백코트••에서 뛰게 될 텐데 어떠냐는 질문을 해왔다. 나는 뭐라고

• Scott Pippen. 이후에는 스카티 피펜Scottie Pippen으로 불림

•• backcourt. 코트 끝 쪽

대답을 하면서도 모든 게 아직 미정이라는 말은 하지 않았다. 제리 크라우스 단장만 비밀을 지킨 게 아니었던 것이다.

시카고 불스와 시애틀 슈퍼소닉스 간의 트레이드 내용이 곧 공개되었다. 나는 더 이상 연기를 하지 않아도 됐다. 나는 시애틀 슈퍼소닉스의 모자를 시카고 불스의 모자로 바꿔 썼고 집에 전화를 했다. 형들 중 하나가 내게 말해주었다. NBA 커미셔너가 내 이름을 호명하는 걸 듣고 아버지가 엉엉 울었다고. 아버지는 내가 농구 경기를 하는 걸 한 번도 직접 본 적이 없는데, 나는 지금까지도 그게 가슴 아프다. 그러나 그는 적어도 내 꿈이 실현되는 순간은 목격했다.

이제 나는 들뜨고 흥분해도 좋았다. 어느 정도는. NBA의 한 팀에 의해 드래프트됐다는 건 대단한 한 걸음이었다. 그러나 어디까지나 그저 한 걸음이었다. 바라건대 더 많은 걸음을 내딛게 되기를! NBA에 드래프트된 많은 선수들이 농구 역사에 아무런 흔적도 남기지 못했다. 나는 그런 선수들 중 하나가 되지 않겠다고 결심했다.

나는 육체적으로나 정신적으로나 내가 꿈꾸는 선수와는 아직 거리가 멀었다. 고등학교 시절과 대학교 시절 내내 기량을 닦기 위해 열심히 노력한 것도 아직 그 노력을 멈추려 하지 않은 것도 다 그 때문이었다. 열심히 노력하는 걸 중단하고 자신이 이룬 것에 만족하는 순간 바로 뒤처지기 시작하게 된다. 그리고 다른 사람들을 따라잡게 되리라는 보장도 없다.

그 다음날 나는 시카고로 날아갔고, 거기에서 드래프트 10순위로 지명된 크렘슨대학교 출신의 파워 포워드 호레이스 그랜트와 정식 인사를 했다. 호레이스와 나는 드래프트 바로 전날 호텔에서 처음 만났다. 우리 두 사람은 공통점이 많았다. 우선 둘 다 미국 남부의 작은 마을 출신이었다. 그는 조지아 주 미첼에서 어린 시절을 보냈는데, 미첼은 내 고향 햄버그보다 인구가 더 적은 곳이었다. 나는 햄버그보다 인구가 더 적은 곳이 있으리라곤 상상도 못했다. 나는 호레이스에게서 내 속에 숨어 있는 것과 같은 갈망, 같은 직업의식을 보았다. 그리고 신은 우리에게 재능을 주었다. 나머지는 우리가 알아서 해야 했다.

시카고 불스에서의 초기에 우리의 우정은 더없이 중요했다. 우리 두 사람 모두 아는 게 아무것도 없는 낯선 세계에 들어온 상태였기 때문이다. 보다 완력이 필요한 경기 스타일. 연이어 치러지는 경기들. 장거리 비행 이동. 사소한 실수나 잘못도 물고 늘어지는 기자들 등등. NBA에서의 삶에는 새로 적응해야 할 일들이 너무 많았다. 점점 더 친해지면서 호레이스와 나는 종종 이런 인사말을 쓰곤 했다. "1987년, 1987년•."

1987년 그해에 우리의 삶은 영영 바뀌었다.

• 1987년, NBA 시카고 불스에 입단한 동기라는 것을 강조하는 말

처음부터 다시 시작

CHAPTER 5 STARTiNG OVER

나는 마이클 조던이 처음 내게 말을 건 날을 기억한다. 사실은 내게 직접 말을 건 것은 아니었고, 그저 나에 대한 말을 했던 건데, 할 말이 많지는 않았다.

장소는 시카고 불스가 여러 해 동안 사용한 디어필드 교외의 한 시설물인 멀티플렉스. 당시 나는 시카고 불스 감독 더그 콜린스와 함께 체육관으로 막 들어선 상태였다. 더그 감독이 체육관 내 모든 선수들에게 말했다. "자, 여러분, 우리 신참. 인사를 하려고."

마이클은 팀 동료 두 명, 피트 마이어스와 시데일 스레트Sedale Threatt와 함께 운동 중이었다. 아칸소 주 리틀 록의 던바 섬머 리그에서 알게 된 피트는 그 전년도 드래프트 6라운드에서 시카고 불스에 지명되었다. 그는 드래프트 명단에 들어가 NBA 농구팀 감독들을 놀라게 했다. 나는 조금도 놀라지 않았다. 그가 얼마나 투지 넘치고 재능 있는 선수인지 잘 알고 있었으니까.

갑자기 한 목소리가 들렸다. 내가 앞으로 여러 해 동안 듣게 될 목소리였다. 어쩌면 꿈속에서도 듣게 될…

"오, 빌어먹을! 아칸소 출신이 또 하나 들어왔군." 마이클 조던의 목소리였다. 그는 말을 하면서 내 쪽을 보지도 않았다. 그러면서 계속 슈팅 연습을 했다. 나는 마이클의 말에 뭐라고 대꾸했는지, 대꾸를 하긴 했는지, 기억이 없다. 그 당시 워낙 내성적이었던 편이라, 아마 아무

대꾸도 안 했을 것 같다. 상관없다. 이후 시카고 불스에서 늘 그랬던 것처럼, 마이클의 관심을 끌 수 있는 가장 확실한 방법은 코트 위에서 뭔가를 보여주는 것이었다.

그렇다. 처음 코트 위에서 서로 맞붙은 순간 나는 바로 마이클의 관심을 끌었다. 그는 마치 NBA 결승 7차전이라도 치르는 듯 필사적으로 나를 막으려 했다. 나는 이리저리 빠져 나가 보기 좋게 덩크 슛을 성공시켰다. 나는 내 자신이 마이클 조던 앞에서 주눅 드는 걸 허용할 수 없었다.

시카고 불스와의 계약이 아직 세세한 부분들까지 마무리되지 않은 상황에서, 나는 그 어떤 공식 훈련에도 참가할 수 없었다. 나는 너무나도 큰 좌절감을 맛봤다. 지금 와서 돌이켜 보면, 계약이 그렇게 지연된 것은 시카고 불스가 얼마나 치사해질 수 있는 조직인지를 보여주는 첫(결코 마지막이 아닌) 조짐이었다. 제리 크라우스 단장은 내게 드래프트 5순위가 아닌 8순위의 선수에게 맞는 연봉 계약을 제시하며 어떻게든 그 계약에 서명하게 하려 했다. 그야말로 바늘로 찔러도 피 한 방울 안 날 사람이었다.

나는 매일 몇 시간씩 혼자 연습을 했다. 혼자 뛰는 건 다른 팀 동료들과 서로 교감을 하며 함께 뛰는 것과는 전혀 다르다. 팀 동료들과 함께 연습할 기회를 놓칠 때마다(결국 아홉 번이나), 나는 NBA 개막전 첫날 밤 선발 스몰 포워드로 뛰게 될 브래드 셀러즈Brad Sellers와의 경쟁에서 점점 뒤처졌다. 오하이오주립대학교 출신으로 두 번째 시즌을 맞은 브래드는 키가 213㎝나 되는 호리호리한 선수로 슈팅력이 좋았다. 쉬운 상대가 아니었다.

나는 결국 6년간(그중 4년은 보장) 약 500만 달러의 계약에 서명을 했다. 정확히 내가 원하는 합의 내용은 아니었다. 그러나 합의는 합의였다. 그리고 그 정도로도 솔직히 더할 나위 없이 행복했다. 드디어 세계 최고의 선수들과 함께 또 그런 선수들을 상대로 경기를 할 기회가 생겼다. 꿈을 이룰 기회가 생겼다.

게다가 충분하고도 남을 돈을 벌게 됐다. 부모님들에게 새 집을 사드리는 건 물론이고, 내가 원하는 거의 모든 것들을 살 수 있게 되었다. 두 분은 우리 12형제들로 하여금 보다 나는 삶을 살게 해주려고 정말 열심히 일했다. 특히 어머니는 더 그랬다. 어머니는 매일, 매달, 매년 늘 아버지와 로니 형 그리고 다른 모든 형제들을 위해 살았다. 우리에게 어머니는 성자였다.

어쨌든 시카고 불스는 그 이후 나를 뒷바라지해주게 된다. 어쩌면 순전히 내 생각인지 모르지만.

■ ■ ■ ■

그 다음 연습 때 나는 선수들 가운데 두 번째로 모습을 드러냈다. 잃어버린 기회들을 보상하고 싶어 노심초사했던 것이다. 1987-88 시즌이 몇 주 안 남은 시점이었다.

이틀 후 우리는 시카고 불스 홈구장인 시카고 스타디움에서 유타 재즈를 상대로 첫 프리시즌 경기를 갖게 됐다. 워밍업을 하기 위해 플로어로 나간 순간 그야말로 넋이 나갈 지경이었다. 건물 안에는 만 5,000명이 넘는 팬들이 모여 있었다. 나는 한 장소에 그렇게 많은 관중이 모인 걸 본 적이 없었다. 센트럴아칸소대학 시절엔 최대한 모여야 2,000명 정도였고, 경기장 밖 도로 위 관중들은 훨씬 더 적었다. 콘웨이에서 큰 인기를 끈 건 미식축구였지 농구가 아니었다.

그 경기는 내가 출전하는 NBA 첫 경기이기도 했다. 햄버그에서 가장 가까운 NBA 농구팀은 뉴올리언스에 있었다. 유타 재즈가 1970년대 말까지 그곳을 홈으로 쓰며 경기했는데, 뉴올리언스에서 햄버그까지의 거리는 480km도 더 됐다. 그런데 그 거리가 마치 4,800km도 더 되는 듯했다.

나는 1쿼터를 4~5분 남기고 경기에 투입됐다. 우리 팀이 이미 두 자릿수로 앞서고 있었다. 내 기억이 틀리지 않다면, 그 경기에서 내가 기록한 시카고 불스에서의 첫 골은 덩크슛이었다. 그때 나는 마이클 조던이 그런 덩크슛을 성공시키는 걸 몇 번 본 듯한 기분이었다. 그러나 솔직히 말해, 나는 시카고 불스에 합류하기 전에 대학 시절 또는 프로 시절에 마이클이 뛴 경기들을 그리 많이 보지 않았다. 두 말 하면 잔소리겠지만, 물론 나 역시 마이클의 팬이었으며, 1982년 대학 시절에 그가 조지타운대학교 호야스를 상대로 점프슛을 성공시켜 전국 대학 우승컵을 안았던 일을 생생히 기억한다. 단지 나는 그 첫 경기에서 내 자신의 플레이와 내가 해야 할 일에 몰두하고 있었을 뿐이다.

마이클은 이미 자신이 원하는 선수가 되어 있었지만, 나는 아직 그렇지 못했으니까.

결국 그날 나는 23분 만에 17득점을 올려, 경기장 안팎에서 성공을 거두었다. 다시 또 유타 재즈와 맞붙은 그 다음 경기에서 나는 또 다시 17득점 7리바운드 5어시스트 그리고 4스틸을 기록했다. 훗날 내 스스로 자랑스러워할 일종의 올 어라운드 플레이 경기였다.

필 잭슨 감독과 그의 수석 코치들 중 하나인 짐 클리몬스Jim Cleamons는 내게 이런 말을 참 자주했다. "스카티, 자넨 굳이 득점으로 능력을 보여줄 필요 없어."

한편 정작 중요한 경쟁은 브래드 셀러즈와의 경쟁이었다. 그와 나는 서로 최선을 다하고 있었다. 둘 중 누가 선발로 나가게 되든, 그런 경쟁은 팀 전체에 도움이 됐다. 연습 경기 중에는 특히 더 경쟁이 치열했다.

연습 경기는 코칭스태프에게 좋은 인상을 심어줄 더없이 좋은 기회이다. 맞붙는 상대 팀에 따라 또 심판들이 어떻게 하느냐에 따라(선수들이 좀 험한 경기를 하는 걸 허용할 수도 있고 조금만 몸이 부딪혀도 휘슬을 불 수도 있어) 모든 게 달라지는 실제 경기의 경우 선수는 자신에게 얼마나 많은 출전 시간이 주어질지 결코 알 수가 없다. 그러나 거의 모든 선수들이 참여하는 연습 경기의 경우는 그렇지 않다.

어느새 시카고 스타디움에서의 개막전 밤이 다가왔다. 나는 팬들 앞에서 시카고 불스가 왜 시애틀 슈퍼소닉스와 트레이드를 하면서까지 나를 데려오려 했는지 그 이유를 보여주고 싶었다.

우리의 상대는 필라델피아 세븐티식서스였다.

나는 필라델피아 세븐티식서스에 줄리어스 어빙, 즉 닥터 제이가 없어 너무 아쉬웠다. 그는 바로 전 시즌을 마친 뒤 36살의 나이로 은퇴를 했다. 그래도 그 팀에는 아직 모리스 칙스가 있었고, 어디서든 슛을 날릴 수 있는 앤드류 토니Andrew Toney와 새로운 스타 파워 포워드 찰스 바클리Charles Barkley 등이 버티고 있었다. 어린 시절에 모두가 나를 모리스 칙스라 불렀는데, 그런 내 첫 정규 시즌 경기에 칙스가 나왔으니 얼마나 멋진 일인가!

그 경기에서 우리 시카고 불스는 104 대 94로 이겼다. 나는 10득점 4어시스트 2스틸로 나름 중요한 역할을 했다. 그 스틸 중 한 개는 바클리로부터 빼앗은 것이었다. 그 공이 경기 후반 마이클의 덩크슛으로 이어졌고, 그 덕에 간신히 승리를 결정지었다.

그 이후 우리 팀은 그대로 내달리기 시작해, 개막 후 첫 15경기에서 12경기를 승리하는 NBA 리그 사상 최고의 기록을 세웠다. 그 과정에서 브래드 셀러즈는 벤치 신세에서 벗어나 주전 선수가 되었고, 나는 그 15경기 가운데 10경기에서 두 자리 득점을 올렸으며 리바운드와 스틸 기록도 괜찮았다.

그 승리들 가운데 한 승리는 보스턴 셀틱스의 홈구장인 보스턴 가든 경기장에서 거뒀다. 시카고 불스가 거의 2년 만에 처음으로 보스턴 셀틱스를 꺾은 것이다. 그날 밤 내 기록은 이랬다. 20득점 7리바운드 6스틸. 나는 위기 상황에서의 내 대처가 너무 마음에 들었다. 경기 종료가 5분도 채 안 남은 상황에서 우리가 3점 뒤지고 있었는데, 내가 올스타 경력의 베테랑 센터인 로버트 패리시의 공을 스틸해 득점을 올리는데 성공한 것이다. 나는 이후 다시 공을 잡았을 때 속공을 성공시켜 완전히 판세를 뒤집었다.

그러나 나는 아직 신참이었고, 그 때문에 몇몇 팀 동료들은 나를 아이 대하듯이 했다. 키가 203㎝인 파워 포워드 찰스 오클리Charles Oakley가 특히 더 그랬다. 그런데 어떻게 그러지 말라고 하겠는가?

오클리는 코트 위에서 나를 지켜줬다. 그는 모든 사람을 지켜줬다. 상대팀 선수가 너무 거칠게 나올 때면 으레 오클리가 나타나 대신 맞서 주었다. 우리는 그런 그를 아주 고맙게 생각했고, 특히 마이클은 더 그랬다. 마이클이 공격에 나서면 집중 견제를 받는 경우가 많았다. 그럴 때마다 오클리가 보호자 역할을 해주었다.

코트를 벗어나면 완전히 다른 세상이었다. 오클리는 시카고에서 모르는 사람이 없었는데, 나에게도 기꺼이 자신이 아는 사람들과 알고 지내게 해주었다. 그게 내가 상상한 것보다 더 여러 방면에서 도움이 되었다. 비즈니스나 엔터테인먼트 분야 등 다른 분야에 있는 사람들을 많이 알면 알수록 더 좋았다.

한편 한 달 한 달 시간이 지나면서 호레이스 그랜트와 나는 점점 더 친해졌다. 우리는 하루에도 대여섯 번은 서로의 이름을 불렀으며, 둘 다 시카고 노스 쇼어에서 몇 백 미터밖에 안 떨어진 곳에 살았다. 우리는 또 서로의 결혼식 때 들러리가 되어주었고, 옷 쇼핑도 함께 했으며, 휴가도 함께 갔고, 에이전트도 서로 공유했으며, 차도 둘 다 메르세데스 500 SEL 모델을 샀다. 내 차는 검은색, 그의 차는 흰색이었다.

한번은 시카고 불스 연보 팬북 인터뷰에서 이런 질문이 나왔다. "만약 달에 가야 한다면 누구와 함께 가겠습니까?" 그때 나는 호레이스 그랜트를 첫 손가락에 꼽았다. 그가 없었다면 나 혼자 어떻게 신참 시절을 헤쳐 나갔을지 모르겠다. 내가 부진하거나 졸전을 펼쳤을 때마다, 그는 단지 졸전일 뿐이라고, 그리고 누구나, 심지어 마이클 조던도 졸전을 펼친다며 위로해주었다. 하긴 졸전을 펼쳤든 그렇지 않든, 나는 그 전날과 같은 선수였다.

더그 콜린스 감독 밑에서 선수 생활을 하는 건 결코 쉬운 일이 아니었다. 더그 감독은 신참들에게 요구하는 게 많았다. 나는 도널드 웨인 감독과 돈 다이어 감독 밑에서 선수 생활을 해 요구하는 게 많은 감독들에 익숙했다. 그들은 내 재능을 최대한 발휘할 수 있게 많은 도움을 준 감독들이었다. 그런데 그 두 감독과는 달리, 더그 감독은 팬들이 지켜보는 앞에서 나와 내 팀 동료들을 비판했다.

신참 선수들이 다 그렇듯, 나 역시 이런저런 실수들을 할 수밖에 없었다. 박스 아웃하는 걸 까먹는다거나 경솔한 패스를 한다거나 팀 동료를 패스도 받을 수 없는 상태로 만든다거나 공격제한시간 슛 클락이 아직 많이 남았는데 성공 가능성이 낮은 슛을 시도한다든가 하는 실수들 말이다. 신인 선수들이 하기 쉬운 실수는 끝도 없이 많았다.

가장 훌륭한 감독들은 건설적인 방식으로 비판을 한다. 자기 선수들을 망신 주는 식으로 비판하진 않는다. 선수들을 성장할 수 있게 해준다. 또한 선수가 잘못을 한 경우 타임아웃 시간에 아니면 다음에 적절한 기회를 잡아 1 대 1로 참을성 있게 설명해준다. 더그 감독은 그러지 않았다. 전혀.

어느 날 밤 밀워키 벅스와의 경기에서 그는 마치 상대팀을 비난하는 농구 팬처럼 나를 몰아붙였다. "그따위로 경기를 하다니! 자넨 월급 받을 자격도 없어." 그는 그렇게 소리쳤다. 팀의 모든 사람들에게 들릴 정도였다. 경기장에 모여 있는 남녀노소 모두에게 들릴 정도였다. 그건 참을 수 있었다. 문제는 그게 아니었다.

문제는 상대에 대한 존중이었다. 자신이 감독이든 아니든, 내가 그를 존중하듯이 그도 나를 존중해줄 필요가 있었다. 실수를 했다는 건 다른 그 누구보다 내 자신이 더 잘 알았다. 굳이 세상 모든 사람들 앞에서 그걸 지적할 필요는 없었다. 내 편이 되어줄지도 모를 사람들 입장에서 볼 경우, 그의 처신은 정말 어처구니없는 처신이었다.

더그 감독은 지나칠 정도로 적극적이었다. NBA에선 그 어떤 감독도 그처럼 사이드라인을 따라 뛰어다녀선 안 된다. 경기가 끝난 뒤 라커룸에 가면, 그의 셔츠와 재킷은 땀으로 다 젖어 있었다. 마치 자신이 경기라도 한 듯 말이다. 그 어떤 수석 코치도 그리고 시카고 불스에서 첫 시즌을 보내고 있던 필 잭슨 수석 코치•조차도 더그 감독에게 이의를 제기하지 않았다. 정말 유감스런 일이었다.

내 가장 큰 불만은 더그 감독이 마이클을 너무도 사랑한다는 것이었다. 더그 감독은 마이클의 감독이라기보다는 팬에 가까웠다. 기자들이 마이클에 대해 조금이라도 부정적인 기사를 쓰면(물론 그런 경우는 결코 흔치 않았지만), 더그 감독은 마치 누가 자기 여자 친구를 모욕하기라도 한 양 마이클을 싸고 돌았다.

나는 한 쌍의 새처럼 가까웠던 그 두 사람 간에 벌어졌던 싸움을 결코 잊지 못할 것이다. 더그 감독이 팀 내 연습 경기 점수를 잘못 매겼다면서 마이클이 연습 경기를 중단하고 코트 밖으로 나가버린 것이다. 당시 마이클은 4 대 4라고 우겼고, 더그 감독은 마이클의 상대팀이 4 대 3으로 앞섰다고 했다. 마이클 조던만큼 지는 걸 싫어하는 사람은 없었다. 두 사람은 얼마 후 화해했고, 마이클은 많은 카메라들 앞에서

• 필 잭슨은 시카고 불스에서 수석 코치로 있다가 더그 콜린스 감독에 이어 감독이 되었음

더그 감독의 뺨에 키스를 했다. 나는 다 큰 성인 남자들이 그런 행동을 하는 건 역겹다고 생각했다.

"핍, 더그의 바닥은 대체 어디까지일까?" 호레이스가 언젠가 내게 던진 질문이다. 나도 그걸 알면 좋겠는데. 가장 서글픈 사실은 이것이다. 더그 콜린스 감독은 그 누구 못지않게 농구 경기를 잘 알고 있었다. 그는 TV 해설가 등으로 변신한 전직 감독과 선수들보다도 더 예리한 안목을 가진 사람이었다. 나는 그게 전혀 놀랍지 않았다. 그는 내게 어떻게 림 안에 공을 집어넣는지 또 어떻게 상대팀 수비수들을 따돌리는지를 가르쳐주었다. 서른 살 때 무릎 부상으로 선수 생활을 일찍 끝내기 전까지만 해도, 그는 NBA 리그에서 손꼽히는 뛰어난 가드였다.

그는 아주 똑똑한 사람이면서도 또 더없이 바보 같은 말들도 했다. 루키 시절 중 1월에 주로 허리 통증 때문에 내 플레이가 저조해지자, 더그 감독은 통증을 느끼면서까지 뛰어야 하는 이유가 있나 하며 의아해했다.

나는 고등학교 시절과 대학 시절에도 오랜 동안 통증을 느끼면서 뛰었다. 대학 시절에는 허벅지 근처에 가는 골절이 있다는 진단을 받았다. 한 의사는 1년 내내 뛰지 않는 게 좋다는 조언을 했다. 나는 그 조언에 대해선 두 번 다시 생각해보지 않았다. 나는 그냥 계속 뛰었다. 게다가 더그 감독은 내가 얼마나 아픈지 짐작도 못했다.

통증은 정말 심했다. 노스 쇼어에 있는 집에서부터 시내에 있는 스타디움까지 두 시간 가량 차를 몰고 가는 동안 여러 차례 길 한 쪽에 차를 세우고 밖으로 나가야 할 정도였다. 찌릿찌릿한 느낌이 다리를 타고 내려가면, 가속 페달이나 브레이크를 밟는 발에 아무 감각도 느끼지 못했다. 의자에 똑바로 앉아 있을 수도 없었다. 나는 두려웠다. 그리고 그런 통증이 수개월씩 계속됐다. 경기가 있는 어떤 날들 밤에는 경기장 벤치에 앉아 있으면서도, 허리 통증이 너무 심해 더그 감독이 내 등번호를 부르지 않게 해달라고 기도를 할 정도였다.

'계속 브래드가 뛰게 해주세요. 아주 잘하고 있잖아요.'

나는 그 통증이 과연 언젠가는 사라질까 또 내 선수 생활이 위험해지진 않을까 전전긍긍했다. 그래서 내 트레이너 마크 페일Mark Pfeil에게 모든 걸 털어놓았으나, 그는 내 말을 대수롭지 않게 여겼다. 설상가상으로, 마크 페일은 모든 건 내 잘못이라는, 내가 충분한 스트레칭을 하지 않고 있다는 말을 퍼뜨렸다.

터무니없는 말이었다. 나는 누구 못지않게 많은 스트레칭을 하고 있었다. 시카고 불스는 정말이지 그렇게 허술할 수가 없었다. 결국 그렇게 내린 그들의 유일한 진단명은 근경련이었다. 근경련? 말도 안 되는 소리였다. 나는 근경련이 무엇인지 잘 알고 있었다. 그건 아니었다. 시즌 종료 후 한 달쯤 뒤에 나는 야구팀 시카고 컵스의 주치의 마이클 셰퍼Michael Schafer 박사에게 다시 진단을 받아보기로 마음먹었다. 그의 진단은 척추원반탈출증이라는 일종의 디스크였다. 말이 됐다. 처음 시카고 불스가 계약 협의 과정에서 보여준 방식에 실망한 데 이어, 허리 통증과 관련해 나를 대하는 방식에서 나는 다시 또 실망했다.

그러면서 시카고 불스가 내가 있기 가장 좋은 데가 아닐 수도 있겠구나 하는 생각이 들었다. 셰퍼 박사의 진단이 나왔을 때 나는 별 감흥이 없었다. 그러나 이제 적어도 무엇이 문제인지는 알게 됐다. "나는 그간 내내 허리에 문제가 있다는 얘기를 해왔습니다." 내가 시카고 불스의 트레이너 마크 페일과 제리 크라우스 단장에게 말했다. "그런데 아무도 내 말에 귀 기울여주지 않았죠."

두 사람은 별다른 말이 없었다. 무슨 말을 할 수 있었겠는가?

내가 가장 후회한 것은 좀 더 일찍 셰퍼 박사를 만나지 않은 것이었다. 바로 이런 이유 때문에, 나는 뭔가 큰 부상으로 이어질 문제가 있는 선수들은 팀 닥터의 진단을 곧이곧대로 받아들일 게 아니라 반드시 또 다른 의사의 진단을 받아봐야 한다고 강조 또 강조를 한다. 팀 닥터는 그저 팀 전체의 문제만 신경 쓸 뿐이다. 선수 개개인과 그 장기적 미래에는 관심이 없다.

허리 디스크 문제 때문에 나는 루키 시즌 거의 내내 내 실력의 70퍼센트(아니 어쩌면 그보다 낮은 퍼센트)밖에 발휘하지 못했다. 나는 내 자신이 어떤 날 밤에는 22세 청년처럼 느껴졌고, 또 어떤 날 밤에는 42세 중년처럼 느껴졌다. 나는 꾸준히 약물 치료를 하면서 근육이완 운동과 진통제 복용을 계속 병행했지만, 5일 동안 4경기를 치르는 경우 약물 치료를 계속하기란 불가능했으며, 특히 내가 선수 생활을 하던 시절에 NBA 리그는 지금보다 훨씬 더 경기가 거칠었다.

아무리 기억하려 해봐도 언제 처음 허리를 다쳤는지 기억이 안 난다. 내 짐작에는 아마 역기 같은 무거운 기구들을 들어 올리다 다친 게 아닌가 싶다. 물론 고등학교 시절에 허구한 날 로니 형과 아버지를 들어 올린 것도 근육에 좋은 영향을 주진 못했겠지만 말이다. 2019년에 뉴올리언스 펠리컨스가 새로 영입한 자신들의 유망주 자이언 윌리엄슨Zion Williamson의 건강 문제에 신경을 써주었듯, 1980년대에도 농구팀들이 선수들의 건강 문제에 보다 더 신경을 써주었더라면, 나는 아마 데뷔 시즌 거의 내내 경기에 출전하지 않았을 것이다.

우리들 가운데 그 누구도 이런 취지의 말을 한 적이 없다. “이것들 봐요, 부상을 치유할 수 있게 쉬는 시간을 좀 주면 어때요?” 그런 말을 했더라면 좋았을 걸.

■ ■ ■ ■

더그 감독은 경기 때마다 계속 나를 벤치에서 나와 플레이하게 했다. 브래드 셀러즈와 나의 경기력과는 거의 아무런 관련이 없었다. 그저 개인적인 판단이었을 뿐. 그는 호레이스와 내가 경기가 없을 때 시데일 스레트와 함께 너무 많은 시간을 보낸다고 언짢아했다. 시데일 스레트는 1986-87 시즌 중반에 시카고 불스가 필라델피아 세븐티식서스에서 영입해온 백업 가드였다.

더그 감독은 까놓고 말했다. "자네들, NBA에서 오래 선수 생활을 하고 싶다면, 시데일과 어울려 다니지 말게. 그 친구는 너무 무절제한 삶을 살고 있어."

누구나 다 아는 사실이었지만, 시데일은 술 한두 잔 하는 걸 즐겼다. 그래서 그가 연습 경기에 나타날 때면 숨 쉴 때 간혹 알코올 냄새가 날 때가 있었다. 그러나 그는 대단한 선수였다. 그는 밤새 이 클럽 저 클럽 전전하고도 다음날 15득점을 올렸으며 또 마치 내일이 없는 사람처럼 팀 동료들을 보호하려 애썼다. 그리고 경기에 들어갈 때 워낙 흥분해 처음 몇 분간은 호흡이 가쁠 정도였다.

그게 열정이라는 것이다. 그리고 그런 친구를 팀 동료로 둔 건 내게 행운이었다.나는 시데일과 함께 지내면서 너무 많은 걸 배웠다. 그와 다른 베테랑 가드 로리 스패로우Rory Sparrow는 미끄러질 때 동료 선수와 부딪히지 않고 그 앞에서 발을 멈추는 법을 가르쳐주었다. 그들은 그런 기술의 대가들이었다. 그리고 피트 마이어스와 마찬가지로, 그 덕에 시데일은 드래프트 6라운드 선수로 지명되어 NBA 리그에 들어왔다.

더그 감독은 자신이 무슨 말을 하고 있는지도 몰랐다. 그는 호레이스와 내가 시데일과 어울려 다니니까, 우리 역시 술을 마실 거라 생각한 듯하다. 만일 더그 감독이 물어보기라도 했다면…… 나는 그게 아니라고 말해줬을 것이다. 다른 친구들도 더그 감독과 우리 사이에 어떤 일이 일어나고 있는지 뻔히 보았다. 내가 일찍이 NBA에서의 삶에 대해 알게 된 한 가지 사실은 비밀이 없다는 것이었다.

"또 밤새 밖에 있었어?" 연습 경기 중에 마이클이 시데일에게 농담조로 말했다. "스카티와 호레이스도 같이 있었겠지?" 농담이야 흔한 일이었다. 또 늘 있는 일이고. 다만 더그 감독과 제리 크라우스 단장은 그걸 단순한 농담으로 보지 않았다. 마이클이 시데일의 행동을 용납하지 못한다는 신호로 본 것이다. 그리고 그들에겐 늘 마이클을 행복하게 해주는 일이 가장 중요했다.

더그 감독은 내 자유 시간을 감독인 자신이 통제할 수 있어야 한다고 믿었다. 그런 말도 안 되는 일이 어디 있나? 나는 아버지가 뇌졸중으로 쓰러지신 뒤 모든 걸 내 스스로 결정하는 법을 배웠다. 그리고 그 결정들에는 함께 어울릴 사람들에 대한 결정도 포함되어 있었다. 그런 원칙이 이제 와서 바뀔 수는 없었다.

물론 더그 감독이 걱정하는 것은 잘못이 아니었다. 잘못된 판단으로 신이 준 재능을 낭비하고 그걸 후회하며 사는 선수들이 한둘이 아니었으니까. 그렇지만 걱정을 전하는 방식이 잘못됐다. 호레이스와 나는 다 큰 성인들이었다. 그 누구도 우리에게 그런 식으로 말할 권리는 없었다. 우리의 감독이라 해도 말이다.

나는 다른 그 누구보다 내 몸과 마음에 대해 잘 안다. 언제 쉬고 언제 외출할지에 대해서도. 매일 밤 집안에만 박혀 있는 건 나에게도 시카고 불스에게도 전혀 도움이 되지 못했을 것이다. 더그 감독의 경우는 이중 잣대를 적용하고 있었다. 한 잣대는 마이클용이고, 또 다른 잣대는 그 나머지 선수들용이고. 그는 마이클에게는 자유 시간에 누구누구와 어울리지 말라는 식의 말을 절대 하지 않았다. 그리고 코트 안에서든 밖에서든 모든 상황에서 마이클의 의견에 따랐다. 정말이지 구역질이 나올 정도였다.

더그 감독은 트레이너 마크 페일에게 이렇게 말하곤 했다. "가서 마이클에게 물어봐요. 어떻게 하고 싶어 하는지."

어떻게 하고 싶어 하는지? 지금 농담해? 마음 같아선 정말 이렇게 말해주고 싶었다. "더그, 시카고 불스의 빌어먹을 감독은 당신이야. 우리가 뭘 해야 하는지는 당신이 결정하는 거라고. 마이클 제프리 조던이 아니라."

자신이 갖고 있는 힘을 잘 알고 있던 마이클은 그 힘을 최대한 이용했다. 그가 광고를 찍는다거나 골프를 친다거나 할 때면, 우리들의 훈련 시간 역시 그 스케줄에 맞춰 조정됐다. 또 훈련 시간이 너무 길어질 경우 더그 감독은 마이클만 빼주었다.

가장 꼴불견인 일은 경기가 끝난 날 훈련 시간에 종종 일어났다.

"마이클, 자네는 오늘 쉬어." 더그 감독은 말하곤 했다. "가서 샤워나 해. 자, 나머진 전부 지금 바로 코트로 모인다."

그가 마이클을 쉬게 해주는 근거는 마이클이 30득점 내지 몇 득점을 올리느라 너무 많은 에너지를 썼다는 거였다. 그러니까 호레이스와 나도 마이클과 거의 맞먹는 시간을 뛰었고, 그래서 쉬려면 같이 쉬게 해주어야 하는데, 더그 감독의 경우 그건 염두에도 없었던 것이다. 또한 마이클 역시 다른 선수들과 마찬가지로 결점이 있었는데, 더그 감독의 머릿속엔 아예 그런 생각이 없었다. 가끔 마이클은 30득점을 올리기 위해 30번도 넘는 슛을 날려야 했다. 그의 경우 슛을 하는 데 좀 더 많은 시간을 써도 전혀 문제가 아니었던 것이다.

감독이 유독 한 선수만 챙길 경우, 나머지 선수들은 그 감독을 신뢰하지 못하게 된다. 나는 그 한 선수가 누구든 상관없다. 우리는 모두 고등학교와 대학 시절에 스타 선수들이었다. 우리는 우연히 NBA에 온 게 아니었다. 그런데 갑자기 이제 와서 2류 취급을 받다니! 그건 정말 말도 못하게 모욕적이었다.

더그 감독에게 중요한 건 승리가 아니었다. 그에게 중요한 건 사람들에게 쇼를 보여주는 것이었다. 마이클 조던 쇼 말이다. 물론 일부 팬들은 불스가 승리한 경기에서 마이클이 20득점을 하는 것보다는 패배한 경기에서 50득점을 하는 걸 더 보고 싶어 했다. 그래야 그 다음날 친구들한테 자신의 유일무이한 슈퍼스타 마이클 조던이 최고의 기량을 발휘했다며 자랑할 수 있을 테니까.

보다 원숙한 감독이라면 절대 자신의 스타 선수를 그런 식으로 다루진 않았을 것이다. 명감독 팻 라일리Pat Riley가 뉴욕 닉스New York Knicks를 맡고 있을 때 패트릭 유잉Patrick Ewing이 뭐든 하고 싶은 대로 하게 내버려둔다는 걸 상상할 수 있겠는가? 또는 그렉 포포비치Gregg Popovich 감독이 늘 팀 던컨Tim Duncan의 의견에 따른다는 건? 상상할 수도 없는 일이다.

마이클을 편애함으로써, 더그 감독은 나를 비롯한 다른 모든 선수들의 성장을 가로막았다. 그나마 나는 운이 좋았다. 내 경우는 이후 주로 필 잭슨 감독과 텍스 윈터 수석 코치 그리고 내가 가진 강한 직업의식 덕에 더 발전할 수 있었던 것이다. 그렇다면 운이 좋지 못했던 친구들의 경우는? 과연 그들의 선수 경력, 그들의 삶은 달라졌을까? 그건 결코 알 수 없으리라.

■ ■ ■ ■

1988년 3월, 나는 12개의 자유투 가운데 11개를 실패하는 등 침체기를 겪었다. 가장 컨디션이 좋을 때조차도 자유투를 제대로 성공시키지 못했다. 변명의 여지가 없는 일이었다. 대체 뭐가 문제인지 아무도 알지 못했다.

두 말할 필요도 없이 내 탓이었다. 완전히는 아니라 해도. 더그와 마이클도 일부 책임이 있었을 것이다.

많은 경기에서 나는 거의 공을 만져보지도 못 했다. 그리고 그 결과 리듬감을 유지하지 못했다. 당시 호레이스와 나는 서로 이런 얘기를 나누곤 했었다. 아무 목적의식도 없이, 그리고 대체 뭘 하고 있는 건지도 모른 채, 헤드라이트 불빛에 놀란 사슴처럼 코트 위를 이리저리 뛰어다니고 있는 것 같다고. 왜 그랬냐고? 우리 두 사람에겐 아예 공이 오지 않고 있었던 것이다. 마이클에게만 갔다.

나는 지금 한 경기에 15개 내지 20개의 슛 기회가 필요했다는 얘기를 하는 게 아니다. 나는 아직 주 득점원이 아니었다. 그저 내게 필요했던 건 볼 터치였다. 경기 중에 단 2~3초라도 공을 만지면 내가 같이 뛰고 있다는 느낌이 들었지만, 공은 만지지도 못한 채 마이클이 계속 슛을 날리는 것만 쳐다보고 있노라면 그런 느낌이 들지 않았다.

차라리 다른 관객들과 함께 자리에 앉아 구경하는 게 나았다. 그러다가 어쩌다 공이 내게 오고 파울이라도 하나 얻어내면, 자유투를 던지면서도 의당 가져야 할 자신감을 갖기 힘들었다.나는 경기당 평균 7.9득점에 3.8리바운드를 기록하면서 정규 시즌을 마쳤고, 눈에 띄는 신인 선수들로 이루어지는 올루키All-Rookie 팀에 선발되는 것에도 실패했다.

실망했냐고? 물론이다.

좌절했냐고? 절대 아니다.

더그 감독이 나를 주전 선수 명단에서 뺄 때도 좌절하지 않았다. 허리 문제가 재발할 때도 좌절하지 않았다. 마이클 조던이 마치 혼자 다 뛰는 것처럼 행동할 때도 좌절하지 않았다.

절대.

1987년 가을 시카고 불스에 왔을 때, 나는 그렇게 순진할 수가 없었다. 프로 농구 선수가 되면 하루에 두 시간 정도 훈련을 하고 그 나머지 시간은 쉬는 건지 알았으니까. 어쨌든 프로 선수가 되고 나서 나는 아주 많은 걸 알게 됐다. 기량을 닦는 데 제대로 전념하지 않을 경우 훈련 두 시간은 아무것도 아니다. 훈련이 끝난 뒤에도 오랫동안 체육관에 남아 있어야 한다. 경기에서 맡은 역할들을 소화하기 위해서도 많은 훈련을 해야 한다. 내키지 않을 때에도 훈련을 해야 한다. 아니 어쩌면 내키지 않을 때일수록 더더욱.

가장 중요한 것은 그럴 때 스스로 농구보다 더 중요한 건 없다는 걸 계속 상기해야 한다는 것이다. 그러니까 이런저런 희생들을 감내해야 한다는 의미이다. 그리고 그 희생들은 크든 작든 거의 다 고통스럽다. 그래서 희생이라 불리는 것이며, 그래서 대부분의 선수들은 죽어라 농구를 파고들지 못하는 것이다. 선수들은 NBA 리그에서 15년쯤 뛸 수 있고 잘하면 올스타가 될 수도 있다. 그러나 죽어라 농구를 파고들지 않음으로써, 그들은 자신이 얼마나 뛰어난 선수가 될 수도 있었는지를 영영 모르게 된다. 나는 그런 선수들 중 하나가 되고 싶진 않았다.

내가 아내 카렌 맥컬럼과 바로 전해 11월에 태어난 아들 안트론Antron을 보내주기로 한 것도 바로 그런 이유 때문이었다. 나는 여전히 카렌을 사랑했고 아들이 생긴 것에 너무 기뻤다. 단지 당시 내겐 좋은 남편, 좋은 아빠가 되어줄 시간이 없었고, 그녀나 나나 그걸 조금이라도 빨리 알게 되어 차라리 다행이었다. 우리의 결혼 생활은 1990년에 끝이 났다.

그 이후 나는 또 다른 가족인 내 팀 동료들에게 헌신했다. 그리고 거기에 대해선 아무 후회도 없다.

우리는 특히 도로 위에서 많은 시간을 함께 보냈다. 특히 신참이었던 나와 호레이스의 경우 마음껏 쓸 수 있는 자유와 돈을 가져본 건 난생 처음이었다. 그건 아주 멋진 일이 될 수도 있고 아주 위험한 일이 될 수도 있다. 우리의 경우 아주 멋진 일이었는데, 그건 우리 주변에 스스로 즐기면서도 절대 선을 넘지 않는 베테랑 선배 선수들이 있었던 덕이다.

〈더 라스트 댄스〉에서 마이클이 코카인을 흡입하고 대마초를 피는 걸 봤다고 말한 선수들은 내가 시카고 불스에 왔을 때는 이미 다 사라지고 없었다. 제리 크라우스 단장이 확실히 손을 썼던 것이다. 그들 중 두 선수는 중독 치료까지 받았다.

마이클도 초기에는 술을 마시지 않았다. 그러나 그러던 그도 1995년 은퇴했다가 되돌아오면서 술을 마시기 시작했다. 맹세컨대 약물은 전혀 보지 못했다. 때는 1980년대 말이었고, 그때만 해도 NBA 리그에는 약물 하는 선수들이 아주 많았으며, 전반적인 사회 분위기가 그랬다. 그러니 약물을 하는 선수들도 꽤 있었다.

도박은 별개의 문제였다.

우리는 카드 게임을 즐겼다. 버스 안에서. 비행기 안에서. 공항 안에서. 호텔 안에서. 모든 곳에서. 당시 우리가 즐겼던 카드 게임은 '통크'tonk라는 카드 게임이었다. 진 러미•와 마찬가지로 통크의 특징 역시 가능한 한 빨리 카드를 없애는 게임이라는 데 있다.

그 카드 게임에도 메이저 리그와 마이너 리그가 있었다. 놀랄 일도 아니지만, 마이클 조던은 물론 메이저 리그에 속했다. 그는 자신이 속한 메이저 리그의 규모를 늘려 모두를 꺾기 위해 늘 더 많은 선수를 끌어들이려 애썼다. 파워 포워드 찰스 오클리도 메이저 리그에 속했다. 나는 메이저 리그와 마이너 리그를 왔다 갔다 했다. 메이저 리그의 경우 한 게임에서 잃게 되는 최대 금액은 몇 백 달러, 아니 어쩌면 천 달러 정도였다.

그런데 중요한 건 돈이 아니었다. 중요한 건 서로 놀리며 즐기는 것이었다. 그렇게라도 해서 쌓인 스트레스를 풀어야 했던 것. 이런 식이었다.

• gin rummy. 카드 게임의 일종

"알지? 이제 곧 잡을 거야."

"천만에, 그러지 못할 걸."

"아니, 잡을 거야."

마이클의 경우, 카드 게임은 공항 등에서 사인을 해달라거나 사진을 같이 찍자며 다가오는 수많은 사람들로부터 달아날 수 있는 도피처이기도 했다. 그런 요청들이 얼마나 많은지 당신은 아마 상상도 못할 것이다. 더욱이 그것도 1990년대 중반 들어 마이클이 훨씬 더 큰 인기를 누리기 전의 일이었다.

그 당시에 마이클과 나는 그런대로 잘 지냈다. 실은 그때도 결코 가까워질 수는 없었을 거라고 말할 수 있지만 말이다. 신인 시절에 마이클이 내게 월슨 골프채 세트를 선물로 줬는데, 그걸 갖고 함께 골프를 치러 다녔더라면 뭔가 달라졌을까? 그럴 것 같진 않다. 그는 우리 나머지 선수들과 다른 세계에 살고 있었다. 그래서 내 경우 종종 이런 생각이 떠오르곤 했다.

'만일 유명인이 된다는 게 저런 삶을 사는 거라면, 나는 굳이 셀럽 같은 건 되고 싶지 않아.'

모든 사람들(나이키 관계자, 게토레이 관계자, NBC의 스포츠 방송 진행자 아흐마드 라샤드Ahmad Rashad 등등)이 마치 왕이라도 되는 양 마이클을 둘러싸고 난리법석을 떨었다. 그는 왕이 아니라 농구 선수였다.

그 당시에 나는 한 가지 결정을 내렸다. 그리고 한 번도 그 결정을 후회한 적이 없다. 나는 마이클 조던의 사랑을 받기 위해 필사적인 노력을 하는 사람들 중 하나가 되지 않겠다고 결심한 것이다. 내 자신의 길을 걸어갈 때, 그리고 그의 인정에 목매지 않을 때, 비로소 선수로서 그리고 더 중요하게는 한 인간으로서 내 잠재력을 십분 발휘할 수 있을 거라 생각한 것이다

내가 기억하는 한 늘 아무 조건 없이 나를 사랑해준 11명의 형과

누나들에 둘러싸여 살아서 그런지, 나는 누군가를 내 편으로 끌어들여야 할 필요성을 느낀 적이 없다. 그 당시 내가 그런 필요성을 느낀 건 가장 친한 친구들이었고 앞으로도 늘 그럴 것이다.

첫 번째 장애물

CHAPTER 6 THE FiRST HURDLE

우리는 1987-88 시즌에 마지막 13경기에서 10경기를 승리하며 말 그대로 잘 나갔다. 우리는 센트럴 디비전에서 50승 32패의 기록으로 애틀랜타 호크스Atlanta Hawks와 공동 2위를 달리고 있었고, 1위 팀인 디트로이트 피스톤스에게는 겨우 4경기 뒤져 있었다. 더욱이 마지막 10번의 승리 가운데 7번의 승리는 원정 경기에서 거둔 것이어서 더 고무적이었다. 원정 경기는 늘 쉽지 않기 때문이다.

우리가 그렇게 성공을 거둘 수 있었던 건 트레이드 마감 직전에 시애틀 슈퍼소닉스에서 영입해온 포인트 가드 샘 빈센트Sam Vincent 덕이었다. 샘은 득점력도 있었지만, 더 중요한 역할은 마이클에게 공을 패스해주는 것이었는데 그는 자신에게 요구되는 임무를 잘 수행해냈다. 시카고 불스에서 29경기를 뛰는 동안 그는 평균 8개가 넘는 어시스트를 기록했다. 샘을 데려오기 위해 우리는 시데일 스레트를 내보내야 했다. 그 누구도 놀라지 않았다. 나는 더그 감독이 생각하는 것만큼 그와 친하진 않았지만, 막상 그가 떠난다니 좀 섭섭했다.

플레이오프 첫 경기에서 우리가 맞붙게 된 건 6번 시드 배정을 받은 클리블랜드 캐벌리어스Cleveland Cavaliers였다. 캐벌리어스 선수들은 다들 재능이 뛰어났다. 그 팀에는 1986년도 드래프트 1순위로 지명된 브래드 도허티Brad Daugherty 외에 포워드 래리 낸스Larry Nance, 핫 로드 윌리엄스Hot Rod Williams 그리고 또 가드 마크 프라이스Mark Price, 론 하퍼, 크레이그 엘로Craig Ehlo 등 뛰어난 선수들이 버티고 있었다. 그리고 그들의 감독은 1979년 시애틀 슈퍼소닉스를 이끌고 우승을 차지했던 레니 윌킨스Lenny Wilkens 감독이었다.

매직 존슨은 클리블랜드 캐벌리어스를 가리켜 '90년대의 팀'이라 불렀었다. 매직은 재능이 많은 사람이었는데, 이번 플레이오프에서는 클리블랜드의 가능성이 높지 않다는 걸 내다본 것이다.

마이클이 윌트 체임벌린Wilt Chamberlain을 그대로 흉내 내듯 맹활약해 1차전에서 50득점, 2차전에서 55득점을 올리면서 우리는 시카고 스타디움에서 2 대 0으로 앞서나갔다. 그는 두 경기에서 무려 80개의 슛을 날렸다. 그리고 나머지 팀 동료 전원이 시도한 슛은 총 118개에 불과했다.

캐벌리어스는 클리블랜드에서 열린 다음 두 경기에서 마이클을 82득점으로 비교적 잘 막으며 승리를 가져갔고, 그 바람에 우승이 걸린 5차전은 시카고에서 열리게 됐다. 그 당시의 플레이오프 1라운드는 5전 3선승제였다.

나는 더그 감독이 벤치에 앉아 있는 나를 부를 때를 대비해 몸을 풀며 준비를 하고 있었다. 그러면서 생각했다. '꽤 이른데.' 브래드 셀러즈는 3차전을 제외하곤 특별히 생산적인 경기를 하지 못하고 있었다. 첫 4경기에서 나는 평균 약 25분씩 뛰었다. 후보 선수치곤 많이 뛴 편이었다. 나는 더 이상 보통의 후보 선수가 아니었다.

경기 시작 약 30분 전에 더그 감독이 갑자기 내게 브래드 셀러즈 대신 주전으로 나가 뛰라고 했다.

'농담하는 거 아냐?' 나는 속으로 생각했다. 나는 1년 내내 주전으로 뛰지 못했다. 그리고 더그 감독은 4차전 이후 3일이 지나도록 한 번도 내게 주전 선수로 뛰게 될 거라는 암시조차 주지 않았다.

그렇다고 오해는 하지 말라. 그때도 그랬고 지금도 논리적으로 이

해가 가지 않지만, 나는 그 어떤 도전도 받아들일 준비가 돼 있었다. 그때까지 정규 시즌 79경기와 플레이오프 4경기에 교체 선수로 나갔던 나인데, 더그 감독은 왜 그때, 내게 일생일대의 중요한 경기가 될 그런 경기를 앞두고 갑자기 내게 새로운 역할을 맡기려 한 것일까?

더그 감독은 그 이유를 전혀 설명해주지 않았다. 그럴 필요가 없었다. 그는 감독이었고, 나는 선수였으니까. 그저 나는 시키는 대로 했다. 지금 생각해보면, 내가 아직 신참이었기 때문에 하루 이틀 전에 미리 알게 되면 그 부담을 감당하기 힘들 거라고 생각한 게 아닌가 싶다.

설사 그랬다 해도, 그는 정말 큰 실수를 했다. 내게 아무 언질도 주지 않은 건 그가 얼마나 나를 존중하지 않는지 보여준 또 다른 증거였으니까. 나는 동네 YMCA에서 농구를 하던 뜨내기 선수가 아니었다. 나는 대학 농구팀에서 4년을 뛰었고, 1학년 때부터 시즌 중반 이후는 이미 주전 선수였다. 그런 내게 너무 감당하기 힘든 부담스러운 순간 같은 건 없었다!

주전으로 뛰게 될 경우 벤치에서 나올 때부터 마음자세부터 달라져야 한다. 더그 감독에게 해주고 싶은 말: "하루 전 아니 몇 시간 전이라도 미리 언질을 주어 마음을 다잡을 수 있게 해줬어야죠."

결과에서 나타났듯, 나는 24득점을 기록해 그해 내 최고 기록을 세우는 등 경기를 꽤 잘 풀어나갔으며, 6리바운드 5어시스트 3스틸로 경기를 마쳤다. 가장 중요한 것은 그날 우리는 107 대 101로 승리해 시즌을 더 길게 끌고 갔다는 것이다.

우리는 1쿼터 때 18점으로 뒤처지면서 어려운 상황으로 내몰렸다. 그때 마이클이 무릎 부상에도 불구하고 선전을 펼쳐 점수 차를 좁혀나갔다. 그리고 3쿼터 후반에 내가 론 하퍼로부터 공을 스틸해 레이업슛을 성공시키면서 전세를 뒤집었다. 클리블랜드 캐벌리어스는 그때부터 무너지기 시작했고, 마이클이 자유투 2개를 성공시켜 총 39득점을 올리면서 경기를 완전히 끝내버렸다.

시카고의 팬들은 마침내 축하할 일이 생겼다. 시카고 불스가 7년 만에 처음으로 플레이오프 시리즈에서 승리를 거두고 다음 라운드로 진출했으니까. 그런데 그건 시작에 불과했다. 나는 때늦게 내 진가를 입증해보인 기분이었다. 처음부터 브래드 셀러즈보다는 내가 주전으로 뛰었어야 했다.

어쨌든 동부 컨퍼런스 준결승 상대는 디트로이트 피스톤스였다. 디트로이트 피스톤스는 유망한 우승 후보였다. 그리고 준결승 1차전에서 그들은 우리를 82점으로 묶어놓고 자신들은 93득점을 올리며 우승 후보다운 면모를 과시했다. 16득점에 14리바운드를 기록한 그들의 센터 빌 레임비어Bill Laimbeer가 특히 눈에 띄었다. 나는 2득점 3리바운드에 그쳤다. 그러나 2차전에서는 마이클이 36득점, 샘 빈센트가 31득점을 기록하면서 105 대 95로 우리가 이겼다. 파워 포워드 찰스 오클리는 10득점에 12리바운드를 기록했다.

그리고 그때부터 우리는 내리막길을 걸었다.

시카고에서 우리는 매 경기 80득점을 넘기지 못했다. 디트로이트는 101 대 79로 3차전을 가져갔고, 96 대 77로 4차전도 승리했다. 그리고 5차전에서 우리를 완전히 끝장냈다. 최종 점수는 102 대 95였다. 그렇게 그 시즌을 마치면서 내가 얻은 유일한 위안이라면, 허리 치료에 꼭 필요한 휴식 시간을 충분히 확보할 수 있게 됐다는 것이었다. 디트로이트 피스톤스는 워낙 거친 플레이를 일삼아, 아니 좀 더 정확히 말하자면 워낙 포악하게 나와, 완전한 몸 컨디션이 아닌 상태에서 경기를 하기에는 최악의 팀이었다. 코트를 내달리거나 루즈볼을 잡으려고 기를 쓸 때 보면, 그들은 농구가 아니라 럭비를 하는 듯했다.

19세기 독일 철학자 프리드리히 니체Friedrich Nietzsche는 "당신을 죽이지 못하는 것은 당신을 더 강하게 만든다"는 말을 했다. 빌 레임비어를 만난 적도 없는 니체가 그런 말을 한 것이다. 빌은 완전히 깡패였다.

그런데 유감스럽게도 휴식을 취하면서 내 허리는 좋아지기는커녕 더 나빠졌다. 바로 그 때문에 마이클 셰퍼 박사에게 다시 진찰을 받았고, 척추원반탈출증이라는 진단을 받았던 것이다. 수술을 받아야 한다고 했다. 나는 무서웠다. 만일 수술이 잘못되면 어떻게 하나? 가족과 친구들은 이구동성으로 절대 몸에 칼을 대게 해선 안 된다고 했다. 영구적인 손상을 입을 가능성이 너무 크다는 게 이유였다. 나는 고등학교 시절 도널드 웨인 감독이 나를 농구팀에서 제외시켜버린 뒤 너무 멀리 왔고, 그래서 이런 생각을 했다. '농구의 신들이 이미 가장 잔인한 운명을 결정해 놓고 지금까지 나를 갖고 논 거 아닐까?'

어쩌면 NBA에서의 내 선수 경력은, 그리고 내 꿈은 단 1년 만에 끝나게 되는 걸까? 1988년 7월 나는 모든 두려움들을 옆으로 제치고 수술을 받았다. 당시 나는 통증에서 벗어날 수만 있다면 뭐든 기꺼이 할 마음이었다. 통증 때문에 죽을 것 같았으니까.

의사들에 따르면 수술은 순조롭게 진행됐다. 그리고 그들은 내가 완전히 회복할 거라며 수술 결과에 대해서도 낙관했다. 그러나 나는 긴가민가했다. 특히 수술 후 2주일 정도까지 오른쪽 다리를 움직일 수 없었고 허리 통증도 여전히 심해 더 그랬다. 그러나 의사들은 수술 후에 나타나는 정상적인 반응이라며 나를 안심시켰다.

제3자 입장에선 말하기 쉬운 법이다. 내 미래가 위태로운 거지, 그들의 미래가 위태로운 건 아니니까. 그때 로니 형과 아버지 생각이 났다. 두 사람이 휠체어에 갇혀 하루하루 보낸 일들도. 그런 일이 내게도 일어나는 건가? 그러다 오른쪽 다리에 서서히 감각이 돌아오기 시작했다. 그리 마음이 놓일 수가 없었다. 매일 나는 주변을 산책했다. 피카디 서클Picardy Circle이라는 지역에는 뒤쪽에 아름다운 연못이 있었다. 나는 그 연못 둘레를 걷고 또 걸었다. 그리고 그곳이 내 집보다 더 편하게 느껴지기 시작했다. 6주 동안은 걷는 게 유일한 운동이었다.

나는 진단을 받기 위해 셰퍼 박사를 방문할 때까지는 차 안에 앉아 있는 것도 허용되지 않았다. 더그 감독과 제리 크라우스 단장은 고맙게도 수시로 안부를 물어왔고, 지미 형은 내가 혼자 움직일 수 있을 때까지 늘 곁에 있어 주었다. 지금 생각해보면, 그 수술은 하늘이 내린 선물이었다. 덕분에 통증이 완화되어 선수 생활을 다시 할 수 있게 되었고 또 그 이후 계속 새로운 운동 요법으로 치료를 받을 수 있게 되었기 때문이다.

셰퍼 박사는 이렇게 말했다. "오랫동안 농구 경기를 하고 싶다면, 허리 운동을 해서 허리를 계속 튼튼하게 유지해야 하네."

허리가 아프든 아프지 않든, 나는 매해 여름 훈련 캠프로 가기 전에 두 달간 운동 요법을 받았다. 또한 늘 햄스트링을 이완시켜주었으며, 간과하기 쉬운 척추 주변의 잔 근육들을 단련시켰다. 그 수술을 생각할 때마다 나는 다음과 같은 말을 자주 상기하게 됐다. 프로 운동선수의 입장에선 아무리 강조해도 지나치지 않은 말이다.

"당신 몸을 돌봐라. 안 그러면, 당신 몸이 당신을 돌보지 않게 될 것이다."

그건 그렇고, 시카고 불스는 내가 없이 1988-89 시즌을 시작해야 했다. 나만 없었던 게 아니다. 찰스 오클리도 없었다. 드래프트 전 날 뉴욕 닉스의 센터 빌 카트라이트를 데려오는 대신 오클리를 그 팀으로 보내게 된 것이다.

NBA는 생각보다 바닥이 좁아, 당시 오클리가 트레이드된 거라는 소문이 이미 돌고 있었다. NBA 농구팀들은 선수들에게 충성을 요구하면서도, 자신들은 선수들에게 충성을 보여주는 경우가 드물다. 아무리 그렇다 해도 나는 깜짝 놀랐다. 오클리는 내가 가깝게 지낸 동료 선수들 중 다른 팀으로 트레이드된 첫 선수였다. 팬들은 우리를 거대한 체스판 위에 놓인 졸들로 볼 뿐, 우리가 우리 자신의 동의도 없이 다른 도시로 보내질 때 포기해야 하는 긴밀한 인간관계 같은 건 생각조차 하지 않는다. 다른 직업들에서는 흔히 일어나지 않는 일이다.

어느 날 직장에 출근했는데 상사가 다음과 같이 말한다면 기분이 어떨지 상상해보라. "이봐, 존, 이런 식으로 알리게 되어 정말 유감인데, 회사는 자네를 버펄로로 전근 보내기로 결정했어. 비행기는 8시에 떠나. 잘 먹고 잘 살게."

나는 곧바로 오클리에게 전화를 했다. "이봐, 친구, 정말 유감이야. 트레이드라니 믿을 수가 없어."

그 역시 믿을 수가 없었다. 시데일 스레트의 트레이드와는 경우가 달랐다. 그는 후보 선수였다. 미안한 말이지만, 후보 선수들은 소모품이나 다름없다. 그런데 오클리는 후보 선수가 아니었다. 그는 시카고 불스의 주춧돌들 중 하나였다.

팀 내에서 가장 친한 친구를 잃은 마이클은 이렇게 말했다. "우리는 NBA에서 가장 뛰어난 리바운더를 포기했어. 대체 이 공백을 어떻게 메워야 하지?"

좋은 질문이었다. 우리가 잃어버리게 된 것은 리바운더뿐이 아니었다. 오클리는 마이클 조던이 절대 따라할 수 없는 방식의 리더였다. 모든 팀에는 찰스 오클리 같은 선수가 필요하다. 당신을 위해 대신 죽어줄 사람. 문을 나서면서 오클리는 시카고 불스를 비판했다. 자신에게 의당 해주어야 할 존중을 해주지 않았다고. 나는 그가 어떤 기분인지 너무 잘 알았다.

그런데 다른 한편으론 제리 크라우스 단장의 입장도 이해가 안 되는 건 아니었다. 그는 1988년에 올해의 NBA 경영인으로 선정되지 못했다. 우리는 로 포스트, 즉 골밑 지역에서의 득점이 절실히 필요했다. 그 당시에는 센터 포지션에 걸출한 선수들이 많았다. 하킴 올라주원,

모제스 말론Moses Malone, 로버트 패리시, 패트릭 유잉 그리고 41세의 나이에도 여전히 위협적이던 카림 압둘자바가 그 대표적인 선수들이다.

우리의 센터는 데이브 코진Dave Corzine이었다. 그에게 축복이 있기를. 그런데 데이브는 그리 위협적인 선수는 못됐다. 1987-88 시즌에, 데이브는 평균 10득점을 간신히 넘겼고, 그나마 그 득점도 대개 아웃사이드 쪽에서 나왔다. 이 문제는 디트로이트 피스톤스와의 시리즈 경기들에서 더 확연히 드러났다. 5경기를 치르는 동안 데이브는 25득점밖에 못 올렸다.

뉴욕 닉스에서 온 빌 카트라이트라면 아마 상당히 업그레이드된 경기력을 보여줄 것이었다. 그는 뉴욕 닉스에서의 첫 두 시즌 중에 경기당 평균 20득점 이상을 기록했으니까. 1988년 트레이드에서 시카고 불스가 1순위로 지명한 밴더빌트대학교 출신 윌 퍼듀도 같은 포지션이었다. 그리고 호레이스는 아주 뛰어난 리바운더 겸 수비수로 발전 중이었다. 그는 오클리의 공백을 메우고도 남았다.

그런데 빌 카트라이트의 문제는 지구력이었다. 그는 발 부상 때문에 1984-85 시즌을 제대로 뛰지 못했고, 그 다음해에도 단 2경기밖에 못 뛰었고 그 다음해에는 58경기를 뛰었다.

■ ■ ■ ■

우리는 1988년 가을에도 시작이 좋지 않아, 시카고에서 벌어진 디트로이트 피스톤스와의 개막전에서 13점 차로 패했다. 호레이스는 고작 2리바운드를 기록하고 경기를 마쳤다. 첫 2주 동안의 우리 전적은 4승 4패였다. 디트로이트 피스톤스의 전적은 7승 무패였다. 조심스럽게 말하자면, 빌 카트라이트는 우리가 안고 있는 문제를 조만간 해결해주긴 어려울 듯했다. 손재주도 좋지 않았고, 더블팀 수비를 당할 때 공간이 열린 다른 팀 동료에게 공을 넘겨주질 못했으며, NBA에서 가장 빠른 우리의 스피드를 따라오지 못했다.

마이클은 그런 그를 못마땅해했다. 아니 그 이상이었다. 마이클은 경기 종료를 몇 분 앞둔 상황에서 우리에게 빌에게는 공을 패스하지 말라고 했다. 빌은 똑똑한 친구였다. 그는 일이 어떻게 돌아가고 있는지 뻔히 알았다. 마이클을 죽일 기세였지만, 나는 그런 그를 뭐라 할 수도 없었다.

"빌어먹을 자식!" 어느 날 마이클이 주변에 없을 때 빌이 말했다. "난 그 자식이 뭐라고 말하든 상관 안 해! 그러니 빌어먹을 공을 내게 줘!"

"알았어." 내가 말했다.

한편 내가 12월 초까지는 다시 코트에 나서지 못할 거라는 소문이 돌았다. 그러나 실은 복귀를 더 앞당겨야 했다. 두 시즌 연속 브래드 셀러즈에게 밀려 더 벤치에 앉아 있을 수는 없었다. 이미 너무 오래 벤치에 앉아 있었다.

나는 11월 18일에 컴백해 시카고 스타디움에서 벌어진 애틀랜타 호크스와의 경기에 나섰다. 우리는 이제 곧 먼 원정 여행에 오를 예정이었고, 그래서 나는 당연히 내 허리가 얼마나 버텨줄 수 있을지 알고 싶었다. 예전처럼 경기 후에 여전히 통증이 느껴진다면, 디어필드에 있는 우리 시설에서 재활 운동을 해야 할 것이고, 그런 뒤 원정 경기 중인 팀에 합류하든가 아니면 팀이 원정 경기를 마치고 돌아올 때까지 기다리든가 해야 했다. 나는 대략 4분간 몸 상태를 확인한 뒤 1쿼터에 합류했다. 마치 다시 신인이 된 기분이었다. 초조함과 경외감 그리고 시카고 불스 선수라는 걸 입증해 보여야겠다는 갈망 등등.

나는 15분 아니 어쩌면 20분 정도 뛸 거라고 생각했다. 그런데 35분을 뛰었다. 더그 감독은 지치지 않냐며 몇 차례나 괜찮은지 물었다.

괜찮았다. 힘이 넘쳤다. 마치 잠시도 코트를 떠난 적이 없다는 듯, 공을 잡는 것도 만지는 것도 더 편했다. 그날 내 기록은 이랬다. 15득점 9리바운드 5어시스트. 거기에다가 아주 멋진 스틸 1개.

경기 종료 30초를 앞두고 3점 뒤져 있는 상황에서 모제스 말론이 골대로 몰고 가던 공을 가로채는 데 성공한 것이다. 결국 우리는 1점을 앞서나가게 됐고, 연장 끝에 승리를 결정지었다.

나는 그 경기에서 스크린, 박스 아웃, 차징 등 기본기에 충실하면서 마치 전혀 다른 선수가 된 것처럼 플레이를 펼쳤다. 그러다가도 가끔 플레이를 멈출 때면 수술 직후 며칠간 이런저런 불안에 떨던 내 자신을 떠올렸다. 그리고 허리 통증 없이 슈팅을 하고 코트 위를 누비면서 믿을 수 없을 만큼 큰 기쁨을 맛봤다.

12월 말 우리가 시카고 스타디움에서 뉴욕 닉스와 맞붙었을 때 나는 경기를 결정짓는 슛을 성공시켰다. 자유투 라인 부근에서 날린 점프슛이 그대로 골인된 것. 마이클이 골대 쪽으로 달려가 슛을 했는데 패트릭 유잉에게 저지당했고, 이후 호레이스의 슛이 다시 튀어나왔는데, 마침 그 순간 내가 적절한 위치에 있었던 것이다. 그 시점에 나는 이미 브래드 셀러즈 대신 확실한 주전 선수가 되어 있었고, 브래드는 그해 6월에 시애틀 슈퍼소닉스로 트레이드된 상태였다.

그러나 그 날의 승리에도 불구하고 우리의 전적은 14승 12패로, 센트럴 디비전에서 5위였다. 희망에 부풀었던 시즌은 그렇게 저물었다. 나는 더그 콜린스 감독을 지나치게 탓할 생각은 없다. 슛을 놓치고 임무를 제대로 수행하지 못한 건 우리이지 그가 아니니까.

그러나 더그 감독은 역시 더그 감독이었다. 그는 필요 이상으로 우리를 닦달했고, 그건 아무 도움도 안 됐다. 팀이 수렁에 빠져 허우적댈 땐 감독은 참고 기다리며 선수들에게 자신감을 불어넣어주어야 한다. 그간 얼마나 많은 패배들이 있었는지를 떠나서 말이다. 중요한 건 시즌 전체를 망가뜨리기 전에 그 수렁에서 빠져나오는 것이다.

이후 우리는 1월에 6연승을 거두고 그 다음 달에 5연승을 거두면서 수렁을 빠져나왔다. 그러나 그 승리들은 모래 위의 성 같았다. 훈련 캠프 이후 우리 팀을 괴롭혀온 근본적인 문제들은 갑자기 사라지지 않았다. 더그 감독은 계속 마이클의 의견을 따랐고, 마이클은 계속 너무 많은 슛을 날리고 있었다. 그리고 텍스 윈터 수석 코치는 그걸 받아들이지 못했다.

텍스 코치의 경우, 세상에서 가장 곡예사 같은 움직임을 보이는 닥터 제이처럼 멋진 덩크슛을 날리더라도 팀 동료에게 패스를 하지 않으면 불 같이 화를 냈다. 그는 멋진 움직임보다는 멋진 패스를 더 중시했다. 그에 따르자면, 패스 외에 다른 플레이는 모두 자기과시였다. 매일 그는 우리에게 말하곤 했다. "멍청하게 굴지 마!"

번역하자면 "제대로 된 플레이를 해!"

당신이 드리블을 멋들어지게 잘했다고 해서 당신의 슛이 최고의 슛인 건 아니다. 최고의 슛은 코트 모퉁이에 서 있는 선수의 슛일 수도 있고 상대팀 골대로 치고 나가는 선수의 슛일 수도 있다. 그러나 더그 감독만 텍스 코치의 말에 귀 기울이지 않았다. 그건 그의 또 다른 큰 실수였다.

생각해보라. 여기 40년 넘게 농구계에서 코치 겸 스승 일을 해온 텍스 윈터 코치가 있다. 그런데 더그 감독은 텍스 코치가 갖고 있는 그 해박한 농구 지식을 받아들이는 데 관심이 없었다. 말해 보라. 세상에 이게 말이 되는가? 우리가 늘 말했듯, 텍스 코치는 농구에 대해 우리가 평생 배울 수 있는 것보다 더 많은 걸 알고 있었다. 게다가 더그 감독은 당시 NBA에서 겨우 세 시즌째를 맞는 감독이었다. 겨우 세 시즌째.

성격이 아주 강한 이 두 사람 간의 갈등은 전혀 해소되지 않았다. 그것은 그들의 개인적인 인간관계에만 해로운 게 아니었다. 팀 전체에게도 해로웠다. 과거 1973년 전체 드래프트에서 1순위로 지명되어 필라델피아 세븐티식서스에서 맹활약을 펼쳤던 더그 감독에게 농구는 개인 경기였다. 그러나 NBA에서 선수 생활을 한 적이 없는 텍스 코치에게 농구는 팀 경기였다.

더그 감독은 마이클이 어떤 공을 잡든 마음대로 하길 원했다. 텍스 코치는 마이클이 그 빌어먹을 공을 패스해주길 원했다. 더그 감독은 팀 전체가 보는 앞에서 당신이 믿지 못할 방식으로 텍스 코치를 바보로 만들었다.

"자네들 텍스가 오늘 여기서 우리와 함께한다고 생각하는 거야?" 더그 감독은 이렇게 말하곤 했다. 텍스 코치가 바로 옆에 앉아 있는 데 말이다. 나는 텍스 코치가 정말 대단하다고 느꼈다. 그는 농구에 대한 놀라운 지식 외에 따뜻한 영혼도 갖고 있었다. 그는 그런 취급을 받을 사람이 아니었다. 그 누구도 타인에게 그런 취급을 받아선 안 된다.

두 사람의 갈등은 점점 심해져, 텍스 코치는 경기 중에 벤치에 앉는 것도 허용되지 않는 지경에 이르렀다. 연습 경기 때 텍스 코치는 혼자 경기장 한 구석에 서서 메모를 했다. 얼마나 굴욕스런 일인가! 정말이지 더그 감독 얼굴에 주먹이라도 날리고 싶은 걸 억지로 참은 게 한두 번이 아니었다. 그래야 그간 맺힌 응어리들이 다 풀릴 듯했다.

그런데 텍스 코치는 마치 두 사람 사이에 아무 일도 없었다는 듯 매일 연습 경기에 모습을 드러냈다. 대체 어떻게 그럴 수 있었을까? 아마 이런 의문이 생길 것이다. 더그 감독이 텍스 코치를 그런 식으로 대하는데, 어째서 제리 크라우스 단장은 뭔가 조치를 취하지 않았을까? 제리 단장은 텍스 윈터를 우상처럼 여겼다. 텍스 코치를 데려온 것도 제리 단장이었다. 더욱이 코트 안팎에서 일어나는 일들 가운데 제리 단장이 모르는 일은 없었다.

그 이유는 나도 잘 모르겠다. 그런데 결국 제리 단장은 더그 콜린스에 대해 뭔가 조치를 취했다. 아주 극단적인 조치를.

한편 필 잭슨 수석 코치는 날이 갈수록 존경을 받고 있었다. 나와 같은 시기에 팀에 합류한 필은 텍스와 또 다른 수석 코치 자니 바흐 Johnny Bach 뒤에서 그야말로 밑바닥부터 시작했다. 그는 오래 있을 계획도 아니었다. 그는 너무 아는 게 많았다. 누구나 알 수 있었다. 그는 더그 감독은 100만 년 걸려도 마스터할 수 없을 기술을 갖고 있었다. 필은 의사소통 능력이 있었다.

내 경우 가장 인상적이었던 건 곧 맞붙게 될 상대팀 선수들에 대한 필의 리포트였다. 나이가 한참 많았던 텍스와 자니는 시카고에서 가까운 거리에 있는 팀들을 분석했고, 필은 먼 지역에 있는 팀들을 분석했다. 필의 리포트에는 크든 작든 아주 세세한 내용들이 빼곡히 담겨 있었다. 상대팀 선수들이 코트의 어느 쪽을 선호하는지, 오른손과 왼손 중 대개 어느 쪽 손으로 드리블을 하는지, 수비 면에서 어떤 선수가 좀 더 허술한지, 상대팀 감독이 경기의 각 단계에서 주로 어떤 플레이를 펼치는지 등등.

필의 리포트는 내용이 정말 세세했다. 필이 우리에게 제공하지 않는 세세한 내용은 단 하나, 그들이 아침에 뭘 먹는가 하는 것이었다. 장담컨대 그는 아마 그것도 알고 있었을 것이다. 더그 감독은 필이 자신의 자리를 위협한다고 느꼈다. 그럴 만도 했다. 필은 뉴욕 닉스에서 선수 생활을 하며 두 차례 우승컵을 안았고, 그 이후 대륙농구협회• 소속의 앨버니 패트룬스Albany Patroons에서 코치 활동을 하며 한 차례 우승컵을 안았고, 제리 크라우스 단장은 그런 그를 높이 평가해 수석 코치로 영입했다.

• Continental Basketball Association. CBA, 1946년부터 2009년까지 운영되었던 미국프로농구의 마이너 리그

1988년 12월 중순의 어느 날 밤, 더그 감독은 밀워키에서 열린 벅스와의 경기에서 퇴장을 당했다. 전권을 위임받은 필 잭슨은 전면적인 압박 수비 전략을 구사했고, 더그가 좋아하는 플레이들을 펼치는 대신 선수들이 보다 자유롭게 공격을 할 수 있게 해주었다. 더그 감독은 늘 모든 선수들에게 연습 경기 때 배운 새로운 플레이를 펼치게 했는데, 대개의 경우 그 새로운 플레이라는 것은 그 전 경기에서 상대팀이 우리에게 썼던 플레이를 모방한 것이었다.

필 잭슨이 지휘봉을 잡자 신선한 변화가 생겨났다. 그리고 우리는 결국 66 대 38라는 큰 점수 차로 밀워키 벅스 팀을 꺾었다. 그 경기에서 필의 아내 준June이 제리 크라우스 단장과 그의 아내 텔마Thelma 바로 옆자리에 앉아 있는 걸 본 더그 감독은 그야말로 제 정신이 아니었다. 그만큼 자신도 없고 불안했던 것이다.

그는 필을 만나러 갔다. 두 사람은 몇 시간 동안 얘기를 나누었다. 더그 감독은 필과 제리 단장이 얼마나 가까운 사이인지가 궁금했던 듯하다. 나중에 알게 된 사실이지만, 제리 단장은 더그 감독이 이런저런 압박감들에 어떻게 대처하고 있는지를 좀 더 잘 알아보고 싶어 자주 필을 만나고 있었다.

제리 단장은 필에게 이런 식으로 묻곤 했다. "오늘 그는 어땠어요? 패배를 어떻게 받아들이던가요?"

내가 보기에 더그는 패배를 그리 잘 받아들이지 못했다. 한 번은 경기에서 참패를 당한 뒤 버스를 타고 가던 도중 더그 감독이 운전기사에게 차를 세워달라고 했다. "여기서 내려주세요. 다들 호텔에서 다시 봐."

1988-89 시즌에 제리 단장은 상대팀을 분석하기 위해 마이애미에 가 있던 필에게 전화를 걸었다. 필이 곁에서 보좌하며 상황을 진정시켜주지 못하면 더그 감독의 성질이 더 나빠질 걸 우려한 것이다. 그

러면서 제리는 필에게 말했다. "나는 자네가 팀을 떠나 그렇게 멀리 가 있는 건 원치 않네. 만일 꼭 상대팀 분석을 해야만 한다면 쉬는 날에 하게."

■ ■ ■ ■

우리는 47승 35패의 전적으로 정규 시즌을 마치고 플레이오프에 진출했는데, 마지막 10경기 중 8경기를 놓쳤다. 그건 우리가 바라던 흐름은 아니었다.

그 모든 건 어느 정도 우리의 건강 탓이기도 했다. 호레이스는 손목에 문제가 있었고, 브래드와 마이클, 존 팩슨 그리고 나 또한 이런저런 부상이 악화되어 애를 먹고 있었다. 12월에 피닉스 선즈 팀에서 영입해온 슈팅 가드 크레이그 하지스Craig Hodges 역시 100퍼센트 제 컨디션이 아니었다.

우리가 마지막으로 놓친 8경기 가운데 2경기는 디트로이트 피스톤스, 클리블랜드 캐벌리어스와의 경기였는데, 특히 클리블랜드의 경우 2년 연속 개막전에서 우리와 맞붙게 되었다. 캐벌리어스는 경기력이 엄청나게 향상됐다. 그들은 우리한테 거둔 6승을 포함해 총 57승을 기록했는데, 그 전적은 직전 시즌보다 무려 15승이나 늘어난 것이었다. 브래드 도허티의 경기력이 눈에 띄게 좋아지고 있었고, 마크 프라이스와 론 하퍼 역시 NBA 리그에서 가장 뛰어난 가드들로 꼽히고 있었다.

앞서 말했듯 매직 존슨은 클리블랜드 캐벌리어스가 '90년대의 팀'이 될 거라 예견했는데, 어쩌면 그 90년대가 예정보다 빨리 온 모양이었다. 아닐 수도 있고.

마이클이 31득점으로 팀을 이끌면서 우리는 클리블랜드에서 열린 플레이오프 1차전을 95 대 88로 승리했다. 나 역시 22득점으로 일조했고, 호레이스는 13득점 13리바운드를 기록했다. 플레이오프 원정 경기에서 승리를 거둔 건 우리로선 큰 발전이었다. 정규 시즌 동안 우리의 원정 경기 전적은 17승 24패로 최악이었다. 원정 경기에서는 특히 공을 잘 다뤄야 하고 슛 성공률이 높아야 하며 불필요한 파울을 피하고 차지할 가능성이 50대 50인 주인 없는 공들을 상대 선수들보다 먼저 잡아야 한다. 조심, 조심, 조심 또 조심해야 한다. 그러지 못해 클리블랜드 캐벌리어스의 마크 프라이스가 햄스트링 부상으로 주전에서 제외됐다.

마크 프라이스가 다시 주전 선수로 나서면서, 캐벌리어스는 95 대 88로 2차전을 승리했다. 특히 31득점 11리바운드 5스틸을 기록하는 등 론 하퍼의 활약이 눈부셨다. 두 팀은 시카고에서 열린 다음 3, 4차전에서는 1승 1패를 나눠 가졌다. 4차전의 패배는 받아들이기 힘들었다. 경기 종료 9초를 남기고 마이클이 자유투를 얻어 3점 차로 앞설 기회를 잡았다. 그는 첫 번째 자유투는 성공시켰지만 두 번째 자유투는 놓쳤다. 클리블랜드는 브래드 도허티가 자유투 2개로 동점을 만든 데 이어 오버타임 때 승리를 낚아챘고, 결국 클리블랜드에서 5차전을 갖게 됐다.

5차전의 마지막 순간에 어떤 일이 있었는지는 내가 말하지 않아도 잘 알 것이다. 굳이 말하자면 이랬다. 경기 종료를 3초 남기고 브래드 셀러가 공을 인바운드로 마이클에게 넘겼고, 마이클은 바로 그 공을 잡고 달렸다. 크레이그 엘로가 그를 막아섰다. 마이클은 두 번 드리블해 파울 라인 쪽으로 달려갔다. 그리곤 공중으로 솟아올라 더블 클러치 기술을 구사해 약 5.5미터 거리에서 슛을 날렸다. 공은 림 안으로 빨려 들어갔다. 한 경기가 그리고 한 시리즈가 승리로 끝났다. 그리고 전설이 만들어졌다.

나는 이른바 '더 샷'•에 전혀 반감이 없다. 어떻게 그러겠는가? TV

에서 당시 그 장면을 보여줄 때마다, 사람들은 믿을 수 없을 정도로 멋진 그 기억을 떠올리게 된다. 3초 안에 승패가 갈리는 그 당시의 숨 막히는 상황을 감안하면, NBA 역사상 그 어떤 선수도 그때 마이클이 해낸 일을 해낼 수 없을 거라 생각한다. 정말 믿을 수 없는 순간이었고, 아마 앞으로도 영영 그럴 것이다.

그러나 내 경우 그 플레이오프 시리즈를 생각할 때면, 마이클의 영웅적인 활약에 초점을 맞추고 싶진 않다. 한 팀으로서 우리 시카고 불스가 성취한 것에 초점을 맞추고 싶은 것이다. 그게 우리가 계속 앞으로 나아가고 마침내 챔피언 자리에 오르기 위해 제일 먼저 넘어야 할 장애물이었기 때문이다. 두각을 드러내고 결국 약속된 땅에 이르는 팀들은 모두 결정적인 순간을 거쳐야 한다. 그리고 잘 알겠지만, 그 결정적인 순간이란 당신이 위대해질 운명이라는 걸 더 이상 믿지 않는 순간이다.

다음 시리즈에서 우리는 6차례의 경기 끝에 뉴욕 닉스를 꺾었다. 분명 우리가 뛰어넘은 또 다른 장애물이었다. 그런 다음 동부 컨퍼런스 결승 1차전에서 우리는 디트로이트 피스톤스를 그들의 홈구장 안에서 94 대 88로 격파했다. 우리가 뛰어넘은 세 번째 장애물이었냐고? 아니었다.

디트로이트 피스톤스는 센터 빌 레임비어와 다른 선수들의 활약에 힘입어 2차전을 가져갔고, 다음 세 경기에서 두 경기를 낚아채며 3승 2패의 전적으로 그 다음 시리즈로 나아갔다. 우리는 100점 장벽을 단 한 번도 넘지 못했다. 디트로이트 피스톤스의 전략은 그 이전의 시즌들과 마찬가지였다. 그 유명한 '조던 룰'Jordan Rules을 따랐던 것. 1988

• The Shot. 캐벌리어스와의 플레이오프 5차전 마지막 순간 마이클 조던이 극적으로 성공시킨 슛을 가리킴

년 4월 전국에 방영된 한 경기에서 마이클은 59득점을 올리며 디트로이트 피스톤스의 선수들을 궁지로 몰아넣었는데, 그 경기 이후 그들의 감독 척 댈리Chuck Daly가 만든 게 바로 조던 룰이었다.

그 룰은 아주 간단했다. 마이클이 골대로 향할 때마다 두세 명의 선수를 붙여라. 바닥에 쓰러질 때까지 밀어 붙여라. 필요하다면 그를 열차 앞에라도 내던져라. 요약하자면, 마이클이 공중에 뜨는 것을 막기 위해서라면 무슨 짓이든 하라. 그리고 일단 공중에 뜨면 그냥 잊어라. 그들의 판단은, 그리고 그게 틀린 것도 아니었지만, 아무리 위험인물이라 해도 한 명이 다섯 명을 이기는 건 불가능하다는 것이었다. 한 경기에선 가능할 수도 있다. 어쩌면 두 경기까지도. 그러나 7경기를 치러야 하는 시리즈에서는 불가능했다.

희생양은 마이클뿐만이 아니었다. 6차전에서 디트로이트 피스톤스가 스타 포인트 가드 아이재아 토마스Isiah Thomas의 점프슛 성공으로 2 대 0으로 앞서 나간 지 몇 분 후, 바스켓 바로 아래에서 빌 레임비어의 팔꿈치가 내 오른쪽 눈을 친 것이다. 그건 사고였다. 나는 그렇게 생각한다. 진실은 빌 레임비어밖에 모르지만.

나는 의식을 잃고 쓰러졌다. 몇 분간 벤치에 앉아 머리를 식힌 뒤 나는 다시 뛰고 싶었다. 의사가 반대했다. 제리 크라우스 단장은 반대하지 않았다. 나는 경미한 뇌진탕 증상으로 병원에 실려가 나머지 경기는 뛰지 못했다. 내가 라인업에서 빠졌지만, 10점 뒤지고 있던 우리 팀은 4쿼터 초반에 점수 차를 좁혀 81 대 79로 역전했다. 그러나 우리는 마지막에 아이재아 토마스를 잡지 못했다. 그는 4쿼터에서만 17득점을 올리는 등 총 33득점을 터뜨렸고, 결국 디트로이트 피스톤스가 103 대 94로 승리했다. 게다가 데니스 로드맨이 9득점 15리바운드를 기록하는 등, 늘 그랬듯 다른 선수들 역시 승리에 일조했다.

우리가 좌절감에 빠졌냐고? 꼭 그렇진 않았다. 우리는 우리가 아직 그들의 수준에 이르지 못했다는 걸 알고 있었으니까. 아직은. 물론 우리에게도 재능은 있었다. 의심의 여지가 없었다. 하지만 디트로이트 피스톤스에는 있고 우리에겐 없는 것이 있었으니, 참아야 할 때와 공격해야 할 때에 대한 감각이었다. 그런 감각은 단순히 코치들의 말에 귀 기울이거나 상대팀에 대한 리포트를 읽는다고 해서 생기는 게 아니다. 큰 경기들을 치르면서 스스로 터득해야 한다. 큰 경기들에 패배하면서 터득해야 한다.

■ ■ ■ ■

나는 햄버그로 떠났다. 그리곤 부모님들한테 드리려고 새로 짓고 있던 집 공사를 감독했다. 어머니는 이사하는 걸 그리 내켜하지 않아 보다 큰 단층집 안에 조경 공사를 좀 했고, 다른 가족들을 위해 새로운 공원과 집들도 장만해 주었다.

7월 초에 시카고로부터 놀랄 만한 소식이 들려왔다. 더그 콜린스 감독이 경질된 것이다. 나는 팀 동료들이 트레이드되는 것에는 익숙해져 있었다. 감독이 경질되는 건 전혀 다른 문제였다. 사람들이 뭐라 생각하든, 어쨌든 팀을 이끌고 동부 컨퍼런스 결승까지 갔던 감독 아닌가. 정말 이런 일이 일어날 수 있는 건가?

오, 그렇다, 일어날 수 있었다. 그리고 생각해보면 할수록, 자꾸 이런 생각이 더 들었다. '이 일이 일어나는 데 왜 이렇게 오래 걸렸을까?' 모든 걸 마이클에 맞추기. 팬들 앞에서 선수들을 몰아붙이기. 사이드라인에서 뛰어다니며 윽박지르기. 이런 것들은 치열한 경쟁을 뚫고 챔피언이 되기 위해 개성이 다른 열두 사람을 한 팀으로 묶는 방법이 아니었다. 더그 감독 경질은 다음 시즌은 드래프트 1라운드에서 지명한 3명의 신인 선수 스테이시 킹(6순위), B.J. 암스트롱(18순위), 제프 샌더스

Jeff Sanders(20순위)과 함께 시작하게 된다는 점도 염두에 둔 결정이었던 것 같다. 더그 감독은 어린 선수들을 이끌어줄 타입이 아니었으니까.

그럼에도 불구하고 나는 더그 감독에게는 악감정이 없다. 그래서 나는 이후 몇 년간 우연히 그를 보게 될 때마다 그가 잘 되기를 바랐다. 그는 단지 시카고 불스를 한 단계 끌어올릴 적임자는 아니었다. 그 적임자는 필 잭슨이었다. 나는 제리 라인스도르프 구단주와 제리 크라우스 단장이 감독 자리를 필에게 넘겼을 때 놀라지 않았다. 모두들 그랬으리라 믿는다.

1989년 가을에 우리 모두 훈련 캠프에 모였을 때 필 감독이 사람들에게 무슨 말을 했는지는 잘 기억나지 않는다. 하지만 그때 어떤 기분이었는지는 분명히 기억난다. 모든 게 달라질 것 같았다. 비로소 시카고 불스가 한 팀이 될 것 같았다. 그리고 더 이상 마이클 조던 원맨쇼는 없을 것 같았다.

필 잭슨 감독 시대의 도래

CHAPTER 7 PHiL iN THE VOiD

필 잭슨 감독은 선수 시절에 스타는 아니었다. 스타 근처에도 못 갔다. 그는 1967년부터 1980년까지 총 807회의 정규 시즌 경기에 출전했다. 대개는 뉴욕 닉스의 주전 선수였다. 그리고 필은 롤 플레이어로 여겨지는 선수였다. 뉴욕 닉스 선수 시절에 그의 역할은 강단 있는 체격을 앞세워 흘러나오는 공을 적극적으로 낚아채는 것이었다. 그러느라 몸은 고달팠지만 주어진 역할 이상으로 많은 공을 낚아챘다.

윌리스 리드Willis Reed, 월트 프라이저Walt Frazier, 얼 몬로 등 뉴욕 닉스에는 바스켓 안에 공을 집어넣을 수 있는 선수들이 많았다. 그걸로는 충분치 않았다. 챔피언이 되길 간절히 바라는 NBA의 다른 팀들과 마찬가지로, 뉴욕 닉스 역시 자신들의 그런 의지를 몸으로 구현해야 했다. 필 잭슨과 그들의 강인한 파워 포워드 데이브 드부셔Dave DeBusschere가 경기 때마다 한 일이 바로 그것이다.

1970년과 1973년에 LA 레이커스를 꺾고 우승컵을 안았던 뉴욕 닉스는 선수들의 이타적인 플레이로 유명했다. 지난 50년간 뉴욕 닉스만큼 의도적으로 그리고 많이 팀 동료에게 공을 패스해준 팀은 없다. 마치 농구는 이런 식으로 해야 한다는 걸 보여주는 듯했다. 그리고 그들의 개인 및 팀 수비 역시 또 다른 볼거리였다.

필 잭슨 감독은 시카고 불스 선수들이 뉴욕 닉스 선수들처럼 하지 못할 이유는 전혀 없다고 생각했다. 1989-90 시즌에 접어들면서 뭔가 조치를 취해야 할 일이 있었다. 우리는 나름 괜찮았지만, 디트로이트를 꺾기에는 아직 역부족이었다. 다행히 필 감독은 2년간 수석 코치 일을 하면서 더그 감독이 무얼 잘못하고 있는지 잘 지켜봤기 때문에, 첫 날부터 어떤 변화를 주어야 하는지 정확히 알고 있었다.

가장 중요한 변화는 마이클을 설득해 우리 팀이 성공하기 위해 개인 득점을 덜 올리게 하는 것이었다. 그건 마치 피카소를 설득해 초상화를 덜 그리게 하는 거나 비슷했다. NBA 역사상 윌트 체임벌린을 제외하곤 마이클만큼 많은 득점을 올리는 선수는 없었다. 마이클이 많은 득점을 올리는 데 열을 올리고 있지 않다고 말한다면 그건 거짓말이리라. 그는 공격 방식을 바꾼다면 자신이 계속 '마이클 조던'이 될 수 없는 게 아닌가 불안해했다. 그는 경기당 평균 37.1점, 35.0점 그리고 32.5점을 올려, 그 이전 세 시즌 연속 NBA 평균 득점 랭킹 선두 자리를 지키고 있었다.

그리고 그 득점 가운데 상당수는 자기 혼자 아이솔레이션 또는 속공 상황에서 올린 것이어서, 팬들은 물론 나머지 팀 동료들도 놀라곤 했다. 그런데 이제 우리는 마이클의 사전에는 없는 단어인 '믿음'trust을 필요로 하는 시스템 안에서 득점을 올려야 하게 됐다. 이제 마이클은 팀 동료들이 자신이 원하는 곳으로 공을 던져줄 거라는 믿음을 가져야 했다. 그리고 또 자신이 더블팀 수비를 당할 때 팀 동료들이 도와주러 달려올 거라는 믿음을 가져야 했다. 그런데 그도 잘 알고 있었지만, 팀 동료들이 아직 그런 신뢰를 줄 만큼 충분히 잘 해내고 있지 못하다는 데 문제가 있었다.

빌 카트라이트의 경우를 예로 들어보자. 마이클이 빌에게 공을 패스하지 말라는 얘기를 꺼낸 지 1년이 지났음에도 불구하고, 아직 그의 마음이 바뀔 만한 변화는 일어나지 않은 듯했다. 만일 마이클의 목표가 그가 유일하게 자신과 비교하는 중요한 두 선수인 매직 존슨과 래리 버드처럼 NBA 우승컵을 들어 올리는 것이라면, 이제부터는 팀 동료들을 믿어야 했다. 늘 그래 왔듯 매 경기마다 25개 정도의 슛을 날린다면, 많은 경기에서 승리하고 또 더 많은 득점 상과 MVP 상을 받을 수도 있을 것이다. 그는 그때까진 1987-88 시즌에 한 번 MVP로 선정됐다. 그러나 챔피언 반지는 끼지 못할 것이다.

텍스 윈터 코치는 첫 날부터 트라이앵글 오펜스 전술을 쓰고 싶어 했다. 그러나 과거 더그 감독은 그 전술을 믿지 않았다. 필 잭슨 감독은 제리 크라우스 단장 못잖은 트라이앵글 오펜스 전술 신봉자였다. 필 감독은 제리 단장을 개인적으로 가끔 만나면서 자신이 감독을 맡게 된다면 트라이앵글 오펜스 전술을 쓸 거라는 인상을 준 것 같은데, 내가 보기엔 전혀 놀랄 일도 아니었다. 그 전술은 뉴욕 닉스 선수들이 필 잭슨의 전 감독이자 멘토였던 레드 홀츠먼Red Holzman의 지휘 아래 공을 공유한 방식과 유사했다.

그렇다면 트라이앵글 오펜스 전술은 정확히 어떤 걸까? 우선 트라이앵글 오펜스라는 말은 세 선수가 코트의 '스트롱 사이드'strong side에서 트라이앵글, 즉 삼각형 대형을 유지한다는 데서 온 것이다. 스트롱 사이드란 공이 현재 위치해 있는 지역을 뜻한다. 이 공격 시스템은 처음 접할 땐 복잡하다. 우리도 익숙해지는 데 1년 반이나 걸렸으니까. 어떤 선수들은 전혀 익숙해지지 못한다.

우리가 흔히 써온 공격 전술과는 달랐다. 정말 그랬다. 기존의 공격 전술에서는 누군가(주로 포인트 가드)가 세트 플레이를 주문한다. 그런데 트라이앵글 오펜스 전술은 상대팀 선수들의 수비 방식에 따라 달리 대응하는 공격 전술이다.

예를 들어 만일 수비 방식이 모서리로 가는 패스나 드리블 침투를 차단하는 방식일 경우 자동적으로 다른 옵션들이 생겨나게 된다. 이때 당신이 할 일은 거의 본능적으로 그 다른 옵션들을 알아내는 것이며,

바로 이 부분에서 혼란을 불러일으킨다. 수비수들을 함정으로 끌어들이는 것이다. 복싱 용어로 표현하자면, 트라이앵글 오펜스(여러 해 동안 트리플 포스트 오펜스triple-post offense로 알려지기도 했음)는 완벽한 카운터펀치인 것이다 .

트라이앵글 오펜스는 우리가 배운 농구 전술과는 근본적으로 다른 전술이었고, 그래서 그 전술이 제대로 먹힐 것인지 오랜 시간 동안 의구심을 가진 사람은 비단 마이클뿐이 아니었다. 그게 그렇게 대단한 전술이라면 대체 왜 어떤 팀도 그 전술을 쓰지 않는단 말인가? 과거에는 선수들이 자신이 코트 어디에 위치해 있는지에만 신경 쓰면 됐다. 그런데 이제는 다른 모든 선수들이 어디에 위치해 있는지 계속 추적해야 하게 된 것이다. 이건 아주 큰 차이이다.

트라이앵글 오펜스 전술에서 공을 가진 선수는 미식축구에서의 쿼터백과 같아, 상대팀 수비 전술을 빨리 파악해 공간이 열려 있는 팀 동료들을 찾아내야 한다. 결국 트라이앵글 오펜스 전술의 목표는 이와 같은 방식으로 코트 위의 모든 선수들이 상대팀 수비 전술을 파악하는 데 있다. 그래서 만일 한 선수가 나머지 선수들과 달리 파악해 엉뚱한 데로 패스하거나 엉뚱한 장소로 이동할 경우 문제가 발생하게 된다. 슛을 해야 하는 공격제한시간이 줄어들면서 결국 슛 성공률이 낮아지게 되는 것이다.

그럼 트라이앵글 오펜스 전술의 장점은? 일단 제대로 이해하게 되면, 이 전술은 아주 좋은 득점 기회들을 만들어내게 된다. 이 전술의 목표는 모든 경기에서 최대한 논란의 여지가 없는 슛을 많이 날리는 것이다. 우리는 속으로 이렇게 되뇌곤 했다. '공을 잡고 나서 세 번째 패스 이후엔 수비가 무너지기 시작할 것이다.'

우리는 분명 처음부터 트라이앵글 오펜스 전술을 제대로 이해하지는 못했다. 우선 공을 잡은 뒤 드리블을 해선 안 된다는 생각에 익숙해지기가 힘들었다. 공을 패스할 때면, 마치 내부에 밀고자라도 있는 듯 수비가 공이 어디로 갈 건지를 뻔히 읽었다. 스페어 타이어도 없는 상황에서 타이어가 펑크 난 자동차를 몰고 있는 기분이었다.

연습 경기의 앞부분 30분간 텍스 코치는 반복해서 농구의 기본들을 연습시켰다. 마치 고등학교 시절로 되돌아간 느낌이었다. 공을 두 손으로 잡고 가슴 높이에서 패스하기. 바운스 패스, 골 포스트 쪽으로의 패스, 엘보우 쪽으로의 패스 등을 연습한 것이다.

텍스 코치는 우리가 연습 경기 도중 공을 바닥에 닿게 하는 걸 허용치 않았다. 그는 공의 움직임과 선수의 움직임만 보려 했다. 그리고 이른바 '네 번의 패스' 원칙을 믿었다. 그러니까 공을 소유할 때마다 누군가가 슛을 할 수 있게 되기 전까지 최소 네 번은 패스를 한다는 원칙이었다.

대체 우리가 프로농구 팀인지 아니면 영화 〈후지어〉• 리메이크 작품에 출연한 건지 모를 지경이었다. 나는 계속 진 핵크만••이 모습을 드러내길 기다렸다.

우리는 경기 도중 우리 팀 선수들 중 하나가 상대 수비수들에 갇혀 어찌 해야 좋을지 모를 수도 있다는 가정 하에 코트의 모든 곳에서 공을 패스하는 연습을 했다. 텍스 코치는 농구 경기 48분 가운데 마이클 조던을 비롯한 모든 선수가 공을 소유하는 시간은 각자 4분 30초가 넘지 않아야 한다고 설명했다. 선수들의 공 소유 시간이 아주 짧기 때문에, 마이클이 위협적인 선수가 될 수 없을 거라는 추측이 나올 수 있다.

그러나 그건 잘못된 생각일 수도 있다. 마이클은 공을 갖지 않고

• Hoosiers. 1986년에 개봉된 영화로, 시골의 한 작은 고등학교 농구부의 기적 같은 성공 스토리를 영화화한 것임

•• Gene Hackman. 영화 〈후지어〉에서 고등학교 농구부를 이끄는 코치 역을 맡은 배우

상대팀 수비의 저지 없이 마음껏 휘젓고 다니다가 언제든 공격에 가담할 수 있어 오히려 더 위협적이었다. 다른 팀들은 공을 갖고 있는 마이클을 막는 데 익숙해져 있었고, 그래서 거기에 맞는 게임 플랜들을 갖고 있었다.

그래서 공을 갖고 있지 않은 마이클을 막는 건 더 힘들 수 있었다. 특히 수비 선수가 다른 선수의 수비를 도와 움직일 때 더 그랬다. 마이클은 기껏해야 5초 동안 공을 잡고 있을 것이고, 그 이후 즉시 점프슛을 하거나 골대 쪽으로 달려가거나 아니면 다른 팀 동료에게 패스해버릴 테니까. 그는 무려 10~12초 동안 공을 붙잡고 있는 제임스 하든James Harden이 아니었다.

나는 종종 TV로 휴스턴 로켓츠 제임스 하든의 경기를 봤는데, 그가 바스켓에서 6미터나 떨어진 곳에서부터 드리블하는 걸 볼 때면 속 터져 죽는 줄 알았다. TV에 대고 이렇게 소리치고 싶을 정도였다. "제임스 제발, 드리블 좀 그만 해!"

1989-90 시즌이 시작되면서 우리는 반드시 잡아야 했던 경기들도 졌다. 11월에 원정 7경기를 마쳤을 때, 우리의 성적은 7승 6패로 저조했다.

트라이앵글 오펜스 전술을 배우는 건 외국어를 배우는 것과 비슷했다. 완전히 이해했다고 생각할 때면 다시 새로운 문제에 부딪히는 식이었다. 우리들 중 몇 사람은 필 감독이 생각을 바꿔 모든 걸 포기했으면 했다. 이제 나는 더그 감독이 왜 트라이앵글 오펜스를 그리 반대했던 것인지 그 이유를 알 것도 같았다. 그러나 그건 어림도 없는 일이었다.

"우리는 계속 이 전술을 택할 거니까, 여러분은 이걸 제대로 알아야 할 겁니다."

우리들은 수비 면에서 발견된 우리의 허점들에 과거보다 자신감이 생겼고, 그 허점들에 대한 자책도 그만두었다. 이후 11월 말부터 이듬해 1월 초까지 14승 3패의 호성적을 거두면서 많은 승수를 쌓은 덕분에 트라이앵글 오펜스에 대한 믿음이 더 강해졌는지도 모르겠다. 아니면 트라이앵글 오펜스에 대한 믿음 덕에 승리자가 됐든가. 어느 경우든 무슨 상관인가?

어느 경우든 나는 트라이앵글 오펜스의 매력에 푹 빠졌다. 코트 위의 모든 선수들이 우리 팀이 공을 소유할 때마다 거의 다 공을 만지게 되면서, 모든 선수들이 슛을 하든 하지 않든 자신이 팀의 공격에 일조하고 있다는 느낌을 갖게 됐다. 그리고 함께 뛰면서 우리는 서로를 믿고 중시하는 법을 배웠다. 서로를 믿고 서로를 위해 희생하는 선수들. 이런 선수들이 어찌 챔피언 자리에 오르지 못하겠는가?

필 감독은 건설적인 방식으로 비판적이었다. 그는 팬들이나 팀 동료들이 보는 앞에서 우리를 난처하게 만들지 않았다. 뭔가 지적할 부분이 있는 경우, 그는 선수들을 데리고 한 쪽 끝으로 가든가 코치들 중 한 사람으로 하여금 우리가 무얼 잘못했는지를 알려주게 했다. 나는 선수로서 존중받는 느낌이었고, 더 중요한 것은 인간으로서도 존중받고 있다는 것을 느꼈다. 필 감독은 팀에 세이지•를 태운다거나 눈을 감고 명상을 한다든가 하는 참선 의식들을 도입했지만, 나는 그런 것들을 잘 따르지는 않았다.

'죄송합니다. 감독님의 의도는 잘 압니다만, 그런 게 저 같은 촌놈과는 워낙 거리가 먼 일들이어서요.'

나는 필 감독이 매년 선수들에게 나눠준 책들도 읽지 않았다. 그럼에도 나는 농구팀은 독립된 개인들의 집합이 아니라 한 가족 내지 무리에 더 가깝다는 그의 말은 전적으로 받아들였다. 이는 그 어떤 농구

• sage. 허브의 일종

전술보다 중요한 철학이며, 필 잭슨 감독이 시카고 불스에 가장 크게 기여한 바이기도 했다. 그는 우리를 뭉치게 했다. 하나로.

필 감독은 훈련을 하기 위해 호텔에서 곧바로 경기장으로 가는 대신, 팀을 이끌고 시내 명소 관광을 간다거나 자유의 여신상을 보러 가는 등, 가끔 다른 일정을 끼워 넣곤 했다. 팀 동료들과 너무 많은 시간을 함께 보내는 것과 가끔 코트를 벗어나 팀 동료들과 충분한 시간을 함께 보내는 것의 차이는 알기 쉽지 않다. 그러나 필 감독은 여러 해 동안 선수 생활을 했기 때문에 그 차이를 잘 알았다.

농구 전술 얘기를 하자면, 연습 경기 때 텍스 코치는 공격 전술을 맡았고 자니 바흐 코치는 수비 전술을 맡았다. 자니 코치는 시카고 불스의 성공과 관련해 그 진가를 제대로 인정 못 받고 있다. 그는 더그 감독과 가깝게 지냈다. 그럼에도 불구하고 필 감독은 늘 그를 곁에 두었고, 그게 필 감독이 가장 잘한 일들 중 하나였다. 자니는 선수들한테 많은 존경을 받았고, NBA 리그의 그 누구보다 수비 전술에 밝았다. 그는 다른 팀들이 어떤 수비 전술을 펼지 훤히 알고 있었다. 필 감독은 텍스 코치와 자니 코치 그리고 또 다른 수석 코치인 짐 클리먼스가 자신들의 역할을 잘 해주리라 믿었다. NBA의 모든 감독들이 그런 건 아니다.

필 감독은 허리가 너무 아파 한 곳에 몇 분 이상 서 있지 못했다. 그래서 허구한 날 코트 주변을 돌아다니며 작전 지시를 했고, 그래서 나는 완전히 다른 방식으로 내 역할에 대한 생각을 해보게 됐다. 그러면서 경기에 끌려 다니는 게 아니라 경기를 끌고 가는 법을 배웠고, 기회가 무르익기 전에 억지로 어떤 행동을 하려 하지 않는 법도 배웠다. 또한 무모하게 상대팀 골대로 달려가는 대신, 잠시 멈춰 서서 중거리 점프슛을 날리는 법도 배웠다.

우리의 연습 경기는 실제 경기보다 더 격한 경우가 많았다. 마이클과 나는 같은 1군이 되어 팀 동료로 뛰었다. 우리는 전술 타이밍 및 실행에 힘을 쏟았다. 필 감독은 가끔 나를 2군에 넣어 마이클과 호레이스 그리고 다른 주전 선수들과 맞붙게 했다. 나는 그런 도전을 즐겼고 외롭지도 않았다.

그게 순전히 연습 경기라면 어땠을까? 2군에 속한 선수들의 입장에선 마이클이 속한 팀을 꺾는 것은 스스로를 입증해보일 수 있는 좋은 기회였다. 그리고 이길 경우 엄청난 자신감을 얻었다. 나는 우리 선수들이 1992년 챔피언 결정전 6차전 4쿼터 때 놀라운 경기를 펼칠 수 있었던 것도 바로 그런 연습 경기 덕이었다고 믿는다. 결정적으로 중요했던 경기 종료 3~4분 전에 포틀랜드 트레일 블레이저스를 꺾은 선수들이 바로 연습 경기 때 종종 마이클의 팀을 꺾었던 그 선수들이었기 때문. 그들은 자신들이 해낼 수 있다는 걸 알고 있었다.

내가 마이클을 막아낸 전략은 평범했다. 그를 이른바 '헬프'help 상태로 몰아넣어 바스켓 쪽으로 가지 못하게 한 것이다. 헬프 상태란 한 수비수가 자신이 맡고 있던 선수를 내버려둔 채 타 선수에게 도움을 주러 가게 되는 상황을 뜻한다. 그는 마이클 조던이었다. 그는 공을 패스하지 않았다. 그 역시 같은 방식으로 나를 막았다. 그렇게 우리 두 사람 모두 서로를 막으면서 수비 능력이 향상됐다.

필 감독은 우리를 너무 강하게 밀어붙이진 않았다. 특히 선수들이 30대에 가까워지면서 더 그랬다. 결정적인 순간에 대비해 우리들의 두 다리를 지켜준 것이다. 연습은 체계적으로 잘 준비되었고, 모든 운동, 모든 훈련이 다 목적이 있었다.

필 감독은 우리에게 말했다. "강하게, 짧게, 그리고 생산적으로!"

그건 인간이 갖고 있는 천부적인 재능의 또 다른 일부였다. 경기가 열릴 때쯤 되면, 우리는 우리 자신이 꼭꼭 틀어막아온 에너지를 분출하고 싶어 미칠 지경이었다. 필 감독은 트라이앵글 오펜스 전술을 군게 믿듯, 또 다른 것, 그러니까 승리도 아주 굳게 믿었다. 팽팽한 경기에서 4쿼터 때 승리를 위해 공과 선수들의 움직임에 연연하지 않아도 좋다면, 그렇게 하면 된다. 그럴 경우 공격 전술은 다시 더그 감독 시절의 전술로 돌아가면 되니까.

번역: 공을 마이클에게 주어라! 나머지 선수들은 다 물러서라!

이럴 경우 3쿼터 넘는 시간 동안 트라이앵글 오펜스 전술에 집중해온 상대팀 선수들은 혼란에 빠졌다. 이제 갑자기 수비 전술을 바꿔 한 선수를 막는 데 집중해야 했기 때문이다. 다른 선수도 아닌 마이클 조던을 말이다. 행운을 빈다.

■ ■ ■ ■

1990년 1월에 나는 처음으로 올스타 팀에 이름을 올렸다. 동부 컨퍼런스 올스타 리저브 7인 중 하나로 뽑힌 나는 래리 버드, 패트릭 유잉, 도미니크 윌킨스Dominique Wilkins 같은 스타들과 한 팀이 되었다. 그리고 물론 마이클 조던과도. 나는 더없이 흥분했고, 감사했다.

1988년 여름에 허리 수술을 받을 때만 해도, 나는 언젠가 올스타전에서 뛰게 되리라곤 상상도 하지 못했다. 그저 어떤 경기에서든 뛸 수 있기만을 바랐다. 올스타전은 마이애미에서 열렸다. 나는 4득점에 1리바운드 1스틸 1블록슛을 기록했다. 그 당시 주말의 하이라이트는 슬램덩크 콘테스트였고, 나는 5위로 그 대회를 마쳤다.

내가 자유투 라인에서 점프해 시도한 첫 덩크슛이 50점 만점 중 47.2점을 받았을 때 관중들은 열광했다. 두 번째 시도에서는 더 어려운 360도 회전 덩크슛을 날렸으나 실패했다. 오, 그래도 좋았다. 모든 시대를 통틀어 가장 멋진 덩크슛을 날리는 선수들 중 한 사람인 도미니크 윌킨스와 경쟁을 벌였다는 사실만으로도 족했다.

그 당시 나는 또 다른 경쟁을 벌였다. 마이클과 내가 어느 날 누가 한 시즌에 가장 많은 스틸을 기록하나 경쟁을 해보기로 한 것이다. 우리가 수비에 훨씬 더 집중하게 되어, 건강한 경쟁이 될 거라 생각했던 것이다.

그러나 필 감독은 그렇게 생각하지 않았다. 그러니까 단순히 한 선수가 스틸을 하나 기록했다고 해서 정말 그 선수가 혼자서 스틸을 한 건 아니라고 생각한 것이다. 더 중요한 건, 경쟁적으로 상대 볼을 스틸하려다 실패할 경우 팀이 무방비 상태의 슛이나 드리블 침투에 노출될 수도 있다는 리스크였다.

필 감독이 옳았다. 나중에 알게 된 사실이지만, 어쨌든 그건 절대 공정한 경쟁이 아니었다. 그건 마이클이 더 나은 수비수였기 때문이 아니다. 절대 아니다. 마이클의 경우, 사람들이 알아서 그가 원하는 걸 해주었기 때문이다. 나는 1987년 첫 훈련 캠프 때부터 1998년 마지막 NBA 우승 때까지 그런 걸 한두 번 본 게 아니었다.

그러니까 이런 식이었다. 예를 들어 내가 공을 가로채면서 볼을 쳐내 마이클에게 넘겨주었다고 하자. 내 스틸로 기록되어야 하지 않겠는가? 근데 아니다. 그런 경우 대개 기록지 상에서 마이클의 스틸로 카운트됐고, 내가 할 수 있는 건 아무것도 없었다.

어느 날 밤, 경기가 끝난 뒤 기록원이 라커룸으로 찾아와 필 감독과 수석 코치들에게 기록지를 넘겨주었다. 기록지에는 경기에서 각 선수가 올린 득점, 리바운드, 어시스트, 스틸, 블록슛, 턴오버 등이 세세히 적혀 있다. 나는 그때 그 기록원이 마이클을 향해 지은 표정을 믿을 수가 없었다. "봐요, MJ, 우리가 신경써주고 있어요."

놀랄 일도 아니지만, 마이클과 나는 9시즌을 함께 뛰었는데 두 해를 제외한 나머지 해에는 모두 마이클이 나보다 평균 스틸 수가 더 많았다. 그럼에도 불구하고, 스틸 수가 코트에서의 한 선수의 수비 능력을 다 대변해주는 건 결코 아니다. 나는 개인 수비는 물론 팀 수비 측면에서도 마이클보다 내가 더 뛰어났다고 확신한다. 물론 미디어는 마이클에게는 결함이 있을 수 없다고 믿었기 때문에, 매 시즌마다 '올해의 수비수' 상을 받은 건 마이클이었다. 내가 아니고.

나는 '수비의 목소리', 즉 모든 선수들에게 적절한 위치를 지시하는 선수로 여겨졌다. 깊은 데서 울려 나오는 내 목소리는 그 일에 적합했다. 게다가 내 목소리는 관중들과 코트 위 다른 선수들에게서 나는 온갖 소음에도 불구하고 잘 들릴 만큼 컸다. 어떤 목소리들은 그 소음에 묻혀 버린다.

선수들이 코트 위에서 얼마나 의사소통을 잘하느냐에 따라 경기의 승패가 좌우되는 경우가 많다. 팀 동료가 몸을 돌린 상태에서 상대 수비수가 스크린을 펼치려 한다면 그걸 알려주어야 한다. 또는 누군가가 수비에 막혀 몸을 돌리지 못하고 있다면 가서 도와주어야 한다.

우리 팀 수비 전술의 핵심은 서로를 믿는 것이었다. 트라이앵글 오펜스 전술의 경우만큼이나. 아니, 어쩌면 그보다 더. 자니 바흐는 우리의 수비는 실에 꿰인 구슬들 같다고 했다. 모든 선수가 다른 네 선수에게 연결되어 있다는 의미였다. 예를 들어 공을 가지고 있는 팀 동료를 위해 스크린플레이를 하던 선수가 그 공을 패스 받으려고 골대 쪽으로 방향을 틀다 실수를 하면 수비 전체가 와해되면서 상대팀에게 점수를 내주기 쉽다.

그런 일이 한 경기에서 한두 번 일어난다면, 그런가 보다 하고 넘어갈 수 있다. 그런데 그런 일이 보다 자주 일어난다면 서로를 믿을 수 없게 되어 큰 문제가 된다. 트라이앵글 오펜스 전술과는 별도로, 여러 해 동안 시카고 불스를 시카고 불스답게 만들어준 건 우리의 수비 전술이었다. 전면 압박 수비를 펼칠 때 반드시 상대팀 선수로 하여금 실책을 범하게 해 공격권을 가져올 필요는 없다. 상대팀 선수들을 시간에 쫓기게만 만들면 된다. 그러면 설사 공격권을 갖게 되더라도 여유 시간이 16~18초가 아니라 10~12초밖에 없어 슛 성공률 또한 떨어지게 되는 것.

나는 공격보다는 수비 플레이를 더 즐겼다. 또한 마지막 슛을 날리는 선수보다는 마지막 슛을 막는 선수가 되는 게 더 좋았다. 수비를 제대로 하면 상대팀 기를 꺾어버릴 수 있다. 선수들은 방향 감각을 잃고 헤매게 된다. 얼마나 기분 좋은 광경인가. 내 진가 역시 공격보다는 수비를 할 때 더 잘 드러났다. 마이클 조던이 있는 팀에선 그랬다.

내가 맡은 또 다른 임무는 내 친구 호레이스 그랜트와 관련이 있었다. 그는 행복하지 못했다. 아니, 이건 지나치게 절제된 표현이다. 그는 경기력이 뛰어났음에도, 마이클의 높은 기대치에는 미치지 못했다. 누가 그 기대치에 미칠 수 있었겠는가? 그리고 ESPN의 다큐멘터리에서 다른 선수들을 향해서도 계속 그런 모습을 보였지만, 마이클은 주저하지 않고 호레이스에게 자신의 그런 속마음을 드러냈다.

나는 모욕이나 무시(실제로든 상상 속에서든)에 대해 호레이스처럼 민감한 반응을 보이는 선수는 본 적이 없다. 그는 더그 감독이 마이클을 편애하는 걸 보며 나보다 훨씬 더 진저리를 쳤다. 마이클과 호레이스는 1989년의 한 플레이오프 경기에서 디트로이트 피스톤스에게 패한 뒤 아주 뜨거운 설전을 벌인 적이 있다.

돈 문제도 끼어 있었는데, 그럴 만도 했다. 호레이스는 연봉이 32만 달러였는데, 이는 그보다 훨씬 짧은 시간 경기에 참가한 에드 닐리Ed Nealy와 찰스 데이비스Charles Davis를 제외하곤, 팀 내에서 가장 낮은 금액이었다. 1990년 4월, 호레이스는 더 이상 못 참고 폭발했다. 그는 공개적으로 트레이드를 요청했다. 그가 무시당하고 있다는 느낌을 받은 건 무리가 아니었다. 그는 24살밖에 안 됐지만 이미 NBA 최고의 파워포워드들 가운데 하나가 되었으며, 더 발전할 여지가 많았다.

그런데 타이밍이 아주 안 좋았다. 플레이오프가 눈앞에 다가와 있었던 것. 늘 그랬듯 내가 그의 곁을 지켰다. 나는 그에게 큰돈을 벌 날이 다가온다면서, 마이클이 뭐라고 떠들어대든 신경 쓰지 말라고 했다. 필 감독을 비롯해 모든 사람들이 그 없이는 우리가 우승컵을 들어올릴 수 없다는 걸 잘 알고 있다고 얘기했다. 그는 곧 트레이드 요청을 취소했다. 그런데 사실 그 무렵 호레이스와 나 사이에는 틈새가 생기고 있었다. 아직 심각한 균열까지는 아니었지만, 그 틈새가 우리 두 사람은 물론 팀 동료들 눈에도 띌 정도였다.

1987년에 처음 가을 훈련 캠프에 도착했을 때, 호레이스와 나는 둘 다 우리가 사랑하는 농구 분야에서 두각을 드러내기를 바라는 등, 각자의 여정에서 비슷한 지점에 서 있었다. 우리의 루키 시즌 내내 그랬고 그 다음 2년차 시즌에도 그랬다. 그리고 우리 두 사람 간의 유대감은 늘 굳건했다.

그러다 세 번째 시즌에 접어들면서 모든 게 바뀌었다. 나는 올스타가 되었고, 언론과 팬들 마음속에서 내 위치는 마이클 바로 아래 수준까지 올라갔다. 호레이스는 소외감을 느꼈다. 쌍둥이였던 호레이스(그의 쌍둥이 형제 하비 그랜트는 워싱턴 블리츠Washington Bullets에서 뛰고 있었음)는 모든 사람은 평등해야 한다고 믿었다. 내가 마이클과 함께 애들 장난 같은 카드놀이를 할 때마다, 그는 배신행위로 여겼다.

내가 마이클을 닮고 싶어한다고 본 것이다.

전혀 아니다. 그보다는 마이클에서부터 마지막까지 벤치를 지키는 후보 선수에 이르는 모든 팀 동료들과 잘 지내려 했던 것뿐이다. 필 감독이 귀에 못이 박히게 말한 것처럼, 1988년과 1989년에 이루지 못한 우리의 꿈을 이루기 위해선 동료 한 사람 한 사람이 다 소중했기 때문이다. 빌어먹을 디트로이트 피스톤스 놈들을 꺾기 위해선 말이다.

중대한 사명을 띠고

CHAPTER 8 ON A MiSSiON

1년 사이에 정말 큰 변화가 일어났다. 1990년 플레이오프에 들어가면서, 우리는 승승장구했다. 2월 중순 이후의 전적이 26승 7패였다. 그리고 그 26승 중 9연승이 두 번이나 있었다.

트라이앵글 오펜스 전술은 그 어느 때보다 잘 먹혔으며, 4쿼터 때는 경기가 위태로운 상황에서 마이클이 그만이 할 수 있는 방식으로 판세를 뒤집었다. 1989-90 정규 시즌에 거둔 55승은 리처드 닉슨•이 백악관 주인이 된 이래 시카고 불스가 거둔 최다승이었다.

그런데 그 승리들이 이제 아무 의미도 없게 되었다. NBA 결승전에 오르지 못한다면 결국 플레이오프 또한 실패작이 될 테니까. 내가 시카고에서 첫 2년을 보내는 동안, 우리 팀은 충분한 교훈들을 배웠다. 이제 우리도 다른 누군가에게 교훈을 가르쳐줄 때도 됐다.

5전 3선승제의 1라운드에서 우리는 각 경기당 최소 109득점을 기록하면서 밀워키 벅스Milwaukee Bucks를 4경기 만에 격파했다. 1차전에서 나는 17득점 10리바운드 13어시스트를 기록하며 처음으로 플레이오프에서 트리플더블을 달성했다. 나는 또 스틸과 블록슛도 3개씩 기록했다. 거기까지는 좋았다.

다음 상대는 찰스 바클리가 이끄는 필라델피아 세븐티식서스였다.

• Richard Nixon. 1969년부터 1974년까지 미국 대통령으로 재임

찰스 바클리는 훗날 1992년과 1996년 하계 올림픽에서 국가대표로 함께 뛰게 되었고, 이후 휴스턴 로켓츠에서 한 시즌 동안 팀메이트로 함께 선수 생활을 했다. 우리는 처음 두 경기는 시카고 스타디움에서 치렀으며 5경기 만에 필라델피아 세븐티식서스를 꺾었다.

나는 그 시리즈에 대해선 많은 걸 기억하지 못한다. 그 당시 내 마음속에서 농구는 완전히 뒷전이었기 때문이다. 필라델피아 세븐티식서스와의 2차전 직전에 집에서 전화가 왔다. 아버지가 오늘내일하신다는 전화였다. 전혀 예측 못한 소식은 아니었다. 얼마 전부터 아버지의 건강이 심하게 나빠지고 있었기 때문이다. 아칸소 주에 있는 병원에 도착했을 때, 아버지는 몸에 급식 튜브가 연결되어 있었고 나를 알아보지도 못하셨다. 그 다음날 아버지는 69세의 나이로 세상을 떠났다.

나는 아버지를 잃고 나서 너무 힘들었다. 뇌졸중 이후 아버지는 내 삶 안에서 활력을 잃었다. 그러나 아버지는 여전히 내 아버지였고, 식구들 중 누군가가 아버지가 TV로 내 경기를 지켜본다는 얘기를 할 때마다 아버지는 내게 온 세상이나 다름없었다. 마지막 몇 시간 동안 나는 그저 마지막으로 한 번 더 내가 얼마나 그를 사랑하는지 말할 수 있었으면 했다.

하지만 나는 햄버그에 오래 머물지 못했다. 팀 동료들이 나를 필요로 했기 때문이다. 우리는 플레이오프에서 승리하고 NBA 결승에 진출해 챔피언이 되는 걸 목표로 노력 중이었고, 다음 상대는 또 디트로이트 피스톤스였다.

우리는 그들과 싸울 준비가 되어 있었다. 마이클은 이제 더 이상 혼자 경기를 이기려 하지 않을 것이다. 그리고 우리는 디트로이트 피스톤스가 과거 플레이오프에서 상대한 그 시카고 불스보다 나은 팀이었다. 더 탄탄하고. 더 몸싸움에 능하고. 더 단련되고, 과거보다 나은 팀. 어쨌든 우리는 그렇게 생각했다.

피스톤스는 디트로이트에서 첫 두 경기를 가져갔다. 첫 경기에서 마이클은 34득점을 올렸는데, 그중 4쿼터 때 얻은 점수는 3점뿐이었고 필드골 역시 단 하나뿐이었다. 연습 경기 때 발목을 삔 존 팩슨은 16분밖에 뛰지 못한데다 득점도 전혀 없었다. 우리의 백업 포인트 가드 B.J. 암스트롱은 29분간 4득점밖에 못 올렸으며, 2개의 어시스트보다 훨씬 더 많은 5개의 턴오버로 경기를 끝냈다. 최종 점수는 86 대 77이었다. 나는 지금 B.J. 암스트롱 탓을 하자는 게 아니다. 우리가 패한 건 그 때문이 아니었다. 루키 선수에게는 벅찬 상황이었으니까.

2차전 중반쯤 우리는 15점 차로 뒤져 있었고, 그래서 라커룸에서 한참 잔소리를 듣겠구나 싶었다. 필 감독이나 다른 코치들의 잔소리가 아닌 마이클의 잔소리. 이후 언론에선 마이클이 팀 동료들을 향해 일장 연설을 했다고 보도했다. 물론 당시 마이클은 우리 팀이 무기력한 경기를 펼친 건 자신의 책임이기도 하다고 주장했다. 마이클이 당시 누구를 향해 분노를 표출했든, 그 메시지는 아주 분명히 전달됐다. 우리는 3쿼터 때 심기일전했고, 결국 역전에 성공했다. 플레이오프에서는 늘 원정 경기에서 승리하는 것이 지상목표인데, 아직은 그게 가능할 것도 같았다.

그런데 그런 분위기는 오래 가지 못했다. 지난 시즌 NBA 파이널에 진출해 LA 레이커스를 꺾고 챔피언이 되었던 디트로이트 피스톤스는 올해도 챔피언 자리를 지키려는 의지가 아주 강했고, 결국 또 다시 폭풍우처럼 우리를 휘몰아쳐 102 대 93으로 승리했다. 31득점을 올리며 그 승리를 견인한 것은 그들의 이름 없는 영웅인 슈팅 가드 조 듀마스Joe Dumars였다. 아직 좌절감에서 헤어나지 못한 마이클은 기자들을 향해 말 한 마디 하지 않은 채 라커룸에서 바로 빠져 나갔다. 나는 그를 탓하지 않았다.

그러나 공황 상태에 빠져 있을 때가 아니었다. 디트로이트 피스톤스는 자신들이 해야 할 일을 했다. 홈경기에서 이긴 것이다.

이제는 우리 차례였다.

이후 시카고 스타디움에서 두 경기를 이김으로써, 시리즈 전적은 다시 2 대 2 동점이 되었다. 긴장이 풀린 나는 연습 경기 시간에 마이클에게 고무로 만든 뱀을 던졌다. 평소와 마찬가지로 그는 기겁을 했다. 마이클은 뱀을 죽어라 무서워했다. 그래서 나는 장난감 뱀들을 사서 기회 있을 때마다 그의 사물함 안에 넣어두곤 했었다. 그럴 때마다 그의 얼굴 표정이 너무 재미있어 웃음을 멈출 수가 없었다.

3차전 2쿼터 때 우리 플레이는 봐줄 만한 게 없었다. 결국 디트로이트 피스톤스가 32 대 19로 앞서 나갔다. 3쿼터에서 그들은 14점 앞서고 있었다. 그들의 포인트 가드 아이재아 토마스는 펄펄 날았다. 빨리 정신을 차리지 못했다면, 우린 아마 또 다시 공황 상태에 빠졌을 것이다. 3쿼터에서 마이클이 13득점, 내가 12득점을 올리면서 점수 차를 좁혔고, 그런 다음 4쿼터에서 경기를 지배하며 결국 우리가 107 대 102로 이겼다.

처음 두 경기에서 '올해의 수비수'로 뽑힌 데니스 로드맨은 내 머릿속을 훤히 들여다보는 듯 했다. 로드맨은 발놀림이 아주 민첩했으며 상대 선수들의 다음 움직임을 예측하는 데도 뛰어났다. 그래서 3차전에서 나는 보다 공격적으로 나갔다. 그리고 그 결과 29득점 11리바운드 5어시스트를 기록했다. 4차전 역시 우리 페이스대로 흘러가 108 대 101로 승리했다. 전반부에 우리는 그 어느 때보다 숨 막힐 듯한 수비를 펼쳤다. 디트로이트 피스톤스는 35득점밖에 올리지 못했다. 그야말로 전혀 새로운 시리즈였다. 약 48시간 동안은 그랬다.

5차전에선 디트로이트 피스톤스가 바로 지난 경기 때의 우리처럼 숨 막힐 듯한 수비를 펼쳐 불스의 필드골 성공률을 33퍼센트 선으로 묶어놓았다. 마이클과 나는 39개의 슈팅 중 12개만을 성공시키는 데 그쳤고, 결국 우리는 97 대 83으로 패했다. 경기 종료 직전에 나는 공을 몰고 바스켓으로 달려가는 그들의 센터 빌 레임비어의 뒷목을 붙잡았다. 아마 경기가 너무 안 풀려 좌절감에 그랬던 것 같다. 시카고에서 워낙 열심히 뛴 후라, 팀 동료들에 대한 기대가 너무 컸던 것 같다. 내 자신에 대한 기대도 그랬고.

잘못하면 디트로이트 피스톤스에게 3년 연속으로 내리 패하게 될 상황이었다. 다시 시작해야 했다. 이제 우리의 감독이 누구인지, 우리의 전술이 무엇인지 그런 건 문제가 아닌 듯했다. 감독도 전술도 너무 좋았다.

너무 덤비지 말자, 핍.

6차전에서는 또 다시 투지 넘치는 수비를 하고 크레이그 하지스가 19득점이란 시즌 최고 기록을 올림으로써, 우리는 109 대 91로 플레이오프 시리즈를 다시 3승 3패 동점으로 만들었다. 호레이스 또한 14리바운드를 기록하며 6차전 승리에 일조했다. 그런데 이 승리에는 대가가 따랐다. 존 팩슨이 1차전 때 입은 발목 부상이 악화되어 7차전에 결장하게 된 것. 그건 엄청난 타격이었다.

거기다 또 다른 중요한 선수가 7차전에 결장할 뻔했다. 그 선수는 다름 아닌 나였다. 물론 나는 유니폼을 입고 42분간 뛰었다. 45분씩 뛴 마이클과 호레이스에 이어 세 번째로 많은 시간을 뛴 것이다. 다만 등번호 33번을 달고 뛴 선수는 스카티 피펜이 아니었다. 컨디션이 너무 안 좋아 진짜 스카티 피펜이라 할 수 없었던 것.

경기 시작 15분쯤 전, 몸을 풀고 있는데 갑자기 머리가 지끈거리며 앞이 잘 보이지 않았다.

"경기장 전구에 뭔 문제가 있나?" 내가 팀 동료들에게 물었다. "불빛이 평소보다 흐리지?"

"아니." 팀 동료들이 말했다. 경기장 조명은 멀쩡했다.

나는 우리 트레이너에게 아스피린을 좀 달라고 했다. 그 전날 가벼운 두통이 있었는데, 두어 시간 지나자 사라졌었다. 7차전 경기가 있는 날 눈을 뜨니 괜찮은 듯했고, 나는 준비를 했다.

시카고 불스의 사상 첫 NBA 결승전 여행을 예약하기 위한 준비.

코트 위에서 점프 볼을 던지려 하는데, 머리가 깨질 듯 아파 계속 두 눈을 찡그리지 않을 수 없었다. 편두통이 정말 심했다.

어쩌면 그때 나는 필 감독에게 내 대신 다른 누군가를 내보내는 게 좋겠다고 했어야 했는지도 모른다. 팀에 폐가 되지 않고 도움이 될 수 있는 누군가를. 그런데 왜 그러지 않았냐고? 나는 프로 선수였고, 프로 선수는 통증 속에서도 뛰어야 했으니까. 특히 그렇게 중요한 경기에서는. 잊지 말라. 나는 그 전해에 디트로이트 피스톤스와의 마지막 경기에서 고의든 아니든 빌 레임비어의 팔꿈치에 눈을 가격 당해 코트에서 나와야 했다. 다시 팀 동료들을 실망시키느니 차라리 죽는 게 나았다.

그럼에도 불구하고 우리는 순조로운 출발을 했고, 실제 19 대 17로 앞선 가운데 7차전 1쿼터를 마쳤다. 다만 양쪽 득점이 저조했던 건 디트로이트 피스톤스의 주특기인 거친 몸싸움 때문이었다. 그들의 기세로 보아 곧 따라잡힐 듯했다. 7차전 2쿼터에서 그들은 무려 82퍼센트의 필드골 성공률을 보이면서 기세를 올렸다. 우리는 21퍼센트에 그쳤다. 하프타임쯤 되었을 때 이미 점수 차는 15점으로 벌어졌다. 우리는 3쿼터에서 10점 차로 좁혔으나 후반부에 위협적인 경기를 보여주지 못해, 결국 93 대 74로 패했다.

이 경기 자체는 지금 내 기억에서 희미해졌다. 지금도 기억하고 있는 건 당시 시력이 점점 나빠지고 있었다는 것. 팀 동료들은 알아볼 수 있었지만, 그들이 얼마나 멀리 떨어져 있는지 알 수 없었고, 백보드 위 24초 슛클락의 숫자들도 읽을 수 없었다. 그래서 나는 편두통이 마법처럼 사라지길 바라며, 타임아웃 때 얼음 싼 수건을 머리에 둘렀다. 그러나 편두통은 결코 사라지지 않았다.

나는 마치 프로 복싱 선수가 된 것 같았다. 새로운 라운드를 알리는 벨이 울릴 때마다 링에 되돌아가 더 심하게 얻어터지는 권투 선수 말이다. 사실 그 7차전이 권투 시합이었다면, 심판은 아마 1라운드에서 시합을 중단시켰을 것이다. 나는 자유투 외의 일반 슛 10개 가운데 1개밖에 성공시키지 못해 겨우 2득점을 올렸다. 사실 그 슛도 어떻게 넣은 건지 이해가 안 된다.

경기 직후 라커룸은 마치 영안실 같았다. 1989년에 디트로이트 피스톤스에 패했을 때 선수들은 크게 낙담했지만 충격까지 받지는 않았었다. 그런데 이번엔 달랐다.

나는 지금 존 팩슨이 발목 부상을 입지 않았다거나 내가 편두통에 시달리지 않았다거나 크레이그 하지스(13개의 슛 중 3개 성공)와 암스트롱(8개의 슛 중 1개 성공)이 형편없는 슛을 쏘지 않았더라면 시카고 불스가 승리했을 거란 얘기를 하는 건 아니다. 그보다는 우리가 사상 처음 NBA 결승전에 올라 챔피언이 될 수도 있었는데, 그 기회가 사라져버렸다는 얘기를 하고 싶은 것이다.

디트로이트 피스톤스는 죽어라 싸워 플레이오프를 승리로 이끄는 법을 알고 있었다. 우리는 아직 더 배워야 했다. 제리 크라우스 단장은 라커룸에서 모두를 향해 큰 소리로 말했다. "두 번 다시 이런 일이 일어나선 안 돼! 우린 이보다 더 잘할 수 있어! 내년엔 기필코 저 빌어먹을 피스톤스 놈들을 꺾을 거야!"

선수들은 그 어떤 말도 듣고 싶지 않은 상태였지만, 어쨌든 제리는 좋은 뜻에서 한 말이었던 것 같다. 마이클도 몇 마디 했다. 그는 특히 젊은 선수들을 향해 쓴 소리를 했다. "모두들 매일 체력 단련도 하고 열심히 연습도 해야 해. 너희들 없이 우린 해낼 수 없어."

마이클은 공항으로 가는 버스 안에서 울었다. 그 시즌은 그가 NBA

에 데뷔한 이후 결승 진출에 실패한 6번째 시즌이었다. 그는 이러자고 1984년 시카고 불스와의 계약서에 서명한 게 아니었다.

한편 언론에선 나를 걸고넘어졌다. 심지어 내 편두통이 꾀병이었다고 몰아가는 기사도 있었다. "부기도 없고 붕대도 없어, 피펜의 말 외에는 실제 편두통이 있었다는 걸 증명해줄 게 아무것도 없다. 게다가 피펜의 그 말조차 의심스러운 것이, 그는 앞서 팰리스 오브 오번 힐스• 에서 열린 플레이오프 원정 경기들에서는 아무 문제없이 잘 뛰었다."

언론에서 뭐라고 떠들어대든 뭔 상관인가? 어차피 난 언론이란 걸 믿지 않았는데. 루키 시절 허리 부상이 재발했을 때 언론은 시카고 불스의 경영진 편을 들었고, 그 이후 나는 언론을 믿지 않았다. 시카고의 기자들은 더그 감독과 다를 게 없었다. 마이클은 처음엔 관련된 시카고 불스 사람들 편을 들더니, 나중에는 관련된 기자들 편을 들었다.

마이클이 주인공으로 캐스팅됐으니, 누군가가 악당 역을 맡아야 했다. 누가 그 악당 역을 맡았을 것 같은가? 게다가 나는 그 '전문가들'에게 내 스스로 뭔가를 입증해 보이고 싶지 않았다. 내가 뭔가를 입증해 보여야 할 사람들이 있다면, 그건 라커룸에 있는 팀 동료들뿐이었다. 몇 년간 계속 나처럼 희생을 했고, 나처럼 좌절감을 맛본 팀 동료들 말이다.

그럼에도 불구하고 나는 기가 막히지 않을 수 없었다. '왜 편두통이냐고? 편두통은 어떤 날이든 다 올 수 있는데, 왜 하필 7차전 경기가 있는 오후에 왔냐고?' 그러면서 나는 7차전 경기가 있기 24시간 전에 했던 내 모든 행동을 되돌아봤다. 특별히 이상한 행동은 없었다. 저녁을 먹었고, 영화를 봤고, 잠자리에 들었다. 잠시 혹 식중독이 아니었을까 하는 생각도 해보았다. 그건 아니었다.

• Palace of Auburn Hills. 디트로이트에 있는 경기장 이름

며칠이 지나서도 머리가 계속 지끈거렸고, 의사들은 뇌 정밀 검사를 받아보라 했다. 검사 결과 뭔가가 이상했다. 나는 혹 종양이 아닐까 두려웠다. 다행히도 정밀 검사 결과 별 이상이 없었다. 그런데 웬 편두통?

아버지의 죽음부터 시작해 지난 몇 주일간 받은 스트레스가 감당하기 힘들 만큼 컸던 게 아닌가 싶기도 했다. 나는 어떤 이유도 배제하지 않으려 했다. 그 원인이 무엇이든, 나는 편두통이 한동안 계속 있을 거라 확신했다. 내가 옳았다. 30년도 더 지난 지금도 사람들은 내게 묻는다. 아직도 편두통이 있냐고?

나를 신경 쓰이게 만든 건 편두통뿐이 아니었다. 그 전해에 있었던 뇌진탕도 신경 쓰였다. 이런 식으로 말하는 사람도 있을 것이다. 적절한 핑계가 있었든 없었든 그게 중요한 게 아니라고. 중요한 건, 둘 중 한 팀만 살아남는 아주 중요한 두 경기에서 내가 내 몫을 제대로 하지 못했다는 거라고. 많은 팬들에겐 그게 우연의 일치로 보일 수 없었던 것이다.

물론 내 상황을 이해해주는 사람들도 있었다. 그 해 여름에 내게 이런 말을 해준 사람들도 있었던 것이다. "나도 편두통을 앓아봤는데, 그 상태에서 그렇게 오래 42분이나 코트를 지킨 것만도 대단한 일이에요." 그런 위로의 말들이 얼마나 고마웠는지 모른다. 어쨌든 내 인생에서 그 시기는 그리 쉽고 좋은 때가 아니었다.

■ ■ ■ ■

우리는 일요일에 디트로이트 피스톤스와의 7차전에서 패했다. 그리고 그 다음 주 화요일에 나는 체력 단련실에 있었다. 머리는 아직 아팠다. 가슴은 더 아팠다. 되갚아줄 복수라고 해도 좋고 되돌려 받을 상환이라고 해도 좋았다. 그걸 뭐라고 부르든, 나는 하루라도 빨리 다시 운동을 하고 싶었다. 그리고 그런 사람이 나뿐이 아니었다.

대개 시즌이 끝나면 선수들은 코치진을 만나 다음 해에 노력해야 할 부분 등에 대해 얘기를 나눈 뒤 여름휴가를 떠난다. 그 해 여름에는 그렇지 않았다. 선수들이 하나 둘 계속 체력 단련실에 모습을 드러냈고, 다음 날에도 또 그 다음날에도 그랬다. 몇 주 동안 그랬다. 그 어떤 코치도 또는 선수도 그만 쉬자고 하지 않았다. 모든 사람들이 동시에 다음과 같은 결론에 도달한 것이다.

디트로이트 피스톤스를 꺾으려면 더 열심히 노력해야 한다. 그리고 10월 훈련 캠프 때까지 기다릴 순 없다. 당장 시작해야 한다. 당장. 다음에 데니스 로드맨이나 빌 레임비어나 다른 '나쁜 놈들'이 또 다시 우리를 괴롭히려 할 때, 우리는 그들이 감당하기 힘들 만큼 강해질 것이다. 우리 스스로를 낮춰 그들의 플레이 스타일에 맞추진 않을 것이다. 그건 그들이 바라는 것. 그보다 우리 자신의 원래 모습이 되는 데 힘을 쏟을 것이다. 보다 노련하고 보다 강건한 팀이 되는 데.

운동을 하면서 우리는 역기나 무거운 기구들을 들어 올리는 것보다 더 중요한 일에 힘썼다. 그것은 서로가 서로를 들어 올려주는 일이었다, 즉 그 어느 때보다 더 강한 한 팀이 되는 일에 힘쓴 것이다.

필 잭슨 감독은 트라이앵글 오펜스 전술과 명상은 물론 유대감에 대한 자신의 가르침과 관련해서도 그런 분위기를 조성하려 애썼다. 그리고 또 어느 정도 성공했다. 우리는 더그 콜린스 감독 밑에서보다 더 강한 유대감을 갖게 됐다. 그러나 우리가 진정한 유대감을 갖게 된 건 디트로이트 피스톤스와의 7차전 패배 이후 우리 선수들이 스스로 이 악물고 다시 일어서기로 결심했을 때부터였다.

그리고 유대감에선 믿음이 나온다. 팀 동료가 있어야 할 곳에 있어줄 거라는 믿음. 그가 멋진 슛을 날려줄 거라는 믿음. 그가 당신을 도와

주러 올 거라는 믿음. 그리고 또 팀 동료가 당신과 같은 목표를 달성하기 위해, 그러니까 NBA 결승전 챔피언이 되기 위해 모든 걸 희생할 거라는 믿음.

■ ■ ■ ■

우리도 모르는 새에 어느덧 1990-91 시즌이 다가왔다. 선수 명단은 이전 시즌과 같았지만, 두 선수가 새로 영입됐다. 애틀랜타 호크스에서 영입한 파워 포워드 클리프 레빙스톤Cliff Levingston과 뉴저지 네츠에서 영입한 슈팅 가드 데니스 홉슨Dennis Hopson이 바로 그 두 선수. 레빙스톤은 디트로이트 피스톤스의 데니스 로드맨과 빌 레임비어에도 밀리지 않는 선수였다. 그야말로 우리에게 꼭 필요한 선수였던 것. 홉슨은 뉴저지 네츠에서 보낸 가장 최근 시즌에 경기당 거의 평균 16득점을 올렸다. 두 선수 모두 우리의 벤치를 강화시켜줄 게 확실했다.

훈련 캠프에서 우리는 플레이오프 기간 중에 홈구장에서의 이점을 살리는 게 얼마나 중요한가 하는 얘기를 나누었다. 나는 플레이오프 7차전이 디트로이트가 아닌 시카고에서 열렸다면, 편두통이 아무리 심했든 크레이그 하지스와 암스트롱의 슛이 아무리 형편없었든, 우리가 홈구장의 이점을 살려 어떻게든 NBA 결승전에 진출했을 거라 믿는다. 팬들의 성원에 힘입어 어떻게든 승리했을 테니 말이다.

우리는 처음부터 강력한 모습을 보여주고 싶었다. 그러나 일은 그렇게 되어가지 않았다. 시작하자마자 필라델피아 세븐티식서스, 워싱턴 블리츠, 보스턴 셀틱스에게 연이어 고배를 마신 것. 세븐티식서스와 셀틱스와의 경기는 시카고 스타디움에서 열렸다. 셀틱스는 4쿼터까지 우리에게 11점 뒤져 있었으나 결국 2점 차로 경기를 뒤집었다. 우리는 마지막 11개의 슛 가운데 8개의 슛을 놓쳤다.

내 경우 편두통이 아주 끝난 게 아니었다. 그러니까 정신적으로 그랬다. 나는 벤치에 앉아 있으면서도 언제 다시 또 머리가 지끈거릴지 몰라 불안해했다. 그 불안감은 수개월간 사라지지 않았다. 불안한 건 그뿐이 아니었다. 시카고 불스와의 계약 상황도 위태위태했다. 나는 좌절감이 너무 커 훈련 캠프를 며칠 빠질까 하는 생각까지 했다.

어느 날 내 에이전트가 계약 건에 대해 얘기해주었다. 내 연봉은 당시 76만 5,000달러로 다른 선수들에 비해 너무 적었다. 물론 그것도 상당히 큰 금액처럼 보일 수 있으며, 실제로도 적지 않은 상당한 금액이란 것도 안다. 그러나 나와 비슷한 수준에 오른 다른 선수들은 훨씬 많은 돈을 받고 있었다. 예를 들어 인디애나 페이서스Indiana Pacers의 레지 밀러Reggie Miller는 65만 4,000달러에서 320만 달러로 인상되었고, 지금은 고인이 된 보스턴 셀틱스의 레지 루이스Reggie Lewis는 40만 달러를 받다가 300만 달러로 인상됐다.

나는 그렇지 못했다. 내 고용주는 제리 라인스도르프 구단주였다. 그는 내게 단 한 푼도 더 주지 않았다. 더 마음이 좋지 않았던 건, 나는 시카고 불스의 백업 선수로 데뷔 2년밖에 안 뛴 팀 동료 스테이시 킹보다 적은 돈을 받고 있었다. 그는 100만 달러를 받고 있었다. 물론 스테이시는 유망한 선수였다. 그래도 그렇지 100만 달러라니? '농담들 하는 건가?' 나는 구단 측과의 문제를 세상에 공개했다는 이유로 여러 해 동안 많은 비난을 받았다. 어쩌면 나는 시카고 불스에서 트레이드를 가장 많이 요구한 선수로 기록될지도 모르겠다. 그러나 사실 프로 농구 선수가 큰돈을 벌 수 있는 기간은 결코 길지 않아서 미처 뭔가를 깨닫기도 전에 그러한 시기가 끝나버릴 수도 있다.

어쨌든 그렇게 몇 주가 흐르면서 처음에 거둔 3승 1패는 먼 옛날 일처럼 느껴지게 되었다. 12월 말에 우리는 20승 9패를 기록했는데, 이는 우리 센트럴 디비전에선 밀워키 벅스에 한 경기 뒤진 성적이었고, 동부 컨퍼런스로 기준을 넓혀도 선두 보스턴 셀틱스에 단 세 경기 반 뒤진 괜찮은 전적이었다.

그 이듬해 2월 초에 우리는 그 시즌 들어 두 번째로 디트로이트에서 디트로이트 피스톤스와 맞붙게 됐다. 그 이전 12월에 우리는 그들에게 105 대 84로 참패를 당했는데, 그때 나는 예전 플레이오프 7차전 때만큼이나 부진했다. 16개의 슛 가운데 2개만을 성공시켜 4득점에 그쳤다. 다만 이번에는 핑계거리도 없었다. 팀 동료들이 얼마나 멀리 있는지 잘 보였고 24초 슛클락 숫자들도 잘 보였다. 그저 내가 득점을 올리지 못한 것이다.

디트로이트 팰리스 오브 오번 힐스 경기장에서 벌어진 2차전에서 나는 그 어느 때보다 힘과 의욕이 넘쳤다. 만일 내가 마지막 두 경기에서처럼 졸전을 벌인다면, 사람들이 내가 정말 디트로이트의 팬들과 데니스 로드맨에게 겁을 먹었다고 믿어도 할 말이 없었을 것이다. 그러나 시카고 불스 역시 증명해 보일 게 많은 팀이었다. 우리가 이미 꺾었던 다른 팀들은 싹 다 잊어라. 우리가 이 경기장 안에서 이 팀을 꺾기 전까지는 많은 사람들이 우리가 진짜 자격을 갖춘 팀이라는 것을 의심할 것이다.

경기 종료가 3분도 채 안 남은 상황에서, 나와 우리 팀에 대한 사람들의 그런 회의적인 믿음이 그 어느 때보다 커져가는 듯했다. 디트로이트는 자신들의 최고 선수인 아이재아 토마스가 손목 부상으로 결장한 상황에서도 4점 앞서가고 있었다. 그때 마이클이 점프슛을 놓쳤으나, 호레이스가 그 경기에서 가장 멋진 리바운드에 성공해 그 공을 다시 마이클에게 패스했으며, 곧이어 마이클이 멋진 3점 플레이를 펼쳤다. 그런 다음 그는 공을 다시 잡았을 때 자유투 두 개를 성공시킴으로써 우리는 완전한 승기를 잡았다. 최종 점수는 95 대 93이었다. 나 역시 주저 없이 공격에 가담해 20득점, 8리바운드의 기록으로 경기를 마쳤다.

뭐? 데니스 로드맨이 어쨌다고?

이제 내 계약 문제만 해결될 수 있다면 만사 오케이였다. 사실 10월에 시카고 불스 측에서는 크리스마스 전에는 내 계약 문제를 해결하겠다고 약속했다. 그러나 크리스마스는 벌써 왔다 갔고, 크리스마스 트리 밑에는 깨진 약속 외에 아무것도 없었다. 나는 팀 내에서 두 번째로 우수한 선수였지만 연봉 수준은 6위에 해당하는 선수였다. 이런 게 인간적 무시가 아니라면, 대체 무엇이 인간적 무시란 말인가. 트레이드 마감을 눈앞에 두고 나는 내 입장을 분명히 했다. 제대로 대우해주든가 아니면 바로 트레이드시키든가.

그 와중에 제리 크라우스 단장은 유고슬로비아 출신의 210㎝ 장신 포워드 토니 쿠코치를 영입하려 하고 있었다. 그는 마치 래리 버드의 재림이라도 되는 양 토니를 높이 평가하고 있었다. 시카고 불스 경영진은 내게 줄 돈을 아끼면 1990년 드래프트 2라운드에서 토니를 데려올 수 있다고 믿은 듯하다. 그러나 몇 개월 후 토니는 계속 유럽에서 활동하겠다고 결론 내렸다. 당분간은.

제리 크라우스는 역시 제리 크라우스였다. 늘 자신이 갖지 못한 걸 더 갖고 싶어 하는 사람. 그건 선수들과 코치들에 대해서도 마찬가지였다. 언론에서는 내가 유난을 떠는 것처럼 몰아갔다. 내가 좀 더 신중하게 말을 했어야 했는지도 모른다. 또한 공개적으로 트레이드를 요청한 것이 내 대의에도 맞지 않았는지 모른다. 나는 좌절감에 빠져 있었다. 그리고 달리 어찌 해야 좋을지 몰랐다.

나는 시카고 불스가 정말 나를 트레이드하길 원한 게 아니었다. 그때도 그랬고 그 이후에도 그랬다. 나는 그저 그들이 내게 합당한 대우를 해주었으면 했다. 이런 말을 들으면 눈을 휘둥그레 뜨는 사람들도 있겠지만, 정말 그랬다. 나는 팀 동료들을 사랑했고 시카고를 사랑했다. 내 마음속에 다른 도시는 없었다. 내 말을 믿어 달라. 내가 정말 시카고를 빠져나가고 싶었다면, 아마 시카고 불스 경영진을 상대로 훨씬 더 많은 문제를 일으킬 수도 있었을 것이다. 앤써니 데이비스Anthony Davis와 제임스 하든 같은 스타들이 어떤 식으로 소속 팀들이 자신들을 포기할 수밖에 없는 상황으로 몰고 갔는지를 생각해보라.

오래지 않아 트레이드 마감 시한이 지났고, 트레이드 얘기는 없던 게 되어버렸다. 당장은. 2월 23일 우리는 시카고 스타디움에서 벌어진 샬럿 호네츠Charlotte Hornets와의 경기를 129 대 108로 이겼는데, 당시 나는 개인 최고 득점인 43득점(17번 슈팅을 시도해 16개 성공)에 6스틸, 6어시스트를 기록했다. 나는 멋진, 어쩌면 지난해보다 훨씬 더 멋진 시즌을 보내고 있었다.

그런데 왜 올스타 팀에 이름을 올리지 못했냐고? 아마 '편두통 사건'과 관련해 아직 용서를 받지 못했다는 게 한 가지 이유 아니었을까 싶다. 머리가 갑자기 터질 듯 아팠던 게 마치 내 탓이라는 듯. 그리고 초반의 부진 때문에 감점된 게 또 다른 이유였던 것 같다. 어쨌든 그 이후 올스타에 대한 내 느낌은 완전히 바뀌었다. 내게 올스타는 그저 일종의 인기투표 같은 거였다.

어쨌든 샬럿 호네츠에 대한 승리로 우리는 9연승을 기록하게 됐고, 그 기록은 11연승까지 이어진 뒤 3월 초 인디애나 페이서스에게 21점 차로 패하면서 끝났다. 한 마디 덧붙이자면, 그 패배는 호레이스의 부재 탓이었다. 그러나 우리는 그 패배에 너무 연연하지 않았다. 3일 후 우리는 밀워키 벅스에게 승리를 거두었으며, 그때부터 다시 연승 가도를 달렸다. 이번엔 9연승까지 이어졌고, 우리 팀의 전적은 50승 15패까지 올라갔다.

이는 아이재아 토마스가 아직 결장 중이던 디트로이트 피스톤보다 무려 10경기를 앞선 좋은 기록이었고, 모두가 탐내는 1번 시드를 놓고 경쟁 중이던 보스턴 셀틱스보다 1경기 반을 앞선 기록이었다. 우리는 마침내 팀 역사상 최고의 정규 시즌 전적인 61승 21패를 기록하며 1번 시드를 확보했다. 시카고 불스가 사상 처음 톱 시드에 오르면서 플레이오프의 분위기가 무르익고 있었다.

그래 한 번 해보자!

첫 번째 댄스

CHAPTER 9 THE FiRST DANCE

매직 넘버•는 15였다.

15승만 거두면 우리는 1991년 NBA 챔피언이 될 수 있었다. 필 잭슨 감독은 우리 라커룸에 걸린 화이트보드에 15란 숫자를 크게 써놓았다. 우리 눈에 확 들어오지 않을 수 없었다. 그런 다음 필 감독은 우리가 경기에서 이길 때마다 그 숫자를 지우고 새로운 숫자를 써놓았다. 그게 우리들로 하여금 절대 들떠서 너무 앞서가지 못하게 하는 그의 방법이었다.

첫 라운드에서 우리와 맞붙은 팀은 패트릭 유잉과 예전 팀 동료였던 찰스 오클리가 이끄는 뉴욕 닉스였다. 오클리는 그 어떤 선수보다 승리에 대한 열망이 클 수밖에 없었다. 나는 가끔 그가 시카고 불스를 떠날 때 과연 어떤 기분이었을지 궁금했다. 더그 콜린스 감독도 마찬가지고. 두 사람 다 자존심 때문에 인정은 하지 않겠지만, 아마 자신들이 이루지 못한 걸 생각할 때마다 마음 한 구석이 편치 않으리라. 두 사람 다 끝내 NBA 챔피언 반지는 끼지 못했다.

뉴욕 닉스는 이길 가망이 전혀 없었다. 우리는 1차전을 41점 차로 이겼다. 패트릭 유잉의 경우 6득점 5파울로 득점과 파울 수가 비슷할

• magic number. 1위 팀이 타 팀의 성적과 상관없이 자력으로 우승을 확정 짓기 위해 이겨야 하는 경기 수

정도로 크게 부진했다. 단 세 경기 만에 승부는 결정났다.

다음 상대는 필라델피아 세븐티식서스였다. 그들은 뉴욕 닉스보다는 조금 나았다. 그들은 한 경기를 이겼다. 우리는 네 경기를 이겼다. 화이트보드 위에 써진 숫자는 이제 8이었다.

우리에게 가장 신경이 쓰이는 숫자는 4였다. 그 4번의 승리는 동부 컨퍼런스 결승전에서 맞붙게 되는 '악동들', 즉 디트로이트 피스톤스와의 경기에서 거두어야 했기 때문이다. 우리는 그들보다 11경기를 앞선 상태로 정규 시즌을 훌륭하게 마쳤다. 하지만 누군가가 그들을 꺾기 전까지는 여전히 그들이 챔피언이었다.

그들을 꺾는 건 쉬운 일이 아니었다. 무엇보다 먼저, 손목 부상으로 무려 32경기를 결장했던 아이재아 토마스가 돌아왔다. 그는 NBA 역사상 매직 존슨 다음으로 뛰어난 포인트 가드였다.

나는 대학 시절 아이재아의 열렬한 팬이었다. 그의 플레이는 보기만 해도 멋졌다. 모리스 칙스와 마찬가지로 그는 186㎝으로 키가 작은 편이었지만, 마음만 먹으면 거의 언제든 상대팀 골대 쪽으로 침투해 들어갈 수 있었다. 먼발치에서 봐도 농구 경기를 정석대로 제대로 하는 선수라는 느낌이 들었었다.

이런, 근데 그건 내가 잘못 본 거였다. 가까이에서 직접 본 아이재아는 아주 부적절한 말들을 쏟아내는 재주를 가진 추잡한 선수였다. 1987년 보스턴 셀틱스를 상대로 동부 컨퍼런스 결승전 7차전을 마쳤을 때의 일을 예로 들어보자. 그때 아이재아는 래리 버드가 정말 너무나 뛰어난 농구 선수라는 걸 인정하면서도, 래리 버드가 만일 흑인이었다면 그저 또 다른 뛰어난 한 친구에 지나지 않았을 거라고 했다. 그저 또 다른 뛰어난 선수가 명예의 전당에 들어간다니 말이 되는가?

그럼에도 불구하고 아직 전성기를 구가하고 있던 아이재아는 우리를 힘들게 만들 만큼 강했다. 게다가 조 듀마스, 데니스 로드맨, 빌 레임비어 외에 재능 있는 또 다른 주전 선수 제임스 에드워즈 그리고 뛰어난 후보 선수들(슈팅 가드 베니 '더 마이크로웨이브' 존슨, 포워드 마크 어과이어Mark Aguirre, 존 샐리John Salley)까지 있어, 기나긴 동부 컨퍼런스 결승 경기들이 예상됐다.

어쨌든 적어도 1, 2차전은 시카고에서 열리게 됐다. 최초의 일이었다. 1차전에서 디트로이트 피스톤스는 마이클을 집중 마크했고, 그 효과도 봤다. 마이클은 15개의 필드골 가운데 6개밖에 못 넣었고 6개의 턴오버를 범했다. 예전 같았으면 마이클이 그런 플레이를 펼쳤다면 십중팔구 패배였다. 그러나 시카고 불스는 이제 예전의 시카고 불스가 아니었다.

후보 선수들이 무려 30득점을 함께 올리면서 우리는 어렵잖게 94 대 83으로 승리를 거머쥐었다. 더 이상 신참이 아니었던 B.J. 암스트롱이 9득점을 올렸고, 레빙스톤이 8득점, 퍼듀가 6득점을 올렸다. 하지스 역시 7득점(6개의 슛 중 3개 성공)을 올려, 그 전 해의 7차전 때와는 사뭇 다른 모습을 보여주었다. 우리의 경기력이 얼마나 많이 발전했는지 보여주는 사례지만, 크레이그 하지스가 얻은 3점슛은 우리가 5차례의 시도 끝에 넣은 유일한 3점슛이기도 했다.

오늘날에는 3점슛이 일반화되어, 경기 시작 전에 몸을 풀며 수없이 많은 3점슛을 던진다. 나는 요즘 선수들이, 특히 골든스테이트 워리어스Golden State Warriors의 스테픈 커리Stephen Curry 같은 선수들이 장거리 슛을 날리는 걸 보는 걸 좋아한다. 게다가 이제는 3점슛이 인기를 얻기 이전의 옛 원시 시대로 되돌아갈 수도 없다. 이제 와서 3점슛을 없앤다는 건 24초 슛클락을 없애는 것과 같을 것이다. 어쨌든 이제는 3점슛이 일반화되었는데, 이는 안타까운 일이기도 하다. 내가 선수로 뛰던 시절에 3점슛은 아주 드문, 마치 비수와도 같은 슛이었다.

우리 선수들은 2차전에서도 필사적으로 싸워 105 대 97로 승리했다. 그리고 그 경기 시작 전에 마이클은 그 시즌의 MVP 트로피를 받았다. 두 번째 MVP 트로피였다. 그리고 그 경기에서 35득점, 5어시스트를 기록하면서 자신이 왜 MVP 트로피를 받을 자격이 있는지를 입증해 보였다. 우리의 후보 선수들은 결정적인 슛들을 날리고 멋진 수비를 펼쳐 보이며 또 다시 승리에 일조했다. 그 처음 두 경기에서 디트로이트 피스톤스는 다 합쳐서 겨우 3분 20초 동안만 우리를 앞섰다. 그야말로 시카고 불스에 완전히 장악 당했던 것이다.

그러나 시리즈가 끝나려면 아직 갈 길이 멀었다. 디트로이트 피스톤스 선수들은 전사들이었다. 그들은 최후까지 싸울 것이고, 더욱이 이제 우리가 연이어 참패를 당했던 디트로이트 팰리스 오브 오번 힐스 경기장에서, 그들의 홈 팬들 앞에서 뛸 것이다. 그럼에도 불구하고 달라진 건 없었다.

3차전에서 마이클은 33득점에 7어시스트, 5블록슛을 기록하며 펄펄 날았다. 나 역시 26득점에 10리바운드를 기록하며 선전했다. 호레이스도 17득점에 8리바운드 올리며 제 몫을 해주었다. 시카고 불스가 트레이드를 시켜달라는 그의 요청을 받아들이지 않은 건 잘한 일이었다. 1990년 여름에 시카고 불스와 호레이스는 600만 달러에 3년 연장 계약에 서명했다. 그 투자가 제대로 효과를 본 것이다.

이제 시리즈는 끝났다. 그 어떤 팀도 3 대 0 전적을 뒤집고 우승한 적이 없었다. 이틀 후 열린 4차전에서 최종 승패가 공식으로 결정됐다. 시카고 불스 115점, 디트로이트 피스톤스 94점. 우리는 드디어 '악동들'을 왕좌에서 끌어내렸다. 그리고 그것도 4연승 싹쓸이라는 가장 만족스런 방법으로.

물론 사람들이 그 월요일 밤에 팰리스 오브 오번 힐스 경기장에서 일어난 일과 관련해 가장 잘 기억하고 있는 건 경기 그 자체가 아니다. 경기 종료를 7.9초 남긴 시간에 많은 디트로이트 피스톤스 관계자와 몇 몇 선수들이 자신들의 벤치를 떠나 바로 우리 옆을 지나 그냥 라커룸으로 가버렸다. 경기 종료 버저가 울릴 때까지 기다리지도 않았고 악수도 청하지 않았으며 축하 인사도 없었다. NBA 결승전에서의 행운을 빈다는 말 따위도 없었다.

존중심이란 없었다. 전혀. 그러니까, 그건 우리가 아이재아 토마스와 빌 레임비어가 이끄는 팀에게 예상할 수 있는 바로 그 유치한 행동 그대로였다. 그들은 우리가 자신들보다 더 강한 팀이라는 사실과 자신들이 동부 컨퍼런스 결승전을 지배하던 시대가 끝났다는 사실을 받아들이지 못했다. 그들의 지배가 1990년에 끝나지 않은 게 그나마 행운이라면 행운이었다.

다큐멘터리 〈더 라스트 댄스〉에서 아이재아는 그 당시 디트로이트 피스톤스의 행동이 별났던 건 아니라고 주장했다. 그러면서 그는 1988년 동부 컨퍼런스 결승전 때 보스턴 셀틱스도 자신들에게 패하기 직전에 똑같은 행동을 했다면서 이렇게 말했다.

"그 시절에는 으레 그렇게 했잖아요…… 경기에서 진 경우 그냥 경기장을 떠난 거죠."

내 생각은 다르다. 그건 절대 으레 그랬던 일이 아니다. 보스턴 셀틱스가 그때 경기 종료 몇 초를 앞두고 경기장을 떠난 것은 디트로이트의 팬들이 코트 안으로 난입하기 시작했기 때문이다. 보스턴 셀틱스의 경우 적지에 있었다. 디트로이트 피스톤스의 경우는 그렇지 않았다. 그 누구도 코트 안으로 난입하지 않았다. 우리의 경우 1988년, 1989년, 1990년 내리 패하고서도, 모든 사람들과 악수를 했고 NBA 결승전에서의 행운을 빈다는 말도 건넸다.

〈더 라스트 댄스〉에서 마이클은 이렇게 지적했다. "그게 스포츠맨십이죠. 아무리 가슴이 아프더라도 말이죠. 맞아요. 엄청나게 가슴이 아프죠."

그 말에 전적으로 동감이다. 우리 모두 현역 선수로서의 생활이 끝났기 때문에, 아이재아와는 서로 만날 일도 없었고, 아마 앞으로도 그럴 것이다. 몇 년 전 플로리다 주의 한 행사에서 우연히 만난 적이 있기는 했는데, 나는 한 마디도 하지 않았다.

〈더 라스트 댄스〉가 TV에서 방송 중이던 2020년 봄에 아이재아는 나와 휴전을 했으면 했던 것 같다. 그가 B.J. 암스트롱에게 연락을 했고, B.J.가 다시 내게 연락을 해왔다.

"혹시 아이재아와 얘기 나눠볼 생각 있어?" B.J.가 물었다.

"에이, 농담해? NBA에 들어와서 그 친구가 나에게 한 번이라도 따뜻하게 대한 적 없었어. 이제 와서 뭣 때문에 그 친구를 만나고 싶겠어?"

아이재아는 바보가 아니다. 그는 〈더 라스트 댄스〉에서 자신이 얼마나 형편없는 사람으로 나오게 될지 그 누구보다 더 잘 알고 있었다. 또 그렇게 그려질 만하다는 것도. 나는 그에게 도움이 되고 싶은 생각은 없었다.

4차전에서 우리는 2쿼터 때 8점을 앞서고 있었는데, 그때 내가 공을 몰고 바스켓을 향해 가는데 데니스 로드맨이 나를 코트 밖으로 힘껏 밀쳤다. 의문의 여지없는 더티 플레이였다. 그 당시 로드맨은 벌금 5,000달러만 내고 말았지만, 오늘날 NBA였다면 바로 퇴장당하고 두어 경기 아니 어쩌면 그 이상 출전 정지를 당했을 것이다. 내가 괜찮은지 보려고 팀 동료들이 곁으로 달려왔다. 나는 괜찮았다. 그러나 턱을 여섯 바늘이나 꿰매야 하는 상처를 입었다.

그때 만일 내가 바로 바로 일어나 로드맨에게 달려갔다면 그야말로 아비규환이 됐을 것이다. 그러나 나는 그러지 않고 바닥에 앉아 정신을 가다듬은 뒤 조용히 코트로 되돌아왔다. 그런 나를 보고 팀 동료들 역시 아무 소동도 일으키지 않았다. 그리고 그건 우리가 잘한 일이었다. 예를 들어 우리가 보복에 나섰다면, 그거야말로 '악동들'이 바라는 바였을 것이다. 경기는 한층 더 거칠어졌을 것이고, 그런 종류의 경기를 끌고 가는 건 그들의 장기였으니까.

우리가 보복에 나서지 않자, 그들은 어찌 대응해야 좋을지 몰라 당혹스러운 듯했다. 그들은 그렇게 무너졌다.

개인적인 차원에서 볼 때도 그 날은 내게 중요한 날이었다. 11개월 전에 나는 바로 같은 코트에서 2득점을 기록했다. 2득점. 편두통과 관계없이, 그건 내 선수 이력에서 지울 수 없는 오점이다. 물론 그보다 1년 더 전에 나를 쓰러뜨린 뇌진탕 역시 내가 어찌 할 수 없는 일이었다. 이 두 가지 일은 아마 죽는 날까지 내 가슴 속에 묻고 살아가야 할 것이다. 적어도 이제 나는 자랑스러워하며 살아갈 일도 하나 생겼다. 나는 '악동들'과의 그 4차전에서 23득점 10어시스트 6리바운드 3스틸을 기록했다.

이후 우리는 버스 안에서 승리를 자축했는데, 그때 일은 아마 평생 잊지 못할 것이다. 단, 버스 가운데 통로에서 춤을 춘 제리 크라우스 단장의 이미지는 예외. 그 장면만은 잊고 싶다. 농담은 그만두고. 동부 컨퍼런스 결승에서 디트로이트 피스톤스를 꺾은 우리는 마치 NBA 파이널 챔피언이라도 된 기분이었다. 정규 시즌 내내 우리가 타도 목표로 삼았던 건 그 어떤 서부 컨퍼런스 팀도 아닌 같은 동부 컨퍼런스 팀인 디트로이트 피스톤스였으니까.

우리 팬들은 더할 나위 없이 기뻐했다. 월요일 저녁 시카고 오헤어 국제공항에 내렸을 때, 공항 펜스 주변은 온통 환영 인파로 뒤덮여 있었다. 그런 팬들을 보며 우리는 큰 감동을 받았다. 물론 아직 갈 길이 멀었지만 말이다. 그래서 그 상황에서 우리에겐 다른 그 어떤 감독보다 필 잭슨 감독이 필요했다. 필 감독은 우리에게 늘 상기시키곤 했다. 우리는 현재 긴 여정에 올라 있으며, 그 여정은 NBA 결승전에서 우승하기 전엔 끝나지 않는다고. 그러면서 그는 가끔 자신이 1973년 뉴욕 닉스에서 선수로 뛸 때 받은 NBA 챔피언 반지를 보여주곤 했다.

"제군들, 이런 반지 받고 싶지 않아? 그렇다면 가서 받아 와."

물론 우리는 자신 있었다. 그렇다고 자만하진 않았다. 그건 아주 큰 차이다. 디트로이트 피스톤스를 꺾은 건 시카고 불스가 두고두고 자랑스러워할 성공이긴 했다. 그러나 1991년 6월까지만 해도 아직 시카고 불스는 사람들이 두고두고 기억해줄 정도의 그런 팀은 아니었다. 그때까지만 해도 우리는 그저 꿈을 이루고 싶어 하는 또 다른 굶주린 팀에 지나지 않았다.

이제 화이트보드에 쓰여 있는 마지막 숫자는 4였다.

■ ■ ■ ■

내 고향 햄버그 파인 가의 코트에서 로니 마틴과 1 대 1 하프코트 경기를 할 때, 나는 늘 닥터 제이나 모리스 칙스나 래리 버드나 카림 압둘자바 흉내만 낸 건 아니었다. 가끔은 어빈 '매직' 존슨Earvin "Magic" Johnson 흉내도 냈다. LA 레이커스의 포인트 가드로 키가 206㎝였던 매직 존슨은 래리 버드와 함께 1980년대에 NBA의 수준을 완전히 새로운 수준으로 끌어올렸다. 매직은 그간 봐온 그 어떤 포인트 가드와도 달랐다. 그는 코트 위에서 어떤 선수가 어떤 플레이를 하기도 전에 미리 그걸 예견했다.

나는 그의 경기를 수년간 살펴봤다. 마이클 조던처럼 되고 싶었던 것 아니냐고? 아니, 나는 매직 존슨처럼 되고 싶었다. 그런 매직 존슨을 이젠 가까이에서 직접 살펴볼 수 있게 된 것이다. 보스턴 셀틱스 팬들에겐 미안한 얘기지만, LA 레이커스는 NBA에서 가장 빛나는 팀이었다. 그들은 1980년대에 NBA 우승을 무려 다섯 번이나 달성했다. 그들이 1980년대에 이룬 꿈을 우리는 1990년대에 이루려 하고 있었다.

매직이 무서운 속도로 상대 진영으로 달려가면 수비들이 몰려들었고, 그 틈을 노려 제임스 워디James Worthy, 마이클 쿠퍼Michael Cooper, 바이론 스캇Byron Scott 등이 손쉽게 공을 넣었다. 그런 LA 레이커스를 사람들은 '쇼타임' 레이커스Showtime Lakers라 불렀다. 그리고 속공으로 득점을 올리지 못할 경우, 그들은 공을 로포스트에 있는 카림 압둘자바에게 던졌다. 그의 전매특허나 다름없던 스카이훅 슛은 막는 게 불가능했다.

문제는 지금은 80년대가 아니라 90년대였다는 것. '쇼타임' 시대는 끝났다. 현재의 LA 레이커스는 '쇼타임' 레이커스가 아니라 '슬로타임' 레이커스Slowtime Lakers라 부를 만했다. 매직은 이제 31세였고 20대 때처럼 무서운 속도로 상대 진영으로 달려가진 못했다. 게다가 카림 압둘자바는 은퇴를 했고, 마이클 쿠퍼도 팀을 떠나 이탈리아에서 뛰고 있었다.

그럼에도 불구하고 제임스 워디, 바이론 스캇, 샘 퍼킨스Sam Perkins, A.C. 그린A.C. Green, 블라데 디바치Vlade Divac 등이 버티고 있어, 하프코트에서의 그들의 공격력은 그 어느 때보다 막강했다. LA 레이커스는 1990-91 정규 시즌에서 58승을 거둬 우리보다 겨우 3승 적었으며, 톱시드를 배정받은 포틀랜드 트레일 블레이저스를 6경기 만에 꺾고 서부 컨퍼런스 결승전에서 우승을 했다. 그 시리즈에서 매직은 경기당 평균 20.7득점 12.7어시스트 8리바운드를 기록하며 맹활약을 펼쳤다.

우리로선 그야말로 최선을 다해야 했다. 그러나 NBA 파이널 중계를 맡게 된 NBC에서도 우려한 것처럼, 이 결승전 시리즈는 시카고 불스 대 LA 레이커스의 경기가 될 것 같지 않았다. 마이클 조던 대 매직 존슨의 경기로 변질될 것처럼 보였던 것이다. 모든 홍보물에는 두 사람이 전면 중앙에 나왔다. 시카고 불스와 LA 레이커스의 다른 선수들은 아예 존재하지도 않는 듯했다. 신문들의 논조 역시 그랬다. 「시카고 트리뷴」의 기사 제목은 이랬다. '명백한 운명: 마이클 대 매직'.

그들은 중요한 사실을 놓치고 있었다. 내가 숨을 거두는 순간까지 몇 번이고 되풀이해서 할 말이지만, 농구는 개인 경기가 아니라 팀 경기라는 사실 말이다. 그러니 사실 그들은 그런 쪽에 초점을 맞춰 홍보를 했어야 했다. 게다가 마이클과 매직은 코트에서 같은 포지션도 아니었다. 매직이 마이클을 맡는 일은 없을 것이다. 아마 100만 년이 지나도 그런 일은 없을 것이다.

1차전은 1991년 6월 2일 일요일에 시카고 스타디움에서 열릴 예정이었다. 조깅으로 몸을 풀면서 코트 안으로 들어가니 내가 NBA에 들어와 첫 경기를 하던 날이 떠올랐다. 모든 게 새롭게 느껴졌고 또 흥분됐다. NBA 무대를 밟는 행운을 누려본 선수들이라면 내가 지금 무슨 말을 하는지 너무 잘 알 것이다. 그렇지 않은 사람들은 절대 모를 것이다.

1차전에서 마이클은 1쿼터에만 15득점을 올렸다. 그는 매직 존슨을 비롯한 모든 사람들에게 누가 더 뛰어난 선수인지를 보여주려는 듯했다. 그럼에도 불구하고 우리는 30 대 29로 가까스로 앞섰다. 마이클은 50득점도 올릴 수 있었지만, 혼자 경기를 이기려 하지 않았다.

그런데 매직은…… 역시 매직이었다.

아주 짧은 순간이라도 위험 부담 없이 패스를 받을 수 있는 동료 선수가 생기면, 매직은 귀신 같이 그걸 알아챘다. 맹세컨대, 그는 머리 뒤에도 눈이 달린 것 같았다. 그는 슛 정확도도 높았다. 3쿼터가 끝나갈 무렵 그의 3점슛 두 개가 들어가, LA 레이커스는 75 대 68로 앞서 나갔다.

매직은 마이클이 상대하기엔 벅찬 상대였다. 매직은 내가 맡았어야 했다. 그런데 마이클이 포기하지 않으려 했다. 자신의 자존심이 걸렸으니까. 4쿼터가 시작되면서 매직이 잠시 휴식을 취했을 때, 우리는

10점을 만회하면서 3점 차로 앞서 나갔다. LA 레이커스는 매직이 잠시 벤치로 나갈 때마다 곤경에 처했다. 그러다 일단 그가 코트로 돌아오면, 경기는 다시 내내 팽팽해졌다.

경기 종료가 23.5초 남았을 때, LA 레이커스는 2점 뒤진 상황에서 공을 소유했다. 매직은 마이클이 전담하고 있었는데, 그는 공을 몰고 자유투 서클 위까지 온 뒤 아크 부분 뒤에서 공간이 열려 있던 샘 퍼킨스에게 패스를 했다. 빙고! 92 대 91로 LA 레이커스가 역전했다.

남은 시간은 14초. 우리는 타임아웃을 요청했다. 마지막 슛을 누가 날릴 건지 모르는 사람은 없었다. 마이클은 2쿼터와 3쿼터 합쳐서 8득점밖에 못 올렸지만, 4쿼터에서는 13득점을 올렸다. 내가 공을 안쪽으로 던졌다. 마이클이 골대 쪽으로 달려갔다. 수비수들이 자신에게 모여드는 상황에서 마이클은 공을 호레이스 쪽을 향해 밑으로 던졌다. 공의 소유권은 여전히 시카고 불스 쪽에 있었다.

다시 타임아웃 요청이 있었다. 이제 남은 시간은 9초. 다시 마이클 얘기로 돌아와, 그는 5미터 조금 넘는 거리에 서 있었는데 얼굴 표정이 그렇게 좋아 보일 수가 없었다. 1982년 미국대학스포츠협회 타이틀전에서 조지타운대학교 호야스를 상대로 멋진 점프슛을 성공시킬 때와 비슷한 표정이었다. 그의 두 손에서 공이 떠나는 순간에도 괜찮아 보였다. 그러나 괜찮지 않았다. 공이 림을 돌다가 튀어나왔다.

이후 바이론 스캇이 자유투 두 개 중 하나를 성공시켜 LA 레이커스가 2점 앞섰다. 이젠 타임아웃도 쓸 수 없었고, 코트 끝까지 달려가는 수밖에 없었다. 빌 카트라이트가 하프코트 라인 앞 두 걸음쯤 되는 곳에 있던 내게 공을 던졌다. 나는 한 번 드리블을 한 뒤 슛을 날렸다. 노 골이었다. 이런 게 농구 경기 아닌가. 홈구장에서의 소중한 이점이 이렇게 날아갔다. 이제 우리는 로스앤젤레스에서 적어도 한 경기는 이겨야 했다.

그렇다고 공황 상태에 빠질 이유는 없었다. 우리가 그렇게 좋은 플레이를 펼친 게 아닌데도, 최종 점수 차는 겨우 2점이었다. LA 레이커스가 보여줄 수 있는 최대치가 이 정도라면, 조만간 모든 게 괜찮아질 것이다. 게다가 우리는 완승을 거두려는 것도 아니었다. LA 레이커스는 NBA 결승에 오른 경험이 있는 팀이었고, 우리는 아니었다. 필 감독을 빼곤 우리들 중 누구도 NBA 결승에서 뛰어본 적이 없었다.

1차전에서 마이클은 36득점을 했고, 나는 19득점으로 힘을 보탰다. 문제는 다른 선수들이 누구도 6득점을 넘기지 못했다는 것. 다시 그런 일이 있어선 안 됐다. 또한 플레이오프전에서 패한 팀이 늘 그렇듯, 코치진에서는 뭔가 변화를 꾀해야 했다. 가장 큰 변화는 매직을 내가 맡는 것이었다. 1차전에서 매직은 19득점 11어시스트 10리바운드로 트리플더블을 기록했다. 왕년의 매직다운 기록이었다. 나는 가슴이 뛰었다. 이거야말로 내가 바라던 도전 아닌가.

수비수로서의 마이클에 대해 안 좋은 감정 같은 건 없었다. 다만 수비라면 내가 더 잘할 수 있다는 확신은 있었다. 마이클이 매직을 맡기 시작할 때부터 나는 이미 준비하고 있으라는 말을 들었다. 우리가 취한 또 다른 중요한 변화는 제임스 워디와 샘 퍼킨스를 자유투 서클 바로 위에서부터가 아니라 베이스라인에서부터 더블팀 수비를 한다는 것이었다. 두 선수 모두 로포스트 지역 안에서 쉽게 득점을 하고 있었기 때문이다.

2차전 초반부터 우리는 몰아붙였다. 그러나 LA 레이커스는 완강히 버텼다. 그때 그 일이 일어났다. 1쿼터에서 4분 정도 남았을 때, 시카고 불스는 2점 앞서고 있었고, 마이클이 두 번째 파울을 범했다. 경기 시간이 얼마 남지 않은 상황에서 그가 세 번째 파울까지 범하게 해선 안 됐다. 그렇게 해서 이제 내가 매직을 맡게 되었다. 나는 내가 어떤 일을 해야 하는지 잘 알고 있었다. 그가 오른손으로 공을 잡지 못하게 해야 했다.

매직은 오른손으로 모든 걸 해내는 거장이었다. 그는 어디서든 패스를 할 수 있었다. 하프코트에서도, 풀 코트에서도, 그리고 필요하다면 패서디나 풋볼 경기장에서도 패스를 할 수 있었을 거다. 나는 계속 그의 오른쪽에 있으면서, 그가 오른손으로 드리블을 할 때마다 몸을 돌려 공을 왼손으로 옮기게 만들었다. 아일랜드 수석 코치가 몇 년 전부터 내내 내게 가르쳐준 수비 기술이었다. 매직은 왼손으로는 패스를 하지 않았다. 또한 공을 튕겨서 패스하는 걸 좋아해, 나는 언제든 그가 공을 드리블하는 걸 막을 수 있었고, 그래서 그의 패스는 예전처럼 위력적이질 못했다.

나는 매직이 공을 잡을 때마다 거의 하프코트 라인을 넘어오자마자 막아섰다. 그를 그렇게 막은 사람은 없었다. 나는 그로 하여금 시간에 쫓기게 그리고 에너지도 더 쓰게 만들려 했다. 그가 소중한 시간을 몇 초라도 더 쓴 뒤 다른 동료 선수들에게 공격 기회를 주게 된다면, 그들이 성공률 높은 슛을 날릴 기회는 줄어들게 될 테니까.

오늘날 르브론 제임스가 상대팀 진영으로 달려오듯, 나는 매직이 내 쪽으로 달려오는 건 원치 않았다. 약 36미터 거리를 내달리는 라인백커•처럼 내게 돌진해오는 것만은 피하고 싶었다. 멈추는 게 불가능하므로. 그래서 내가 매직 쪽으로 가곤 했다.

매직은 겨우 겨우 10개의 어시스트를 배달했지만, 필드골은 13개 중에 4개밖에 성공시키지 못했다. 결국 우리가 107 대 86으로 여유 있게 승리했다. 마이클은 최고의 플레이를 펼쳤다. 그는 초반에는 다른 팀 동료들을 밀어주었고 그러다가 후반에는 자신이 직접 주도권을 쥐어 내리 13개의 슛을 날렸다. 그리고 33득점, 13어시스트로 경기를 끝

• linebacker. 미식 축구에서 상대팀 선수들에게 태클을 걸며 방어하는 수비수

냈다.

이 경기에서 마이클은 모든 사람들이 기억할 만한 슛을, 어쩌면 캐벌리어스와의 플레이오프 5차전 마지막 순간에 성공시킨 '더 샷'만큼이나 멋진 슛을 날렸다. 4쿼터 때 골대를 향해 달려가던 그는 공을 쥔 오른손을 쭉 뻗었다. 그는 애초에 덩크 슛을 쏘려 했다. 그런데 바로 근처에 샘 퍼킨스가 가로막고 있었고, 그래서 마이클은 공중에 뜬 상태에서 공을 왼손으로 옮겨 슛을 했다. 공은 백보드에 맞고 그대로 림 안으로 빨려 들어갔다.

4년간 팀 동료로 지내면서 나는 마이클이 할 수 있는 건 모두 다 봤다고 생각했다. 그런데 그게 아니었다. 닥터 제이도 그런 플레이는 하지 못한다. 피트 마라비치Pete Maravich나 얼 먼로도. 농구계의 미하일 바리시니코프•인 마이클 조던만 할 수 있는 플레이였다. 경기장은 열광의 도가니로 변했다.

2차전에선 호레이스와 팩슨도 맹활약을 펼쳤다. 호레이스는 20득점을 올렸고, 팩슨은 필드골 8개 중 8개를 성공시켰다. 내 경우 매직을 잘 막은 게 아주 자랑스러우면서도, 그리 기쁘진 않았다. 매직은 9년간 자기 팀을 이끌고 5번이나 NBA 우승을 하고 3번이나 MVP로 선정된 예전의 그 매직이 아니었다. 전성기의 그 매직을 막아야 했다면 정말 힘들었을 것이다.

한편 2차전을 끝낸 뒤 나는 시카고 불스 측이 애초에 약속했던 연장 계약에 서명했다. 1,800만 달러에 5년 계약이었다. 계약 기간은 내 나이가 32세가 되는 1997-1998 시즌까지였다. 나는 정착하게 됐다. 드디어. 근데 왜 그렇게 서둘러 계약을 하게 됐을까? 불스 구단 측은 몇 개월을 기다렸다. 그렇게 시간을 끌어 무슨 차이가 생겼을까?

• Mikhail Baryshnikov. 세계적인 발레 무용수

꽤 많은 차이가 생겼다.

NBA의 규정에 따르자면, 제리 라인스도르프 구단주와 제리 크라우스 단장이 선수 연봉을 깎아 비축해둔 돈을 토니 쿠코치를 영입하는 데 쓰려 할 경우, NBA 결승 시리즈 마지막 날 자정 전에 먼저 나와 계약을 해야 했다. 그런데 우리 팀이나 LA 레이커스가 로스앤젤레스에서 3경기를 다 이긴다면, NBA 결승 시리즈는 우리가 시카고로 돌아오기 전에 끝나게 되고, 그래서 계약을 서둘 수밖에 없었던 것이다. 또한 당시 스물두 살밖에 안 됐던 토니 쿠코치는 이탈리아 팀에서 뛰기로 했기 때문에, 시카고 불스 측은 나와 계약을 하고서도 여전히 훗날 그를 영입하는 데 필요한 충분한 샐러리캡을 확보할 수 있었다.

■ ■ ■ ■

나는 '천사들의 도시' LA로 되돌아가 다시 그들의 홈구장인 포럼에서 경기를 하게 되어 너무 좋았다.

아, 무슨 포럼이냐고? 그레이트 웨스턴 포럼 말이다.

나는 어린 시절 TV에서 LA 레이커스의 경기를 볼 때마다 늘 포럼에 대한 얘기를 들었던 게 기억났다. 포럼 경기장 건물은 정말 그 명성에 걸맞았다. 아름다운 흰색 기둥들이 늘어선 원형 외관에 장엄함까지 갖추고 있어, 고대 로마에서나 볼 수 있음직한 건물이었다. 고대 전차들까지 있었다면 완벽했을 텐데.

포럼 안은 잭 니콜슨Jack Nicholson, 다이안 캐넌Dyan Cannon, 덴젤 워싱턴Denzel Washington 같은 유명 배우들에서 매직 존슨, 제임스 워디 같은 LA 레이커스 선수들에 이르는 부유하면서도 유명한 사람들로 북적였다.

어느 날 밤 나는 텔레비전 토크 쇼 프로그램인 〈아세니오 홀 쇼

Arsenio Hall Show〉에 게스트로 출연했다. 아세니오는 심야 토크 쇼의 왕인 자니 카슨Johnny Carson에 밀려 큰 빛을 보지 못했지만, 아주 재능 있는 토크 쇼 진행자였다.

그건 그렇고, 다시 코트 위의 스타들 얘기로 돌아가보자. 3차전에서 LA 레이커스는 3쿼터 때 18대 2라는 압도적인 경기를 펼치면서 13점 앞서 나갔다. '쇼타임' 레이커스가 다시 돌아온 것이다. 매직은 그만 해낼 수 있는 패스들을 했고, 이제 NBA에서 겨우 두 번째 시즌을 맞는 블라디 디바치 또한 너무도 뛰어난 플레이를 펼쳤다. 관중석이 들썩들썩했다.

문제는 이거였다. 그렇다면 시카고 불스는? 그 답은 단연코 희망적이었다. 3쿼터 후반에 6득점을 올리면서 우리는 4쿼터를 코앞에 두고 점수 차를 6점으로 좁혔다. 우리는 이제 시작이었다. 4쿼터에 들어가 우리는 8 대 2로 우세한 경기를 펼치기 시작했고, 경기 종료를 9분쯤 남긴 상황에서 74점으로 동점을 만들어냈다. 그때부터는 계속 엎치락뒤치락했다. 우리는 계속해서 시카고 불스가 절대 혼자 뛰는 팀이 아니라는 걸 입증해 보이고 있었다. 마이클은 1쿼터에서 11득점을 올린 뒤로 이후 2~4 쿼터를 통틀어 10득점밖에 기록하지 못했다.

게임 종료 10.9초를 앞두고 블라데 디바치가 득점을 한 상황에서 내 6번째 파울이 나왔다. 나는 그날 경기가 영 풀리지 않았다. 결국 디바치가 자유투를 성공시키면서 LA 레이커스가 92 대 90으로 앞서게 되었다. 시카고 불스 쪽에서 타임아웃을 요청했다. 필 감독은 코트 사이드 쪽보다는 안쪽을 공략하는 방법을 택하려 했다. 그게 등번호 23번인 마이클 조던에게 공을 연결해주기 더 쉽다고 생각한 것이다. 마이클이 24개의 슛 중 8개밖에 성공시키지 못했어도 어쩌겠는가? 아마 54개의 슛 중 8개만 성공시켜도 전혀 문제될 게 없었을 것이다. 어떤 경우든 위기의 순간에 그처럼 빛나는 선수는 없었으니까.

팩슨이 마이클 쪽으로 공을 던졌고, 마이클은 상대 진영으로 뛰어갔으며, 그런 그를 바이론 스캇이 막아섰다. 그리고 골대에서 4미터쯤 떨어진 데서 마이클은 블라데 디바치 머리 위로 공을 던졌다. 공이 그의 왼손을 떠나는 순간 예감이 좋았다. 1차전 경기 종료 몇 초를 앞두고 날렸던 점프슛처럼 말이다. 그 예감은 맞아 떨어졌고, 경기 종료 3.4초를 남긴 상황에서 92 대 92 동점이 되었다.

타임아웃 후에 LA 레이커스는 마지막 슛을 시도했으나 그리 좋은 슛은 아니었다. 바이런 스캇이 균형을 잃은 상태에서 슛을 날렸던 것이다. 결국 두 팀은 연장전을 치르게 됐다. 나는 그 연장전에서 뛰지 못하게 되어 크게 낙담했다. 앞으로의 5분이 우리의 이번 NBA 결승 기간 중 가장 중요한 5분이 될 텐데. 고맙게도 마이클이 우리의 총 12득점 중 6득점을 올려 우리는 104 대 96으로 살아남았다. 만일 그 경기를 우리가 졌다면, 나는 아마 내 자신을 용서하지 못했을 것이다. 3차전을 이긴 덕에 이제 예상할 수 있는 최악의 시나리오는 세 경기 중 두 경기를 잃고 시카고로 돌아가는 것이 되었다.

NBA 파이널 시리즈의 결과가 불확실한 상황에서 시카고로 돌아가는 건 잊어라. 모든 걸 여기서 결정짓고 끝내버리는 게 안 될 건 무언가? 잭 니콜슨, 다이안 캐넌, 덴젤 워싱턴 등이 지켜보는 데서 말이다. 4차전에서 우리는 정말 그렇게 하기 시작했다. 최종 점수 97 대 82. 마이클이 28득점으로 가장 많은 득점을 올렸고, 주전 선수 다섯 명이 모두 두 자릿수 득점을 기록했다. 제임스 워디가 왼쪽 발목을 삐는 등 LA 레이커스 선수들은 몸 상태가 안 좋았다.

이제 화이트보드에 적힌 새 숫자는 1이었다. 흔히 마지막 한 경기가 가장 이기기 힘들다는 말들을 한다. 실제 그렇기 때문이다. 5차전에서 LA 레이커스는 훗날 명예의 전당에 이름을 올릴 제임스 워디가 빠진 상황에서도 굴하지 않았고, 결국 80 대 80 동점 상태로 4쿼터에 접어들었다. 두 신참 선수 엘덴 캠벨Elden Campbell과 토니 스미스Tony Smith가 맹활약을 펼쳤다. 4쿼터 초반 6분간 마이클은 혼자 힘으로 해보려 했다. 2득점을 올렸지만 그걸로는 충분치 못했다. 경기 종료 약 5분 전에 93 대 93으로 다시 동점이 됐다.

필 감독은 돌아가는 상황이 마음에 들지 않았다. 타임아웃 시간에 그는 마이클에게 상대팀 수비들이 몰려들 때마다 누구에게 공간이 생기느냐고 물었다. 마이클은 존 팩슨에게 공간이 생긴다고 답했다.

“그럼 그에게 공을 줘!” 필 감독이 말했다.

마이클은 필 감독이 시킨 그대로 했고, 그렇게 함으로써 팀 동료에 대해 전에 볼 수 없던 수준의 신뢰를 보여주었다. 그럴 때도 됐다. 그 이후 90년대 내내 마이클은 필 감독과 텍스 코치가 처음부터 줄곧 해온 다음과 같은 얘기를 그대로 받아들였다.

“상대팀 수비들이 만들어주는 기회를 잡아라. 공간이 열린 팀 동료를 찾아라.”

그렇게 해서 팩슨이 피날레를 장식하게 되었다. 그의 5.5미터 미들슛은 가장 멋진 슛이었고, 그 덕에 우리는 1분도 채 안 남은 상황에서 4점을 앞서게 됐다. 샘 퍼킨스가 점프슛을 실패한 뒤, 내가 리바운드된 공을 잡았고 곧 자유투 두 개가 주어졌다. 그걸로 끝이었다.

최종 점수: 시카고 불스 108점, LA 레이커스 101점.

경기 종료 버저가 울릴 때 공은 내 손에 있었는데, 나는 그걸 내놓을 생각이 없었다. 일부 팬들은 어찌 된 건지 알고 싶어 했고, 팀 동료 두어 명도 그랬다. 그러나 그들은 그걸 알아낼 가능성이 없었다. 나는 그 소중한 공을 가지고 시카고로 돌아가는 비행기에 올랐다. 마이클은 MVP 트로피를 갖고 있을지 모르지만, 나는 그 농구공을 갖고 있다. 그 공은 안전한 장소에 잘 보존되어 있다. 내 기억들, 내가 32득점 13리바운드 7어시스트 5스틸을 기록한 그날 밤 자체, 그리고 그날 우승에 이르기까지 겪어야 했던 많은 일들이 그 공과 함께 잘 보존되어 있는 것이다.

로니 형과 아버지가 혼자선 움직이지도 못하는 중환자가 되는 걸 지켜봐야 했던 일. 고등학교 시절 웨인 감독 때문에 농구팀에서 쫓겨나고 이후 계단을 뛰어 오르내려야 했던 일. 이 대학 저 대학에서 외면당하다 결국 다이어 코치 덕에 기회를 잡게 된 일. 허리에 큰 통증을 느끼면서 내 선수 경력이 이렇게 끝나는 게 아닌가 불안해했던 일. 뇌진탕과 편두통에 고통 받던 일과 팬들로부터 가장 중요한 순간에 꾀병을 부리는 선수로 의심 받았던 일.

그날 밤까지의 여정은 정말 힘들었고 때론 도저히 참지 못할 지경이었지만, 그런 경험들 하나하나 덕에 나는 더 강해졌다. 그리고 그런 경험들이 나를 챔피언으로 만들어주었다.

나는 1991년에 차지한 챔피언 타이틀을 자주 생각한다. 첫 타이틀이어서 그렇다. 그 당시 우리는 너무 어렸고 또 너무 천진난만했다.

그 시즌은 겉보기처럼 순탄하진 않았다. 누군가는 늘 모욕이나 무시당하는 것 때문에 불평불만이 있었고, 나 역시 그랬다. 모든 팀이 82경기를 치르는 동안 그런 시기들을 거친다. 중요한 건 늘 그런 시기들을 어떻게 넘기느냐 하는 것인데, 필 잭슨 감독만큼 잘 대처해 넘기는 사람은 없었다. 그는 늘 우리들로 하여금 우리 자신을 믿게 만들었다. 그가 우리를 하나로 만들었다.

다시 다 함께

CHAPTER 10 TOGETHER AGAIN

7월 말 켄터키대학교 운동부 책임자인 C. M. 뉴튼C.M. Newton으로부터 걸려온 전화를 받았을 때 나는 아직 첫 NBA 우승의 기쁨을 한껏 즐기고 있는 중이었다.

나는 훨씬 더 높은 데로 올라갈 참이었다. 곧 미국농구연맹 'USA 바스켓볼'을 이끌 총재가 될 뉴튼은 스페인 바르셀로나에서 열리는 1992년 하계 올림픽에 출전할 12명의 국가대표 선수로 선발되는 것에 관심이 있냐고 물었다.

관심이 있냐고?

잘 알겠지만, 그건 흔히 볼 수 있는 농구 대표팀이 아니었다. 12명으로 이루어진 이 농구팀은 훗날 '드림팀'Dream Team으로 알려지게 되는데, 사상 처음으로 NBA 스타들이 올림픽에 참가하게 된 것이었다. 다른 나라들은 이미 여러 해 동안 프로 농구 선수들로 국가대표팀을 꾸리고 있었다. 우리라고 안 될 게 뭔가?

드림팀이 결성된 결정적 계기는 대한민국 서울에서 열린 1988년 하계 올림픽이었다. 그 올림픽에서 조지타운대학교 농구팀 감독 존 톰슨John Thompson이 이끄는 미국 농구팀은 데이비드 로빈슨, 대니 매닝Danny Manning, 스테이시 오그먼Stacey Augmon 같이 뛰어난 대학 농구 선수들로 구성되어 있었으나 소련 농구팀에 패하면서 금메달을 놓치고 동메달에 만족해야 했던 것이다. 미국 국민들은 격분했다. 미국 농구팀이 올림픽에서 지다니! 더욱이 러시아인들에게! 1972년 뮌헨 올림픽에서처럼 어처구니없는 일만 일어나지 않는다면 말이다•.

나는 뉴튼에게 그 자리에서 바로 드림팀 참가 의사를 밝혔다. 혹 그의 생각이 바뀔까 마음이 급했던 것이다. 사실 난 뉴튼이 전화를 한 것에 놀랐다. 내가 그런 전화를 받을 자격이 없다는 얘기가 아니다. 그 정반대다. 나는 NBA 최고 선수들 중 하나였다. 다만 나는 NBA에 4년 있으면서 올스타 팀에는 한 번밖에 들어가지 못했다. 더 인상적인 경력을 가진 선수들도 제법 있었다. 그 순간, 아버지가 곁에 없는 게 너무 아쉬웠다. 2차 세계대전 때 미국을 위해 싸운 아버지는 내가 국가대표팀에 선발된 것을 보셨다면 누구보다 자랑스럽게 여기셨을 것이다.

뉴튼과 나는 현실로 되돌아와 한동안 농구 전술과 관련된 대화를 나누었다. 그럴 가능성이 높았지만, 만일 시카고 불스가 다시 새 시즌 NBA 결승에 오르게 된다면, 나는 실질적으로 거의 쉴 새도 없이 캘리포니아 라호야에 있는 올림픽 훈련 캠프에 합류해야 했다. 바르셀로나 올림픽은 1992년 7월 25일에 시작될 예정이었다.

그렇다면 좋다! 이건 시즌 전 열리는 시범 경기 같은 게 아니었다. 올림픽 경기였다. 필요하다면 그랜트 파크••에서 바로 오헤어 국제공항으로 가게 될 수도 있었다.

아주 여러 가지 이유가 있었겠지만, 나는 뉴튼에게 마이클 조던이나 아이재아 토마스도 드림팀에 합류하는지 물었다.

"물론 마이클 자리도 있는데. 아직 확답이 없네요." 뉴튼의 답이었다.

• 미국과 소련이 맞붙은 결승전이 미국의 승리로 끝났으나, 심판의 판정 번복으로 경기 종료까지 3초의 시간이 더 주어져 소련이 51 대 50, 1점 차로 우승함

•• Grant Park. 시카고에 있는 공원. 시카고 불스의 NBA 우승 기념 행사가 열렸음

뉴튼은 미국 올림픽위원회에서 공식 발표가 있기 전까지는 둘이 나눈 얘기를 비밀로 해달라고 부탁했다.

“좋아요. 한 마디도 안 할게요.” 내가 답했다.

내 기억이 정확하다면, 난 그 얘기를 딱 한 사람 빌리 형에게만 털어놓았고, 빌리 형은 또 그 소식을 다른 식구들에게만 전했다. 나는 우리 식구들을 100퍼센트 믿었다.

그 직후 올림픽위원회가 여전히 드림팀을 모집 중이던 상황에서 나는 마이클에게 다가갔다. 더 이상 침묵하고 있을 수가 없었다. 나는 그에게 뉴튼 전화를 받았다는 얘기를 했다.

“드림팀에 합류할 생각이야?” 내가 물었다.

“아직 모르겠어. 생각 중이야.” 마이클이 답했다.

언젠가 나는 미국이 바르셀로나 올림픽에 프로 선수들을 출전시킬 거라는 소식을 접한 뒤 마이클에게 같은 질문을 한 적이 있었다.

그때 그는 이렇게 답했다. “농담해? 난 이미 금메달을 하나 딴 적 있는데 뭐. 난 그냥 내 여름을 제대로 즐기고 싶어.” 그는 로스앤젤레스에서 열린 1984년 하계 올림픽에서 바비 나이트Bobby Knight 감독이 이끄는 미국 대표팀으로 출전해 금메달을 땄다.

결국 마이클도 드림팀에 합류하기로 했다.

갑자기 애국심이 발동해서는 아니었다. 농구 판 자체를 키우기 위해, 아니 솔직히 말하자면 자신의 브랜드 가치를 높이기 위해서였다. 그의 가장 큰 두 후원사인 맥도날드McDonald's와 게토레이Gatorade가 바르셀로나 올림픽의 스폰서이기도 했던 것이다. 게다가 그가 올림픽에 출전하지 않고 국내에 머문다면 여론도 좋지 않았을 것이다.

내가 뉴튼에게 아이재아의 드림팀 합류 여부를 물었던 건 그만은 드림팀에 합류하지 않았으면 했기 때문이다.

“아뇨, 그는 합류하지 않을 겁니다.” 뉴튼은 그렇게 답했고, 그게 그 문제와 관련해 그가 말한 전부였다. 그걸로 충분했다.

9월 말에 드디어 드림팀 명단이 발표됐다. 나를 포함해 마이클 조던, 패트릭 유잉, 데이비드 로빈슨, 래리 버드, 찰스 바클리, 매직 존슨, 존 스탁튼, 칼 말론, 크리스 멀린Chris Mullin 이렇게 10명이었다. 나머지 두 명은 조금 더 나중에 NBA에서 한 명, 대학에서 한 명 선발할 예정이었다. 그리고 결국 그 두 선수는 클라이드 드렉슬러Clyde Drexler와 듀크대학교의 크리스찬 레이트너Christian Laettner로 결론났다.

나는 다른 선수들의 선정에는 다 찬성이었지만, 레이트너의 경우는 그렇지 않았다. NBA에는 뛰어난 선수들이 많았고, 따라서 올림픽위원회는 다른 선수를 선정했어야 했다. 내가 추천하고 싶은 선수는 '명장면 제조기'Human Highlight Reel로 알려진 도미니크 윌킨스였다. 도미니크는 당시 서른 한 살이었고, 여전히 전성기를 구가하고 있었다.

아이재아가 드림팀에 합류하지 못한 이유에 대해선 이후 여러 해 동안 이런저런 말들이 많았다. 한 가지 분명한 건, 그가 드림팀 명단에 포함됐다면, 마이클과 나를 비롯한 많은 선수들이 합류하지 않았을 거라는 것이다. 뉴튼과 올림픽위원회의 다른 위원들 역시 그런 분위기를 잘 알고 있었다. 심지어 1983년 이후 아이재아의 코치였으며 당시 드림팀 감독이었던 척 댈리조차 그를 밀지 않았다. 그게 무슨 의미겠는가?

아이재아의 커리어 기록들을 보면, 그의 드림팀 합류 자격에 이의를 제기하기 어렵다. 그는 무려 열 번이나 올스타에 선정됐고 두 번이나 NBA 우승을 했으며 틀림없이 명예의 전당에 이름을 올릴 뛰어난 선수였다. 그렇지만 하나의 농구팀을 만드는 데 있어 중요한 건 개인 성적뿐만이 아니다. 선수들이 서로 화학적 결합이 잘되어야 하는데, 드림팀에 아이재아가 합류할 경우 그 화학적 결합은 물 건너갈 것이 뻔했다.

나는 하루라도 빨리 올림픽에 나가고 싶어 안달이 날 지경이었다.

■ ■ ■ ■

그런데 올림픽에 앞서 먼저 헤쳐 나가야 할 또 다른 시즌이 있었다. 그리고 극복해야 할 또 다른 충격도 있었다.

11월 7일 목요일 로스앤젤레스로부터 충격적인 뉴스가 날아들었다. 매직 존슨이 에이즈 진단을 받은 것이다. 그는 곧 은퇴할 것이라고 했다. 정확히 5개월 전에 NBA 결승에서 그가 이끄는 LA 레이커스와 경기를 했는데. 그리고 그때만 해도 그는 더없이 건강해 보였는데. 지금 그는 죽어가고 있었다. 적어도 우리는 그렇게 될까 두려웠다.

나는 정말 큰 충격을 받았다. 나는 매직에게 얘기를 좀 할 수 있었으면 했다. 그가 이 위기를 잘 극복해낼 거라 믿는다고. 우리 모두 이 위기를 잘 극복해낼 거라 믿는다고. 매직과 나는 그런 인간관계는 맺지 못했다. 그는 나보다 8년이나 먼저 NBA에 들어왔다. NBA에서 8년이면 한 세대의 차이가 난다.

매직이 에이즈 바이러스에 감염됐다는 건 모든 것이 순식간에 사라질 수 있다는 걸 한 번 더 상기시켜주는 일이었다. 그런 일은 더 필요 없는데. 나는 로니 형과 아버지 생각을 하지 않을 수 없었다.

농구에 대한 순수한 사랑을 매직 존슨처럼 열정적으로 그리고 또 진실히 보여준 사람은 없었다. 그 당시에도 그 이후로도. 나는 그가 선수 생활을 할 때에도 말 못할 만큼 존경했지만, 선수 생활을 그만둔 뒤 보여준 모습들에도 정말 큰 존경심을 느낀다. 사형 선고를 받았다고? 천만에! 그간 만나본 사람 중에 매직만큼 활기 넘치는 사람은 본 적이 없다•.

그 당시만 해도 우리는 에이즈에 대해 아는 게 너무 없었다. 아이

• 매직 존슨은 2023년 현재까지도 건강한 상태로 외부 활동을 활발히 하고 있음

러니하게도, 로스앤젤레스로부터 충격적인 뉴스가 날아오기 꼭 1주일 전에, 필 감독이 이성 관계에 조심해야 한다며 힘주어 말한 적이 있었다. 그리고 그런 종류의 대화에서 젊은 남자들이 흔히 그러하듯 몇몇 선수들은 농담을 했다.

그런데 이번에는 그런 농담이 전혀 없었다. 모두가 불안해했다. 당시 많은 사람들이 그렇듯, 우리 역시 에이즈는 동성애자들 사이에서만 옮긴다고 생각했다. 그런데 이성애자인 매직 존슨이 감염되었으니, 에이즈는 누구나 걸릴 수 있는 것이라는 생각이 든 것이다.

그로부터 1주일쯤 후에 농구 코트 밖에서 또 다른 뉴스가 날아들었다. 시카고 불스의 NBA 우승 시즌에 있었던 일들을 시대 순으로 정리한 『더 조던 룰즈The Jordan Rules』•란 책이 나와 서점가를 강타한 것이다. 오늘날까지도 나는 샘 스미스••의 그 책을 단 한 글자도 읽어보지 않았고, 앞으로도 그럴 것이다. 나는 그 책을 읽을 필요가 없다. 내 삶 자체가 그 안에 있었으니까.

게다가 나는 그 책에 어떤 내용이 담겨 있나 하는 얘기를 너무 많이 들었다. 그래서 읽지 않고도 읽은 느낌이다. 마이클이 팀 동료 윌 퍼듀와 싸운 얘기, 마이클이 우리들에게 결정적인 순간에 빌 카트라이트에게 공을 패스하지 않기를 바랐다는 얘기, 마이클이 슈팅 슬럼프에 빠졌을 때 심령술사를 만났다는 얘기 등등. 아니다. 마지막은 내가 농담으로 지어낸 말이다.

그 책은 모든 일들을 왜곡하고 있었다. 그 책에 상세히 설명된 선수들 간의 갈등, 선수들과 경영진 간의 갈등은 사실 모든 팀들 그리고

• 마이클 조던을 막기 위한 디트로이트 피스톤스의 수비 전략인 Jordan Rules에서 제목을 따온 책. 시카고 불스 내 불화 등을 다루고 있으며 마이클 조던에 대한 악의적 내용도 많음

•• Sam Smith. 「시카고 트리뷴」의 기자 겸 작가

모든 시즌들에 흔히 일어나는 일이다. 그 책이 뉴스거리가 된 유일한 이유는 두 단어로 요약될 수 있다. 마이클 조던.

그 책에 들어 있는 내용들의 출처가 어디인가 하는 문제를 놓고 여러 해 동안 많은 추측들이 있었다. 마이클은 다큐멘터리 〈더 라스트 댄스〉에서 그 이야기들의 출처가 주로 호레이스 그랜트일 거라고 암시했지만, 나는 전혀 그렇게 생각하지 않는다. 시카고 불스를 밀착 취재해 「시카고 트리뷴」에 글을 쓴 샘 스미스는 흥미로운 자신의 얘기들을 많은 선수들과 코치들 그리고 제리 크라우스 단장을 비롯한 시카고 불스 관련자들로부터 긁어모았다.

뭔가 앞뒤가 맞아 들어가지 않는가?

제리 단장은 기자들에게 정보를 주는 게 아니라 주지 않는 걸로 유명했다. 게다가 그가 『더 조던 룰즈』에 담긴 내용들을 보고 너무 화가 나 뻔뻔스런 거짓말들이라며 책 수십 군데에 표시를 했다는 보도들은 또 어떤가? 어찌 됐든 내 생각에는 조금도 변함이 없다. 이걸 생각해보라. 제리 단장은 NBA 우승에 필요한 선수들을 끌어 모으려 수년간 애를 썼고, 이제 겨우 자신의 꿈이 결실을 맺었는데, 그 모든 공이 다른 사람에게 넘어가고 있었다. 마이클 조던에게 말이다. 제리 단장은 내가 만나본 사람들 중에 가장 불안정한 사람이었다. 그래서 그 누구보다 열심히 노력했고 결국 뛰어난 단장이 되었다. 또한 동시에 사소한 일에도 앙심을 품는 옹졸한 사람이 되었다.

그는 마이클을 끌어내리기로 마음먹었다. 살짝 흠을 내기로. 제리 단장은 자신이 샘의 저술 내용을 통제할 수 있을 거라 생각했다. 그러나 그건 그의 착각이었다. 샘은 언론계 생활을 오래 해 그가 생각했던 것보다 더 노련했다.

어쨌든 그 책으로 인해 마이클의 이미지가 나빠지진 않았다. 전혀. 물론 마이클은 성인군자는 아니었다. 그럼 누구인가? 아마도 당시 무하마드 알리를 제외하곤 세상에서 가장 사랑 받는 운동선수였다. 그것이 한 기자의 폭로성 책 내용으로 인해 달라지진 않았다. 그렇다고 시카고 불스의 이미지가 나빠지지도 않았다. 그 정반대였다. 그리고 그건 필 잭슨 감독 덕이었다.

필 감독은 우리에게 늘, 특히 우리가 첫 우승컵을 안고 난 뒤에 더, 세상과 맞서 싸우는 게 우리가 할 일이라는 믿음을 심어주었다. 그런 일은 누군가가 정상에 오르면 일어난다. 사람들은 그런 사람을 끌어내리려 하니까. 우리는 다른 팀들과 맞서 싸우듯, 종종 우리 자신의 조직 구성원들 및 미디어와 맞서 싸우는 기분이었다.

그 책 『더 조던 룰즈』 덕에 좋은 점도 있었다. 그 이후 우리는 불필요한 논란이 생기는 걸 막기 위해 서로 말을 할 때나 언론과 인터뷰할 때 더 조심하게 됐다. 마이클은 그 책에 들어 있는 내용들이 못마땅했다. 그는 오랫동안 샘 스미스와 말도 하지 않았다. 나는 그런 마이클을 조금도 나쁘게 보지 않았다. 내가 마이클이었다면, 아마 샘과는 평생 말을 하지 않았을 것이다. 솔직히 말해, 샘은 늘 다음 희생자를 찾아다니는 언론계의 보통 사람들과 다를 게 하나도 없었다.

마이클은 그 해 가을에 이미 많은 일들을 겪었다. 10월 초에 우리 팀은 영광스럽게도 조지 부시George Bush 대통령 초대로 백악관을 방문했다. 솔직히 말해 너무 멋진 일이었다. 미국이라는 자유 세계의 리더를 직접 만나 본다는 건 상상도 하지 못한 일이었으니까.

그런데 워낙 유명한 일이지만 한 사람이 불참했다. 마이클 조던•. 이는 호레이스 그랜트가 문제로 삼기 전까진 문제가 아니었다. 래리 버드도 1984년에 비슷한 방문에 불참했는데, 내 기억으론 그 정도 일

• 미국에서는 프로 스포츠 우승팀을 백악관으로 초대하는 것이 관행이었는데, 마이클 조던은 개인적인 사정을 이유로 백악관 초청에 응하지 않고 친한 친구들과 골프 여행을 떠남

때문에 서양 문명이 끝났다거나 하진 않았다.

"시카고 불스는 물론이고 시카고 시 전체를 위해서도 영광된 일이었는데. 정말 실망입니다. 팀 내 최우수 선수이자 리더가 불참했다는 건, 사우디아라비아와의 정상회담에 조지 부시 대통령 외에 다른 사람을 보낸 것과 같습니다." 호레이스가 당시 언론과의 인터뷰에서 한 말이다.

늘 그래왔듯 지금도 나는 가끔 호레이스에 대해 생각해본다. 그리고 그를 이해한다. 그가 더그 감독이 마이클과 나머지 팀 동료들 사이에 적용한 이중 잣대 때문에 얼마나 마음고생을 많이 했는지 말이다. 그리고 어느 정도는 필 감독도 그랬다. 물론 마이클의 백악관 초청 불응 경우도 그렇고, 그가 자기 의견을 남들에게 털어놓지 말고 그냥 혼자 간직했더라면 하는 경우들은 있었다. 정규 시즌은 아직 시작하지 않은 상태였다. 자신에게 주어진 시간에 무얼 하든 마이클에게는 그럴 권리가 있었다. 백악관에 가지 않을 권리도 포함해서 말이다.

오래지 않아 마이클과 호레이스는 화해를 했고 모든 건 잊혀졌다. 결국 그 일은 이제 우리는 챔피언이며 그래서 그 어떤 사소한 일도 큰 사건으로 발전될 잠재력을 갖고 있다는 걸 상기시켜준 일이었다.

1991-92 시즌에 우리가 직면한 도전들은 하나같이 만만치 않았다. 챔피언 타이틀을 지키려 하는 팀 입장에서는 늘 그렇다. 선수들이 열심히 노력해줄 것인가? 선수들이 자기 자신보다 늘 팀을 더 중시할 것인가? 선수들이 각자의 계약 조건에 대해 불만을 토로하진 않을까? 그리고 이게 가장 중요한 것이지만, 선수들이 각자 건강을 잘 유지할까?

1990-91 시즌에는 우리 선수들 가운데 열 명은 적어도 73경기에 출전했고, 네 명(마이클, 나, 팩슨 그리고 B.J. 암스트롱)은 82경기에 모두 출전했다. 그건 정말 엄청난 행운으로, 그런 행운은 오늘날 같으면 아마 절대 생기지 않을 것이다.

로드 매니지먼트•? 1990년대 초에는 아예 그런 용어 자체가 없었다. 우리가 그렇게 많은 경기에 출전할 수 있었던 건 단순한 행운이 아니었다. 우리는 코트 안에서 일정한 간격을 유지했고, 그 덕에 적어도 우리 자신의 실수로 서로 충돌할 일은 많지 않았다. 그리고 누군가가 부상을 당하면, 부상 부위를 바로 붕대로 감싼 뒤 코트 뒤쪽으로 옮겨졌다.

필 감독은 매 시즌마다 슬로건을 하나씩 들고 나왔다. 그 전해에 그 슬로건은 '헌신'이었다. 이번에 그 슬로건은 '다시 함께'였다.

정말 함께.

시카고 불스 측에서는 나와 5년 연장 계약을 맺은 데 이어 30대에 접어든 카트라이트와 팩슨과도 계약을 맺어 핵심 선수들을 그대로 유지함으로써 우리 팀에 대한 구단의 신뢰를 보여주었다. 필 감독은 팀에 많은 변화를 주고 싶어 하지 않았다. 새로운 선수들에게 트라이앵글 오펜스 전술을 이해시키려면 또 시간이 필요할 테니까.

딱 하나 정말 큰 변화는 11월 초에 있었다. 끝내 팀에 적응하지 못하고 있던 데니스 홉슨을 새크라멘토 킹스로 보내고 대신 8년차 경력의 베테랑 선수 바비 핸슨을 데려온 것이다. 핸슨은 공격보다는 주로 수비로 이름을 날리고 있었다. 우리의 경우 득점원은 충분했다. 아니면 그냥 우리만 그렇게 생각했거나.

바로 그날 크레이그 하지스가 연습 경기 중에 스테이시 킹과 충돌해 왼쪽 무릎을 다쳤다. 그 일로 하지스는 19경기를 결장하게 된다. 그 직후에는 빌 카트라이트가 왼손 골절상을 입어, 그 역시 한동안 결장하게 된다. 왔다 하면 소나기라고, 팀에 계속 불운이 닥친 것이다.

• load management. 운동 부하 관리. 체력 안배 차원에서 몇 경기 후 한 경기는 로테이션으로 결장하거나 출전 시간을 조절해 휴식을 부여하는 것

■ ■ ■ ■

그 시즌 초에 나는 다시 아이재아 토마스를 만났다. 디트로이트 피스톤스의 아이재아 토마스 말이다. 그는 우리가 시카고 스타디움에서 110 대 93으로 이긴 경기에서 아무 이유 없이 뒤에서 나를 밀쳤다. 두 팀은 싸움 직전 상태까지 갔다. 다른 사람들이 우리 두 사람을 뜯어 말려야 했다. 나는 그 일이 혹 아이재아가 드림팀에 합류하지 못한 것과 관련 있는 게 아닌가 생각했다. 물론 굳이 물어보진 않았다.

어쨌든 그 경기에서 이겨 우리는 4연승을 거두었으며 이후 14연승까지 내달렸다. 그 연승 기록은 12월 초 필라델피아 세븐티식서스와의 원정 경기에서 3점 차로 지면서 깨지게 된다. 그리고 새해 첫 날 직후 우리는 다시 13승까지 연승을 거두게 되며, 그 연승 기록은 샌안토니오에게 109 대 104로 패하면서 끝나게 된다. 그 경기에서 데이비드 로빈슨은 21득점 13리바운드 8슛 블로킹을 기록하며 괴물급 플레이를 펼쳤다.

우리의 기록은 37승 6패였으며, 잘하면 70승을 올리는 최초의 팀이 될 기세였다. 근데 70연승을 올리는 게 무슨 의미가 있나? 최다승 기록을 세웠다고 무슨 트로피를 만들어 주는 것도 아니지 않는가. 그보다는 우리 페이스를 잘 유지하고 이따금씩 휴식을 취해 5월과 6월에 대비하는 게 더 낫지 않겠는가. 그때는 우승 트로피도 주니까.

한편 나는 일생일대 최고의 플레이를 펼치고 있었다. 3월 초에 나는 NBA 리그를 통틀어 득점, 어시스트, 스틸 3개 부문에서 상위 15위 안에 들어가는 유일한 선수였으며, 평균 20득점 7어시스트 7리바운드 이상을 기록 중인 유일한 선수이기도 했다. 내가 정규 시즌 MVP로 선정될지도 모른다는 말도 있었다. 그러나 난 그런 말을 믿지 않았다. 내가 설사 매일 밤 트리플더블 기록을 세운다 해도, 투표 기자단은 절대 마이클을 제치고 나를 MVP로 선정하진 않을 테니까.

한번 봐라. 마이클은 5년간 세 차례나 MVP로 선정됐다. 나는 기껏 해야 9위였다.

우리가 67승 15패로 정규 시즌을 마친 뒤, 플레이오프 1라운드에서 맞붙게 된 팀은 마이애미 히트Miami Heat였다. 우리는 그들을 완파해 3경기 만에 제압했다. 다음 상대는 뉴욕 닉스였다. 그들은 우리가 그 전해에 완승을 거두었던 그 뉴욕 닉스가 아니었다. 그들의 새 감독은 예전 '쇼타임' 레이커스 선수로 챔피언 반지를 네 개나 갖고 있는 팻 라일리Pat Riley였다. 필 잭슨 감독과 마찬가지로 팻 라일리 감독 역시 선수들에게 동기 부여를 잘 해주는 감독이었다. 뉴욕에서의 첫 시즌에서 뉴욕 닉스는 51승을 올렸는데, 그건 그 전해보다 12승이나 많은 기록이었다.

그들의 센터 패트릭 유잉은 우리가 가장 막기 힘들어한 선수들 중 하나였다. 그는 중거리 점프슛이 뛰어났으며 자유투 서클 바로 위에서의 슛도 좋았다. 그는 더블팀 수비도 대수롭지 않게 여기는 듯했다. 찰스 오클리도 우리에겐 큰 문제였다. 그를 상대하는 건 마치 전쟁을 치르는 듯했다. 그는 리바운드 기회가 있을 때마다 나타났다. 상대하기 힘든 또 다른 선수는 당시 NBA 3년차이던 앤서니 메이슨Anthony Mason으로, 그 역시 체격이 크고 거칠었다.

뉴욕 닉스는 기본적으로 새로운 버전의 디트로이트 피스톤스였다. 우리의 운이었다. 우리는 최근에야 디트로이트 피스톤스와 싸우는 법을 알아낸 상황이었다. 그럼에도 불구하고 우리는 시카고 스타디움에서 열리는 뉴욕 닉스와의 1차전에 아주 자신만만하게 임했다. 어쩌면 너무 자신만만했는지도 모른다. 뉴욕 닉스는 94 대 89로 우리를 꺾었다. 패트릭 유잉이 34득점(4쿼터에 16득점)을 올렸고 16개의 리바운드를 잡아냈으며 6개의 슛을 막았다.

홈구장에서 패한 걸로는 충분치 않다는 듯, 나는 발목까지 삐었다. 그리고 그 부상으로 나머지 시리즈를 뛸 수 없게 되었다. 나는 슛을 할 때 몸을 들어 올릴 수가 없었는데, 농구에선 몸을 들어 올리는 게 모든 것이다. 2차전에서 나는 12개의 슛 중 2개만 성공시켜 겨우 6득점으로 경기를 끝냈다. 나는 편두통 사건 이후 플레이오프 경기에서 그렇게 형편없는 플레이를 펼친 적은 없었다. 그러나 다행히도 우리 팀은 86 대 78로 이겨 시리즈 전적을 1승 1패 동점으로 만들었다.

3차전에서 나는 발목 삔 것과 상관없이 몸 컨디션이 살아나 4쿼터에서 12득점을 올리는 등 총 26득점을 올렸고, 결국 우리 팀은 뉴욕 닉스의 홈구장인 매디슨 스퀘어 가든에서 94 대 86으로 승리하며 홈구장의 이점을 되찾아왔다. 그러나 4차전은 93 대 86으로 뉴욕 닉스가 승리해, 시리즈는 다시 2승 2패로 무승부가 되었다. 3쿼터 후반부에는 필 감독이 심판들을 향해 뉴욕 닉스 선수들이 호레이스와 나에게 범하는 푸싱 파울을 눈감아주고 있다며 이의를 제기해 퇴장당하는 일이 있었다. 정말 새로운 디트로이트 피스톤스였다.

4차전과 5차전 사이에 또 다른 전쟁이 일어났다. 이번 전쟁은 양 팀 감독들 간의 언론전 형태를 띠었다. 필 감독이 먼저 포문을 열었다. 매디슨 스퀘어 가든에서 가진 경기 후 인터뷰에서 아직 화가 풀리지 않은 필 감독은 NBA 집행부를 공격했다.

"그 사람들, 아마 지금 뉴욕 5번가에서 군침들을 흘리고 있을 겁니다." 뉴욕 NBA 본부 사람들을 가리키며 필 감독이 말했다. "나는 협잡을 좋아하지 않는데요. 뭔가 냄새가 납니다. 저 사람들 분명 심판 배정 문제를 놓고 장난질하고 있어요. 이시리즈가 7차전까지 가면, 모두들 행복하겠죠. TV 시청률도 오르고 방송 수익도 늘 테니까."

그 다음 날 라일리 감독이 반격에 나섰다. 그는 말 한 마디 못하는 샌님이 아니었다. "사실은 필 감독이 지금 심판 판정과 관련해 징징거리고 있다는 건데요. 그건 열심히 뛰고 있는 우리 선수들에 대한 모욕이며, 승리를 향한 우리 선수들의 뜨거운 열망에 대한 모욕입니다."

두 팀은 다음 두 경기에서 1승 1패를 거둬, 결국 시카고 스타디움에서 열릴 7차전에서 최종 승부가 판가름 나게 됐다. 압박감이 말도 못하게 컸다. 정규 리그를 통틀어 15번밖에 지지 않았었는데, 갑자기 한 경기만 더 지면 NBA 결승에 오르지 못할 위기에 몰린 것이다. 반면에 뉴욕 닉스는 시리즈를 7차전까지 끌고 감으로써 이미 예상을 뛰어넘는 선전 중이었다.

나 역시 압박감이 컸다. 뉴욕 닉스와의 시리즈에서 현재까지 내 평균 득점은 16점에 그쳤고 필드골 성공률 역시 37퍼센트밖에 안 됐다. 정규 시즌에는 평균 득점이 21점이었고, 필드골 성공률이 51퍼센트였는데 말이다.

마이클 조던 배트맨의 조수 로빈이라고? 그보다는 〈배트맨〉에 나오는 악당 리들러Riddler에 더 가까운 퍼포먼스였다. 경기가 계속되면서 대체 등번호 33번 선수 스카티 피펜에게 어떤 플레이를 기대해야 하는지 누구도 알 수 없었다. 나조차도 알 수 없었다.

악당 얘기가 나왔으니 말인데, 뉴욕 닉스에는 정말 악당이 있었다. 머리가 벗겨진 스몰 포워드 재비어 맥다니엘. '엑스-맨'X-Man이라 불리기도 하는 그는 시리즈 내내 나를 밀쳐댔고, 우리는 그런 그를 그냥 내버려뒀다.

더 이상은 그럴 수 없었다. 7차전 1쿼터에서 경기 종료를 3분쯤 앞두고, 맥다니엘이 공격자 반칙을 범했다. 양쪽 팀 선수들이 코트로 몰려나왔고, 맥다니엘과 나는 잠시 옥신각신했다. 어떤 말을 주고받았는지는 잘 기억나지 않는다. 설마 그 상황에서 여름휴가 계획이 어떻게 되냐고 묻진 않았겠지.

바로 그때 마이클이 다가와 맥다니엘의 얼굴에 자신의 얼굴을 바짝 들이댔다. 말 그대로다. 이마까지 닿진 않았더라도 정말 가까이 다가갔다. 신체 접촉은 없었지만, 둘 다 테크니컬 파울을 받았다.

마이클이 한 행동은 그날 그가 43득점을 올린 것만큼이나 중요한 일이었다. 그는 우리의 주 득점원이지, 집행자는 아니었다. 찰스 오클리가 떠난 뒤 우리에겐 집행자가 없었다. 그런데 마이클이 그 역할을 맡음으로써 뉴욕 닉스에 다음과 같은 강력한 메시지를 보낸 셈이었다. "여긴 우리 코트고, 이건 우리 경기다. 그리고 우리는 단 1초도 너희 깡패놈들 앞에서 물러서지 않을 것이다."

뉴욕 닉스 역시 물러서지 않았다. 3쿼터 초반에 11점 차로 뒤지고 있던 그들이 3점 차로 좁혀오자, 필 감독이 타임아웃을 요청했다. 그는 팀워크가 맞지 않을 땐 타임아웃을 잘 요청하지 않는다. 그리고 선수들 스스로 해결책을 찾아내게 하는 걸 좋아한다. 그런데 이건 결승 7차전이었다. 해결책들은 나중에 찾아낼 수도 있다.

그때 둥그렇게 모여 서서 필 감독이 무슨 말을 했는지는 기억나지 않는다. 어찌 됐든, 그 작전 타임은 효과가 있었다. 우리는 죽어라 뛰었고 3쿼터 이후 15점을 앞서 나갔다. 우리의 수비는 그 어느 때보다 강력했으며, 우리는 점프슛에 만족하려 하지 않았다. 게다가 NBA 측에서 베테랑 심판들을 내보낸 것도 도움이 되었다. 최종 점수는 110 대 81이었다.

뉴욕 닉스는 우리가 예상했던 것보다 훨씬 더 힘겨운 상대였다. 그들을 제쳤으니 얼마나 다행인가! 내게는 내 자신의 가치를 입증해 보일 좋은 기회였다. 지겹도록 듣는 얘기지만, 나는 늘 언론으로부터 좋은 평가를 받지 못했으니까. 나는 17득점 11리바운드 11어시스트로 트리플 더블을 기록하며 그 경기를 끝냈다. 그러자 언론도 입을 다물었다. 뭐 당분간이었지만.

동부 컨퍼런스 파이널에서 상대할 또 다른 친숙한 적은 클리블랜드 캐벌리어스였다. 직전 시즌 33승밖에 못 거뒀던 그들은 이번엔 57승 25패를 거둬 NBA 리그 최고의 팀들 중 하나가 되어 돌아왔다. 포스트에는 여전히 브래드 도허티가 버티고 있었고 가드는 마크 프라이스였다. 그리고 그들은 이제 막 보스턴 셀틱스를 제치고 동부 컨퍼런스 결승에 올라온 참이었다.

1차전은 식은 죽 먹기였다. 나는 29득점 12리바운드 9어시스트를 기록하며 또다시 트리플 더블급 활약을 했다. 아마 가장 고무적이었던 건 우리 팀의 자유투 성공률로, 얻어낸 19개를 모두 다 성공시켜 100%를 기록했다. 뉴욕 닉스와의 동부 컨퍼런스 시리즈에선 자유투 성공률이 70퍼센트에 그쳤던 우리였다. 닉스와의 경기에 이어 두 번 연속 완승. 우리는 '다시' 또 다른 챔피언 반지를 향해 나아가고 있었다. 그렇다 다시. 챔피언 반지를 향해.

2차전에선 어떤 일이 있었는지 자세히 설명하지 않겠다. 다만 한 가지. 우리는 완전히 죽을 쒔다. 우리는 1쿼터 때 처음 13개의 슛을 놓쳤고 슛 성공률도 14퍼센트밖에 안 됐다. 클리블랜드 캐벌리어스는 전반에 26점을 앞서 나갔다. 그것도 우리 홈구장에서.

그때 필 감독이 우리에게 한 말이 정곡을 찔렀다. "지금 이 팀은 야유 받으면서 코트 밖으로 쫓겨나도 싸."

다행히 경기력이 되살아나 분위기는 바로 반전됐다. 3차전은 우리의 승리였다. 1쿼터 때 한 시점에선 무려 26 대 4까지 앞서기도 했다. 그리고 결국 우리는 마이클과 나 외에 호레이스(15득점 11리바운드 4블록슛), 팩슨(필드골 6개 중 5개 성공), 스콧 윌리엄스(10득점 6리바운드)도 맹활약을 펼쳐 105 대 96으로 경기를 끝냈다.

홈구장의 이점을 되찾은 상황에서, 우리는 클리블랜드 캐벌리어스 선수들이 품고 있었을 희망들을 무너뜨리겠다며 기세 좋게 4차전을 시작했다. 그건 우리의 희망이었다. 그들은 처음부터 경기를 장악했고 결국 99 대 85로 이겼다. 엎친 데 덮친 격으로, 우리는 과거로 되돌아간 듯했다. 마이클은 33개의 슛을 날렸다. 그런데 다른 네 주전 선수들이 날린 슛은 다 합쳐도 29개밖에 안 됐다. 나는 경기 후반 내내 슛을 3개밖에 던지지 못했다. 결국 나는 4차전을 13득점으로 끝냈다.

그때 텍스 코치는 아마 총으로 자신을 쏘고 싶었을 것이다. 아니면 우리 모두를. 중요한 경기에서 졌을 때 늘 그랬듯, 이번에도 모든 건 내 탓이었다. 내 형편없었던 경기 내용 때문에, 그리고 또 기자들이 내게 왜 더 득점을 못했냐고 물었을 때 그러고 싶어도 그럴 기회가 없었다고 말했다는 이유 때문에 말이다. 그들은 내가 코치들을 비난한 거라고 생각한 것이다. 그게 아니었는데. 그 다음 날 나는 기자 회견 자리에 불참했다. 대체 왜들 날 못 잡아먹어 안달일까? 그들은 내가 그 자리에 나타나든 나타나지 않든 나에 대해 부정적인 글을 쓸 게 뻔했다.

다시 또 압박감이 우리를 짓누르기 시작됐다. 물론 나도. 그리고 다시 또 나는 그 압박감을 극복해냈다. 5차전에서 나는 14득점을 기록해 여전히 득점력은 올라오지 않았지만, 팀 최고 기록인 15리바운드를 따내며, 112 대 89 승리에 기여했다. 그리고 6차전에서 우리는 99 대 94로 승리하며 캐벌리어스를 완전히 끝장냈다. 그 경기에서 나는 29득점 12리바운드 5어시스트 4스틸 4블록슛을 기록했다.

1991-92 시즌은 영원히 계속될 것처럼 느껴졌다. 에이즈 감염 진단을 받고 은퇴해야 했던 매직 존슨, 『더 조던 룰즈』라는 책이 출간되며 야기된 논란, 패싸움으로 번질 뻔했던 뉴욕 닉스와의 경기들 등등. 그러나 우리는 여기까지 왔고, 이제 때는 바야흐로 6월로 접어들고 있었다. 더 이상 바랄 게 없었다.

한 꿈에서 다른 꿈으로

CHAPTER 11 FROM ONE DREAM TO ANOTHER

이번에 NBA 결승에서 만난 건 LA 레이커스가 아니라 포틀랜드 트레일 블레이저스였다. 포틀랜드 트레일 블레이저스에는 매직 존슨 같은 전설적인 선수도 없었고 전설적인 과거도 없었다. 그들은 1970년에 창단된 팀으로 NBA 리그에 들어온 이래 딱 한 번 1976-77 시즌에 챔피언 자리에 올랐다. 챔피언 자리에 더 많이 오를 수도 있었겠지만, 불행히도 그들의 스타 센터 빌 월튼Bill Walton이 1978년에 발 부상을 입은 뒤 다시는 예전 상태로 회복되지 못했다. 1977-78시즌에 한 때 50승 10패 기록까지 올렸던 포틀랜드 트레일 블레이저스는 오래지 않아 다시 빌 월튼이 오기 전 시절로 되돌아갔다.

그건 우리가 피하고 싶었던 그런 운명이었다. 역대 NBA 우승팀 리스트에는 한 번 챔피언이 되고 바로 사라진 이른바 '원-히트 원더'one-hit wonder 가수 같은 팀들이 있는데, 우리가 바로 그런 팀을 만난 것이다.

서부 컨퍼런스 결승에서 유타 재즈를 격파한 포틀랜드 트레일 블레이저스 선수들은 LA 레이커스 선수들보다 체격이 탄탄했고, 센터 케빈 덕워스Kevin Duckworth, 가드 테리 포터 및 대니 에인지Danny Ainge, 포워드 제롬 커지, 클리프 로빈슨Cliff Robinson, 벅 윌리엄스Buck Williams 등이 포진해 있어 선수층도 두터웠다. 오, 그리고 물론 그들에겐 클라이드 드렉슬러도 있었다.

키가 약 200㎝였던 클라이드는 내가 맡기로 되어 있었다. 늘 그렇듯, 나는 그 도전을 학수고대했다. 나는 매직 존슨의 경우와 마찬가지로 클라이드의 경기도 수년간 연구했다. 침투에 능한 왼손잡이로, 왼쪽으로 드리블하는 경우는 거의 없었다. 필 감독의 말처럼, 모든 플레이오프 시리즈에서의 우리 임무는 상대 팀의 에이스, 뱀의 머리를 제압하는 것이었다. 포틀랜드라는 뱀의 머리는 단연 클라이드였다.

그는 그 정규 시즌에 평균 25득점을 기록해, MVP 경쟁에서 마이클에 이어 2위였다. 클라이드를 마이클과 같은 카테고리의 선수로 보는 사람들도 있었다. 예상했겠지만, 마이클은 자신이 클라이드와 비교되는 걸 좋아하지 않았다. 마이클은 자신이 그 누구와 비교되는 것도 좋아하지 않았다. 아이러니하게도, 애초에 마이클이 시카고 불스에 들어가게 된 이유는 단 하나, 1984년 시카고 불스보다 드래프트 순위가 앞섰던 포틀랜드 트레일 블레이저스가 이미 클라이드를 1983년 드래프트에서 지명했기 때문이었다. 그들은 클라이드와 비슷한 유형의 선수가 한 명 더 필요하다고 생각하지 않았기 때문이었다. 다시 생각해보라.

그건 그렇고, 시카고 스타디움에서 벌어진 1차전에서 마이클은 지체 없이 자신의 진가를 보여주었다. 마이클이 클라이드에 맞서 연이어 3점슛을 꽂아 넣는 걸 보면서 나는 정말 넋을 잃었다. 그는 늘 이전에 보지 못한 뭔가를 보여주곤 했다. 마이클은 3점슛 6개를 포함해 39득점을 올렸고, 우리 팀은 122 대 89로 가볍게 승리를 거머쥐었다. 그는 마지막 3점슛을 성공시킨 뒤 어깨를 으쓱하는 유명한 포즈를 선보였다. 워낙 멋진 그의 플레이에 묻혀 버렸지만 나도 거의 트리플 더블급 활약을 펼쳤다. 나는 24득점 10어시스트 9리바운드를 기록했고, 클라이드가 시도한 필드골 14개 중 단 5개만 허용하며 16득점에 묶어놓은 것만으로도 기뻤다. 뱀 머리 얘기는 이 정도로 끝내자.

포틀랜드 트레일 블레이저스는 그 당시의 상황에 풍비박산나지 않았을까? 아마 그랬을 것이다. NBA 결승 1차전에서 33점 차의 참패를 당한다는 건 무슨 말로도 변명할 수 없을 테니까. 이틀 후 열린 2차전에서 우리는 3쿼터를 32 대 16, 더블스코어로 앞서는 등 7점 차로 리드하고 있었다. 경기 종료 4분 30초를 앞둔 시점에선 10점 차였다. 그리고 클라이드가 파울 아웃되었다. 농구 경기란 참!

그러나 잠깐! 제롬 커지가 레이업슛을 올렸다. 이어 테리 포터가 점프슛을 성공시켰다. 그리곤 자유투 두 개를 넣었다. 대니 에인지가 스쿱슛•을 날렸다. 그리고 제롬 커지가 다시 레이업슛으로 득점했다. 믿기지 않는 일이었지만 순식간에 스코어가 95 대 95 동점이 됐다. 2초 정도 남기고도 여전히 동점이었고, 마이클이 파울 라인 근처에서 슛을 시도했으나 실패했다. 결국 연장전까지 가게 됐다.

그리고 더 좌절스러운 일이 벌어졌다. 포틀랜드 트레일 블레이저스가 연장 5분간 18 대 7로 리드해, 결국 파이널 시리즈는 1승 1패 동점이 됐다. 연장전의 영웅은 에인지로, 18득점 중 절반이 그의 득점이었다. 포틀랜드는 그 당시 어찌할 바를 몰랐다. 그들이 한 일은 오직 하나, 마지막 17번의 공격권 중 무려 16번이나 득점으로 연결시킨 것이었다. 나는 살면서 이렇게 중요한 경기에서 이렇게 허망하게 역전 당하는 모습을 본 적이 없다.

우리는 오랫동안 패배만 곱씹고 앉아 있을 여유가 없었다. 포틀랜드에서 열리게 될 3차전은 이틀밖에 안 남았다. 지난 시즌 파이널에서 우리는 로스앤젤레스에서 적어도 한 경기만 이기면 그 시즌을 살아 넘길 수 있었다. 그런데 세 경기를 이겼다. 포틀랜드에서라고 세 경기를 다 잡지 못할 이유는 없었다. 전술만 제대로 바꾼다면 말이다.

우리의 새로운 전술은 포틀랜드 트레일 블레이저스 가드들이 우리

• scoop shot. 아래쪽에서 퍼올리듯 던지는 슛

쪽으로 넘어올 때 압박을 가하는 게 아니라, 더 일찍 압박을 가해 그들이 어쩔 수 없이 장거리 점프슛을 시도하게 하는 것이었다. 다행히도 그 전술이 제대로 먹혔다. 3차전에서 그들은 필드골 성공률이 36퍼센트에 그쳐 84득점밖에 올리지 못했고, 우리는 94득점을 올렸다. 앞서 치른 17번의 플레이오프 경기에서 그들은 평균 113득점 이상을 올린 막강한 팀이었다.

두 경기가 끝나고 두 경기가 남은 상황에서 이제 우리는 탄력이 붙었다. 자연스런 일이지만, 기복이 심한 플레이오프전에서 그런 탄력은 오래 가지 못한다. 4차전은 93 대 88로 포틀랜드 트레일 블레이저스가 이겼다. 이 패배에 대해서는 탓할 사람들이 많았으며, 물론 나도 그중 하나였다. 경기 종료가 4분 조금 넘게 남은 상황에서, 나는 자유투 기회를 얻어 우리가 4점 차로 앞서 나갈 기회를 맞았다. 그런데 자유투 두 개를 다 놓쳤다. 그 이후 포틀랜드 트레일 블레이저스는 13 대 6으로 앞서 나갔고, 시리즈 통산 전적은 2승 2패로 동점이 되었다.

5차전에선 마이클과 내가 팀을 위기에서 구하는 데 앞장섰다. 그리고 119 대 106으로 우리가 승리했다. 마이클은 46득점을 쓸어 담았고, 나는 24득점을 보탠 것 외에 11리바운드와 9어시스트를 기록하며 트리플더블급 활약을 펼쳤다. 우리는 끈질기게 우릴 괴롭히는 포틀랜드 트레일 블레이저스를 꺾기 위해 하나로 뭉친 성난 집단이었다. 그리고 때론 성난 상태에서 가장 좋은 플레이가 나온다. 자, 이젠 저들을 완전히 보내버릴 때가 왔다.

다른 모든 사람들도 다 그랬겠지만, 나 역시 우리 홈구장에서 승패를 결정지을 기회를 갖게 되어 너무 흥분됐다. 1991년 챔피언 자리에 오를 때 단 하나 아쉬웠던 게 바로 우리 홈구장에서 우승컵을 들어 올리지 못한 것이었기 때문이다. 그렇다고 우리가 홈구장에서의 승리를 당연하게 생각했다는 건 결코 아니다. 한 번 더 지면 우승컵이 날아가는 결승 5차전에서 과거 LA 레이커스는 제임스 워디가 빠진 상황에서도 처음부터 배수진을 친 채 총력전을 펼쳤다. 우리는 이번에 포틀랜드 트레일 블레이저스도 그렇게 나올 거라고 예상했다.

예상은 적중했다. 6차전이 시작되기 무섭게 그들은 필사적으로 나왔다. 우리를 아예 끝장내려는 듯했다. 다행히도 하프 타임에 이르러 점수 차는 6점밖에 안 됐다. 3쿼터 때는 더 안 좋았다. 어느새 점수 차가 두 자리까지 벌어진 것. 4쿼터에 접어들면서 우리는 15점 뒤져 있었다. 팬들은 불안해했다. 우리도 그랬다. 필 감독은 4쿼터가 시작되자 2진 선수들과 함께 나를 코트로 내보냈다. 마이클을 포함해 1진 선수들은 다 빠졌다.

그러나 나는 단 한순간도 경기가 다 끝났다고 생각하지 않았다. 연습 경기 때 2진 선수들(B.J. 암스트롱, 바비 핸슨, 스테이시 킹, 스콧 윌리엄스)과 함께 수없이 많이 플레이를 해봤기 때문에, 그들이 어떤 선수들인지 잘 알고 있었다. 그들은 농구 경기에서, 특히 이렇게 중요한 농구 경기에서 이기려면 각자 역할을 분담하고 스크린플레이를 펼치고 패스를 더 많이 하는 등 사소한 일들(내 생각엔 가장 중요한 일들)에 충실해야 한다는 걸 잘 알고 있었다. 무엇보다 먼저 각자 자신을 믿고 또 서로를 믿어야 한다는 것도 잘 알고 있었다.

우리의 계획은 포틀랜드 트레일 블레이저스 선수들을 뒤흔드는 것이었다. 우리가 그럴 수만 있다면, 그 이후엔 우리 홈 관중들이 더 흔들어놓을 것이다. 그러자면 공을 소유할 때마다 마치 마지막 기회인 듯 잘 다루어야 한다. 우리가 두 자리 점수 차로 뒤질 때마다, 우리의 마음 자세는 이랬다. '연이어 다섯 번 막아내고 최소한 네 번 득점을 한다면 곧 따라잡게 될 것이다.'

나는 동료들에게 격려 연설 같은 걸 하는 사람이 아니었다. 그건 필 감독이나 마이클의 몫이었으니까. 그런데 이번엔 해주고 싶은 말이 있었다. "때가 왔어! 끝장내버리자!" 작전 타임 때 내가 선수들에게 한 말이다. 바비 핸슨이 바로 행동에 들어갔다. 우리가 처음 공을 잡았을 때 코너에서 3점슛을 꽂아 넣었고, 곧이어 스틸도 하나 기록했다.

그리고 스테이시 킹이 코트에 나선 후 결정적인 변곡점이 이어졌다. 스테이시는 오클라호마의 스타였으나, 유감스럽게도 우리가 기대했던 경기력을 보여주진 못했다. 어쩌면 팀이 그에게 충분한 출전 시간을 주지 않은 것일 수도 있다. 아니면 그가 우리가 준 시간을 충분히 활용하지 못한 것일 수도 있고. 하필이면 호레이스가 NBA 최고의 파워 포워드들 중 하나로 발전 중이던 때에 우리 팀에 합류한 것이 그의 불운이라면 불운이었다. 나는 지금도 잘 모르겠다. 그가 왜 돌파구를 마련하지 못하고 있었는지.

그 이유가 무엇이든, 그 당시 우리는 스테이시를 필요로 했고, 그는 우리의 기대에 부응했다. 힘차게 농구 골대로 향하던 그를 제롬 커지가 거칠게 밀어버렸다. 심판들은 바로 플레그런트 파울•을 선언했다. 그 덕에 스테이시는 자유투 라인에서 자유투 두 개를 던지게 됐고, 공격권은 계속 우리에게 주어졌다. 관중석이 들썩거렸다. 스테이시가 자유투 하나를 성공시킨 뒤, 다시 내가 득점을 올려 점수 차는 9점으로 좁혀졌다. 공을 두 번 소유한 뒤 다시 내가 득점을 올렸고, 그런 다음 포틀랜드의 클라이드 드렉슬러가 다시 판세를 뒤집었다.

이제 경기 종료까지 남은 시간은 10분도 채 안 됐다. 평소였으면 필 감독은 이 무렵 마이클을 다시 코트로 내보냈을 것이다. 그런데 이번엔 그러지 않았다. 2진 선수들만으로 상승세를 타고 있어, 그 기세를 아직 꺾고 싶지 않았던 것이다. 나는 놀라지 않았다. 필 감독은 아무도

• flagrant foul. 상대 선수에게 과도한 신체 접촉을 하는 것. 그 대가로 자유투 2개 외에 자유투 라인 연장선상의 사이드라인 밖에서 스로인할 수 있는 공격 기회까지 주어짐

예상 못한 결정들을 내리는 걸 전혀 두려워하지 않았기 때문이다.

B.J. 암스트롱은 점프슛을 성공시켰다. 그리고 벅 윌리엄스가 오펜시브 파울을 범한 이후에는 스테이시도 점프슛을 성공시켰다. 포틀랜드는 분명 뒤흔들리고 있었다. 이제 스코어는 겨우 3점 차로 좁혀졌으니까.

경기 종료를 약 8분 30초 앞둔 상황에서 마이클이 드디어 돌아왔다. 2진은 맡은 바 임무를 다 했다. 거기서부터는 NBA 최고의 마무리 선수인 마이클과 내가 끝장낼 수 있었다. 최종 점수는 97 대 93. 마이클은 마지막 쿼터에서만 12득점을 올리는 등 총 33득점을 기록했다. 나는 26득점을 보탰고, 특히 4쿼터에서는 5개의 슛을 시도해 5개 모두 적중시켰다.

모든 게 끝난 뒤, 나는 라커룸으로 갔다. 파티를 시작해야지. 이번에는 농구공을 챙기지 않았다. 기념품은 하나로 족했다. 이번 NBA 파이널 우승은 내게 정말 큰 의미가 있었다. 물론 모든 우승은 다 큰 의미가 있어, 절대 어떤 우승이 다른 우승보다 더 의미 있다거나 그렇지는 않을 것이다. 각 우승은 나름대로 다 의미가 있다.

그렇지만 이번 우승은 5차전 4쿼터 때 결정적으로 중요한 경기 종료 약 3분 30초 동안 2진 선수들이 보여준 플레이 때문에 특히 의미가 있었다. 그 선수들이 한 것처럼 포틀랜드 트레일 블레이저스를 뒤흔들지 않았다면, 아마 그 경기는 우리의 패배로 끝났을 것이다. 그렇게 해서 만일 7차전까지 갔더라면 어떤 결과를 봤을지 누가 알겠는가. 나는 그 결과를 확인하지 않아도 된 것에 감사할 뿐이다.

우리가 라커룸에서 여러 가지 의미에서 우승을 자축하고 있는데, 곧 다음과 같은 소식이 들렸다. "사람들이 집에 가질 않으려 해." 여기서 말하는 '사람들'은 팬들이었다. 거의 모든 팬들이 경기장을 빠져나가지 않고 있었던 것이다.

그렇다면 이제 우리가 해야 할 일은 단 하나, 경기장으로 나가 그들과 함께하는 것이었다. 나는 호레이스, 마이클과 함께 코트 바로 옆에 있는 점수 기록 테이블 위로 뛰어 올라갔다. 그리곤 서로 팔짱을 낀 채 간단한 춤을 추었다. 우리는 그렇게 30분가량 아니 어쩌면 더 오래 거기에 있었다. 나는 그 밤이 영원히 끝나지 않았으면 했다.

이틀 후 햇빛이 쨍한 아름다운 오후에 시카고 시내에 있는 그랜트 파크에서 보다 공식적인 축하 행사가 열렸다. 일리노이 주에 사는 사람들이 전부 다 거기 모인 듯했다. 우리들 가운데 몇 명은 연단에 올라 몇 마디씩 했다. 내 차례가 되었을 때, 나는 모든 사람들의 마음속에 깊이 새겨졌으리라 믿어지는 말을 했다.

"이제 3시즌 연속 우승을 향해 갑시다!"

■ ■ ■ ■

코치진과의 일상적인 시즌 종료 미팅이 끝난 뒤 마이클과 나만 빼고 모두들 여름휴가를 떠났다. 우리는 1주일 후 캘리포니아 주 라호야에 있는 올림픽 훈련 캠프로 가야 했다. 우리에겐 따야 할 금메달이 있었다.

나는 캠프에서의 첫 날을 생생히 기억한다. 그날 나는 새로운 팀 동료들, 그리고 예전의(또는 미래의) 적들의 얼굴들을 둘러보며 내게 주어진 엄청난 행운을 믿을 수가 없었다. 이 놀라운 선수들(그중 일부는 그야말로 살아 있는 전설들)과 올스타 경기가 열리는 주말에 잠깐 함께하는 것과 코트 안과 밖 어디에서든 6일 동안 함께 동고동락하는 건 전혀 다른 일이었다.

나는 그 선수들에 대해 아무것도 몰랐다. 물론 그들의 플레이에 대해선 잘 알고 있었다. 어느 위치에서 공을 잡는 걸 좋아하는지, 어떤 식으로 상대팀 선수들을 수비하는지, 특히 좋아하는 슛은 어떤 슛인지 등등. 그러나 그들이 어떤 사람인지, 그들이 어떤 것에 민감하게 반응하는지, 무엇이 그들을 위대하게 만드는지, 무엇이 그들을 인간답게 만드는지 등등에 대해선 아무것도 몰랐다.

예를 들면 이런 것도 궁금했다. 이렇게 다 함께 해야 하는 상황에서 자신들의 에고를 억제할 수 있을까? 이런 생각을 해보라. 우주에서 가장 재능이 뛰어난 농구 선수들에게 자기중심적으로 행동하지 말라고 요청하는 것이다. 당시 듀크대학교 선수였던 크리스찬 레이트너를 제외하곤 모두 자신들이 이룬 개인적인 성과들만으로도 훗날 명예의 전당에 이름을 올리게 될 선수들이었다. 그들이 오늘날과 같은 스타가 되기까지 가장 큰 원동력이 되어준 자기중심적인 행동을 하지 말라고 말이다.

그런데 우리들끼리의 첫 연습 경기 중에 나의 그 궁금증은 해소됐다. 자신이 쉽게 득점할 수 있는 기회를 포기하고 공을 줄 팀 동료들을 찾는 등, 그들은 자기중심적이라기보단 오히려 너무 타인중심적이었다. 심지어 연습 경기 중에도 그런 모습은 보기 쉽지 않다. 무엇보다 패스를 중시하는 텍스 코치가 봤더라면 정말 흐뭇해했으리라.

이틀 후에 드림팀 감독 척 댈리는 공식적인 첫 연습 경기를 진행했다. 우리와 맞붙을 팀은 바비 헐리Bobby Hurley, 그랜트 힐Grant Hill, 크리스 웨버Chris Webber, 페니 하더웨이Penny Hardaway, 앨런 휴스턴Allan Houston, 자말 매쉬번Jamal Mashburn 같은 대학 선발팀 선수들이었다. 그들의 감독은 캔자스대학교 농구팀의 로이 윌리엄스였다. 아주 재능이 있는 선수들로 NBA 리그의 미래를 이끌어갈 재목들이었다. 물론 그래도…… 드림팀의 상대는 되지 못했다.

오 이런! 그런데 그들이 10점 정도의 차로 우리를 꺾었다. 앨런 휴스턴은 어느 위치에서도 슛을 성공시켰고, 내 기억에 그들 대부분이 많은 슛을 날리고도 미스가 적었다. 연습 경기가 끝난 뒤 그들은 아주 자랑스러워했다. 마치 올림픽 금메달이라도 딴 듯했다.

드림팀 수석 코치였던 듀크대학교 농구팀의 마이크 슈셉스키Mike Krzyzewski를 비롯한 몇몇 사람들은 댈리 감독이 일부러 그 경기를 진 거라고 믿었다. 승부가 기운 상황에서도 마이클을 비롯해 가장 뛰어난 선수 다섯 명을 코트에 내보내지 않은 게 그 증거라는 것. 그러니까 그 견해에 따르면, 댈리 감독은 그 패배를 다음과 같이 중요한 메시지를 전할 기회로 삼았다는 것이다.

"어떤 날이든 제대로 뛰지 않는다면 어떤 팀에게든 질 수 있다."

실제로 그 메시지는 아주 크고 분명히 다가왔다. 그 다음 날 치러진 두 번째 연습 경기에서 우리는 같은 팀을 상대로 50점 가까운 점수차로 이겼다.

현실을 직시하자. 우리 드림팀은 절대 금메달 없이 바르셀로나를 떠날 순 없다. 그건 우리도 알고 있었고 우리와 맞붙는 팀들도 알고 있었는데, 그들은 조금도 개의치 않는 듯했다. 상대 팀 선수들은 적이 아니라 마치 팬들처럼 행동했다. 경기가 끝나고 나면 많은 선수들이 우리에게 사인을 부탁하거나 같이 사진을 찍으려 했다. 가끔은 경기도 하기 전에 그랬다. 그럼에도 불구하고 드림팀 선수들은 국가대표팀으로서의 임무를 수행하는 데 소홀함이 없었다.

NBA에서는 감독이 상대팀에 대한 분석을 할 때 선수들이 제대로 관심을 기울이지 않는 경우가 많다. 그러나 드림팀 선수들은 상대팀이 어떤 팀이든 그렇게 하지 않았다. 우리는 어떤 수준의 팀과 경기를 하든 NBA 결승 7차전을 치르듯 진지하게 임했다.

내 경우 경기에 몇 분간 출전하든 그런 개인적인 건 개의치 않았다. 나는 댈리 감독과 코치들에게 이렇게 말했다. "위험한 순간에 불러주신다면 좋습니다. 결정적인 순간에 불러주신다 해도 좋습니다." 당시 크리스찬 레이트너 다음으로 어린 26세의 나이였던 나는 이 믿을 수 없이 특별한 팀에 일원이 된 것만으로도 축복이라고 생각했다. 그야말로 천국에 있는 기분이었다.

댈리 감독이 우리의 첫 번째 경기 스타팅 라인업에 래리 버드를 넣었을 때, 나는 100퍼센트 공감했다. 모든 시대를 통틀어 가장 위대한 선수들 중 한 명인 래리 버드 아닌가! 그리고 나는 결국 경기당 21분 정도 뛰었는데, 이는 마이클과 크리스 멀린 다음으로 많은 출전 시간이었다. 댈리 감독은 수비는 내게 맡겼다. 우리 팀에 골을 넣을 수 있는 선수들은 얼마든지 있었으니까.

매일 밤 주인공 같은 선수가 되지 않아도 된다는 게 우리 모두에게 신선하게 다가왔다. 우리가 해야 할 일은 그저 코트로 나가 자신의 진가를 보여주는 것이었고, 그러다 보면 첫 타임아웃 시간에 우리는 30점 정도 앞서 있곤 했다. 물론 이건 과장이고, 사실 그렇게 많은 점수 차는 아니었다.

간혹 어떤 선수들은 너무 많은 걸 하려 애썼다. 그 대표적인 선수가 클라이드 드렉슬러였다.

NBA 결승전에서 시카고 불스에 패한 것에 대한 울분이 채 가시지 않았던 클라이드는 마치 자신이 마이클과 같은 수준이라는 걸 입증해 보이려는 듯 애썼다. 마치 두 팀이 얼마 전에 치른 6차례의 경기들로는 그것을 전부 입증하지 못했다는 듯이.

누군가가 그에게 해주었으면 하는 얘기가 있다.

"클라이드, 당신은 정말 대단한 행운아라고 생각해야 해. 당신도 세계 최고의 농구 선수들 중 한 사람이야. 당신은 그저 마이클 조던이 아닐 뿐인데, 그건 죄가 아냐. 누구의 죄도 아냐."

클라이드의 적대감은 생각 이상이었다. 그는 늘 고개를 숙인 채 우릴 지나쳤고, 마치 마이클과 내가 팀 동료가 아니라 적이라도 되는 것처럼 행동했다. 그는 팀 동료들과도 어울리지 않았다. 정말 유감스런 일이었다.

모든 팀이 다 그렇듯, 드림팀에도 확실한 위계질서 같은 게 있었다. 그 위계질서란 다음과 같았다. 매직과 래리가 맨 위였고 그 바로 밑이 마이클이었다. 그건 마이클이 한 얘기였다. 그는 매직과 래리가 공동 주장을 맡는 데 이의가 없었고, 늘 그 두 사람의 의견에 따랐다. 현재 농구계에서 가장 뛰어난 선수는 마이클이었지만, 앞서서 그의 길을 닦아놓은 선수들이 매직과 래리였다. 1979년 가을, 매직과 래리가 NBA에 모습을 드러내기 전까지만 해도 NBA는 그리 인기 있지 않았다. 그래서 NBA 결승전도, 무려 결승전도 밤 11시 뉴스 이후에 녹화 방송으로 나가는 경우가 꽤 많았다. 그런 현상에 변화가 오기 시작한 것은 1982년 LA 레이커스와 필라델피아 세븐티식서스의 경기 이후였다.

코트에서 매직 존슨을 다시 보게 된 선수들은 사기가 충천했다. 모두들 그를 다시 코트에서 보게 되리라곤 생각도 못했던 것이다. 그는 에이즈 진단을 받기 전의 매직과 달라진 게 없었다. 여전히 팀 동료들을 열심히 뛰게 만들었고, 도발적인 말도 많이 했다. 다른 선수들은 흉내 내기도 힘든 특유의 비하인드더백패스 실력도 여전했다. 매직 존슨은 그야말로 그 누구보다 농구 경기를 즐길 줄 아는 선수였다.

반면에 래리 버드는 하루하루가 고통이었다. 어떤 날에는 움직이는 것조차 힘들었다. 나는 허리 문제로 고통 받은 적이 있어, 그가 코트에 나오는 것 자체가 기적이라고 생각했다. 결국 그는 그해 여름에 서른다섯이라는 나이에 은퇴를 하게 된다. 매직과 마찬가지로 래리 역시 도발적인 말의 대가였다. 그는 챔피언 반지를 껴본 선수와 그렇지 못한 선수와의 차이에 대해서도 종종 도발적인 말을 했다. 다행히도 나는 그때까지 챔피언 반지를 두 개 받은 상태라, 그의 표적이 되지 않을 수 있었다.

드림팀의 베테랑 선수 11명 가운데 7명이 챔피언 반지를 껴본 적이 없었는데, 그중 하나가 패트릭 유잉이었다. 그러나 래리와 패트릭은 친한 친구 사이가 되었다. 인디애나 주 출신의 백인 선수와 자메이카 출신의 흑인 선수 사이에 유대감이 형성된 것이다. 묘한 일이었다. 그들은 호텔에서도 매일 아침 거실에 둘이 앉아 허튼소리를 하며 깔깔댔다. 그런 그 두 사람을 보며 우리는 '해리와 래리 쇼'the Harry and Larry Show 라고 불렀다. 어쩌다 패트릭이 해리로 불리게 됐는지는 알다가도 모를 일이다.

나 역시 새로운 친구를 사귀었다. 칼 말론. 우리 두 사람은 공통점이 많았다. 칼 역시 남부의 작은 도시(루이지애나 주의 섬머필드) 출신이었고, 대가족 집안의 막내였으며(그에겐 8명의 형과 누나들이 있었다), NBA 스카우트 담당자들이 잘 찾지도 않는 루이지애나테크대학교에 다녔다.

칼은 당시 NBA 리그 최고의 파워 포워드였는데, 그건 결코 우연이 아니었다. 나는 그와 같은 몸을 가진 사람을 본 적이 없었는데, 마치 바위를 깎아 만든 몸 같았다. 칼은 하루도 쉬지 않았다. 그와 함께 체육관에서 시간을 보내면서, 나는 그 누구도 그처럼 열심히 운동을 할 수는 없다는 걸 깨달았다. 그 덕분에 나까지 너무나 열심히 경기 준비를 하게 됐다.

내 경우 최근에 NBA 결승전들에서 뛰어 봤다는 것 역시 도움이 됐다. 게다가 몸 상태도 아주 좋았다. 나는 그래야 했다. C.M. 뉴튼이 하루는 내게 이런 말을 했었다. "래리와 매직은 아무래도 좀 부대끼고 힘들 거야. 그래서 우린 자네와 마이클 조던, 찰스 바클리 같이 젊은 선수들이 이 팀을 끌어가게 할 생각이네."

문제없습니다, 뉴튼 감독님. 우린 그렇게 준비할 겁니다.

마음 자세는 더없이 진지했지만, 그러면서도 우리는 꽤 즐거운 시간을 보냈다. 여러 날 동안 찰스와 마이클, 매직 그리고 나는 연습 경기 후에 음식을 좀 주문한 뒤 매직의 방에 모여서 '통크'라는 카드 게임을 즐겼다. 우리는 게임당 500달러를 걸고 몇 시간 동안, 그리고 때론 그 다음 날 아침 5시까지 게임을 했다. 나는 많은 돈을 따진 못했다. 그렇다고 많은 돈을 잃지도 않았다. 누구나 다 그 그룹에 끼는 건 아니어서, 나는 단 한 번도 그 그룹에서 빠지고 싶다는 생각을 하지 않았다. 나는 그 그룹에 낄 자격이 있었으니까.

남부 캘리포니아에서 며칠을 보낸 우리는 아메리카 대륙 토너먼트라 불리는 토너먼트에 참가해 6경기를 치르기 위해 오리건 주 포틀랜드로 향했다. 각 팀이 올림픽 출전 자격을 얻으려면 그 경기들을 잘 치러야 했다.

우리의 첫 번째 상대는 쿠바였다. 우리는 79점 차로 이겼다. 결과에 놀랐다고 말한다면 아마 거짓말일 것이다. 우리는 다른 어떤 팀보다 훨씬 더 강했다. 그 다음날 우리는 캐나다와 맞붙었다. 점수 차는 조금 줄었다. 우리가 44점 차로 승리한 것. 전반 끝 무렵엔 겨우 9점 차였다. '우리 왜 이러지?'하며 좀 주춤대다 이후 곧 13 대 5로 앞서나가면서 점수 차는 17점으로 벌어졌다. 우리는 경기 후반 몇 분 만에 캐나다 선수들을 아주 보내버렸다. 그 다음 네 경기는 파나마, 아르헨티나, 푸에르토리코, 베네수엘라와 붙었는데, 네 경기 모두 평균 46점 차로 승리했다.

그렇게 6승 무패의 기록으로 우리는 바르셀로나 올림픽행 티켓을 예약했다. 그런데 놀라운 사실이 하나 있다. 우리 선수들은 여전히 서로 함께 플레이하는 방법을 배우고 있었다는 것. 그러니 연습 경기를 한두 주 더 한다면 얼마나 막강한 팀이 될 것인지 생각해보라.

라호야와 포틀랜드에서 나는 육상의 칼 루이스, 복싱의 오스카 델라호야 같은 올림픽 출전 선수가 된 기분이었다. 그런데 미국을 떠나기 전까지만 해도 나는 우리 드림팀이 얼마나 막중한 임무를 띠고 있는지를 전혀 실감할 수 없었다. 나는 이제 시카고 불스를 위해 뛰는 게 아니었다. 미합중국을 위해 뛰고 있는 것이었다.

어디를 가든, 사람들은 유명한 미국인들을 잠깐 보기 위해 몇 시간씩 줄을 섰다. 나는 농구 선수 같지가 않았다. 마치 록 스타가 된 듯했다. 모나코 몬테카를로에서 우리 팀은 어느 날 밤 레니에 대공Prince Rainier이 주최하는 디너 파티에 참석했다. 레니에 대공은 오래 전 배우 그레이스 켈리Grace Kelly와 결혼했던 사람이다. 사실 그렇게 유명한 왕족을 직접 만난다는 건 아칸소 주 햄버그 출신의 촌놈으로선 꿈도 꿀 수 없는 일이었다.

우리들은 꽤 많은 시간을 카지노에서 블랙잭을 하거나 아니면 해변을 거닐면서 보냈다. 나는 그때까지 해변은 가본 적이 없었다. 나는 그곳 여성들이 너무도 아름다운데다 또 그중 상당수가 상반신을 드러내고 있다는 사실에 내 눈을 믿을 수가 없었다. 그러나 내가 몬테카를로 생각을 할 때 떠오르는 건 레니에 대공도 카지노도 아니다. 또는 그 아름다운 여성들도.

그보다는 어느 날 매직이 이끄는 블루 팀(바클리, 멀린, 로빈슨, 레이트너 포함)과 마이클이 이끄는 화이트 팀 간에 있었던 연습 경기가 떠오른다. 라호야와 포틀랜드 그리고 바르셀로나에서 치른 그 모든 농구 경기들 가운데 몬테카를로에서의 그 연습 경기만큼 수준 높은 경기는 없었다.

다큐멘터리 〈더 라스트 댄스〉에도 그 연습 경기 장면이 나오기 때문에, 그걸 보면 매직과 마이클 사이에 어떤 도발적인 말들이 오고갔는지, 또 내가 속해 있던 마이클의 팀(다른 세 선수는 래리, 칼 그리고 패트릭)이 어떻게 역전승을 거두었는지 알 수 있다. 그러나 그 다큐멘터리가, 아니 어쩌면 그 어떤 필름도 포착할 수 없는 게 있었다. 별 의미도 없는, 아니 어쩌면 너무 큰 의미가 있는 연습 경기에서 세계 최고의 선수들이 혼신의 힘을 다해 뛰는 걸 보면서 갖게 되는 그 묘한 기분 말이다.

마치 파인 스트리트의 코트 같은 데서 농구에 대한 순수한 사랑을 가지고 친구들과 농구를 하던 어린 시절로 되돌아간 기분이었다. 그날의 그 연습 경기는 꿈에서 그리던 삶보다 훨씬 더 멋진 삶을 선사해 준 그런 경기였다.

우리는 마침내 몬테카를로를 떠나 바르셀로나로 갔는데, 거기 도착했을 때 본 광경은 아마 평생 잊지 못할 것 같다. 우리의 계획은 몰려드는 사람들을 피하기 위해 외딴 장소에서 우회하여 바르셀로나 시내로 들어가는 것이다. 상상이 가겠지만, 올림픽이 개최되는 바르셀로나는 첫 날부터 보안이 가장 큰 관심사였고, 우리들 중 누구도 보안 요원을 대동하지 않고는 아무 데도 갈 수 없었다.

그런데 모든 게 계획대로 되질 않았다. 시내에서 한 시간 가량 떨어진 공항에 도착했을 때 이미 사방에 사람들이 모여 있었다. 공식적인 집계로는 4,000명이었다. 그런데 한 40만 명쯤 되는 것처럼 느껴졌다. 우리는 버스를 타고 선수촌으로 들어갔는데, 대여섯 대의 경찰차와 한 대의 경찰 헬리콥터의 호위를 받았다. 버스에서 내린 우리는 건물 안으로 들어가 이런저런 절차를 밟았다. 드림팀이든 아니든 올림픽에 출전하는 모든 선수들이 거쳐야 하는 절차였다. 그게 아니었다면 그런 절차는 밟고 싶지 않았을 것 같다.

바르셀로나는 정말 멋진 곳이었다. 찰스 바클리와 나는 가끔씩 밤에 람블라스 거리를 따라 걸으며 오랜 시간 산책을 했다. 시내 중심부에 있는 람블라스는 양 옆으로 나무들이 늘어선 보행자 전용 거리로 현지인들과 관광객들로 북적였다. 시카고에서는 그런 산책을 해본 적이 없었다.

7월 26일에 우리는 첫 번째 경기를 치렀다. 상대는 남아프리카 서부 해안에 있는 나라 앙골라였다. 나는 당시 찰스가 했던 유명한 말을 생각할 때마다 웃음이 나온다. 그는 기자 회견에서 이런 말을 했다. "나는 앙골라에 대해 아무것도 모릅니다. 그러나 이건 분명합니다. 앙골라는 지금 곤경에 처했습니다."

그것도 아주 큰 곤경. 드림팀은 116점, 앙골라는 48점. 초반 한때는 스코어 차이가 46 대 1이었다. 우리는 천하의 드림팀이었고 앙골라는 앙골라였다. 바로 그 경기에서 찰스 바클리가 팔꿈치로 체중 77㎏인 상대팀 선수 헬란더 코임브라Herlander Coimbra의 가슴을 치는 일이 일어났다. 그 거친 플레이로 찰스는 많은 욕을 먹었다. 나는 일이 지나치게 과장됐다고 생각했다. 찰스는 사실 그렇게 세게 상대를 치진 않았다.

다음 상대는 크로아티아였다. 나는 7월 초에 대진표가 나온 이후 줄곧 그 경기를 기다려왔다. 크로아티아 농구팀은 제리 크라우스 단장이 죽고 못 살던 토니 쿠코치가 대표 선수로 뛰는 팀이었기 때문. 아이재아 토마스에 대한 이야기와 마찬가지로, 이 이야기 역시 거의 올림픽 경기 그 자체만큼이나 많은 관심을 받아온 드림팀의 또 다른 비하인드 스토리이다.

여러 해 동안 언론에 알려진 이야기들은 다 맞는 이야기였다. 토니가 공을 잡을 때마다 마이클과 내가 집요하게 따라붙어 곤란하게 만들었다는 이야기 말이다. 그 결과 토니는 필드골 11개 중 2개만 성공시키며 4득점에 그쳤고 턴오버를 7개나 범했으며, 결국 103 대 70으로 미국 드림팀에 참패를 당했다.

그러나 토니와 나 사이에 개인적인 감정 같은 건 없었다. 어떻게 그런 게 있을 수 있겠는가? 나는 당시 그 친구를 알지도 못했다. 토니와 나는 1993년 그가 시카고 불스에 합류한 이후 아주 잘 지냈다. 사람들은 그가 얼마나 좋은 사람인지 잘 모른다. 그가 없었다면 아마 우리 시카고 불스는 마지막 챔피언 반지 세 개를 받지 못했을 것이다.

사적인 감정은 나와 제리 단장 사이의 관계에서 비롯된 것이었다. 그것도 지극히 개인적인 일이었다. 나는 제리 단장이 나와의 계약 문제를 해결하지 않은 상황에서 토니 쿠코치를 데려오려고 유럽으로 날아갔던 걸 생각하면 지금도 화가 난다. 그런 문제들로 제리 단장이 나에게, 그리고 또 마이클에게 모욕을 안겨준 일들은 정말 많았다. 매일 밤, 또 매년 시카고 불스를 위해 죽어라 열심히 뛴 선수들은 우리 두 사람이었다. 아직 불스 유니폼도 입지 않은 토니 쿠코치가 아니라.

독일, 브라질, 스페인, 푸에르토리코, 리투아니아를 상대로 한 그 이후 다섯 경기 역시 일방적인 경기였다. 푸에르토리코만 점수 차가 40점 이내였다. 마침내 결정적인 날이 왔다. 우리가 금메달을 놓고 맞붙게 된 팀은 또 다시 크로아티아였다. 117 대 85. 이번에도 역시 일방적이었다.

결승전에서 토니 쿠코치가 보여준 플레이는 인정하자. 그는 이전 경기에서 필드골 11개 중 2개만 성공시켰던 악몽을 떨쳐내고 16득점 9어시스트라는 인상적인 성적으로 자신의 진가를 보여주었다. 우리의 경우, 마이클이 22득점으로 승리를 이끌었고 패트릭 유잉이 15득점에 6리바운드를 기록했다. 나는 12득점 4어시스트 2스틸로 경기를 마쳤다.

오래지 않아 나는 팀 동료들과 함께 시상대에 올라 목에 금메달을 건 채 미국 국가를 들었다. 너무나도 가슴이 벅찼다. 평소 하계 올림픽과 동계 올림픽에서 남녀 운동선수들이 시상대에 올라 이런 순간을 맞는 걸 보며 대체 어떤 기분일까 궁금했는데, 이제 그 마음을 알 것 같았다. 그런 기분은 정말 처음이었다. NBA 챔피언이 됐을 때의 기분과도 달랐다.

나는 드림팀에서 내가 한 역할에 자부심을 느낀다. 나는 경기당 거의 6개의 어시스트로 팀을 도왔고 거친 수비수 역할도 해냈다. 나는 토니 쿠코치뿐 아니라 모든 선수를 침묵하게 만들고 싶었다. 이게 더 중요한 일이지만, 나는 우리가 한 팀으로서 농구가 전 세계적인 인기 스포츠 종목이 되는 데 일조했다는 사실에도 자부심을 느낀다. 1990년대 말에 그리고 그 이후에 NBA 리그에 들어온 세계 각국의 선수들 중에는 1992년 올림픽에서 우리 드림팀을 보고 농구를 사랑하게 됐다는 선수들이 많았다.

거의 30년이 지난 지금 어쩌다 드림팀의 다른 멤버들과 만나게 되면 우리는 그때 그 시절을 떠올리며 추억에 잠기곤 한다. 해리와 래리 쇼. 매직 존슨의 방에서 통크 카드 게임을 하던 일. 몬테카를로에서 있었던 그 멋진 연습 경기. 우리 목에 금메달을 걸었던 그 밤. 잠시 동안의 동고동락이었지만 우리는 다 진정한 팀 동료들 같았다.

얼마나 멋진 시간들이었던가!

세 번째는 마법이다

CHAPTER 12 THiRD TiME'S A CHARM

바르셀로나에서 금메달을 목에 걸고 미국으로 돌아오는 길에 뭔가 변화가 생겼다. 정말 오래도록 받지 못했던 존중을 누군가로부터 받게 된 것이다. 바로 마이클 조던의 존중을.

그러니까 그는 내가 팀 내 가장 뛰어난 올 어라운드 플레이어이며 때론 자신보다 더 경기력이 뛰어난 선수라는 결론을 내린 것이다. 물론 그가 직접 내게 그런 말을 해준 건 아니다. 그랬다면 마이클 조던답지 않았겠지. 그는 1992년 가을 훈련 캠프에서 필 잭슨 감독에게 그런 말을 했고, 나는 여러 해가 지난 후에야 그 말을 전해 듣게 됐다. 어쨌든, 그건 MVP를 3회 수상한 선수 입에서 나온 극찬이었고, 그래서 오늘날까지도 내게 아주 많은 걸 의미한다. 그러면서 동시에, 이건 아무리 강조해도 지나치지 않은 말이지만, 그게 또 모든 것을 의미하지도 않는다.

1987년 시카고 불스에 합류하면서, 나는 내 능력이 닿는 한 가장 뛰어난 농구 선수가 되려고 마음먹었다. 마이클이나 다른 그 누구의 인정을 받으려 한 게 아닌 것이다. 그건 드림팀에서 뛸 때도 마찬가지였다. 당시 나는 이미 챔피언 반지를 두 개 받았고 올스타 팀에 두 번 선정됐다. 평생 보장될 만한 인정을 이미 받은 상태였던 것이다.

마이클의 평가가 정확했든 아니든, 이것 하나는 분명하다. 나는 바르셀로나 올림픽 때 코트 양쪽에서의 플레이로 공격, 수비 모두 하늘을 찌를 듯한 자신감을 얻었고, 그 자신감을 1992-93 시즌까지 그대로 가져갈 생각이었다. 다만 서둘 필요는 없었다.

다른 모든 정규 시즌과 마찬가지로 마지막 정규 시즌은 정말 고됐다. 거기에다 또 플레이오프에서 4번의 시리즈, 총 22경기를 더 치러야 했고, 드림팀에서 6주를 보내야 했는데, 그 사이에 휴식은 1주일뿐이었다. 내 몸이 왜 물 먹은 솜처럼 축 늘어졌는지 이해가 될 것이다. 그게 6월 중순까지 실전 경기를 치르는 유일한 단점이다.

그러나 10월이 시작되면, 선택의 여지가 없게 된다. NBA는 그 누구도 기다려주지 않으니까.

다행히 필 잭슨 감독 덕에, 적어도 마이클과 나는 훈련 캠프에서 예년처럼 열심히 운동을 하지 않아도 됐다. 우리는 하루에 두 차례 실시되는 훈련 중 오전 훈련에만 참여하면 됐다.

어떤 선수의 몸 상태가 아무리 좋아 보여도, 필 감독은 그 선수의 플레이를 충분히 오래 지켜보면서 실제의 몸 상태를 파악하려 했다. 그는 잘 알고 있었다. 시카고 불스가 3회 연속 우승하게 된다면, 그건 1950년대 말과 1960년대 사이에 빌 러셀Bill Russel이 이끄는 보스턴 셀틱스가 세운 8년 연속(1959~1966년) 우승 이후 그 어느 팀도 세우지 못한 연승 기록인데, 그러려면 마이클과 내가 10월부터 다음해 6월까지 자기 페이스를 잘 유지해야 한다는 것을. 그렇지 않으면 우리 두 사람 다 벽에 부딪쳐 스스로 무너지게 되리라는 것도.

필 감독은 이번엔 홈구장의 이점에 큰 의미를 두지 않았는데, 그 또한 상황 변화에 따른 그의 기민한 대처였다. 우리는 이미 플레이오프 원정 경기에서도 이길 수 있다는 걸 스스로 입증해 보였기 때문이다. 지난 2년간의 파이널 시리즈에서, 우리는 원정 경기에서는 5승 1패를 거둔 데 반해 오히려 홈구장에서는 3승 2패를 기록했다. 선수들이 때론 원정 경기에서 더 전력투구했던 것이다.

그리고 각종 금지령이 내려졌다. 집안 대소사에 신경 쓰는 일 금지, 몇 년간 못 본 친구나 가깝지도 않은 친척에게 티켓 선물하는 것 금지 등. 당면 목표인 NBA 결승 우승 외에는 다 관심을 끊어야 했다.

내가 보기엔 다른 선수들은 마이클과 내가 훈련 캠프에서 각종 편의를 제공 받는 걸 달가워하지 않는 듯했다. 그렇다고 그들을 탓하진 않았다. 내가 그들이라도 그랬을 테니. 단지 그들 모두 그런 불만을 혼자 속으로 삭혔다. 호레이스 그랜트만 빼고 다.

그는 늘 마이클이 특별대우를 받는 것에 불만이 많았는데, 이제 그 불만이 나한테까지 향한 것이다. 그가 그러는 건 놀랄 일도 아니었다. 우리 두 사람 사이는 그 어느 때보다 멀어져 있었으니까. 이제 더 이상 1987년이 아니었다. 1992년이었다.

정말이지 그건 호레이스가 잘못한 것이었다. 그는 지난 12개월 동안 마이클과 내가 우리 팀은 물론이고, 또 우리 조국을 위해 얼마나 많은 일을 했는지는 전혀 생각지 않았다. 그는 정상적인 여름휴가를 즐길 수 있었다. 우리는 그러지 못했다. 나는 지금 불평하는 게 아니다. 드림팀에서 뛸 기회를 잡기 위해서라면 여름휴가는 열 번이라도 포기했을 것이다.

나는 호레이스와 다투지는 않았다. 그가 얼마나 완고해질 수 있는지 잘 알고 있었으니까. 그의 신참 시절부터 여러 날 밤 나는 이런저런 그의 불평불만을 잘 들어 주었다. 그러나 더 이상 그럴 수가 없었다. 내가 알기로, 그는 그해 가을 1993-94 시즌이 끝나 계약이 만료되면 아무리 많은 돈을 준다 해도 시카고 불스와는 재계약을 하지 않겠다고 마음을 굳혔다. 시카고 불스 구단 측으로부터 그만큼 오래 상처를 받았던 것이다.

호레이스는 어느 날 '하이어워사 훈련'Hiawatha drill이라고 알려진 훈련에 참여한 뒤 연습 경기 도중 자리를 떴다. 하이어워사 훈련이란 모든 선수들이 한 줄로 달리다가 휘슬이 울리면 줄 맨 뒤에 있던 선수가 맨 앞으로 나서 그룹을 이끌어야 하는 훈련이었다. 마이클과 나는 그 훈련에서 빠져 있었는데, 그것 때문에 화가 났던 게 아닌가 싶다.

준비가 됐든 아니든, 곧 1992-93 시즌이 시작됐다. 클리블랜드에서 열린 개막전에서 승리를 거두고 시카고로 날아간 우리는 애틀랜타 호크스와의 경기를 앞두고 챔피언 반지들을 받았다. 나는 정규 시즌의 다른 그 어떤 날 밤보다 더 챔피언 반지를 받는 그날 밤을 학수고대했다. 그날은 그랜트 파크에서의 성대한 축하 행사 그 이상의 의미가 있었다.

그랜트 파크 축하 행사에 대해 싫은 감정 같은 건 하나도 없었다. 그 길이가 끝없이 이어진 듯한 구름 인파를 보는 것도 너무 좋았다. 그러나 언제든 원할 때 만질 수 있고 볼 수 있는 물체인 챔피언 반지를 받는 일엔 뭔가 묘한 매력이 있었다. 우리의 성취를 그 무엇보다 생생하게 느끼게 해주는 것, 크든 작든 우리 각자가 한 희생을 상기시켜주는 것. 챔피언 반지는 그런 것이었다.

그날 우리가 100 대 99로 패해 그 들뜬 분위기에 찬물을 끼얹은 건 참으로 애석한 일이었다. 애틀랜타 호크스가 22점 앞서 있던 상황에서 우리는 4쿼터 때 분발해 1점 차로 경기를 뒤집었으며, 경기 종료를 1분 30초 정도 앞두고 내가 또 점프슛을 하나 성공시켰다. 그런데 그게 우리가 올린 마지막 점수였다. 턴오버를 무려 20개나 범한 것이 결정타였다. 마이클이 6개, 내가 5개의 실책을 기록했다. 계속 그런 식으로 플레이했다간, 그 다음해 NBA 파이널 우승은 물 건너갈 판이었다.

1주일 정도 후에 집에서 슬픈 소식이 날아들었다. 할머니가 세상을 뜨셨다는 믿기 어려운 소식이었다. 할머니는 죽음을 비롯해 그 무엇도 두려워하지 않는 불굴의 여성이었다. 햄버그에 있는 공동묘지에서 나는 할머니가 관 속에서 벌떡 일어나 조의를 표하고 있는 모든 사람들에게 다음과 같은 경고 메시지를 날리는 게 아닐까 싶었다.

"내 무덤에서 썩 꺼지지 못해!"

■ ■ ■ ■

11월에 우리는 6연승을 거두었다. 12월과 그 이듬해 1월 초에는 7연승. 우리는 이제 이런 연승에 익숙해져 있었다. 그럼에도 불구하고 1월 말 우리의 전적은 28승 15패였다. NBA의 여느 팀들 같으면 그런대로 괜찮은 전적이었다. 그러나 시카고 불스는 여느 팀이 아니었다. 우리는 2년 연속 우승을 차지한 팀으로, 그 전 시즌을 통틀어 15패만을 기록했다.

선수들의 부상도 분명 한 원인이었다. 1992-93 시즌에는 11명의 선수들이 총 119경기를 결장했다. 그 전 시즌에는 8명의 선수들이 45경기에 결장했는데, 그건 NBA에서 끝에서 두 번째로 적은 결장 회수였다. 나이가 어느 정도 든 팩슨과 카트라이트는 무릎에 문제가 있어 여름에 수술을 받아야 했다. 그래서 그해 두 사람은 각기 23경기와 19경기를 결장하게 된다. 그래서 팩슨 대신 B.J. 암스트롱이, 그리고 빌 대신 윌 퍼듀와 스테이시 킹이 주전 선수 자리에 들어갔다.

나 역시 몸 상태가 완전하지 못했다. 1992년 플레이오프전 뉴욕 닉스와의 경기 때 입은 발목 부상이 만성 건염으로 발전됐다. 그래서 골대를 향해 달려갈 때의 폭발력이 예전 같지 못했다. 그 폭발력이 내 플레이의 일부였는데 말이다. 다행히 플레이오프가 다가오면서 선수들의 몸 상태가 회복되기 시작해, 우리는 18경기에서 15경기를 승리했다. 샬럿 호네츠 및 뉴욕 닉스와의 두 경기를 남겨둔 상황에서 우리의 전적은 57승 23패였다. 그 두 팀을 이기면 3년 연속 동부 컨퍼런스에서 1번 시드를 확보하게 될 상황이었다. 이번엔 아니었다. 호네츠는 경기 종료 약 1분 전에 4점을 올려 104 대 103으로 우리를 꺾었다. 이틀 뒤 우리는 닉스에게도 89 대 84로 패했다.

뉴욕 닉스와의 경기는 시드 배정에는 별 영향을 주지 못했다. 그럼에도 불구하고, 필 잭슨 감독이 걱정을 너무 많이 해서 마이클이 위로의 말을 건넬 정도였다.

"감독님, 걱정 마세요. 우리는 똘똘 뭉쳐 플레이오프 경기들을 잘 넘길 겁니다."

정말 그리 될까? 장담하긴 어려웠다.

플레이오프 1라운드에서 우리는 애틀랜틱 호크스와 맞붙었다. 1차전은 금요일에 있었다. 그리고 그 플레이오프 시리즈는 그 다음 주 화요일에 끝났다. 어쩌면 마이클은 내가 모르는 뭔가를 알고 있었는지도 모르겠다.

다음 상대는 클리블랜드 캐벌리어스였다. 그 팀 선수들은 아마 속으로 이런 생각들을 했을 것이다. '이번엔 좀 다른 팀과 붙을 순 없나?' 그들은 1988년, 1989년 그리고 1992년에도 시카고 불스 때문에 쓴맛을 봤다.

이번 플레이오프 시리즈 역시 특별한 드라마는 없었다. 4차전만 빼고 우리가 모두 이겼다. 경기 종료 18.5초를 남기고 점수는 101점으로 동점이었다. 시카고 불스에서 타임아웃을 요청했다. 마지막 슛은 누가 날리기로 했는지 짐작이 갈 것이다.

마이클은 도미니크 윌킨스의 동생인 제랄드 윌킨스Gerald Wilkins에 의해 밀착 수비를 당하고 있었다. 제랄드는 누구 못지않게 마이클을 잘 막아냈다. 그는 순식간에 공을 빼앗아갈 수 있었지만, 마이클 조던은 통제권을 되찾아 경기 종료 버저가 울리기 직전 약 5미터 거리에서 멋진 슛을 성공시켰다.

잘 가! 클리블랜드 캐벌리어스.

4년 후 같은 팀을 상대로 벌어진 경기에서, 그리고 코트의 거의 같은 지점으로부터, '더 샷'만큼이나 멋진 슛이 재연됐고, 우리는 동부 컨퍼런스 결승에 오르게 된다.

동부 컨퍼런스 결승에서 만난 상대는 우리가 너무 잘 알고 있는 또 다른 팀 뉴욕 닉스였다. 당시 정규 시즌에서 60승을 올린 뉴욕 닉스는 홈구장에서 첫 경기를 갖게 됐는데, 그건 분명 우려할 만한 일이었다. 그들은 농구의 메카이자 자신들의 홈구장인 매디슨 스퀘어 가든에서는 가히 천하무적이었기 때문이다. 정규 시즌 홈경기 성적은 37승 4패였고, 플레이오프에서는 5승 무패였다. 뉴욕 닉스에서 두 번째 시즌을 맞이한 팻 라일리 감독은 그 전해에 있었던 플레이오프전에서의 패배를 설욕하려고 눈에 불을 켜고 덤빌 게 뻔했다.

나 역시 설욕의 기회를 찾고 있긴 마찬가지였다. 1992년 플레이오프전에서 패트릭 유잉과 찰스 오클리 그리고 앤서니 메이슨은 나를 정말 거칠게 몰아붙였다. 결국 그 플레이오프 시리즈에선 우리가 승리했지만, 그 이후 나는 가끔 침체기를 겪었다. 물론 그 이유들 중 하나는 발목 부상 때문이었지만. 나는 더 거칠어질 필요가 있었다. 뉴욕 닉스와의 그 플레이오프 7차전에서 마이클이 나를 밀친 맥다니엘에게 다가가 얼굴을 바짝 들이밀며 항의한 식으로 말이다.

그런데 당시 우리는 '엑스맨'이라고도 불린 맥다니엘에 대해 더 이상 신경 쓰지 않아도 됐다. 오프시즌 때 보스턴 셀틱스로 트레이드됐기 때문이다. 그가 맡고 있던 스몰 포워드 자리는 찰스 스미스Charles Smith가 채웠다. 스미스는 맥다니엘만큼 위협적이진 못했다. 그럼에도 불구하고, 뉴욕 닉스에는 우리에게 달려들 덩치들이 많아, 그 플레이오프 시리즈 역시 럭비 경기를 방불케 할 게 뻔했다. 과거 디트로이트 피스톤스는 최대한 자주 거칠고 추잡하게 나가는 게 마이클 조던과 시카고 불스를 꺾는 비법이라고 생각했다. 그리고 사실 한동안은 그게 통했다. 그런데 이젠 뉴욕 닉스가 그런 식이었다.

그런데 1993년 봄 무렵에 나는 전혀 다른 사람이었다. 누군가가 나를 밀치면 나 역시 바로 그를 밀쳤다. 뉴욕 닉스와 언론은 내가 너무 거친 몸싸움이 있을 때마다 피하기 바쁜 나약한 선수라는 인식을 갖고 있었는데, 당시 나는 그런 인식을 완전히 없애주기로 마음먹었다. 나는 나약한 것을 극복한 정도가 아니라 이제는 너무나 거친 선수가 됐다.

1차전 3쿼터 때 뉴욕 닉스의 베테랑 가드 닥 리버스Doc Rivers가 수비수들을 제치고 나와 레이업슛을 시도할 때 내가 밀어붙여 바닥에 쓰러뜨렸다. 물론 파울이긴 했지만, 정상적인 플레이 중에 나온 좀 거친 수비였을 뿐이다. 하지만 뉴욕 닉스는 그리 생각하지 않았고, 그들의 팬들 또한 그리 생각하지 않았다. 그들은 자유투 2개를 던지고 사이드라인 밖에서 스로인까지 할 수 있는 플레그런트 파울을 원했다. 심판들은 동의하지 않았고, 그때부터 경기장 내 분위기는 완전히 후끈 달아올랐다.

뉴욕 닉스 선수들도 후끈 달아오른 듯해, 패트릭 유잉과 그들의 집요한 가드 존 스탁스John Starks가 각기 25득점을 기록하면서 결국 그 경기는 98 대 90으로 그들이 승리했다. 특히 스탁스는 3점슛 7개 중 5개를 성공시켰다. 뉴욕 닉스는 리바운드 수에서도 48 대 20으로 우리를 압도했으며, 마지막 6분 30초 동안 마이클은 단 한 개의 필드골도 성공시키지 못했다.

나는 그리 걱정하지 않았다. 필 감독과 다른 코치들이 틀림없이 뭔가 필요한 조치들을 취할 테니까. 그러나 달라진 게 없었다. 그리고 2차전에서도 뉴욕 닉스가 96 대 91로 승리했다. 우리는 1990년 디트로이트 피스톤스에 패한 이후 플레이오프 시리즈에서 첫 두 경기를 연속으로 내준 적이 없었다. 플레이오프전에서 내리 패한 건 충격이었다. 나 또한 평정심을 잃었다. 자주 있는 일이 아니었다.

2차전 4쿼터가 시작되고 5분쯤 지나 뉴욕 닉스가 12점 앞선 상황에서, 심판 빌 오크스Bill Oakes가 내게 더블 드리블 판정을 내렸다. 그 판정은 터무니없었고, 그래서 나는 그에게 항의 표시를 했다. 별거 아니었다. 공을 건네줄 때 의도적으로, 조금 신경질적으로 그를 향해 세게 던졌던 것이다. 근데 그게 큰 문제가 됐다. 그 공이 그의 턱 밑을 때린 것. 그걸로 그날 밤 내 경기는 끝났다.

어찌 됐든 내 퇴장이 우리 팀에 조금 도움이 된 것 같았다. 우리는 12 대 3으로 앞서나가면서 점수를 3점 차로 좁혔다. 그러나 아직 승패는 결정 난 게 아니어서, 경기 종료 약 15초 전에 존 스탁스가 약간의 공간을 비집고 들어와 호레이스와 마이클 너머로 멋진 슬램덩크를 터뜨렸다. 매디슨 스퀘어 가든이 떠나갈 듯 시끄러웠다. 뉴욕 닉스의 팬들은 NBA 우승에 목말라 있었다. 20년•은 기다리기에 너무 긴 세월이었다.

그러나 아직은 절망할 이유가 없었다. 플레이오프 시리즈가 끝나려면 아직 멀었다. 시카고에서 완전히 무너지지만 않는다면, 뉴욕에서 뉴욕 닉스를 상대로 한 번 더 맞붙게 될 테니까. 아니 어쩌면 두 번. 그런데 그에 앞서 우리는 '애틀랜틱 시티' 문제를 해결해야 했다. 나는 지금 영화•• 얘기를 하는 게 아니다. 그러나 이 얘기에도 영화 같은 요소가 조금 있기는 하다.

문제의 발단은 「뉴욕 타임스」의 한 기사였다. 익명의 제보자들에 따르면 뉴욕 닉스와의 2차전 전 날 마이클이 발리스 그랜드 카지노에서 새벽 2시 반까지 도박을 하고 있는 게 목격됐다는 게 그 기사의 골자였다. 그러나 마이클은 시간대가 안 맞는다고 했다. 자신은 밤 11시

• 뉴욕 닉스는 1973년에 마지막 우승을 했음

•• 1980년에 개봉된 'Atlantic City'라는 영화를 가리킴

경에 애틀랜틱 시티를 떠나 새벽 1시에 잠자리에 들었다는 것이다.

내 생각에 시간은 전혀 중요하지 않았다. 나는 마이클이 밤새 카지노에 있었다 해도 상관하지 않았을 것이다. 그는 다 큰 어른이었으니까. 그리고 리무진을 끌고 애틀랜틱 시티까지 가서 몇 시간이나 도박을 했다는 건 그만큼 기분전환이 필요하다고 느꼈기 때문 아니겠는가. 언론은 나든 누구든 비난할 대상이 있어야 했는데, 이번엔 그게 마이클이 된 것 아니었을까? 매해 그리고 매일 밤 그가 느끼는 심적 부담은 어느 누구도 이해할 수 없었을 것이다. 게다가 마이클은 그 다음날 아침 연습 경기 전 워밍업 시간에 제때 맞춰 나타났는데, 그 어느 때보다 기운이 넘쳤다. 그거면 된 거 아닌가?

2차전에서 마이클은 필드골 32개 중 12개만 성공시키는 등 제 기량을 발휘하진 못했다. 그래서 뭐? 플레이오프에서 슛이 좋지 않았던 경기가 처음도 아니고 마지막도 아닐 텐데. 게다가 우리가 그 경기에서 패한 건 절대 그 이유 때문만은 아니었다. 호레이스는 2득점 2리바운드에 파울 4개를 기록했고, 나도 자유투 7개 중 4개를 놓쳤을 정도로 부진했다. 총체적 난국이었다.

어쨌든 「뉴욕 타임스」에서 마이클 이야기를 내보내자, 미국 전역의 다른 모든 미디어들까지 마이클을 물고 늘어졌다. 다른 이야기들은 다 쏙 들어갔다. 이번 논란은 2년 전 『더 조던 룰즈』라는 책이 출간됐을 때 일어났던 논란과 비슷했다. 우리는 정상에 있었고, 사람들은 우리를 끌어내리려 하고 있었다. 그때도 실패했듯, 그들은 이번에도 실패하게 될 것이다. 1991년에도 그랬듯, 이번에도 우리 팀은 오히려 더 똘똘 뭉쳤다. 마이클이 언론과의 접촉을 보이콧하자, 우리 모두 그에 동참했다. 물론 당분간이었지만. 나는 기자들을 멀리하는 건 사실 희생이라고 생각하지도 않는다. 오히려 축복이지.

3차전에서 우리는 완전히 다른 팀 같았다. 우리가 풀코트 프레스 수비와 하프코트 트래핑 수비를 취하자 뉴욕 닉스 선수들은 턴오버를 20개나 범했다. 최종 점수는 103 대 83으로 우리의 승리였다. 사람들이 기대한 수준까지는 아니겠지만, 마이클은 멋진 플레이를 펼쳤다. 슛은 18개의 시도 중 3개만 성공시켰을 정도로 부진했지만, 팀내 최고인 11개의 어시스트를 기록했다. 한편 나는 12개의 슛 중 10개를 성공시켜 29득점을 올리는 등 맹활약을 펼쳤다.

이틀 밤이 지난 뒤 벌어진 4차전에서도 우리는 105 대 95로 이겨 플레이오프 시리즈 전적은 2승 2패 동률이 되었다. 마이클의 슛 감각이 되살아났다. 아니 그 이상이었다. 3점슛 9개 가운데 6개(팀 전체로는 30개 가운데 18개)를 성공시키면서 총 56득점으로 경기를 마친 것. 4차전 승리의 여파는 대단했다. 경기 후 뉴욕 닉스의 패트릭 유잉이 던진 말도 그랬다. "굳이 시카고에서 이길 필요는 없어요." 당시 그가 언론과의 인터뷰에서 한 말이다.

생각해보라. 그건 상대팀 홈구장에서 벌어질 경기에선 이기기 힘들다는 걸 인정한 거나 다름없는 말이다. 그러니 홈구장에 돌아가서 이기자고 팀 동료들을 압박하고 있는 것 아닌가. 패트릭 유잉이 그런 말을 할 때 우리는 생각했다. '이제 저 친구들은 잡았군!'

뉴욕 매디슨 스퀘어 가든에서 열린 5차전은 처음부터 끝까지 아주 치열했다. 그리고 그 마무리는 정말 대단했다. 경기 종료 13초를 앞두고 뉴욕 닉스가 1점을 뒤지고 있는 상황에서, 바스켓에서 얼마 안 떨어진 지점에서 찰스 스미스가 패트릭 유잉이 패스해준 공을 잡았다. 그가 바스켓 안에 공을 넣으려는 순간 호레이스가 나타나 기막힌 블록슛을 했다. 스미스가 그 공을 되잡아 다시 슛을 시도했다. 이번에는 마이클이 그 공을 쳐냈다. 스미스가 세 번째 다시 그 공을 잡았다. 이번에는 내가 그 슛을 블록할 차례였다. 그리고 실제 또다시 블록슛으로 이어졌다. 마침내 마이클이 공을 잡은 채 선수들 사이를 비집고 나왔다. 그 경기는 결국 우리가 97 대 94로 승리해 이제 통산 전적은 3승 2패가 됐다.

그 경기는 시카고 불스가 어떤 팀인지 단적으로 잘 보여준 경기였다. 비단 그 플레이오프나 그 시즌뿐 아니라 모든 경기를 통틀어서 말이다. 1990년대를 풍미한 우리 시카고 불스의 진면목을 보여준 경기였다. 그러면서도 우리는 멈춰야 할 필요가 있을 때는 그렇게 했다.

수비를 잘하는 비결은 절대 포기하지 않는 데 있다. 우리 팀에는 하킴 올라주원이나 디켐베 무톰보Dikembe Mutombo 같이 블록슛에 뛰어난 선수가 있었던 것도 아니다. 대신 우리에겐 더없이 중요한 게 있었다. 목숨 걸고 싸우듯 경기에 임하는 선수들 말이다. 자니 바흐 코치는 호레이스와 마이클 그리고 나를 도베르만이라고 불렀는데, 우리는 정말 도베르만 같았다. 우리 팀이 라커룸을 향해서 갈 때 나는 매디슨 스퀘어 가든에선 듣지 못한 어떤 소리를 들었다. 침묵의 소리. 내 귀에는 마치 음악 같았다.

우리는 이틀 후 시카고에서 뉴욕 닉스를 96 대 88로 꺾었다. 기분 좋은 승리였다. 나는 24득점을 올렸으며 필드골 18개 중 9개를 성공시켰고 7어시스트와 6리바운드를 기록했다. 나는 1992-93 정규 시즌에서 몸 상태가 썩 좋지는 않았다. 내 평균 득점이 경기당 21.0점에서 18.6점으로 떨어졌다. 어쩌면 발목 부상 탓이었을 거다. 아니면 올림픽 이후의 피로감 탓이든. 어쩌면 그 외에 다른 무엇 때문이든.

어쨌든 팀 동료들에겐 내가 꼭 필요했고, 나는 언제나 그 필요에 응했다. 그리고 우리에겐 아직 할 일이 남아 있었다.

■ ■ ■ ■

다시 NBA 결승에 오르다니 이 무슨 축복인가! 아무리 천하의 마이클 조던이 있는 팀이라 해도, 평생 한 번도 오르기 힘든 NBA 결승에 우리는 3년 연속으로 진출했다. 명예의 전당에 이름을 올릴 게 확실한 크리스 폴Chris Paul의 경우 NBA에 데뷔해 무려 16년의 시즌을 보낸 뒤에야 비로소 처음 NBA 결승에 오를 수 있었을 정도인데 말이다.

우리의 상대는 플레이오프 시리즈에서 LA 레이커스와 샌안토니오 스퍼스, 시애틀 슈퍼소닉스를 꺾고 올라온 피닉스 선즈였다. 당시 NBA 최고 기록인 62승을 기록한 피닉스 선즈는 바르셀로나 올림픽에서 같이 뛴 찰스 바클리가 이끌고 있었다. 그 시즌에 찰스는 경기당 평균 25.6득점 12.3리바운드의 기록을 세워 MVP로 선정됐다.

내가 처음 NBA에 들어왔을 때 찰스는 막는 게 거의 불가능한 선수였다. 그는 동작이 워낙 빨라 수비를 젖히고 나가거나 수비 위로 슛을 날렸다. 우리의 전략은 그를 골대에서 5미터 정도 떨어진 외곽에 묶어 놓고 수비가 1 대 1로 막는 것이었다. 그런 다음 경기 종료가 몇 분 안 남았을 땐 찰스를 상대로 더블팀 수비를 할 계획이었다. 그리 되면 찰스도 두렵지 않으리라.

우리는 또 동작이 빠른데다 득점력까지 좋은 그들의 포인트 가드 케빈 존슨Kevin Johnson은 물론, 그들의 위험한 포워드 댄 멀리Dan Majerle와 리처드 듀마Richard Dumas도 잡아야 했다. 우리는 특히 멀리를 잡고 싶었다. 멀리는 토니 쿠코치와 마찬가지로 제리 크라우스 단장이 아주 좋아하는 선수였고, 우리는 그가 좋아하는 선수라면 그 누구든 최대한 궁지로 몰아넣고 싶었다.

피닉스 선즈는 정규 시즌에서 NBA 최고 기록인 경기당 113.4득점을 올린, 공격력이 막강한 팀이었다. 그러나 문제없었다. 우리는 기복이 있는 데다 그리 거칠지 않은 팀과 맞붙게 되어 마음이 좀 놓였다. 뉴욕 닉스 같이 거친 팀과 맞붙게 되면 부상이 속출했다. 그러나 피닉스 선즈와의 경기에선 거친 몸싸움을 하지 않아도 돼 그런 일은 없을 듯했다. 나는 하루라도 빨리 NBA 결승전을 치르고 싶어 안달이 났다.

결승 그 자체가 기다려지기도 했지만, 사람들이 마이클 조던과 그의 도박 이야기를 그만 떠들어댔으면 했다. 그런데 마이클의 도박 이야기가 다시 또 화제가 됐다. 샌디에이고 사업가 리처드 에스퀴나스Richard Esquinas가 발표한 책에 따르면, 마이클은 골프 코스에서 한 내기에서 져 100만 달러 넘는 돈을 리처드에게 빚졌다고 했다. 마이클은 내기에서 져 리처드에게 줄 돈이 있다는 것 자체는 부인하지 않았으나 알려진 금액은 터무니없다고 얘기했다.

내 입장에선 그 이야기는 마이클이 애틀랜틱 시티에 있는 카지노에 갔다는 이야기와 다를 게 없었다. 세세한 내용은 관심 없었다. 그가 1,000만 달러를 잃을 수 있다고 해도, 그게 무슨 문제인가? 골프 라운딩에서 내기를 했다는 게 불법 행위도 아니지 않은가. 잊지 말자. 얼마를 잃었든 그건 그의 돈이다. 이 문제에 관해 찰스 바클리는 그야말로 정곡을 찌르는 말을 했다. "잃어도 될 만큼 여유 있는 사람이라면, 사실 그건 도박도 아니지."

결국 그 이야기는 조용히 넘어갔고, 마침내 사람들의 관심이 다시 농구에 집중될 때가 왔다. 우리의 목표는 다시 원정 경기에서 적어도 1승은 거두는 것이었다. 그 목표는 달성됐다. 1차전에서 우리는 피닉스 선즈를 100 대 92로 꺾었다. 2쿼터 때 우리는 20점 앞서 있었다. 곧 피닉스 선즈 선수들이 분발해 점수 차를 3점까지 좁혔으나 그걸로 끝이었다. 그 경기는 결국 두 스타 선수의 차이로 집약될 수 있다. 찰스 바클리는 25개의 슛 가운데 9개를 성공시켰으며, 마이클은 28개의 슛 가운데 14개를 성공시켜 31득점을 올렸다. 게다가 7리바운드 5어시스트 5스틸까지 더했다. 우리는 이제 1승은 확보했고, 그 이상을 위해 나아가야 했다.

2차전 4쿼터 내내 피닉스 선즈는 여전히 코트 중간쯤에 묶여 제대로 된 공격을 못했다. 마이클이 그만하면 됐다고 마음먹을 때까지 그랬다. 그는 10득점을 올려, 우리는 경기 종료 1분 30초쯤 남긴 상황에서 8점을 앞섰다. 최종 점수 차는 3점이었다. 마이클은 42득점 12리바운드 9어시스트로 경기를 장악했고, 나도 15득점 12리바운드 12어시스트로 트리플더블을 기록하며 힘을 보탰다. 모두들 이제 조만간 시카고로 돌아가 다시 대관식을 치를 일만 남았다고 생각했다.

그러나 피닉스 선즈는 전혀 그렇게 생각하지 않았다. 3차전에서 그들은 연장전 끝에 우리를 129 대 121로 꺾었다. 댄 멀리는 3점슛 6개를 터뜨리는 등 펄펄 날았다. 찰스 바클리와 케빈 존슨 역시 존재감을 드러냈다. 자신들의 홈구장에서 처음 두 경기를 패한 뒤에도 그렇게 놀라운 경기력을 보여줄 만큼 그들은 강했다.

우리는 4차전에서 다시 일어나 111 대 105로 승리했다. 마이클이 무려 55득점을 쓸어 담았고, 호레이스 또한 17득점 16리바운드 3블록슛의 좋은 활약을 했다. 잔에 담긴 얼음 위로 샴페인이 가득했다. NBA 고위 관계자가 참석했다. 관중들은 축하 준비를 하고 있었다. 모든 게 제대로 준비되고 있었다.

아, 그런데 그게 아니었다. 정작 중요한 우리 마음이 준비되지 못했던 것. 우리는 우리가 역사에 기록될 일, 조만간 파티를 즐길 일만 생각하고 있었다. 경기 자체에 대해서는 생각도 하지 않고 있었다. 그 결과는 곧 나타났다.

피닉스 선즈가 108 대 98로 5차전을 가져간 것이다. 리처드 듀마가 필드골 14개 중 12개를 성공시켜 25득점을 올린데다, 케빈 존슨(25득점 8어시스트)과 찰스 바클리(24득점 6리바운드 6어시스트)도 맹활약을 했다. 결국 종합 전적이 3승 2패로 좁혀졌고, 우리는 이제 피닉스로 날아가 한 경기 아니 어쩌면 두 경기를 더 치러야 했다. 그건 우리 계획에 없던 여행이었다.

긍정적인 면을 보는 건 마이클 조던에게 맡기자. 시카고 오헤어 국제공항에서 비행기에 오를 때, 그의 입에는 시가 한 개가 물려 있었고 그의 손에는 시가 한 세트가 들려 있었다. 그는 그게 승리 축하 시가들이라면서, 피닉스 여행 중에 피우려고 한 세트만 가져간다고 했다.

번역: 승부는 7차전까지 가지 않을 것이다.

그러나 나는 마이클만큼 확신이 없었다. 6차전 종료를 앞두고는 훨씬 더 확신이 없었다. 경기 종료를 50초 정도 앞두고 피닉스 선즈는 4점 앞선 상황에서 공을 소유했다. 우리는 4쿼터 통틀어 총 7득점(전부 마이클에 의해)밖에 하지 못했다.

이봐, 마이클, 시가 한 세트만 가져간다더니 대체 그게 뭔 소리였어?

그런데 그때 피닉스 선즈의 후보 가드 프랭크 존슨Frank Johnson이 놓친 점프슛을 마이클이 잡아 코트 반대편으로 달려가 슛을 성공시켰다. 점수 차는 2점으로 줄었다. 우리는 아직 죽지 않았다. 그 다음에 공을 잡았을 때 피닉스 선즈는 그 공을 한 선수에게서 다른 선수에게로 멋지게 돌렸고, 그 공이 결국 댄 멀리 손에 들어갔다. 그때 댄 멀리는 바스켓에서 4.5미터 정도 떨어진 베이스라인에 서 있었고 앞 공간이 열려 있었다. 멀리는 당시 슛 성공률이 60퍼센트나 됐다. 하지만 그의 슛은 빗나갔다. 심지어 림에도 맞지 않으면서 24초 슛클락 바이얼레이션을 범하게 됐다.

불스가 타임아웃을 요청했다. 남은 시간은 14.1초였다. 피닉스 선즈는 마지막 슛은 마이클이 날릴 거라고 예측했다. 마지막 슛을 그가 날리지 않은 경우가 있었나? 심판이 공을 마이클에게 넘겼고, 마이클은 그걸 B.J. 암스트롱에게 인바운드 패스로 건넸다. 암스트롱은 다시 그 공을 바로 다시 마이클에게 던졌다.

마이클은 공을 드리블하며 하프코트 쪽으로 향했고, 케빈 존슨이 막아서자 그 공을 자유투 서클 몇 걸음 뒤에 서 있던 내게 던졌다. 나는 찰스 바클리를 젖힌 뒤 그 공을 호레이스한테 넘겼는데, 왼쪽 베이스라인에 있던 호레이스는 앞에 수비가 없어 레이업슛을 시도해볼 만했다. 그러나 그는 그러지 않았다. 대신 그 공을 3점슛 라인 바로 뒤에서 있던 존 팩슨에게 던졌다. 그는 앞 공간이 완전히 열린 와이드 오픈 상태였다.

이후 모든 게 느린 동작처럼 천천히 진행됐다. 그때도 그랬고 그 이후 언제든 그 당시를 떠올릴 때면 그렇다. 존 팩슨이 공을 잡는다. 존 팩슨의 몸이 완벽한 리듬을 타면서 떠오른다. 공이 날아간다. 골인! 우리는 그렇게 경기 종료를 3.9초 앞두고 2점 뒤져 있다 1점 앞서며 경기를 끝내게 된다. 그 슛은 우리가 우승을 향한 여정 중에 날린 많은 슛들 가운데 가장 멋진 득점이었다.

그 슛이 1993년 NBA 결승 시리즈에서 평균 41득점으로 NBA 최고 기록을 세운 마이클이 날린 슛이 아니었기 때문에 더 그랬다. 그 슛은 그 결승 시리즈 내내 총 35득점밖에 못 올린 선수에게서 나온 것이었다. 그리고 10초 조금 넘는 시간 동안 공은 우리 선수 모두의 손을 거쳤다. 공의 움직임. 선수들의 움직임. 열린 공간에서의 슛. 1989년에 텍스 윈터 코치가 처음 설명했고, 이후 선수들이 제대로 이해할 때까지 계속 설명한 전술이 바로 그거였다.

피닉스 선즈엔 아직 기회가 있었다. 타임아웃 이후 케빈 존슨이 공을 자신들의 센터인 올리버 밀러Oliver Miller에게 던졌고, 그는 공을 바로 다시 존슨에게 돌렸다. 존슨은 그 공을 자유투 서클 위까지 드리블해 간 뒤 슛을 날렸다. 그러나 그 볼은 호레이스에 의해 블록슛 당했다. 그리고 경기 종료 버저가 울렸다. 시카고 불스 99점, 피닉스 선즈 98점. 우리가 다시 해냈다. 3년 연속 NBA 우승을 달성한 것이다.

호레이스 그랜트의 공이 얼마나 컸던가. 그 두 플레이, 팩슨에게 어시스트한 것과 케빈 존슨의 슛을 블록한 것으로 승패가 갈렸으며, 그 덕에 7차전까지 가지 않게 됐다. 그건 그가 5차전에서 38분간 고작 1 득점밖에 못 올린 뒤 나온 플레이들이었다. 5차전에서 당한 수모를 6차전에서 완전히 갚아준 것이다. 우리의 첫 3시즌 연속 NBA 우승과 관련해 호레이스는 그 공로를 제대로 인정받지 못하고 있다. 그가 없었다면 아마 우리는 한 번도 우승하지 못했을 것이다. 나는 그걸 잘 안다. 선수들도 잘 안다. 그리고 마이클도 잘 안다.

피닉스 선즈와의 6차전에서 마지막 50여 초 동안 일어난 일은 정말 놀라움 그 자체였다. 우리가 우승하려면 모든 게 하나하나 맞아 떨어져야 하는데, 실제 그렇게 된 것이다. 라커룸에서 샴페인을 터뜨린 후, 우리는 호텔로 되돌아갔다. 원래는 피닉스에서 그날 밤을 보내고 그 다음날 아침 시카고로 향할 계획이었다. 그런데 그 계획이 바뀌었다. 꼭 그래야 할 이유도 없는데 뭣 때문에 1분이라도 여기 더 머물러야 하나? 우리는 할 일을 다 했다. 우리는 가방을 싼 뒤 공항으로 향했다. 아직 샴페인 향이 가시지도 않았다.

얼마 후 우리는 전부 한껏 들떠 예전과는 다른 방식으로 NBA 우승을 자축했다. 무엇보다 여느 때와는 달리 잘 알지도 못하는데 한몫 끼려는 사람들로 북적대지 않았다. 비행기 안에는 선수들과 코치들밖에 없었는데, 그게 더없이 적절하고 좋았다. 우리는 챔피언이 되기 위해 어떤 대가들을 치러야 하는지 잘 아는 사람들이었다. 우리 외에 다른 사람들은 절대 모른다.

비행기 안에서, 버스 안에서, 호텔 안에서 선수들은 대개 작은 그룹들로 나뉘어 끼리끼리 모이는 경우가 많다. 모든 선수들이 다 서로서로 가깝게 지내진 않는다. 그리고 사실 모든 팀들이 그렇기 때문에, 그게 잘못된 것도 아니고 그냥 자연스러운 일이다. 선수들은 배경도 다르고 중요시하는 것들도 다르다. 모두가 거의 같은 또래인 대학 시절과는 달리 NBA 선수들은 20대 초반부터 30대 후반까지 연령대가 다양하다. 그리고 또 자기 자신을 대하는 방식도 타인을 대하는 방식도 세상을 대하는 방식도 다 다르다.

그런데 이번에는 몇 명씩 끼리끼리 모이지 않았다. 우리는 우리가 우승한 방식 그대로 자축했다. 다 함께, 그리고 한 팀으로 말이다. 세 번째 우승은 앞서 거둔 두 번의 우승과는 기분이 달랐다. 우리는 단순히 NBA 우승 반지만 받은 게 아니었다. 역사의 한 페이지를 장식한 것이다.

1.8초

CHAPTER 13 1.8 SECONDS

1993년 여름은 출발이 그리 좋을 수 없었다. 나는 몇 주 동안 햄버그에서 가족 및 친구들과 함께 많은 시간을 보냈다. 로니 형과 이런저런 농담도 했다. 옛친구 로니 마틴을 만나 부담 없는 얘기도 많이 나누었다. 그리고 어머니께도 무엇 하나 부족한 것이 없게 해드렸다.

대도시에서 사는 게 아무리 즐겁다 해도, 고향 집에 가는 일만큼 좋은 건 없었다. 자신이 뭔 얘기를 하는지도 모르는 사람들로부터 늘 악의에 찬 평가를 받는다는 기분이었는데, 그런 기분에서 해방된다는 게 너무 감사했다. 지난 12개월 동안 내가 성취한 것들을 차분히 되돌아볼 수도 있었다. 포틀랜드 트레일 블레이저스에 대한 승리. 금메달. 피닉스 선즈에 대한 승리. 그간 한 발짝 물러서서 그 모든 걸 되돌아볼 기회는 없었다.

그런데 8월을 맞아, 나는 우리 인간의 삶이 얼마나 허망한지를 한 번 더 상기하게 된다. 마이클의 아버지 제임스 조던James Jordan의 시신이 사우스캐롤라이나의 한 습지대에서 발견됐다. 몇 주 전 그가 노스캐롤라이나에서 행방불명됐을 때 모든 사람들은 최악의 경우까지 생각했다. 그래도 그가 다시 나타날 거라는 희망이 있었는데, 그 희망이 사라졌다. 그는 고속도로를 빠져 나온 자신의 차 안에서 잠든 채 총을 맞았다. 그때 그의 나이는 56세였다.

제임스 조던은 그 누구보다 마음이 따뜻한 사람이었다. 그는 집에서 그리고 또 길 위에서, 심지어 마이클이 없을 때도 우리 팀 사람들과 많은 시간을 함께 보냈다. 내가 알기론 그는 플레이오프 경기는 하나도 놓치지 않았다. 그리고 내 경우 아들 조던보다 오히려 아버지 조던과 더 많은 대화를 했다고 해도 과언이 아니다.

그는 절대 서두르는 법이 없었다. 그리고 관심이 자신한테 집중되는 걸 원치 않았다. 그런 사람이 아버지라는 건, 그러니까 모두들 자신에게 뭔가를 바라는 세상에서 믿을 수 있는 사람이 아버지라는 건 마이클에게는 큰 축복이었다. 그의 시간. 그의 돈. 그의 인정. 세상 사람들이 마이클 조던에게 바라는 건 끝도 없었다. 나는 경기가 끝난 뒤 그 두 사람이 호텔에서 농담을 주고받으며 뭔가를 먹는 모습을 자주 보았다. 마이클은 아버지와 함께 있을 때 행복해 보였다. 그의 아버지는 가장 친한 그의 친구였다.

나는 그 소식을 듣자마자 바로 시카고 불스의 홍보 담당자인 팀 할람Tim Hallam에게 연락을 했다. 나는 팀이 마이클에게 그와 그의 가족들의 불행에 내가 아주 가슴 아파한다는 걸 전해줄 수 있었으면 했다. 직접 마이클에게 전화를 할 수는 없었다. 그의 전화번호를 몰랐으니까. 게다가 그의 주변에는 늘 강력한 지지자들이 많았다. 굳이 나한테까지 위로의 말을 듣지 않아도 될 거라고 생각했다. 그걸 내가 어떻게 알 수 있었냐고?

팀이 내게 시카고 불스의 그 누구도 마이클과 연락이 닿지 않는다는 말을 해주었기 때문이다. 그 말을 들었을 때 나는 즉각 다른 방법을 찾아봐야 했다. 당시 나는 그에게 쉽게 메시지를 전해줄 수 있는 사람들을 많이 알고 있었으니 말이다. 그러나 나는 연락하려고 이미 '시도'를 했으니, 따로 더 연락은 하지 말아야겠다고 생각했다. 나중에 10월에 훈련 캠프에서 서로 만날 때 조의를 표하면 되겠지 했던 것이다.

지금 돌이켜보면, 믿을 수 없을 만큼 둔감하고 무심했던 그 시절의 나를 혼내주고 싶다. 그래 봐야 너무 늦었지만. 변명의 여지가 없다. 친구가 아버지를 잃었는데 뭐라고 한 마디 말도 직접 건네지 않다니. 정말 후회스럽다. 이 후회는 아마 평생 안고 살아가야 할 것이다.

왜 좀 더 적극적인 노력을 하지 않았을까? 어쩌면 마이클이 슬픔을 혼자 삭이게 내버려두고 싶었던 건지도 모르겠다. 3년 전 아버지가 세상을 떠났을 때 그 슬픔을 나 혼자 삭였듯 말이다. 나는 늘 그런 종류의 고통으로부터 도망치는 데 익숙했으니까. 너무 익숙했으니까.

■ ■ ■ ■

마침내 10월이 왔고, 나는 마이클과 조용히 얘기를 나누기 좋은 순간을 기다렸다. 그러나 그런 순간은 결코 오지 않았다. 전혀 예상치 못한 일이 일어났기 때문이다.

1993년 10월 5일 화요일 저녁. 당시 나는 메이저리그 시카고 화이트 삭스Chicago White Sox와 토론토 블루 제이스Toronto Blue Jays의 아메리칸 리그 챔피언십 시리즈 1차전을 보기 위해 삭스의 홈구장인 코미스키 파크의 한 프라이빗 박스로 가는 길이었다. 시카고 사우스 사이드 지역은 난리가 났다. 시카고 화이트 삭스가 무려 10년 만에 플레이오프전에 진출했기 때문이었다.

기자들이 내게 마이클이 은퇴할 거라는 소문을 들었냐고 물었다. "아, 그럼요." 기자들에게 내가 답했다. "그리고 나는 오늘밤 시카고 화이트 삭스의 3루수로 뛸 거고 말이죠."

그러나 기자들은 농담이 아니고 정말이라고, 야구장에 그런 소문이 파다하다고 했다. 나는 여전히 그 소문을 믿을 수 없었지만, 그래도 마이클에게 직접 물어보기로 마음먹었다. 그는 그 날 경기에서 시구를 하고 난 뒤 또 다른 프라이빗 박스 안에 앉아 있었다. 평소 같았으면

웃어넘길 일이었다. 그와 나는 늘 사람들이 만들어낸 온갖 유언비어에 시달리곤 했으니까.

그런데 이번 건 유언비어가 아니었다.

"사실이야." 마이클이 내게 말했다. "내일 정식 발표를 할 거야."

나는 충격에 휩싸였다. 그 날 야구 경기는 눈에 들어오지도 않았다. 마음이 멀리 가 있었기 때문. 팀의 다른 사람들과 마찬가지로, 나는 지난 시즌에 마이클에게 있었던 일들을 생각해보았다. 많은 경기들과 갑자기 튀어나온 도박 이야기들. 그리고 나서 그의 아버지가 세상을 떠나고. 그 살해 사건이 마이클의 도박 빚과 관련 있을지 모른다고 떠들어댄 기자들도 있었다. 언론이 갈 데까지 갔다고 생각했는데, 그 생각이 틀렸던 것이다.

그건 그렇고, 정규 시즌 때는 물론이고 플레이오프 때도 나는 마이클이 농구를 그만둘 생각을 하고 있다는 건 전혀 눈치 채지 못했다. 치열한 농구 경기는 그에게 더없이 소중한 것이었고, 우리 둘 다 앞으로 더 많은 NBA 우승을 하게 될 거라 믿고 있었으니까.

다음날 아침, 마이클이 은퇴 선언을 하기 바로 직전에 우리는 한 팀으로서 잠시 시간을 가졌다. 필 잭슨 감독은 모든 사람이 마이클에게 그간의 소회를 전할 시간을 가질 필요가 있다고 느낀 것 같다. 나는 마이클에게 그간의 헌신에 대해 그리고 절대 포기하지 않는 정신을 가르쳐 준 것에 대해 고맙다는 말을 전했다.

기자 회견은 그 전해 우리가 연습 경기장으로 이용했던 디어필드의 베르토 센터에서 열렸다. 건물 안은 사람들로 인산인해였다. 마이클의 은퇴는 너무도 충격적인 소식이어서, 텔레비전 생중계로 전국에 방송됐다. NBC 방송국에서는 야간 뉴스 앵커인 톰 브로코우Tom Brokaw를 보냈다. 아마 그 어떤 운동선수도 그렇게 엄청난 전국적 관심의 대상이 된 적은 없었을 것이다.

앞 테이블에는 마이클과 그의 아내 후아니타Juanita가 앉았고, 그 양옆으로 필 잭슨 감독, 제리 크라우스 단장, 제리 라인스도르프 구단주, NBA 총재 스턴 등이 앉았다. 나는 짙은 선글라스를 쓴 채 여러 팀 동료들과 함께 뒤에 서 있었다. 그 날이 가기 전에 왠지 눈물을 쏟을 것 같은 느낌이 들었다.

마이클과 내가 코트 밖에서도 사람들이 생각하는 것처럼 가깝게 지내지 않았다 한들 어떤가? 우리 두 사람은 연이어 세 번이나 NBA 우승을 한 팀의 동료로 영원히 서로 연결될 것이다. 마이클이 왜 은퇴하려 하는지 설명하는 걸 들으면서 나는 말할 수 없이 큰 상실감에 무너져 내리는 것 같았다. 내 자신의 일부가 떠나가는 느낌이었다.

나는 그날 마이클에게서 뭔가 다른 걸 보았다. 그는 행복해 보였다. 물론 그 전에도 행복해 하는 걸 가끔 봤지만, 그 경우들은 이번과는 달랐다. 마치 무언가로부터 자유로워진 듯했다. 그날 그는 그랬다.

연습 경기는 이제 그만. 기자 회견도 그만. 비행기를 타고 미국 이쪽 끝에서 저쪽 끝까지 가는 것도 그만. 이제 그는 자신의 부와 시간을 마음껏 즐길 수 있게 되었다.

마이클이 겪어온 일들을 생각해보면 그의 심정이 이해될 것도 같았다. 매일 짊어져야 했던 부담감이 얼마나 컸겠는가? 매일 밤 아주 뛰어난 플레이를 펼쳐야 한다는 모두의 기대감은 또 어떻고? 늘 천하의 마이클 조던이 되어야 한다는 부담감 말이다.

육체적인 피로감과 정신적인 피로감도 말할 수 없이 컸을 것이다. 그 피로감은 미식축구프로리그 NFL 소속 러닝 백•이 1년 내내 견뎌야 하는 피로감에 비견될 수 있을 것이다. 충격이 계속 누적된다. 몸이 "이제 그만!"을 외칠 지경이 될 때까지 말이다.

• running back. 라인 후방에 있다가 공을 받아 달리는 공격수

다행히 나는 오른쪽 발목과 왼쪽 손목 부상에 대한 수술을 연기함으로써 오프시즌에 약간의 휴식을 취할 수 있었다. 발목 부상은 1992년 뉴욕 닉스와의 플레이오프전 이후 계속 나를 괴롭혀온 그 발목 부상이었다. 나는 8월 말까지 기다렸고, 그때 비로소 시카고 불스를 위해서가 아니라 내 자신을 위해 수술을 받아야겠다고 결정했다. 시카고 불스를 위해선 이미 할 만큼 했다. 수술을 하게 되면 또 한 여름을 경기에 출전할 수 없게 되고 몇 주 동안 목발을 짚고 다녀야 했다. 그렇게 되면 사실 휴식이 아니다. 투쟁이지.

뿐만 아니라 나는 11월 5일이면 시즌 첫 경기를 치를 준비가 되어 있을 거라고 확신했다. 우리 팀은 내가 없는 동안에도(마이클이 당연히 함께 할 것으로 생각했으니) 잘 넘길 수 있을 것이라고 믿었다.

수술을 늦춘 이유는 그뿐이 아니었다. 나는 그 다음 시즌에 출시될 나이키 운동화 프로모션 때문에 전 세계를 돌아야 했다. 그래서 수술을 받아 발에 깁스를 하면 그 일을 하기 어려운 상황이었다. 내가 시카고 불스에서 워낙 제 대우를 못 받고 있던 상황이라, 나이키와의 계약에서 받은 돈은 예상을 뛰어넘을 만큼 큰 금액이었다.

그런데 마이클이 돌아오지 않을 거라는 게 분명해지면서, 나는 그게 나와 우리 팀에게 어떤 의미가 있는 건지 곰곰이 생각하기 시작했다. 거짓말은 하지 않겠다. 마이클의 빈자리가 워낙 크게 느껴졌고, 그래서 내 몸 한 구석에선 그가 없는 삶은 어떨지 생각해보기 시작한 것이다. 그가 은퇴하기 한참 전에도, 나는 이미 내가 최고의 올 어라운드 선수라는 결론에 도달해 있었다.

무슨 말도 안 되는 소리냐고 비난하기에 앞서 먼저 내게 설명할 기회를 달라. 나는 지금 득점원이 아닌 선수 자체를 얘기하는 것이다. 이건 아주 큰 차이이다. 나는 수비의 핵이고 공격의 촉매였다. 다른 모든 선수들이 더 잘 뛸 수 있게 해주는 선수. 매직 존슨이 LA 레이커스에서 그랬던 것처럼. 화학적 결합, 보살핌, 나눔. 그런 문화를 만들고 발전시킨 건 나였다. 마이클 조던이 아니고. 그리고 우리를 챔피언으로 만들어준 것은 그런 문화였다. 물론 이건 인정한다. 마이클의 눈부신 활약이 없었다면 우리는 챔피언이란 위치에 오르지 못했을 것이다.

마이클의 부재에서 오히려 기회를 본 사람은 나뿐이 아니었다. 제리 크라우스 단장도 그런 생각을 했던 것이다. 물론 제리 단장이 입으로 그걸 인정한 적은 없다. 그랬다면 아마 시카고 불스에서 쫓겨났을 것이다. 이런 생각을 해보라. 1985년 그가 시카고 불스의 단장이 되었을 때 마이클은 이미 1년 전 팀에 들어와 있었다. 마이클이 없으니, 이제 제리 단장은 선수 명단을 완전히 새롭게 짤 수 있게 되었다. 그리고 만일 우리가 새로운 선수들로 성공하게 된다면, 그러니까 다시 NBA 우승이라도 한다면, 이제 모든 공은 오롯이 제리 단장에게 돌아갈 것이다. 마이클 조던이 아니고.

한편 필 잭슨 감독은 팀의 새로운 리더로서 내게 기대하는 것들에 대해 얘기했는데, 하나같이 맞는 얘기였다. 나는 빌 카트라이트와 함께 공동 주장으로 임명되었고, 마이클의 라커도 물려받았다. 그런데 나는 필 감독이 나를 신뢰한다는 느낌은 전혀 받지 못했다. 마이클을 신뢰하듯 나를 신뢰하지는 못한 것이다.

필 감독은 다른 선수들의 플레이에 대해선 이러쿵저러쿵 입을 댔다. 그러나 내 플레이에 대해선 거의 입을 대지 않았다. 그러면서 이렇게 설명했다. "내내 공을 갖고 있도록 하게. 공격을 이끌도록 해. 어떤 루트를 택해도 좋아." 어쩌면 그럴 수도. 그러나 어쩌다 한 번씩은 이런 저런 플레이를 하라고 해주면 좋았으련만. 적어도 나를 존중해준다는 의미로 말이다.

나는 그냥 눈감아주었다. 많은 것들을 눈감고 넘겼다. 뉴욕 닉스와의 플레이오프 3차전 종료를 1.8초 앞두고 우리가 공을 잡았을 때까지는 말이다. 그 일은 앞으로도 절대 눈감을 수 없을 것 같다.

그러나 나는 우리 팀 자체에 대해선 낙관적이었다. 우리 팀에는 이제 호레이스와 팩슨 그리고 나 외에 마침내 유럽을 떠나 NBA에 도전하기로 마음먹은 토니 쿠코치도 있었고, 슈팅 가드인 스티브 커와 센터인 빌 웨닝턴도 있었다. 아칸소 주에서 알게 된 내 친구 피트 마이어스는 마이클 조던의 뒤를 이어 주전 선수 명단에 이름을 올리게 된다. 그 누구도 마이클을 대신할 수는 없었지만 말이다.

그들은 모두 뛰어난 선수들로, 그들과 한 팀이 된다는 건 멋진 일이었다. 스티브 커는 NBA에서 가장 슛 성공률이 높은 선수들 중 하나였다. 빌 웨닝턴은 공수 양면에서 뛰어난 선수였다. 한편 피트 마이어스는 계속 사람들을 놀라게 했다. 그는 3년간 NBA를 떠나 있었으며, 얼마 전까지만 해도 이탈리아의 스카볼리니 페사로Scavolini Pesaro라는 팀에서 선수 생활을 했다. 인내심 문제가 아니라면, 대체 무슨 문제인지 모르겠다.

그런데 우리가 NBA 우승에 도전할 만한 팀이었을까?

그건 아니었던 것 같다. 마이클처럼 엄청난 기량을 가진 선수를 잃고도 같은 수준의 플레이를 유지하길 바랄 순 없는 법. 한편 남아 있는 선수들은 챔피언이 되기 위해선 어떤 것들이 필요한지 잘 알고 있었는데, 그게 아주 중요했다.

토니 쿠코치와 나는 처음엔 바르셀로나 올림픽에서의 일들을 생각하며 이런저런 얘기를 나누었다. 서로 속을 털어놓고 얘기하니 좋았다. 알고 보니 그와 나 사이에 반감 같은 건 없었고, 그래서 한시름 놓였다. 그리고 우리는 이제 한 편이 됐다.

연습 경기 때 다른 어떤 선수보다 토니를 더 강하게 밀어붙였던 것 같다. 그건 마이클에게서 배운 것으로, 그는 매일 나를 밀어붙였다. 고맙게도 토니는 그런 내게 반감을 갖지 않았다. 그는 많은 스트레스를 받고 있었다. 제리 크라우스 단장은 그에게 시카고 불스의 유니폼을 입히려고 몹시 애써왔고, 이제 마침내 그날이 왔다. 엄청난 과대 포장에 걸맞은 경기력을 보여주게 될까? 이제 곧 알게 되리라.

■ ■ ■ ■

세 번째 챔피언 반지를 받는 1993년 11월 6일 밤은 앞서의 두 밤과는 느낌이 많이 달랐다. 어찌 그렇지 않을 수 있었겠는가? 결승 때마다 MVP로 선정됐던 마이클은 유니폼 대신 정장을 입고 있었다. 나는 마이클이 밝힌 은퇴 이유들에 대해 많은 생각을 해봤는데, 그 이유들은 일리가 있어 보였다.

다만 그 당시에는 물론 지금까지도 지울 수 없는 의문이 있었다. '그 외에 다른 이유들은 없었을까?'

나는 용기를 내 마이클에게 직접 물어보진 못했다. 그리고 또 그의 도박 문제 때문에 NBA 측에서 그를 출전 정지시킬 계획이었다는 소문 따위는 믿지 않는다. 솔직히 말해, NBA가 뭣 때문에 가장 많은 팬을 거느린 선수를, 그리고 아직도 최고의 기량을 펼치고 있는 선수를 뛰지 못하게 하겠는가?

어쨌든 늘 그렇듯 챔피언 반지를 받는 건 정말 특별한 순간이었다. 이번에 챔피언 반지를 받는 게 앞서 두 번 받을 때만큼이나, 아니 어쩌면 더 힘들었기 때문이다.

그 날 이후 우리는 내리막길로 접어들었다. 그것도 빠른 속도로. 마이애미 히트는 우리를 95 대 71로 무너뜨렸다. 2쿼터 때는 6득점에 그쳐 우리 팀의 최소 득점 기록을 세우게 됐고, 하프타임까지 25점을 기록하며 또 다른 최소 득점 기록을 만들고 말았다. 3쿼터 때 많은 팬들이 자리를 떴다. 나 역시 그들을 따라 자리를 뜰 수 있었으면 했다.

그 정도 굴욕으로는 충분치 않다는 듯…… 마이애미 히트의 몇몇 선수들은 "시카고 불스. 3회 연속 NBA 챔피언!"이란 말로 우리를 조롱했다. 유니폼을 입지도 않고 있던 그랜트 롱Grant Long은 "아무짝에도 쓸모없는 피펜!"이라 했다. 디트로이트 피스톤스에서 온 존 샐리John Salley는 이런 말을 덧붙였다. "마이클 조던도 없고, 안됐다!"

마이클 조던이 없는 상황이라고 해도, 변명의 여지가 없는 완패였다. 마이애미 히트에 패한 건 우리를 덮친 고난의 일부에 지나지 않았다. 이틀 후 나는 부상 선수 명단에 이름을 올렸고, 10경기를 뛸 수 없게 되었다. 내가 수술 후 너무 빨리 코트로 돌아왔다는 게 중론이었다. 내 발목 상태는 아직 정상이 아니었다. 샬롯에서 열린 개막전에서 스콧 윌리엄스가 실수로 내 발을 밟아 또 다시 발목 부상을 당했던 것이다. 내가 결장 중일 때 우리 팀은 10경기에서 4승 6패를 기록했다.

나는 11월 30일 시카고 스타디움에서 다시 붙은 피닉스 선즈와의 경기 때 코트로 돌아왔다. 피닉스 선즈는 NBA 결승에서의 패배를 설욕하기 위해 벼르고 있을 게 분명했다. 그러나 그들은 다음 기회로 설욕을 미루어야 했다. 시카고 불스는 132 대 113으로 승리를 거머쥐었다. 시카고 스타디움은 마이클 조던 시절 이후 처음으로 들썩이고 있었다. 나는 29득점을 올렸고 11리바운드를 따냈으며 6어시스트 기록을 세웠다.

그건 시작에 불과했다. 다음 달에 우리는 13경기 중에 단 1경기만 패하며 12승 1패를 기록했다. 그 1패는 필라델피아에서 열린 경기의 연장전에서였다. 그리고 12월 말에는 뉴저지 네츠를 상대로 승리함으로써 10연승을 거두었다. 1992-93 시즌에 우리가 올린 최고 연승 기록은 7연승이었다.

'뭐? 마이클 누구?'

나는 우리가 그렇게 좋은 플레이를 펼치는 게 조금도 이상하지 않았다. 공간이 열린 팀 동료를 찾아낼 때까지 계속 패스를 하는 등, 우리 선수들은 그 어느 때보다 더 많은 패스를 했다. 경기가 거듭될 때마다, 그리고 또 우리가 공을 소유할 때마다, 상대팀들은 예전과는 달리 대체 어떤 선수를 집중 수비해야 하는지 알 수가 없었다. 오프시즌에 영입된 선수들은 농구 IQ가 높은 베테랑 선수들로, 1989년의 우리 팀 선수들보다 더 빠른 속도로 트라이앵글 오펜스 전술의 미묘한 측면들을 이해했다. 또한 선수 12명 전체가 아니라 4~5명만 새로 배우면 되니 트라이앵글 오펜스 전술을 익히는 게 더 쉬웠다.

농구가 그렇게 재미있을 수 없었다. 선수들의 일거수일투족을 평가하던 마이클이 사라지자, 그 누구도 실수하는 걸 두려워하지 않게 되었다. 호레이스의 변화는 특히 눈에 띄었다. 그는 보다 큰 자신감을 갖고 경기에 임했다. 당시 그가 한 번도 그리고 그 무엇에 대해서도 불평하는 걸 본 기억이 없다. 물론 그는 여전히 그 시즌이 끝난 뒤 자유계약 선수가 되면 시카고 불스를 떠날 게 거의 확실했다. 당시 호레이스가 구단으로부터 입은 마음의 상처가 워낙 컸고, 제리 크라우스 단장은 시카고 불스를 떠날 기미조차 없었으니까.

내 목표는 마이클 대신 팀의 주 득점원이 되는 것이 결코 아니었다. 나는 그 이전 시즌보다 경기당 2개 정도 적은 슛(17.8개에서 16.4개로)을 시도했다. 늘 그랬듯 내 목표는 공격의 촉매 역할을 하는 것이었다. 코트 어느 곳에든 공을 밀어주어 슛 성공률을 높이는 역할 말이다. 다른 팀들은 우리를 저지할 수 없었다. 텍스 코치는 한 마디도 입을 대지 않았고.

우리 선수들은 코트 이쪽저쪽에서 서로에게 도움을 주었다. 왼쪽 무릎에 문제가 많았던 스티브 커를 예로 들어보자. 그는 케빈 존슨이나 개리 페이튼Gary Payton 같이 빠른 가드들을 감당하지 못했다. 그래서 코트 위의 다른 팀 동료 네 명이 늘 스티브와 다음과 같은 말로 소통하며 서포트했다. "그 친구 오른쪽으로 보내. 내가 도와줄게."

우리 팬들도 우리의 성공에 한몫했다. 그들은 늘 믿기 어려울 만큼 우리를 지지해주었다. 특히 시카고 스타디움에서 보내는 우리의 마지막 시즌을 맞아 더 힘찬 응원을 보내줬다. 시카고 불스는 그 해 가을 홈구장을 유나이티드 센터United Center로 옮길 예정이었고, 홈팬들은 자체 발광하던 마이클 조던이 없는 상황에선 자신들이 함께 에너지를 발산해줘야 한다는 걸 깨달았다. 그리고 실제 그렇게 했다.

1월에 접어들면서 나는 우리가 다시 또 NBA 챔피언에 도전해볼 수 있을 것 같다는 믿음을 갖기 시작했다. 우리에게 필요한 건 그저 한두 명의 선수를 더 영입하는 것뿐이었으며, 그게 굳이 스타 선수여야 할 필요는 없었다. 그 당시 뉴욕 닉스가 댈러스 매버릭스Dallas Mavericks에서 베테랑 포인트 가드 데릭 하퍼를 영입했던 것처럼 말이다.

그러나 하루하루가 지나가도록, 제리 크라우스 단장은 새로운 선수를 영입할 움직임이 없었다. 나는 크게 실망했다. 그러나 계속 혼자 속으로 삭이고 삭이다 결국 터져버렸다. 나는 언론과의 인터뷰에서 말했다. "시카고 불스가 우승하길 바란다면, 그에 앞서 먼저 한 가지 문제를 해결해야 합니다."

나는 또 제리 단장이 원정 경기 때 동행하는 것에 대해서도 한마디 했다. 그것 역시 선수들 사이에서 불만이 많았기 때문이다.

"우리가 그한테 바라는 것은 전화 통화 정도로 소통하는 것이지, 라커룸에 함께 있는 건 아니거든요."

내 얘기는 전혀 도움이 되지 않았다. 2월 말에 우리의 경쟁 팀들은 각자 부족한 부분을 보완해나갔지만, 시카고 불스에는 별다른 변화가 없었다. 나는 새로운 선수를 영입하지 않는 것이 우리에게 어려움이 될 거라고 예측했다. 단 한 가지 중요한 조치가 있었는데, 그건 스테이시 킹을 키가 218㎝인 미네소타 팀버울브스Minnesota Timberwolves의 룩 롱리와 트레이드한 것이었다.

그 해 겨울에 나는 또 다시 뉴스의 초점이 됐다. 이번에는 의도적인 일이 아니었다. 어느 날 저녁, 시카고 스타디움에서 워싱턴 불리츠를 격파한 뒤, 나는 시카고 노스 사이드에 있는 식당 P. J. 클라크스를 찾아가 친구 몇 명과 함께 시간을 보내고 있었다. 자정쯤 되었을 때, 누군가 내게 밖에 나가봐야 할 것 같다고 했다.

한 경찰이 내 차인 1994년형 4도어 검은색 레인지 로버를 살펴보고 있었다. 그 경찰은 내 차가 불법 주차되어 있기 때문에 견인해야 한다고 했다. 그런데 브레이크가 잠긴 상태라 움직일 수가 없다며 내게 차 키를 달라고 했다. 차 키를 주었다. 그런데 그 경찰이 앞좌석과 콘솔 사이 뻔히 보이는 곳에 38구경 반자동 권총이 놓여 있는 걸 봤다고 주장했다.

나는 체포되어 관할 경찰소로 끌려갔고, 거기에서 불법 무기 사용 혐의로 기소되었다. 미국 시카고에서 총기 소유를 허가받았다고 해서 그것이 총기를 가지고 다닐 수 있다는 뜻은 아니었기 때문이다. 최고형은 1년 징역에 벌금 1,000달러였다. 나는 100달러의 보석금을 낸 뒤에야 풀려났다.

내가 체포됐다는 뉴스는 며칠간 시카고에서 큰 뉴스였다. 시카고 시장인 리처드 데일리Richard Daley까지 관심을 보였다. 그야말로 모든 사람이 관심을 보였다. 무엇보다도 먼저, 내가 그 총을 구입한 것은 내 자신을 보호하기 위해서였다. 대중적으로 잘 알려진 사람이다 보니, 나는 강도 등 범죄의 타깃이 될 수 있었다. 이걸 잊어서는 안 되는데, 마이클의 아버지가 살해된 지 6개월이 채 지나지 않았던 시기였고, 나는 사람들이 매일 총에 맞아 쓰러지는 도시에 살고 있었다.

둘째, 그 무기는 그 경찰이 봤다고 말한 곳에 있지 않았다. 나는 그 총을 콘솔 안에 넣어 숨겨 두었다. 물론 그럴 만한 이유들이 있었다.

한 달 정도 후 판사가 적법한 권한도 없이 경찰이 내 차를 수색했다고 판결함으로써 불법 무기 사용이라는 내 혐의도 벗겨졌다. 판사가 사법 제도에 대한 내 신뢰를 회복시켜준 것이다. 어느 정도는. 이 에피소드는 다른 무엇보다 시카고에 만연했던 그리고 지금도 만연한 인종차별 문제를 상기하게 해주는 또 다른 에피소드일 뿐이다.

맙소사! 그들은 내게 수갑을 채웠다. 내가 백인이었다면, 절대 그런 취급은 당하지 않았을 것이다. 당시 내가 식당에서 밖으로 걸어 나왔을 때, 그 경찰은 인종차별적인 말을 내뱉었다. 나는 아무 말도 하지 않았다. 그래 봐야 무슨 도움이 되었겠는가? 당시 나는 그런 인종차별적인 말은 한 번도 들은 적이 없는 척 행동했다. 하지만 나는 미국 남부 출신이다. 사실 허구한 날 듣는 게 그런 말인 것이다.

2월 말에, 그러니까 우리가 시카고 스타디움에서 클리블랜드 캐벌리어스에게 89 대 81로 패한 날 인종차별적인 언행을 들은 또 다른 일이 있었다. 팬들이 심한 야유를 하기 시작했다. 클리블랜드가 18점 차로 리드하던 3쿼터 타임아웃 시간에 나는 너무 화가 나, 벤치 뒤에 있던 한 사람을 향해 가운뎃손가락을 들어 보였다. 어떻게 우리에게 야유를 퍼부을 수 있단 말인가? 우리가 경기가 있는 날마다 얼마나 많은 노력을 하고 있는지 모른단 말인가? 우리의 당시 전적은 37승 18패로 동부 컨퍼런스 2위였다. 세 번이나 MVP로 선정된 선수가 빠진 팀의 성적으로 꽤 괜찮은 결과였다.

그렇다. 우리는 하루 부진했던 것이다. 그래서 뭐? 모든 팀이 하루 정도는 부진할 수 있다. 게다가 세 번 연속 우승했다면 팬들도 얼마 동안은 좀 너그럽게 봐줄 수도 있지 않은가. 근데 그게 아니었다. 후에 기자들은 내가 팬들의 야유 때문에 마음이 상한 게 아니냐고 물었다. 나는 내 감정을 속이지 않았다.

"저 개인적으로 마음이 아픈 건 단 하나…… 7년을 여기 있었는데,

우리 스타디움에서 백인 선수가 야유를 당하는 건 본 적이 없으며…… 토니는 오늘밤 정말 죽을 쒔는데, 그 어떤 팬도 그를 비난하진 않더군요."

그날 토니 쿠코치는 9개의 슛을 던져 단 한 개도 성공하지 못했고 턴오버도 4개나 범했다. 나는 내가 한 말을 단 1초도 후회하지 않았다. 아니, 좀 더 일찍 말하지 못한 게 아쉬울 뿐이었다. 예상하겠지만, 시카고 불스 구단 측은 노발대발했다. 그들은 내 말이 사실이든 아니든 그건 조금도 관심 없었다. 그들이 관심 있는 건 단 하나, 어떻게든 빨리 상황을 진정시키는 것이었다.

제리 크라우스 단장은 사과문 초안을 썼다. 그 사과문은 이런 식이었다. "경기 후에 제가 한 말은…… 관중들이 실제 인종차별을 한다는 뜻은 아니었습니다. 아주 소수의 사람들이 시카고 불스 선수들에게 야유를 했습니다. 지난 몇 년간 그들은 백인, 흑인 가리지 않고 모든 선수들에게 야유를 해왔으니까요."

그 사과문에는 동의할 수 없는 내용이 많았다. 그러나 어쨌든 그 사과문을 수락했다. 나 역시 제리 단장 못지않게 빨리 그 문제를 마무리 짓고 싶었으니까. 그리고 인종차별에 대해 목소리를 내는 것이 내 직업은 아니었으니까. 시카고 불스가 경기에서 승리하는 데 일조하는 게 내게는 더 중요한 일이었다.

이 얘기는 이 정도로 끝내고. 우리는 갑자기 큰 문제에 봉착하게 된다. 올스타전이 끝난 후부터 3월 둘째 주까지 우리 팀은 13경기에서 9경기를 패했다. 내 예측이 옳았다. 트레이드 마감 전에 새로운 선수를 영입하지 않아 어려움을 겪게 된 것이다. 우리는 아주 뛰어난 선수인 LA 클리퍼스LA Clippers의 론 하퍼나 필라델피아 세븐티식서스의 제프 호나섹Jeff Hornacek을 영입할 수도 있었다. 그러나 우리 팀 핵심 멤버들은 아무 변화 없이 그대로였다.

정말 잘했어요, 제리!

우리의 공격진은 그야말로 사경을 헤매고 있었다. 뉴욕 닉스에게 86 대 68로 패한 것을 비롯해, 우리는 13경기 연속 패배를 기록했고, 그중 6경기에서는 90점도 채 올리지 못했다. 포틀랜드 트레일 블레이저스에게는 19점 차, 덴버 너기츠Denver Nuggets에게는 25점 차, 그리고 애틀랜타 호크스에게는 31점 차로 패했다.

나 또한 그 모든 패배에 책임이 있었다. 당시 내 개인 기록은 이랬다. 마이애미를 상대로 24개의 슛 중 7개만 성공. 덴버를 상대로 19개의 슛 중 5개만 성공. 클리블랜드를 상대로 10개의 슛 중 3개만 성공.

나는 이런 슬럼프의 정확한 원인을 알아낼 수가 없었다. 슬럼프가 오기 전에 나는 그 어느 때보다 플레이가 좋았었다. 2월 중순 미니애폴리스에서 열린 올스타전에서 나는 29득점에 11리바운드 그리고 9개의 3점슛 중 5개를 성공시켰다. 내가 속한 동부 컨퍼런스 올스타가 서부 컨퍼런스 팀을 127 대 118로 격파했으며 당시 나는 MVP까지 차지했다.

늘 마이클이 MVP 트로피를 들고 가는 걸 지켜보다가, 내 자신이 직접 받으니 기분이 좋았다.

그날은 참 이상한 날이었다. 올스타전을 앞두고 나는 과거 리틀록 아칸소대학교에서 피트 마이어스와 함께 선수생활을 했던 친구 마이클 클라크Michael Clarke와 함께 호텔 방에서 시간을 보냈다. 마이클과 나는 통크 카드 게임을 했다. 진 사람이 맥주 한 잔을 마시는 게임이었다. 그 게임이 몇 시간 동안 계속됐다. 아마 세 잔쯤 마신 것 같다.

그러다 갑자기 경기장으로 떠나야 할 시간이 됐다. 정신이 약간 알딸딸했다. 그럼 뭐 어때? 나는 일종의 시범 경기 같은 올스타전에 많은 에너지를 쏟아부을 생각이 없었다. 기억할지 모르겠지만, 1991년 올스타전에서 모욕을 당한 이후 나는 아예 올스타전을 대수롭지 않게 생각했다.

그때 정말 희한한 일이 일어났다. 코트 안에 들어가 몸을 푸는데, 집중력이 그 어느 때보다 좋았다. 3점슛을 비롯해 모든 슛이 날리는 족족 다 들어갔다. 선수생활을 해오면서 이와 비슷한 경험을 한 적이 딱 한 번 더 있었다. 그 날 마이클과 나는 한 시범 경기를 앞두고 맥주 두어 잔을 마셨다. 우리 둘 다 시범 경기는 정말 무의미한 게임이라며 넌더리를 쳤다. 그런데 그날도 모든 슛이 던지는 족족 들어갔었다.

다행히도 우리 팀은 3월 중순에 접어들면서 다시 손발이 잘 맞았고, 그 이후 10연승도 거두면서 17승 5패의 전적을 기록했으며, 종합 전적 55승 27패로 정규 시즌을 마감했다. 당시 그 누구도 우리가 그렇게 많은 승리를 거둘 거라고 생각하지 않았다. 심지어 필 잭슨 감독도.

아, 마지막 두 경기를 이겼더라면 얼마나 좋았을까. 그런데 우리는 홈구장에서 보스턴 셀틱스에 패했다. 정규 시즌 마지막 경기를 앞두고 열린 경기에서 두 번째 연장전 끝에 패해 동부 컨퍼런스 톱시드 배정 기회를 날린 것이다. 첫 번째 연장전에서 나는 경기 종료 30초 전 자유투 2개와 점프슛을 놓쳤다. 그날 경기에서 나는 31개의 슛 중 11개를 성공시켰다. 그 패배와 이틀 후 열린 뉴욕 닉스와의 경기 패배로 우리는 동부 컨퍼런스 3번 시드를 배정 받게 됐다.

■ ■ ■ ■

플레이오프 시리즈에서 우리는 등번호 23번 선수의 부재를 뼈아프게 체감한다. 플레이오프 1라운드에서 클리블랜드 캐벌리어스와 맞붙었을 때만 해도 별로 그렇지 않았다. 우리가 3연승을 거두었으니까. 매직이 90년대의 팀이라고 예견했던 클리블랜드 캐벌리어스는 2007년까지 NBA 결승에 오르지 못했다.

그러다 다음 라운드에서 패트릭 유잉이 이끄는 뉴욕 닉스와 맞붙으면서 마이클 조던의 부재를 실감하게 된다. 1991년, 1992년, 1993년 플레이오프에서 연이어 우리에게 패배한 뉴욕 닉스는 그 어느 때보다 전의를 불태우고 있었다. 더욱이 1993년에는 플레이오프 시리즈를 2승 0패로 앞서가다 우리한테 역전 당했기 때문에 동기부여가 남달랐다. 디트로이트 피스톤스가 영원처럼 느껴질 만큼 긴 시간 동안 우리 앞길을 가로막았듯, 우리 역시 뉴욕 닉스의 앞길을 계속 가로막고 있었던 것이다.

뉴욕 닉스는 뉴욕 매디슨 스퀘어 가든에서 열린 첫 두 경기를 승리로 이끌면서 다시 기분 좋은 상황에 놓였다.

날짜: 1994년 5월 13일 / 장소: 시카고 스타디움

마치 뭔가 중대한 범죄가 일어난 날 얘기를 하고 있는 것 같지 않나? 실제로 많은 사람들은 그날의 그 일이 중대한 범죄 행위였다고 생각한다. 뉴욕 닉스와의 플레이오프 3차전 후반부로 되돌아가보자. 102대 100으로 우리가 앞선 상황에서 경기 종료 18초가 채 안 남은 시간에 우리가 공을 잡았다. 3쿼터 후반까지만 해도 우리가 22점이나 앞섰다. 시카고 불스에서 타임아웃을 요청했다.

나는 내 플레이를 제대로 보여줄 기회라는 생각에 들떠 있었다. 다른 팀 동료들이 코트의 오른쪽을 비워줄 것이고, 그러면 나는 점프슛을 시도하거나 아니면 공을 몰며 골대 쪽으로 달려갈 수 있는 상황이었다. 그런데 토니 혼자 구석 근처 코트 오른쪽에 남아 있었다. 그런 그에게 내가 옆으로 물러서라고 손짓을 했다. 그런데 그는 움직이지 않았다. 결국 나는 그를 피해 공을 높이 날릴 수밖에 없었고, 그 공이 림에 닿지 못해 숏클락 바이올레이션이 선언됐다.

뉴욕 닉스가 타임아웃을 요청했다. 남은 시간은 5.5초였다. 토니가 일을 완전히 망쳤다. 엎친 데 덮친 격이라고, 거기다 패트릭 유잉이 훅

슛을 성공시키면서 102 대 102 동점이 됐다. 또 다시 타임아웃 요청이 있었다. 남은 시간은 1.8초.

1.8초. 1.8초. 1.8초…… 나는 지난 27년간 그 1.8초 생각을 너무 많이 해서, 그 1.8초 얘기가 문자 그대로 내 무덤까지 따라올 거라고 거의 확신할 정도이다.

스카티 모리스 피펜

사랑하는 남편이자 아버지

1965-

NBA 올스타 선정 7회.

NBA 우승 6회.

시카고 불스와 뉴욕 닉스의 플레이오프 경기

종료 1.8초를 앞두고 스스로 퇴장.

널리 알려진 잘못된 사실을 바로잡을 기회를 갖게 해주었으면 한다. 우선 나는 그날 그 순간이 내 선수생활 중 최악의 순간이라고 생각하지 않는다. 오히려 최고의 순간들 중 하나라고 생각한다. 내 말을 믿어주든 말든 상관없다.

혹시 잘 모르고 있을 것 같아 말하는데, 타임아웃 시간에 필 잭슨 감독이 토니에게 마지막 슛을 던지라고 했다. 바로 앞서 플레이를 망친 그 토니에게 말이다. 그러면서 필 감독은 내게 공을 그에게 스로인해주라고 했다. 나는 격분해 필 감독에게 항의를 했다.

"그냥 내 말대로 해!" 그가 소리 질렀다.

"염병하네!" 내가 말했다.

내가 남은 1.8초 동안 코트로 돌아가지 않겠다고 마음먹은 뒤, 빌 카트라이트와 자니 바흐가 생각을 바꾸라고 설득했다. 그럴 가능성은 없었다. 필 감독은 결국 피트 마이어스를 투입해 나 대신 스로인을 하게 했다.

그 이후의 일은 워낙 잘 알려져 있어 굳이 말할 필요도 없을 정도. 토니는 5.5미터 밖에서 뉴욕 닉스의 앤서니 메이슨 머리 너머로 슛을 날렸고, 그 공이 림 안으로 빨려 들어갔다. 시카고 불스 104, 뉴욕 닉스 102.

라커룸은 마치 시체 안치소 같았다. 이 사람들이 플레이오프 시리즈에서 필사적인 노력 끝에 승리한 팀의 사람들 맞나 싶을 정도였다. 팀 동료들과 코치들 그리고 짐작컨대 세상 모든 농구 팬들에 따르면, 나는 프로 스포츠 역사상 가장 나쁜 죄를 지은 운동선수들 가운데 하나였다.

나는 내 팀을 저버렸다.

공동 주장인 빌 카트라이트는 라커룸에서 눈물을 흘리며 모두에게 말했다.

"마이클 없이 우리 힘으로 해낼 수 있는 좋은 기회였는데, 너의 그 이기심 때문에 다 날아갔어. 살아오면서 이렇게 실망스러운 날은 처음이야."

나는 정말 참담했다. 마지막 플레이를 거부한 것 때문이 아니었다. 그 문제라면 참담하고 뭐고 할 것도 없었다. 내가 참담했던 건 팀 동료들의 반응 때문이었다. 그들의 신뢰를 얻으려고 몇 년간 죽어라 노력했는데, 이제 그 신뢰가 다 깨져버렸다.

내가 할 수 있는 일은 한 가지밖에 없었다. 사과하는 것.

나는 공동 운명체인 우리가 최대한 빨리 모든 걸 털고 앞으로 나가야 한다고 느꼈다. 4차전까지는 48시간도 채 안 남았었는데, 3승 1패로 뒤진 상황에서 뉴욕 매디슨 스퀘어 가든으로 되돌아갈 순 없었다.

나는 빌 카트라이트나 다른 어떤 선수도 밉지 않았다. 내가 그들 입장이었다 해도 비슷한 반응을 보였을 테니까.

내가 미운 사람은 단 한 사람, 필 잭슨 감독이었다.

마이클은 가버렸다. 이제 시카고 불스는 내 팀이었고, 내가 영웅이 될 수 있는 기회였는데, 필 감독은 그 기회를 내가 아닌 토니 쿠코치에게 줘버렸다. 농담하는 건가? 토니는 챔피언 반지도 없는 신참이었다. 나는 NBA 7년차 선수로 챔피언 반지도 3개나 받았고. 시즌 MVP 경쟁에서 하킴 올라주원과 데이비드 로빈슨에 이어 3위를 기록한 선수였다.

가장 치욕스러웠던 건 필 잭슨 감독이 내게 공을 스로인해주라고 한 것이었다. 적어도 코트 안에 있으면 상대 수비수들을 유인하는 역할이라도 할 수 있다. 뉴욕 닉스에선 내게 수비 두 명을 붙였을 테니까. 그러면 누군가는 공간이 열렸을 테고.

코트로 되돌아가지 않음으로써, 나는 내 자신과 내 자긍심만 지킨 게 아니었다. 내 이후에 올 선수들도 지킨 것. 누구든 어느 날 나 같은 처지에 놓일 수도 있을 테니 말이다.

필 감독과 나는 그 다음 날 그 문제를 놓고 얘기를 나누었다. 그는 내가 팀 내에서 가장 패스가 정확한 선수라면서, 정규 시즌 중에 토니는 승패를 결정짓는 슛을 3개나 성공시켰다는 말도 했다.

그가 무슨 말을 해도 내 마음은 변하지 않았다.

"그러니까 지금…… 설사 마이클이 경기에 뛰었다 해도, 토니가 그렇게 중요한 슛들을 성공시켰으니 마이클더러 공을 스로인하라고 했을 거라는 건가요?" 내가 물었다.

그가 뭐라고 답했는지는 잘 기억나지 않는다. 기억나는 건 필 잭슨 감독과 내 관계는 끝났다는 것이었다.

물론 완전히 끝났다는 건 아니고.

그 이후에도 시카고 불스에 있는 동안 나는 필 감독을 위해 열심히 뛰었고 그가 하라는 대로 했다. 나는 내 팀 동료들과 팬들에게는 여전히 의무감 같은 걸 느끼고 있었다. 다만 이후 아무리 이런저런 승리들을 거두게 되어도, 필 감독과 나의 관계는 결코 예전 같지 않았다. 진실의 순간이 다가오면서 그는 나를 버렸다. 다음에 다시 나를 또 버리지 않으리라고 어찌 장담할 수 있겠는가?

그건 그렇고, 설사 내가 그 마지막 슛을 던져 실패했다 해도 그 경기에 패배하는 건 아니었다. 동점이었으니까. 그러니까 아무리 최악의 경우라 해도 연장전까지 가게 됐을 것이다. 나는 지금도 궁금하다. 만일 그때 토니가 그 마지막 슛을 놓쳤다면 어찌 됐을까? 그래도 필 감독은 내가 연장전에 뛰길 원했을까? 나는 또 그 연장전에서 뛰고 싶었을까? 그리고 우리가 그 3차전에서 패하고 뉴욕 닉스가 승리했다면 어찌 됐을까? 그랬다면 어떤 일이 일어났을까?

나는 그걸 정확히 안다. 시카고 불스의 팬들은 아마 최대한 빨리 나를 팀에서 내보내라고 요구했을 것이고, 제리 크라우스 단장은 기꺼이 그 요구에 응했을 것이다. 그는 틈만 나면 늘 나를 제거하려 했으니까. 이따금씩 나는 장기적으로 생각하면 그해 여름에 트레이드되는 게 가장 좋았을지도 모른다는 생각을 한다. 단장과 구단주 두 제리로부터 벗어나기 위해서. 내가 마이클 조던이 아니라는 단 한 가지 이유 때문에 나를 싫어한 미디어 사람들로부터도.

마이클 얘기가 나왔으니 말인데, 그 경기 다음날 그는 필 감독에게 연락을 해왔다.

"스카티가 이번 일을 잘 이겨내고 넘어갈 수 있을지 모르겠네요."

마이클이 그렇게 말했다고 한다.

마이클이 필 감독에게 전화한 건 좋다. 다만 내게도 전화를 했더라면 좋았을 걸. 텔레비전과 신문에서 비난을 받은 사람은 나였다. 필 감독이 아니라. 그 누구보다 위로가 필요했던 건 나였는데 말이다.

물론 그렇다고 해서 마이클이 내게 전화하길 기대했다는 건 아니다. 그랬다면 마이클 조던이 아니었을 테니까. 물론 나 역시 그에게 전화를 하지 않았다.

TV에서 〈더 라스트 댄스〉를 본 사람들은 문제의 1.8초 사건과 관련해 내가 다음과 같은 말을 했을 때 놀랐다. "다시 그때로 돌아간다 해도, 나는 아마 변하지 않을 겁니다."

이 말을 이렇게 수정하고 싶다.

"나는 절대 변하지 않을 겁니다. 내 자신을 위해 일어설 겁니다. 그러지 않는다면, 난 절대 내 자신을 용서하지 못할 겁니다."

나는 얼마 전 두 차례의 인터뷰에서 필 감독은 인종차별주의자이며 그래서 마지막 슛을 토니에게 맡긴 거라는 말을 했는데, 그때에도 역시 많은 사람들이 놀랐다.

그 무엇도 진실과 동떨어져선 안 된다.

나는 필 감독이 나를 대신해 토니를 선택했을 때 너무 큰 상처를 받았고, 그래서 내가 왜 거부당했는지 그 설명을 들어야 했다. 시카고 불스를 위해 모든 걸 바쳤는데, 어째서 나는 내가 의당 누려야 할 기회를 누리지 못하게 된 것인가? 그래서 그 당시 나는 혼자 속으로 이런 생각을 했다. 필 감독의 결정은 인종차별에서 비롯된 게 틀림없다고. 그리고 나는 그 잘못된 생각을 거의 30년간 사실인 양 믿게 되었다. 그러다 당시 내가 한 말들이 활자화된 것을 보면서 내가 얼마나 잘못된 생각을 갖고 있었던 건지 알게 됐다.

어쨌든 아직 뉴욕 닉스와의 플레이오프 4차전이 남아 있었다. NBA가 너무 좋은 게 바로 이것이다. 늘 또 다른 경기가 있다는 것. 시즌이 완전히 끝날 때까지는. 3차전 때 뉴욕 닉스의 가드 데릭 하퍼가 우리의 후보 선수들 중 한 명인 조 조 잉글리시Jo Jo English와 싸움을 벌였고, 그로 인해 리그로부터 두 경기 출전 금지를 당하면서 우리에게 기회가 왔다.

3차전 때의 일은 다 잊었다는 걸 증명이라도 하듯, 나는 팀의 첫 8득점을 비롯해 총 25득점 8리바운드 6어시스트로 경기를 마쳤다. 한때 뉴욕 닉스가 12 대 0으로 우릴 앞서기도 했지만, 결국은 95 대 83으로 우리가 승리했다. 경기가 시작될 때부터 팬들은 내 편을 들어주었다. 그게 나에게는 세상 그 무엇보다 소중했다. 팬들이 어떤 반응을 보일지 확신이 가지 않았던 것이다.

'또 다른 5차전'을 치르기 위해 우리는 다시 뉴욕 매디슨 스퀘어 가든을 찾았다. 또 다른 5차전이란 말에 주목하라. 그날 나는 모든 게 너무 잘 풀려 두려웠다. 시카고 불스가 86 대 85로 앞선 상황에서 경기 종료가 10초쯤 남았을 때, B.J. 암스트롱이 자유투 서클 바로 위에서 날린 점프슛이 들어가지 않았다. 닉스 측에서 타임아웃을 요청했다. 단 한 번의 저지. 우리에게 필요한 건 그게 다였다. 한 번만 더 저지하면 됐다.

앤서니 메이슨이 공을 존 스탁스에게 던졌고, 존 스탁스가 수비 몇 명을 제친 뒤 그 공을 다시 백코트에 있던 팀 동료 휴버트 데이비스Hubert Davis에게 넘겼다. 휴버트는 자유투 서클 바로 위에서 공간이 활짝 열렸다. 나는 슛을 막기 위해 서둘러 그쪽으로 갔다. 휴버트 데이비스가 슛을 날렸다. 좋지 않았다. 바로 그 다음 믿을 수 없는 일이 일어났다. 그 당시는 물론 지금까지도 믿을 수 없는.

심판 휴 홀린스Hue Hollins가 파울을 선언한 것이다. 그는 내가 오른쪽 팔뚝으로 휴버트 데이비스를 쳤다고 주장했다. 결국 휴버트 데이비스에게 자유투 두 개가 주어졌다. 하필 그런 순간에 그런 파울 선언이라니! 내게든 다른 누구에게든 최악의 일이 일어난 것이다. 그렇다. 분명 접촉이 있기는 했다. 그러나 그 접촉은 휴버트 데이비스의 손에서 공이 떠난 후에 있었다. 중요한 건 슛에 어떤 영향도 주지 않았다는 것이다. 엄밀히 따지자면, 선수의 발이 바닥에 닿을 때까지는 아직 슈팅 동작 중인 것이다.

그러나 그 시절에는 일단 공이 선수의 손에서 떠난 다음엔 파울을 선언하는 일이 거의 없었다. 특히 그렇게 중요한 경기에선 말이다. 휴버트 데이비스는 2.1초 남은 상황에서 자유투 2개를 던졌고, 결국 뉴욕 닉스가 87 대 86으로 앞서면서 경기는 그렇게 끝나게 된다. 우리 팀의 모든 사람들은 승리를 도둑맞은 기분이었다. 그날 경기의 또 다른 심판이었던 대럴 가렛슨Darell Garretson조차 두어 달 후 휴 홀린스 심판이 모든 걸 망쳤다는 걸 인정할 정도였다. "내가 말할 수 있는 건 그건 아주 끔찍한 판정이었다는 것뿐입니다." 가렛슨이 한 말이다.

그렇다고 언제까지고 심판 휴 홀린스 탓만 하고 있을 순 없었다. 시카고에서 치러질 6차전이 이틀밖에 안 남았다. 시즌 전체가 위기를 맞고 있었다. 그러나 우리는 93 대 79로 승리하며 위기를 넘겼다. B.J. 암스트롱이 20득점으로 승리를 이끌었고, 16득점 12리바운드를 기록한 호레이스도 승리에 일조했다.

그 경기에서 기억나는 일은 3쿼터 중반에 내가 패트릭 유잉 머리 위로 벼락같은 원핸드 덩크슛을 날린 것과 내가 바닥에 쓰러진 패트릭 유잉을 내려다본 것이 상대 선수를 조롱한 것이라며 테크니컬 파울을 받은 것이다. 테크니컬 파울은 잘못된 판정이었다. 나는 그를 조롱한 게 아니었다. 그냥 좀 흥분해 있었던 것이다. 그렇게 중요한 경기에서 흥분하지 않는다면, 대체 언제 흥분한단 말인가.

그때 나는 뉴욕 닉스 셔츠를 입고 관중석 맨 앞줄에 앉아 있던, 뉴욕 닉스의 열렬한 팬인 영화감독 스파이크 리Spike Lee와도 한 판 붙었다. 싸움을 먼저 걸어온 건 스파이크였다. "빌어먹을! 자리에 앉아!" 내가 그에게 말했다. 좋다. 아마 한 두 마디 더 했을 것이다.

다시 뉴욕 매디슨 스퀘어 가든으로 돌아가 보자. 뉴욕 닉스는 부담감이 컸다. 4년 연속 시카고 불스에 패한다면 그 팬들은 아마 절대 용서하지 않으려 할 것이다. 더군다나 이제 시카고 불스의 등번호 23번 선수도 팀을 떠나 야구 경기를 하고 있는 상황에서 말이다. 7차전에서 우리는 분명 기회가 있었다. 3쿼터 때 2분 30초 남은 상황에서 63 대 59로 앞서고 있었다. 그러나 경기 종료 12분을 앞두고 뉴욕 닉스는 8점을 추가하면서 4점을 앞서 나갔다.

아, 정말 잊고 싶은 12분이었다. 마지막 쿼터에서 우리는 겨우 14득점을 올렸다. 결국 뉴욕 닉스가 87 대 77로 승리했다. 전반에 득점이 전혀 없었던 패트릭 유잉이 18득점 17리바운드로 경기를 마쳤고, 찰스 오클리는 17득점에 20리바운드를 기록했다.

당시 나는 패배한다는 게 어떤 기분인지 거의 잊고 있었다. 패배의 고통은 잊혔고, 그 자리를 대신 자긍심이 메웠다. 그 누구도 마이클도 없는 시카고 불스가 그 정도로 선전하리라곤 생각 못했다. 심판 휴 홀린스가 그 끔찍한 오심만 하지 않았더라면, 그 플레이오프전 승리는 우리 것이 됐을 텐데.

나는 동부 컨퍼런스 결승에서도 우리가 충분히 인디애나 페이서스를 꺾었을 거라 믿는다. 정규 시즌 인디애나 페이서스와의 전적이 4승 1패였으니까. NBA 결승에서는 휴스턴 로켓츠가 우리의 상대가 됐을 텐데. 나는 우리가 그들 역시 제압했으리라 믿는다.

하지만 이제 마이클 조던 없이 NBA 챔피언이 된다는 건 역시 힘든 일이라는 게 입증된 꼴 아닌가? 나는 궁금하다. 그게 마이클의 명성에 어떤 영향을 주었을지. 그리고 내 명성에도.

그가 돌아왔다

CHAPTER 14 HE'S BACK

시카고 불스 경영진은 팀 내에서 MVP 역할을 한 1993-94 시즌의 내게 어떤 보답을 해주었을까? 그들다운 방식으로 보답을 했다. 처음 시카고에 도착한 날부터 내게 보여준 바로 그런 무례한 방식으로 말이다.

그들은 나를 팀에서 내보내려 했다. 가장 기분이 안 좋았던 건, 그들은 내게 직접 그런 말을 꺼낼 용기도 없었다는 것이다. 나는 결국 일이 어찌 돌아가고 있는지를 미디어 쪽 친구들의 입을 통해 들어야 했다.

제리 크라우스 단장에게 따져 묻자, 그는 시카고 불스가 적극적으로 트레이드를 모색 중이라는 사실을 부인했다. 그게 중요한 게 아니었다. 트레이드 얘기를 막 알게 된 시카고 불스의 사람들까지 격분했다. 구단들은 자신들의 가장 뛰어난 선수를 내주지 않는다. 대부분의 구단들은 그렇다. 그리고 만일 어떤 이유에서건 선수를 내주기로 결정한 경우, 적어도 해당 선수에게 어떤 일이 진행 중인지 미리 알려주는 예의는 지킨다.

여러 언론 매체들의 설명에 따르면, 시카고 불스는 나를 시애틀 슈퍼소닉스로 보내고 대신 그곳의 포워드 숀 켐프Shawn Kemp와 가드 릭키 피어스Ricky Pierce를 데려오고 싶어 했다. 두 팀은 드래프트 지명권도 서로 바꾸려 했다. 모든 게 다 진행됐는데, 막판에 시애틀 슈퍼소닉스의 구단주 배리 오컬리Barry Ackerley가 그 거래를 거절했다고 한다.

퍼시픽 노스웨스트의 팬들이 아직 24살밖에 안된 숀 켐프를 내보내는 데 그리 호의적이지 않았다는 얘기도 있었다. 나는 그해 9월 29살에 접어들게 되는 나이였다. 내 입장에선 트레이드가 성사되든 그렇지 않든 결국 크게 의미가 없었다. 이미 타격을 받을 대로 받았으니까. 이후 몇 개월 동안 나는 정말 트레이드가 되기를 원했다. 나를 원하는 팀이라면 NBA 리그 어디든 가고 싶었다. 시카고 불스만 아니면 됐다.

매일 다른 소문이 튀어나오는 듯했다. 나는 스스로도 소문을 내기 시작했다. 내가 피닉스 선즈로 가고 대신 댄 멀리와 신참 웨슬리 퍼슨Wsley Person이 오며, 어쩌면 드래프트 지명권도 교환될 거라는 소문을. 그 소문은 삽시간에 퍼졌다.

물론 시카고 불스를 떠난다고 해서 삶이 끝나는 건 아니었다. 1994년 7월에 2,230만 달러를 받고 올랜도 매직Orando Magic과 6년 계약을 맺은 호레이스 그랜트에게 물어보라. 나는 그에게 찾아온 변화에 기뻤다. 마침내 응당 받아야 할 존중을 받게 됐으니까. 사람들은 내게 호레이스에게 시카고 불스에 남아달라는 설득을 해봤냐고 물었다. 물론 전혀 그렇게 하지 않았다. 나는 절대 동료 선수와 그들의 연봉 협상에 걸림돌이 되는 짓은 하지 않으려 했다.

그 해 여름에는 존 팩슨과 빌 카트라이트 그리고 스콧 윌리엄스도 팀을 떠났다. 존 팩슨은 현역 은퇴를 했으며, 빌 카트라이트는 자유계약 선수로 시애틀 슈퍼소닉스로 갔고, 스콧 윌리엄스는 필라델피아 세븐티식서스로 팀을 옮겼다. 옛 팀 동료들이 하나 둘 떠나갔다. 세 차례나 챔피언 자리에 올랐던 팀에 남은 선수는 이제 나와 B.J. 암스트롱과 윌 퍼듀뿐이었다.

심지어 자니 바흐 코치마저 남아 있지 않았다. 물론 그의 선택은 아니었다. 필 감독이 해고한 것이다. 정확한 내막은 전혀 알 수 없었다.

모든 사람이 알고 있던 일이지만, 자니 코치와 제리 단장은 수년간 사이가 좋지 않았다. 내가 보기엔 샘 스미스 기자의 책 『더 조던 룰즈』와 관련이 있는 듯했다. 제리 단장은 그 책의 출처가 자니 코치라 믿고 있었다. 얼마나 지독한 위선자인가!

그렇게 많은 선수들을 잃었으니, 시카고 불스는 많은 선수들을 새로 영입해야 했다. 그렇게 해서 영입된 선수가 래리 크리스트코위악Larry Krystkowiak과 주드 부쉴러Jud Buechler 그리고 미국 프로비던스 출신의 신참 딕키 심킨스Dickey Simpkins였다. 가장 중요한 계약은 이건데, 그 전 해에 내가 영입되었으면 했던 론 하퍼도 불스에 왔다. 가드 론 하퍼는 1,920만 달러를 받고 자유계약 선수로 5년 계약을 맺었다. 그런데 그는 1990년에 전방십자인대가 파열된 이후 예전의 그 잘 나가던 론 하퍼는 아니었다. 물론 그렇다고 해서 그의 가치가 조금이라도 떨어진 건 아니었다.

그러나 나는 시카고 불스가 취한 또 다른 조치에 마음이 상했다. 그건 토니 쿠코치와 6년간 2,600만 달러의 조건으로 재계약을 한 것인데, 그건 시카고 불스 역사상 최대 규모의 계약이었다. 내게는 몇 년째 제대로 대우해주지 않으면서 토니에겐 거금을 건네다니! 그들은 처음엔 마지막 슛으로, 그리고 이젠 돈 문제로 나를 우롱하고 있었다.

언론은, 그리고 제리 크라우스 단장은 역시 내 격한 반응을 기다리고 있었다. 내가 워낙 그런 격한 반응을 하는 걸로 유명했으니까. 그러나 이번엔 그러지 않았다. 말해봐야 아무 소용없다는 걸 알았기 때문이다. 그리고 그 즈음에 나는 언젠가 좋은 날이 올 거라 확신하고 있었다. 시카고 불스가 아닌 다른 구단 어디에서든. 호레이스에게도 그런 날이 왔듯이.

여름휴가가 끝나기 전에 또 다른 중요한 일 하나가 일어났다. 1995년에 철거하기로 결정된 시카고 스타디움과 작별을 고할 때가 온 것이다. 나는 그 건물을 사랑했다. 그곳 특유의 소리, 그곳 특유의 냄새. 경기장이라기보다는 체육관에 가까웠던 곳. 게다가 거기에서 비단 스포츠 분야뿐 아니라 여러 분야에서 얼마나 많은 일들이 일어났던가. 1932년 민주당에서 프랭클린 D. 루즈벨트Franklin D. Roosevelt를 처음 대통령 후보로 지명한 것도 그곳이었다. 그리고 결국 그는 미국 대통령으로 선출되었다.

9월 9일에 우리는 그 시카고 스타디움에서 마지막 경기인 스카티 피펜 올스타 클래식 게임Scottie Pippen All-Star Classic을 치렀다. 그 경기에는 B.J. 암스트롱과 호레이스 그랜트, 토니 쿠코치 그리고 다른 몇몇 NBA 선수들이 나와 함께 참여해 15만 달러가 넘는 자선 기금을 모았다. 빈자리가 없을 정도로 성황이었다.

오, 이런! 그 날 선수 명단에 올랐던 또 다른 이름을 까먹을 뻔했다. 마이클 조던이었다. 나는 그가 나타나주어 기뻤다. 아니, 나타난 정도가 아니었다. 그는 무려 52득점을 올려 187 대 150으로 자신이 이끄는 팀에 승리를 안겨주었다. 멋진 덩크슛. 폴어웨이슛•. 리버스레이업슛••. 모든 농구 기술들이 등장했다. 팬들은 그 모든 추억 여행을 사랑했다. 나 역시 그랬다.

경기가 끝난 뒤 우리 두 사람은 포옹을 했다. 그런 뒤 마이클은 코트 한가운데서 시카고 불스의 로고에 입을 맞췄다. 마이클은 곧 다시 떠나야 했다. 화이트 삭스의 마이너리그 더블A 팀인 버밍햄 바론스Birmingham Barons 우익수로서의 새로운 꿈을 좇아서. 그리고 그가 남기고 간 시카고 불스의 사람들은 그 어느 때보다 불확실한 미래에 직면하게 된다.

• fallaway shot. 움직이면서 쏘는 슛

•• reverse layup shot. 점프를 한 쪽이 아닌 반대쪽으로 공을 올려 넣는 것

■ ■ ■ ■

1994-95 정규 시즌이 시작된 주말은 시카고 불스의 불확실한 미래를 예견하는 듯했다. 시카고 스타디움 맞은편에 지어진 우리의 새로운 홈구장 유나이티드 센터에서 맞이한 밤들에 우리는 샬럿 호네츠와 워싱턴 불리츠를 맞아 고전을 면치 못했다. 둘 다 그 전해에 플레이오프전에 오르지도 못했던 팀들이었다.

샬럿과의 경기에서 우리는 무려 27개의 턴오버를 범했다. 그중 6개는 내가 범한 실책이었다. 그러나 다행히 그들도 23번이나 공을 놓쳐 89 대 83으로 이길 수 있었다. 반면에 워싱턴은 연장전에서 우리를 100 대 99로 꺾었다. 통한의 1점 차 패배였다. 나는 버저가 울리는 순간 승패를 가를 결정적인 슛을 놓쳤다. 나는 수비수의 팔에 걸렸지만 심판의 파울 판정은 없었다. 놀랍진 않았다. 심판들은 경기 막판에 그런 걸로는 파울을 주지 않으니까. 심판이 휴 홀린스라면 모를까.

상황은 11월 내내 별 변화가 없었다. 우리가 기록한 가장 긴 연승이 고작 2연승일 정도였다.

그럼에도 불구하고 나는 긍정적인 마음자세로 매일 연습장에 모습을 드러냈다. 그렇다고 해서 필 잭슨 감독에 대한 생각이 바뀌었다는 뜻은 아니었다. 그리고 11월 19일 댈러스에서 우리가 매버릭스와 맞붙었을 때 있었던 일로 인해 우리 두 사람 간의 거리는 전혀 좁혀지지 않았다.

그 당시의 상황을 설명하자면 약간의 배경 지식이 필요하다. 1주일 전 시카고에서 있었던 경기에서 댈러스 매버릭스는 주전 포워드 자말 매쉬번의 50득점에 힘입어 연장전 끝에 우리를 꺾었다. 상대팀의 같은 포지션 선수에 농락당할 때마다 그랬듯, 나는 그 패배를 개인적인 패배로 받아들였다. 그건 자주 있는 일은 아니었다.

우리는 그들과 다시 맞붙을 준비를 하고 있었고, 나는 팀 동료들에게 다음 경기에선 나도 50득점을 올릴 거라고 공언했다. 나는 그 얘기를 댈러스로 가는 비행기 안에서도 했다. 경기가 시작되기 전 라커룸에서도 했다. 심지어 종이에 50이란 숫자를 써서 내 이마에 붙이기까지 했다. 그러니 필 감독도 그걸 못 봤을 리가 없다.

모든 게 계획대로 되어가고 있었다. 그렇다. 거의 모든 게. 나는 경기 중반까지 17득점을 올렸고, 3쿼터에 이르러선 36득점까지 올렸고, 리바운드도 14개나 기록했다. 그렇게 잘하고 있었는데……

갑자기 벤치로 나가 앉게 됐다. 필 감독이 4쿼터 내내 벤치를 지키게 한 것이다. 이해는 된다. 우리는 댈러스 매버릭스를 완전히 끝장내고 있었다. 필 감독은 나를 코트로 내보낼 이유가 없다고 본 것이다. 그러나 내겐 아주 분명한 이유가 있었다. 나는 자말 매쉬번에게 '득점에는 득점으로' 답해줘야 했다.

장담하건대, 마이클 조던이 내 상황이었다면 필 감독은 틀림없이 그가 50득점, 아니 어쩌면 60득점을 올릴 때까지 계속 뛰게 해주었을 것이다. 내 느낌에 이는 필 감독이 마지막 슛을 쏠 기회를 토니 쿠코치에게 준 일과 다를 게 없었다. 필 감독은 내가 주인공이 되는 나만의 순간을 갖는 걸 허용하지 않았다.

12월에 들어서도 나을 게 하나 없었다. 특히 두 경기가 유독 뼈아팠는데, 두 경기 모두 유나이티드 센터에서 있었다. 어떤 경기가 더 치욕적이었는지 가리기 힘들 만큼 최악의 경기들이었다. 12월 19일에 우리는 댈러스 매버릭스에게 77 대 63으로 패했다. 우리 팀의 사상 최저 득점이었다. 내가 올린 14득점이 팀내 최고 득점일 정도로 모두 부진했다. 적어도 댈러스 매버릭스는 저력이 있는 팀으로, 11연승을 향해 달려가던 강한 상대였다는 게 위안이었다.

1주일 후에는 로스앤젤레스 클리퍼스에게 95 대 92로 무릎을 꿇었다. LA 레이커스도 아닌 LA 클리퍼스에게 패한 것이다. LA 클리퍼스(당시 4승 23패)는 샌디에이고에 홈구장을 마련한 1979년 이래로 시카고에서 한 경기도 승리한 적이 없었다. 2쿼터 때 나는 그 경기에서 두 번째 테크니컬 파울을 받았다. 내게 오펜시브 파울을 선언한 심판에게 이의를 제기했다가 받은 파울이었다. 첫 번째 테크니컬 파울은 욕설을 했다고 받은 것이었다. 그날 밤 나는 그렇게 헤맸다.

우리가 그렇게 헤맨 데는 다 그럴만한 이유가 있었다. 호레이스를 지키지 못했기 때문이었다. 그건 마이클을 잃은 것만큼이나 큰 타격이었다. 호레이스는 코트를 지배했고, NBA 최고의 파워 포워드들도 제압했다. LA 클리퍼스에 당한 패배로 우리의 전적은 13승 13패가 되었고, 나는 기분이 영 좋지 않았다. 농구를 시작한 이래 그렇게까지 헤맨 적은 없었다. 고등학교 때도 대학 때도 그리고 프로 선수가 된 이후에도. 내가 그 다음날 제리 크라우스 단장에게 화살을 돌린 것도 그 때문인지 모른다.

"그의 말은 하나부터 열까지 다 거짓말입니다." 나는 기자들에게 말했다. "굳이 번거롭게 그를 만나 확인할 필요도 없어요." 이는 제리 단장이 곧 시애틀 슈퍼소닉스와 트레이드를 할 것처럼 거짓말한 걸 가리키는 말이었다. 나는 그가 호레이스와의 재계약에 성의를 보이지 않았던 것도 불만이었다. 그 결과야 절대 알 수 없긴 하지만, 그렇다고 해서 무슨 차이가 있었을 거라는 얘기는 아니다.

내가 화가 났던 건 비단 제리 단장의 그런 거짓말과 경기에서의 연이은 패배 때문만은 아니었다. 나는 내가 제대로 된 대우를 받지 못하는 것에 대해서도 여전히 화가 났다. 이제 토니 쿠코치와 B.J. 암스트롱 그리고 론 하퍼 모두 나보다 많은 돈을 받고 있었다. 늘 그랬듯, 그렇다고 해서 감정 때문에 코트에서의 플레이를 소홀히 할 수도 없었다. 나는 5가지 중요한 개인 기록, 즉 득점, 리바운드, 어시스트, 블록슛, 스틸

부문에서 모두 팀내 최고였다. 1970년대 말에 보스턴 셀틱스의 센터였던 데이브 코웬스Dave Cowens 이후 나 정도의 기록을 세운 선수는 없었다. 그러나 크든 작든 내가 겪고 있는 일들은 내게 영향을 미치고 있었고, 결국 그게 밖으로 드러나게 되어 있었다.

1월 24일에 우리는 유나이티드 센터에서 샌안토니오 스퍼스와 경기를 가졌다. 전반 끝 무렵에 당시 샌안토니오 스퍼스에 있던 데니스 로드맨이 우리 팀의 룩 롱리와 몸싸움을 벌였다. 그런데도 로드맨에게 파울이 선언되지 않아 믿을 수가 없었다. 그래서 나는 심판인 조이 크로포드Joey Crawford에게 이의를 제기했는데, 그는 내 말을 인정하지 않았다. 그리곤 되레 내게 테크니컬 파울을 선언했다. 나는 불같이 화를 냈고, 결국 또 다른 테크니컬 파울을 받았다.

코트에서 나와 라커룸으로 가면서, 나는 마지막 항의를 하기로 마음먹었다. 나는 우리 쪽 벤치를 지나가다 접이식 의자를 집어 들어 코트 위로 던졌다. 1985년 인디애나 페이서스의 감독 바비 나이트Bobby Knight가 썼던 항의 방법을 흉내 낸 것이다. 나는 결코 조이 크로포드 심판을 좋아하지 않았다. 그는 자신이 얼마나 막강한 힘을 갖고 있는지 보여주고 싶어서 휘슬을 불어대는 심판들 중 하나였다. 그런 심판들이 여럿 있긴 하지만.

돌이켜보면, 그때 의자를 집어던지지 말았어야 했다. 누군가가 다칠 수도 있었으니까. 그럼에도 불구하고 나는 그 당시에 사과하지 않았고 지금도 사과할 생각이 없다. 좋다. 내 행동이 지나쳤다는 것은 인정한다. 그러나 크로포드의 판정 역시 지나치게 과했다. 그렇다고 그가 사과했다는 말을 들은 기억은 없다.

곧 또 다시 트레이드 마감 시한이 왔다 갔고, 나는 내가 있던 곳에 그대로 남겨졌다. 가장 최근에 나온 보도는 내가 LA 클리퍼스로 가게 될 거라는 것이었다. 그럴 수도 있고 아닐 수도 있고. 나는 대체 뭘 믿어야 좋을지 알 수 없었다. 아무 데도 가지 못했다는 얘기가 나온 김에 하는 말인데, 2월에 시카고 불스의 전적은 5승 8패로, 더그 콜린스가 감독을 맡고 있던 1989년 4월 이후 최악의 전적이었다. 상황은 매일 밤 마찬가지였다. 전반에 앞서 나가다 후반 들어가면서 뒤처지는 식이었다.

3월 초에 시카고 불스의 종합 전적은 28승 30패로, 우리 센트럴 디비전 내에서는 샬럿 호네츠보다 무려 8.5경기 뒤쳐져 있었고, 동부 컨퍼런스 최고 기록을 세운 올랜도 매직(44승 13패)과는 비교가 불가능할 정도로 수만 광년 뒤져 있었다. 올랜도에는 NBA에서 가장 주목 받고 있던 재능 있는 두 젊은 선수가 있었다. 키 216㎝에 체중 147㎏인 센터 샤킬 오닐Shaquille O'Neal과 키가 201㎝인 가드 겸 포워드 페니 하더웨이였다. 샤킬은 아마 영원히 코비 브라이언트Kobe Bryant와 떼어놓을 수 없을 것이고, 사실 그럴 만도 하다. 그러나 페니가 샤킬의 진정한 첫 공동 주연 파트너였다. 페니는 아웃사이드에서는 물론 상대팀 수비들이 블록을 노려도 슛을 날릴 수 있었고 패스 역시 엄청 날카로웠다. 올랜도 매직으로 이적한 호레이스 그랜트는 나보다 먼저 또 다른 챔피언 반지를 받게 될 가능성이 높았다. 만일 그런 일이 일어났다면, 나는 아마 그 얘기를 끝도 없이 들어줘야 했을 것이다.

■ ■ ■ ■

3월 7일 시카고 불스의 베르토 센터 연습장에 그가 다시 모습을 드러냈을 때만 해도 별 일 아닌 것 같았다. 마이클 조던은 은퇴 후에도 여러 차례 우리 팀과 함께 운동을 했기 때문이다. 그는 여전히 농구를 사랑했고, 그 사랑은 절대 변하지 않을 듯했다. 그런데 이번에는 뭔가가 달랐다. 그는 2진과 함께 운동을 했고 팀의 촬영 시간에도 참여했다. 그는 심지어 운동이 끝난 뒤 단거리 전력 질주도 했다.

선수들은 속으로 자문하기 시작했다. '진짜 복귀 생각을 하고 있는 거 아냐?'

며칠 동안 온갖 추측이 난무했지만, 정확한 답을 아는 사람은 아무도 없었다. 처음부터 지역 TV 방송국과 신문 기자들도 큰 관심을 보였다. 마이클이 1993년에 고별 기자 회견을 한 이후 베르토 센터에는 기자들의 발길이 거의 끊기다시피 했었다. 그게 벌써 100년 전 일처럼 느껴졌다.

늘 그랬듯, 마이클은 내게 사실을 털어놓지 않았다. 나 또한 그의 계획이 뭔지 물어볼 생각도 안 했다. 나는 우리 두 사람 사이가 얼마나 먼지 잘 알고 있었고, 굳이 더 가까이 다가가려 하지도 않았다. 나만 그런 게 아니었다. 시카고 불스의 모든 사람들이, 그리고 심지어 그와 친했던 B.J. 암스트롱조차, 그의 복귀에 대해 아는 바가 전혀 없었다.

하루하루 날이 지나면서 마이클의 복귀는 점점 기정사실화되어갔다. 특히 조만간 야구는 더 이상 그의 선택이 되지 못할 상황이어서 더 그랬다. 그해 8월에 메이저리그 선수들이 파업을 벌였고, 그 결과 1994년 시즌의 나머지 일정이 다 취소됐다. 그 이듬해 3월이 되어서도 아직 노동 쟁의가 끝날 기미는 보이지 않았다. 어떤 선수들은 피켓 라인•을 넘어 마이너리그의 대체 선수로 합류하기도 했다. 그러나 마이클은 그러지 않았다.

3월 18일에 그는 "내가 돌아왔다."(I'm back.)라는 유명한 팩스 문구로 자신의 복귀를 공식화했다.

나는 뛸 듯이 기뻐했다. 그런 나를 보며 어떤 사람들은 의아하게 생각했을 것이다. 내가 다시 '2인자'로 밀려나는 건 원치 않을 거라 생

• picket line. 노동 쟁의 때 출근 저지 투쟁을 위해 파업 노동자들이 늘어선 줄

각했을 테니까. 내가 조수인 로빈보다는 주인공인 배트맨이 되고 싶어 한다고 생각했을 테니까. 거짓말은 하지 않겠다. 사실 나는 마이클 생각대로 따르지 않고도 경기력을 완전히 다른 수준으로 끌어올릴 수 있다는 걸 입증해 보이고 싶었다.

그러나 제리 크라우스 단장은 더 많은 걸 입증해 보이길 원했다. 1993-94 시즌에 55승을 거둔 결로는 충분치 않았다. 물론 그는 마이클이 되돌아온 것에 대해서도 그리 달가워하지 않았다.

"스카티와 호레이스, 그 친구들은 당신이 데려온 선수들이죠." 마이클은 제리 단장에게 이렇게 말하곤 했다. "근데 나를 직접 뽑지는 않았잖아요."

그 말은 늘 제리 단장의 신경을 건드렸다. 그런 그를 보며 마이클은 오히려 기회 있을 때마다 그 말을 했다. 그는 제리 단장의 어떤 부분을 건들면 발끈하는지 잘 알고 있었다. 그리고 그런 부분은 아주 많았다.

마이클이 복귀했다고 해서 시카고 불스가 안고 있는 모든 문제가 치유될 수 있는 건 아니었다. 그는 호레이스 그랜트가 아니었다. 그는 체구가 큰 파워 포워드들과 몸싸움을 할 수 없었고, 그래서 우리는 여전히 호레이스 같은 선수가 필요했다.

게다가 마이클은 내가 즐겨 쓰는 말인 이른바 '시즌 중 컨디션'midseason condition이 아니었다.

어떤 프로 선수든 마찬가지지만, 연습 경기 몇 차례만 불참해도 예전 같은 컨디션을 기대하기 힘들다. 몸이 따라주지 않는 것이다. 경기 자체만의 문제가 아니다. 선수에겐 매일매일 연습 경기도 필요하고 여행도 필요하고 정신 집중도 필요하다. 마이클은 거의 2년 전인 1993년에 NBA 결승에서 우리가 피닉스 선즈를 꺾은 이후 그런 것들과는 담을 쌓고 지냈다.

마이클 외의 선수들 역시 적응을 해야 했다. 특히 그와 같이 플레이를 해본 경험이 전혀 없는 선수들은. 단순히 그가 어느 위치에 있을 때 공을 주어야 하는지 또는 그가 바스켓 쪽으로 돌진할 때 나머지 선수들은 어느 위치에 있어야 하는지 등에만 적응해선 안 됐다. 마이클과 함께 플레이를 하려면 팬들과 기자, 포토그래퍼, 유명인사들 등으로부터 쏟아지는 그에 대한 관심에도 적응해야 했는데, 이제 그에 대한 사람들의 관심은 예전과는 비교도 될 수 없을 만큼 더 엄청나게 커져 있었다.

선수들은 여자들이 인기 있는 배우에게 홀딱 빠지듯 마이클에게 홀딱 빠졌다. 내가 보기에 마이클은 정말 그런 인기 배우 같았다. 나는 지금 NBA 리그에서 몇 년간 프로 선수 생활을 한 다 큰 성인 남자들 얘기를 하고 있는 것이다. 그들은 마이클에게 어찌 접근해야 좋을지 몰랐다. 그리고 많은 경우 아예 접근하려 하질 않았다. 뭔가 삐끗 말을 잘못해 그의 눈 밖에 나느니, 차라리 적당히 거리를 유지하는 게 낫다고 생각한 것이다.

팀 동료들이 얼마나 자주 내게 다가와 이런 질문을 했는지 모른다. "마이클한테 여기에 사인 좀 해달라고 해도 될까?" 사인을 해달라는 게 어린 동생에게 선물해줄 시카고 불스 셔츠이든 아니면 마이클이 50득점을 기록한 경기의 프로그램이든, 나는 그럴 때마다 '행운을 빌어!' 같은 식의 표정을 지어보였다.

특히 토니 쿠코치만큼 주눅 든 선수는 없었다. 토니는 늘 마이클과 함께 플레이를 하고 싶어 했다. 그래서 마이클이 은퇴했을 때 엄청난 충격을 받았다. 막상 바라던 일이 이루어질 때를 조심해야 한다. 그렇잖아도 토니는 이미 필 감독과도 문제가 있었다. 필 감독은 수비를 제대로 하지 않는다며 계속 토니를 몰아대고 있었으니까. 그런데 이제 마이클까지 돌아왔다. 입바른 말을 하는 데 전혀 거리낌이 없는 마이클까지.

마이클의 첫 컴백 경기는 3월 19일 인디애나폴리스에서 열린 인디애나 페이서스와의 경기였다. 3월 19일이 아니라 6월 19일• 같았다. 마켓 스퀘어 아레나에 들어온 팬들은 그만큼 열광했고 언론 관계자들도 엄청나게 많았다.

마이클은 낯익은 등번호 23 대신 고등학생 시절 사용했던 첫 등번호 45가 찍힌 셔츠를 입고 나왔는데, 예상대로 그의 기량은 녹슬어 있었다. 우리는 연장전 끝에 103 대 96으로 패했는데, 마이클이 던진 슛 28개 가운데 단 7개만 림 안으로 들어갔다. 그 다음 경기에서 보스턴 셀틱스를 꺾은 우리는 이후 유나이티드 센터에서 올랜도 매직과 맞붙었다. 우리에겐 큰 시련이었다. 올랜도 매직은 당시 동부 컨퍼런스에서 두각을 드러내고 있었다. 우리는 패배했다. 이번에도 마이클은 부진했고(23개의 슛 가운데 7개만 성공), 결국 106 대 99로 올랜도 매직이 승리했다.

그러나 걱정할 필요는 없었다. 그는 마이클 조던이었으니까. 오래 걸리지 않아 자신의 리듬을 되찾을 테니까. 바로 그 다음 경기에서 그는 자신의 진가를 보여주었다. 경기 종료를 5.9초 앞두고 애틀랜타 호크스에 1점 뒤진 상황에서, 마이클은 인바운드 패스를 받아 코트를 내달린 뒤 경기 종료 버저가 울리기 직전 약 4미터 거리에서 승패를 가를 결정적인 슛을 성공시켰다. 그는 그 경기에서 32득점을 기록했다. 오랜 기간 방망이로 변화구를 받아치는 일에 전념했던 선수치곤 나쁘지 않은 기록이었다.

그러다 드디어 뉴욕 매디슨 스퀘어 가든에서의 밤이 다가왔다. 그 누구도 예상치 못한 밤이. 1쿼터 때 마이클은 처음 슛 7개 가운데 6개

• 보통 NBA 결승은 6월에 열림

를 성공시키면서 20득점을 올렸다. 2쿼터 때는 15득점을, 3쿼터 때는 14득점을 올렸다. 그리고 총 55득점으로 경기를 마쳤는데, 이는 그 시즌 NBA 모든 경기를 통틀어 개인 최다 득점이었다. 게다가 그는 빌 웨닝턴에게 승패를 결정지을 덩크슛까지 할 수 있게 해주어, 결국 우리는 뉴욕 닉스를 113 대 111로 꺾을 수 있었다. 혼자 55득점을 올린 이 경기는 이후 '더블 니켈'• 경기로 알려지게 된다.

마이클은 팩스로 '내가 돌아왔다'는 사실을 세상에 알렸다. 그리고 매디슨 스퀘어 가든에서의 놀라운 플레이로 자신의 완전한 복귀를 공식 선언했다. 마이클은 4월 말 플레이오프가 시작되기 전에 17경기에 출전했다. 우리는 그중 13경기를 이겨 정규 시즌을 47승 35패로 끝냈고, 동부 컨퍼런스에서 5번 시드를 배정받았다. 우리는 다시 시카고 불스가 되었다. 이젠 모든 게 가능해졌다.

■ ■ ■ ■

5전 3선승제인 1라운드에서 우리가 맞붙게 될 팀은 샬럿 호네츠였고, 1차전은 샬럿에서 치러질 예정이었다. 우리가 샬럿 호네츠를 상대로 마지막 플레이오프 원정 경기에 나섰던 건 1989년이었다. 샬럿 호네츠는 1994-95 시즌에서 50승을 거두었는데, 그 팀에는 훗날 명예의 전당에 이름을 올릴 센터 알론조 모닝Alonzo Mourning, 포워드 래리 존슨Larry Johnson 그리고 내 인생 전환점이 된 버지니아 주 포츠머스에서의 드래프트 전 토너먼트에서 1주일 간 멋진 추억들을 함께 쌓았던 번개처럼 빠른 포인트 가드 먹시 보그스 등이 버티고 있었다. 먹시에게는

• double nickel. 한 선수가 한 경기에서 올린 득점이 55점일 때 쓰는 말. 5센트에 해당하는 니켈 동전 두 개를 나란히 놓으면 55란 숫자가 된다는 데서 나온 말

말로 다 표현할 수 없을 만큼 큰 고마움을 느끼고 있다.

짧은 시리즈였기 때문에, 1차전이 평상시보다 더 중요했다. 연장전까지 갔던 1차전 최종 점수는 시카고 불스 108점, 샬럿 호네츠 100점이었다. 승리에 가장 큰 공을 세운 사람은 마이클로, 그는 연장전에서 팀이 올린 16점 중 10점을 포함해 무려 48득점을 올렸다. 2차전에서는 106 대 89로 샬럿 호네츠의 승리였는데, 알론조 모닝이 23득점에 20리바운드로 승리를 견인했다. 3차전에서 우리는 모닝을 13득점 7리바운드로 꽁꽁 묶으면서 103 대 80으로 확실한 승리를 거두었다.

이제 홈경기에서 한 번만 더 이기면 다음 2라운드로 넘어갈 상황이었다. 그러나 늘 말하기는 쉬워도 행하기는 어려운 법. 특히 마이클이 부진한 밤이라면 더욱 더. 4차전 3쿼터와 4쿼터 때 마이클은 약 16분간 단 1득점도 올리질 못했다. 어떻게 이런 일이 가능할까 싶을 정도였다. 그의 그 부진을 나와 토니가 만회했다. 토니는 21득점에 11리바운드를 기록했다. 그럼에도 불구하고 샬럿 호네츠는 마지막 순간 스틸에 성공하며 기세를 올렸다. 경기 종료를 몇 초 앞두고 1점 뒤진 상황에서, 래리 존슨이 자유투 라인 뒤쪽에서 점프슛을 날렸다. 에어볼이었다. 바로 뒤이어 허시 호킨스Hersey Hawkins가 그 공을 잡아 슛을 시도했으나 또 빗나갔다. 우리는 간신히 살아남았다.

다음 상대는 톱시드를 배정받은 올랜도 매직이었다. 그들의 재능을 의심하는 사람은 아무도 없었다. 문제는 이것이었다. '그들은 과연 다음 장애물을 넘을 준비가 되어 있는가?' 챔피언을 쓰러뜨리려면 시간이 필요하다. 우리가 디트로이트 피스톤스를 상대로 그랬듯 말이다. 게다가 마이클 조던까지 복귀해 우리는 여전히 챔피언이란 느낌을 갖고 있었다. 슬럼프에 빠져 허우적댄 1993-94 시즌은 아예 있지도 않았던 듯했다.

우리의 가장 힘든 숙제는 샤킬 오닐을 묶는 일이었다. 그는 짐승이었다. NBA 리그에 들어와 겨우 세 번째 맞는 그 시즌에 그는 평균 29.3 득점 10.8리바운드를 기록했다. 우리에겐 그를 막을 수 있는 선수가 없었다. 다른 팀에도 그런 선수는 없었다. 그의 약점은 자유투였다. 그의 자유투 성공률은 고작 53퍼센트에 불과했다. 나는 샤킬이 대체 왜 그 약점을 보강하려 애쓰지 않는지 이해할 수가 없었다. 그 점을 보강한다면 훨씬 더 위협적인 선수가 될 수 있었을 텐데 말이다.

다행히 우리에겐 빌 웨닝턴, 룩 롱리, 윌 퍼듀라는 재능 있는 거구의 세 선수가 있었다. 그들이 한 선수당 6개씩 총 18개의 파울을 내가면서 샤킬을 적극적으로 막을 수 있었다. 그 세 선수는 '머리가 세 개인 괴물'three-headed monster로 불리기도 했다.

샤킬 오닐의 약점 얘기는 이 정도에서 끝내기로 하고. 1차전에서 샤킬은 필드골 16개중 12개를 성공시켜 26득점을 기록했고 리바운드도 12개를 잡아냈다. 그럼에도 불구하고 우리는 토니 쿠코치의 멋진 활약(17득점 9리바운드 7어시스트)과 후보 선수들이 함께 올린 34득점에 힘입어 끝까지 버텼다. 경기 종료를 18초 앞두고 우리는 91 대 90으로 앞서 있었다. 마이클이 공을 드리블하며 코트로 달려갔고, 그 바로 뒤를 가드 닉 앤더슨Nick Anderson이 따라 붙었다.

올랜도 매직 입장에선 파울을 범할 가능성이 높은 상황이었다. 그들은 파울을 범했을까? 앤더슨은 마이클이 갖고 있던 공을 스틸했고, 그 공을 페니 하더웨이가 잡았다. 페니는 코트를 내달리다 호레이스 그랜트에게 공을 넘겼고, 호레이스가 그 공을 받아 바로 덩크슛을 성공시켰다. 이젠 올랜도 매직이 92 대 91로 앞섰다.

조금 절제된 표현을 쓰자면, 마이클은 큰 충격을 받았고 농구계 전체도 충격을 받았다. 결정적인 순간에 마이클 조던으로부터 공을 스틸한 선수는 아무도 없었으니 말이다. 다만 그 당시의 마이클은 예전의 마이클은 아니었다. 거의 2년간 농구계를 떠나 있던 마이클이었던 것이다.

불스 측에서 타임아웃을 요청했다. 남은 시간은 6.2초였다. 경기는 아직 끝나지 않았다. 마이클에게 실수를 만회할 기회가 있을 수도 있었다. 그는 하프코트 근처에서 공을 잡은 뒤 자유투 라인 쪽으로 드리블해 갔다. 그런 다음 점프를 해 공중에서 슛을 날리는 대신 그 공을 내게 던졌다. 나는 그가 패스를 하리라곤 전혀 예상 못했다. 아무도 예상 못했다. 공이 리바운드될 경우 그걸 잡으려고 내 몸은 이미 바스켓 쪽으로 움직인 상황에서 공은 내 뒤를 지나 코트 밖으로 나갔다. 결국 94 대 91. 경기는 올랜드 매직의 승리로 끝났다.

25년 후에 사람들은 마이클 조던 역시 실수를 하는 선수였다는 증거로 앤더슨의 그 스틸을 상기하곤 했다. 에이, 나는 그런 사람들에게 이런 말을 해주고 싶다. 아마 그들은 2차전에서 마이클이 38득점을 올려(30개의 슛 중에 17개를 성공시켜) 우리가 104 대 94로 승리함으로써 시리즈 전적을 1승 1패 동점으로 만들었다는 사실은 잊은 듯하다. 아예 실수를 안 하는 건 아닐지 몰라도, 그는 여전히 마이클 조던이었다. 그 경기에서 그는 등번호를 다시 23으로 바꿨다. 등번호 45는 왠지 안 어울리는 느낌이었다.

우리는 바라던 대로 원정 경기에서 동점을 만든 뒤, 그리고 세상의 모든 기운을 안고서 시카고로 돌아왔다. 그러나 아쉽게도 그런 분위기는 오래가지 못했다. 3차전에서 올랜도 매직은 110 대 101로 우리를 꺾었다. 샤킬은 자유투 10개 중 8개를 성공시키는 등 총 28득점을 올렸다. '자신을 샤킬 오닐이라고 칭하는 이 거구의 사내는 대체 누구인가?'

4차전에서 우리는 106 대 95 승리로 되살아나면서 시리즈 전적을 다시 2승 2패 동점으로 만들었다. 그런 다음 5차전에서는 다시 103 대 95로 올랜도 매직이 승리를 가져갔다. 이 경기에서 샤킬은 23득점 22

리바운드 5블록슛으로 코트를 지배했다. 다시 말하지만, 그는 짐승이었다. 24득점 11리바운드를 올린 호레이스 그랜트도 대단했다. 그러나 시카고에서 우리가 제대로 해낼 수만 있다면, 압박감을 느끼게 되는 건 올랜도 매직 쪽이었다. 한 번도 해본 적 없는 경기를 해야 했기 때문이다.

바로 7차전이라는 경기다. 우리에겐 아무런 문제가 없었다. 6차전 종료를 3분 넘게 남긴 상황에서 B.J. 암스트롱이 코트 모서리에서 멋진 3점슛을 꽂아 넣어 우리가 8점 앞서 가게 되었다. 시카고 유나이티드 센터의 분위기는 후끈 달아올랐다. 예전에 시카고 스타디움에서 그랬던 것처럼 말이다. 올랜도 매직 쪽에서 타임아웃을 요청했다. 두 번째 공을 잡았을 때 샤킬 오닐이 골 밑 득점을 올려 점수 차를 6점으로 좁혔다.

그런 다음 시카고 불스의 턴오버 이후 닉 앤더슨이 3점슛을 성공시켰다. 곧이어 우리가 상대편 코트로 공격해 들어갔지만 득점에는 실패했다. 연속 세 번째 득점 실패였다. 어떻게든 득점을 해야 했는데 말이다. 그 와중에 올랜도 매직의 브라이언 쇼Brian Shaw가 자유투 두 개를 얻었다. 8점 차로 앞서 있었는데, 그 점수 차가 순식간에 다 날아갔다.

게다가 마이클이 에어볼을 던졌고, 그걸 닉 앤더슨이 잡아 또 다시 점프슛을 성공시켰다. 이제 전세가 역전되어 올랜도 매직이 1점 리드했다. 경기 종료 42.8초를 앞두고 필 감독이 타임아웃을 요청했다. 이건 있을 수 없는 일이었다. 과거 4년간 챔피언 반지를 세 번이나 받은 시카고 불스 아닌가. 경기장도 우리의 홈구장이고. 게다가 마이클 조던까지 합류했는데.

경기 막판에 우리에겐 동점이 되거나 앞지를 수 있는 기회가 두 번 있었다. 첫째, 골대 근처에 있던 룩 롱리가 마이클로부터 완벽한 패스를 받아 쉽게 득점할 수 있는 기회가 있었으나 놓쳤다. 올랜도 스몰 포워드 데니스 스콧Dennis Scott이 자유투를 성공시켜 올랜도 매직이 2점을 얻은 뒤, 마이클이 다시 전세를 뒤집었다. 그러나 그게 끝이었다. 최종 점수는 108 대 102. 마지막 3분간 올랜도 매직은 14 대 1로 우리를 압도했다.

승리 축하 행사가 시작됐다. 올랜도 매직 선수들은 귀환한 정복 영웅 호레이스 그랜트를 자신들의 어깨 위에 둘러메고 축하 행진을 했고, 호레이스는 흰 수건을 흔들었다. 나는 경기에서 패한 건 너무 싫었지만, 호레이스가 제리 크라우스 단장이 보는 앞에서 패배의 아픔에 소금을 뿌리는 걸 보는 것이 싫지만은 않았다.

누가 또 아는가? 나도 언젠가 저런 기회를 갖게 될는지. 시카고 불스 측에서 자기들 뜻대로 했다면, 나는 조만간 팀에서 퇴출됐을 것이다. 그들은 우리 팀이 결승 진출에 좌절한 직후 혹시 트레이드에 관심 있는 팀이 없나 알아보기 위해 여러 팀에 연락을 돌렸다. 마이클이 컴백했다고 해서 그들이 나를 다시 붙잡고 싶어 했던 건 아닌 것이다.

믿지 않겠지만, 나는 팀에 그대로 남고 싶었다. 시즌 초만 해도 팀을 떠나고 싶어 했던 게 아니었냐고? 나도 그건 안다. 사실 그랬다. 그러나 그 이후 많은 게 변했다. 특히 가장 중요한 변화는 마이클의 복귀였다.

잠시 차질이 빚어지긴 했지만, 우리의 챔피언 군림 기간이 끝나려면 아직 멀었다. 스티브 커, 빌 웨닝턴, 론 하퍼, 토니 쿠코치 그리고 룩 롱리 같은 선수들이 이젠 마이클과 함께 플레이하는 법을 알게 됐고 그를 둘러싸고 벌어지는 이런저런 일들에 대처하는 법도 알게 됐다. 1994-95 시즌의 마지막 두 달은 완벽한 리허설이었다. 우리에게 필요한 건 단 하나, 호레이스 그랜트를 대체할 리바운더 겸 수비수였다. 나는 대체 어떤 선수가 오게 될지 전혀 상상도 하지 못했다.

챔피언 반지 두 개 더

CHAPTER 15 TWO MORE RINGS

내가 그의 이름을 처음 들은 건 센트럴아칸소대학교 3학년 때였다. 그는 내게 희망을 주었다. 그 덕분에 NBA 리그에 드래프트되려면 꼭 농구 명문대에 다니지 않아도 된다는 걸 알게 된 것이다. 재능과 헌신적인 자세만 갖고 있다면 꿈은 이루어질 수 있었다. 데니스 로드맨. 그는 불가능할 것 같은 여정을 거쳐 텍사스 주 댈러스의 한 가난한 동네에서 사우스이스턴 오클라호마 주립대학교에 들어갔고, 거기서 다시 명예의 전당에 이름을 올리게 됐는데, 그는 풍부한 재능과 헌신적인 자세를 두루 다 갖고 있었다.

나는 데니스 로드맨보다 1년 늦게 NBA 리그에 들어왔다. 우리 두 사람은 라이벌이었고, 그러다 적이 되었다. 우리는 '악동들'을 아주 싫어했고 그들은 우리를 아주 싫어했다. 사실 그들은 모든 팀들을 싫어했다. 그러나 심지어 디트로이트 피스톤스의 악동들이 플레이오프에서 계속 시카고 불스를 연파하는 중에도, 나는 데니스의 수비 및 리바운드 능력에는 경의를 표하고 있었다. 그는 공이 슈터의 손에서 떠나는 순간 바로 그게 어디로 향할지 알았고, 자신보다 10㎝ 이상 크고 20㎏ 넘게 무거운 선수들과 맞붙어도 리바운드 볼을 자기 것으로 만들 수 있었다.

그건 결코 우연히 되는 일들이 아니었다. 상대팀 선수들의 성향을 면밀히 분석해, 그들이 슈팅 모드에 들어가기도 전에 리바운드하기 가장 좋은 위치에 가 있었던 것이다. 데니스는 믿을 수 없을 만큼 뛰어난 농구 IQ를 갖고 있었다. 그래서 단 1득점도 올리지 못할 때조차 경기에 엄청난 영향력을 행사할 수 있었다. 그렇게 할 수 있는 선수들이 얼마나 되겠는가?

아이재아 토마스와 빌 레임비어 그리고 조 듀마스도 디트로이트 피스톤스의 성공에 꼭 필요한 선수들이었지만, 아마 데니스 로드맨이 없었다면 그 팀은 절대 두 번이나 NBA 챔피언 자리에 오르진 못했을 것이다.

무엇보다 먼저 데니스가 NBA에 들어오기까지의 과정 자체가 대단한 이야깃거리이다. 그의 아버지는 데니스가 겨우 세 살 때 집을 나갔다. 이후 40년 동안 그는 다시는 아버지를 보지 못했다. 그의 어머니는 가족을 먹여 살리기 위해 온갖 직업을 전전했다. 고등학교를 졸업한 뒤 데니스는 댈러스 공항에서 경비 일을 했는데, 그때 한 기념품점에서 시계들을 훔치는 모습이 카메라에 잡혔다. 그러나 운 좋게도 그 절도 혐의는 기각되었다. 안 그랬으면 그의 이야기는 바로 거기에서 끝났을지도 모른다.

그러다 기적이 일어났다. 데니스는 계속 키가 자라고 자라고…… 또 자랐다. 그의 키는 1년 사이에 175㎝에서 203㎝가 됐다. 그리고 나는 나 역시 그처럼 급성장했다고 생각한다. 그는 두 번째로 농구 선수가 되는 일에 도전했다. 첫 번째는 고등학교 때였는데, 그 당시에는 성공하지 못했다. 그러나 이번에 그는 텍사스 주 게인즈빌에 있는 한 작은 커뮤니티 칼리지 농구팀에 들어가게 됐다. 그리고 다시 거기에서 사우스이스턴 오클라호마 주립대학교 농구팀으로 옮겼다. 그는 그렇게 자신의 길을 만들어 갔다.

그러다 1995년 여름에 필 잭슨 감독이 내게 데니스 로드맨을 시카고 불스로 영입하는 것에 대해 어떻게 생각하냐고 물었다. 그때 데니스는 36살이었다. 나는 반대하지 않았다. 마이클도 반대하지 않았다. 그렇다고 우려할 만한 문제들이 없었던 건 아니다. 물론 그런 문제들이 있었다. 마이클의 반응은 "데니스 로드맨이요?…… 정말이요?" 이런 느낌이었다.

그렇다. '정말이요?' 그 말에는 여러 의미가 담겨 있었다.

그 전해에 필 감독은 시카고 불스에서의 5년간 네 번째 팀을 이끌면서 실험적으로 토니 쿠코치와 래리 크리스트코위악, 딕키 심킨스 그리고 그레그 포스터Greg Foster를 파워 포워드로 써봤다. 올랜도 매직과의 플레이오프전 때에는 내가 그 역할을 맡았다. 그러나 그 누구도 호레이스 그랜트를 대신할 수는 없었다.

파워 포워드는 농구에서 핵심적인 포지션이다. 누가 그 포지션을 맡느냐에 따라 많은 경기의 승패가 갈린다. 우리에겐 리바운드를 10개는 따내고 슛도 블록해주며 칼 말론, 찰스 바클리, 찰스 오클리 같은 거구의 선수들을 상대할 수 있는 선수가 필요했다. 이런 역할들을 데니스 로드맨보다 더 잘해낼 선수는 없었다.

물론 내가 이 선수의 능력에 대해 무슨 환상 같은 걸 갖고 있었던 건 아니다. 코트 위에서의 능력이든 코트 밖에서의 능력에 대해. 1991년 동부 컨퍼런스 결승 4차전 때 데니스에게 등을 떠밀려 코트 밖으로 나가떨어지면서 턱을 여섯 바늘을 꿰맸던 적이 있는 나다. 그건 좀체 잊기 힘든 일이다.

필 감독은 데니스가 팀의 단합에 너무 큰 방해가 된다면 내보낼 수도 있을 거라며 마이클과 나를 안심시켰다. 계약서에 그런 내용을 구체적으로 명시할 거라면서. 이건 알고 있어야 하는데, 나는 절대 계약서 내용대로 되진 못하리라고 봤다. 나를 비롯해 다양한 성격의 선수들을 능수능란하게 다루는 필 감독과 함께라면 특히 더. 그리고 또 데니스는 많은 노력을 할 거고 결국 하루하루 더 뛰어난 플레이를 하게 될 거라고 믿는 마이클과 나 같은 베테랑 선수들과 함께라면.

한편 나는 현실적이었다. 우리는 지금 그 괴짜 데니스 로드맨 얘기를 하고 있는 것이다. 머리카락을 이상한 색들로 염색하고 머리끝부터 발끝까지 문신을 하고 다니던 선수. 경기가 끝나면 셔츠를 벗어 관중들에게 던지던 선수. 팝스타 마돈나와 데이트한 선수. 그라면 무슨 일이든 할 수 있다.

샌안토니오 스퍼스의 입장은 어땠을까? 그들은 데니스를 내보내고 싶어 안달이었다. 그는 그들이 1993년 가을 디트로이트 피스톤스로부터 그를 영입해온 순간부터 계속 문제를 일으켰다. 한 시즌 동안 가장 많은 벌금과 출전 정지를 받은 NBA 선수가 누구인진 모르겠지만, 데니스야말로 그 강력한 후보들 중 하나가 아닐까 싶다.

10월 초에 데니스 로드맨과의 계약이 공식화되었다. 데니스가 윌 퍼듀와 트레이드되어 시카고 불스에 오게 된 것이다. 당시 아마 적지 않은 시카고 불스 팬들이 이런 생각을 했을 것이다. '대체 지금 무슨 짓을 하고 있는 거야?'

이 한 가지는 확실했다. 이제 지루할 새가 없을 것이다. 일리노이주 피오리아의 카버 아레나에서 열린 클리블랜드 캐벌리어스와의 첫 번째 시즌 전 경기를 예로 들어보자. 경기가 시작되고 머리를 빨갛게 염색한 데니스 로드맨이 코트에 들어서자, 관중들은 그가 엘비스 프레슬리라도 되는 양 환호했다. 그런 반응은 시즌 내내 계속됐다. 디트로이트 피스톤스에서 악동 역할을 하던 시절에는 시카고 팬들로부터 온갖 비난을 다 받았던 그였던지라, 관중들의 그런 반응에 그의 경계심도 풀렸던 것 같다. 그는 그날 밤 7득점에 10리바운드를 기록했으며, 클리블랜드 캐벌리어스 선수들 중 하나와 잠시 실랑이도 벌였다. 안 그러면 데니스 로드맨이 아니지.

8번의 프리시즌 경기에서 데니스는 테크니컬 파울을 5번이나 받았다. 다시 말하지만 시즌 전에 열리는 연습 경기, 친선 경기에서다. 그러니 정규 시즌이 시작되면 대체 어떻겠는가? 하루하루 지나면서 나는 데니스가 아주 내성적인 사람이란 사실에 놀랐다. 화제의 대상 데니스 로드맨이 있었고 인간 데니스 로드맨이 있었는데, 그 둘은 아주 달랐다. 훈련 캠프 안에서 데니스는 거의 모든 시간을 혼자 컨디션 조절을 하고 기량을 닦으며 보냈다. 그는 또 선수들 가운데 제일 먼저 체육관에 도착하고 제일 늦게 체육관을 떠나는 경우가 많았다. 나는 트라이앵글 오펜스 전술을 그렇게 빨리 배우는 선수를 본 적이 없었다. 배운다고? 아니, 그는 아예 그 전술을 마스터했다.

모든 사람들이 뭔가 사소한 말썽의 징후라도 보이지 않나 하며 그를 지켜보고 있었다. 그리고 그도 그걸 알았다. 훈련 캠프에서 알게 된 또 다른 사실은 마이클이 정말 예리해 보였다는 것이다. 그는 이제 닉 앤더슨에게 스틸을 허용하던 마이클이 아니라 예전의 마이클로 완전히 돌아왔다. 올랜드 매직에게 패한 것이 그를 화나게 만들었다. 그리고 대개의 경우 마이클 조던을 화나게 만드는 건 좋은 생각이 아니다.

또한 21개월간 농구계를 떠나 있으면서 그 또한 깨달았는지 모른다. 자신이 얼마나 운이 좋은 사람인지, 또 축복 받은 자신의 선수생활이 영원히 계속되진 않으리라는 것을. 자신에게 남겨진 시간이 얼마든, 그걸 최대한 잘 활용해야 하리라. 당시 그는 서른두 살이었다. 프로 농구 선수로 결코 적은 나이가 아니었다.

그 전 해 여름 로스앤젤레스에서 영화 〈스페이스 잼〉•이 촬영 중일 때, 마이클은 영화사 측에서 그를 위해 특수 제작한 체육관 안에서 다른 NBA 선수들과 함께 운동을 했다.

다시 무대를 시카고로 옮겨, 당시 론 하퍼와 나는 매일 아침 7시 경

• Space Jam. 마이클 조던 주연의 1996년도 영화

교외에 있는 마이클의 집 지하실에서 만나 역기 같은 것들을 들어 올리며 근력 운동을 했다. 그렇게 한 시간 정도 운동을 한 뒤, 우리는 마이클의 요리사가 해준 아침 식사를 즐겼다. 아침 식사로는 주로 팬케이크, 오트밀, 굵게 빻은 옥수수, 계란 반숙, 막 짠 신선한 오렌지 주스 등이 나왔다. 그래서 그런 우리 모임을 '아침 식사 클럽'Breakfast Club이라 부르기도 했다.

그 아이디어는 론 하퍼한테서 나온 것이었다. 그는 그걸 선수들이 유대감을 쌓는 한 방법으로 보았다. 그는 내가 코트 밖에선 마이클과 기본적으로 별 친분이 없다고 했을 때 믿으려 하지 않았다. 시카고 불스에 새로 입단한 다른 모든 선수들과 마찬가지로 그 역시 우리 두 사람이 아주 친할 거라고 본 것이다.

나는 역기 같은 걸 드는 근력 운동을 좋아했다. 그래서 지금도 거의 매일 근력 운동을 한다. 고등학교 시절 근력 운동을 하지 않으려다가 선수 생활이 거의 끝날 뻔했다는 걸 생각하면, 아이러니한 일이 아닐 수 없다. 마이클의 집을 나선 뒤 우리는 베르토 센터로 가서 연습경기를 했으며, 수비 및 트라이앵글 오펜스 전술도 익혔다. 새로 온 선수들은 배워야 할 게 많았다. 사실 우리에게 두 번째 근력 운동 시간은 불필요했다. 그럼에도 불구하고 나는 그 시간에도 꼬박꼬박 참여했다. 우리의 근력 운동 코치인 알 버메일Al Vermeil로 하여금 할 일이 없다고 느껴지게 하고 싶진 않았던 것이다.

데니스와 마이클과 내가 최상의 컨디션을 유지하고 있는 상태에서, 우리가 성취하지 못할 일은 없을 것 같았다. 그 와중에 B.J. 암스트롱이 확장 드래프트 기간 중에 토론토 랩터스Toronto Raptors로 떠났다. 나는 그가 떠나는 걸 보게 되어 아쉬웠다. 윌 퍼듀와 피트 마이어스도 떠났다. 윌 퍼듀는 샬럿 호네츠와 계약을 했고, 피트 마이어스는 한 달 후 마이애미 히트로 트레이드되었다. 반면에 뛰어난 후보 선수들이 보충

됐다. 가드 랜디 브라운Randy Brown과 전 디트로이트 피스톤스 센터 제임스 에드워즈 그리고 앨라배마 출신의 신인 유망주인 파워 포워드 제이슨 캐피Jason Caffey가 바로 그들. 에드워즈는 나이가 서른아홉인데도 여전히 경기력이 뛰어났다.

시즌 초에 경기 일정을 대충 훑어본 뒤 내가 선수들에게 말했다. "내 생각에 우린 3개월 정도는 한 경기도 지지 않을 거 같은데."

■ ■ ■ ■

내 예측은 그리 빗나가지 않았다. 11월 첫째 주에 우리의 전적은 13승 2패로, 우리 팀 역사상 가장 순탄한 출발이었다. 그 13승에는 첫 번째 원정 경기 기간 중에 치른 7개 경기 중 6개 경기에서의 승리도 포함되었으며, 그중 1패는 97 대 92로 패한 시애틀 슈퍼소닉스와의 경기였다. 우리의 수비는 그 어느 때보다 강력했다. 그 원정 경기 기간에 우리를 상대로 100득점 이상을 올린 팀은 포틀랜드 트레일 블레이저스와 댈러스 매버릭스뿐이었다. 초기에 우리에게 패배를 안겨준 또 다른 팀은 올랜도 매직이었다.

그런데 놀랍게도, 우리의 플레이는 최선을 다한 것도 아니었고 데니스 로드맨도 없는 상태였는데, 그는 종아리 부상으로 시즌 초 12경기를 결장했다. 데니스는 12월 6일 유나이티드 센터에서 치러진 뉴욕 닉스와의 경기 때 복귀했다. 그리고 38분 동안 리바운드 20개를 기록했다. 당시 뉴욕 닉스의 총 리바운드 수가 39개였다. 그때 이후 시즌 나머지 기간 동안, 우리는 최선의 플레이를 펼쳤다. 그 어떤 팀도 한 적이 없는 최고의 플레이였다.

12월에 우리의 전적은 13승 1패였다. 그중 1패는 크리스마스 다음 날 인디애나 페이서스와의 원정 경기에서 103 대 97로 패한 것이었다.

우리 선수들은 어떤 의미에선 다행이라 생각했다. 13연승까지 기록한 상황에서 연승 기록을 지키려다 보면, 가뜩이나 이미 많은 부담감을 느끼고 있는데 더 많은 부담감을 느껴야 했기 때문.

3일 후 우리는 시카고에서 인디애나 페이서스를 120 대 93으로 꺾으면서 또 다른 연승 행진을 시작했다. 이번에는 18연승까지 계속됐으며, 이 연승 행진은 1996년 2월 4일에 덴버 너기츠에게 105 대 99로 패한 뒤에야 멈췄다. 패배와 또 다른 패배 사이에서 40일간 승리만 한 것. 1950년 이후의 현대 NBA 역사에서 이보다 더 긴 연승 기록을 올린 팀은 윌트 체임벌린이 이끈 1971-72 시즌의 LA 레이커스(33연승)와 카림 압둘자바가 이끈 1970-71 시즌의 밀워키 벅스(20연승)뿐이다.

덴버 너기츠에게 1패를 당한 뒤의 우리 전적은 41승 4패였다. 사람들은 이런 생각을 하기 시작했다. '시카고 불스가 70승을 올리는 최초의 팀이 되는 게 아닌가?'

안 될 건 무언가? 우리 팀에서 엄청난 경기력을 자랑하는 건 마이클과 데니스뿐이 아니었다. 론 하퍼와 토니 쿠코치도 있었다. 여러 경기에서 론 하퍼는 상대팀의 최고 공격수들을 침묵시켰고, 토니 쿠코치는 우리 후보 선수들로부터 엄청난 힘을 이끌어냈다. 그는 그 시즌 리그 최고의 식스맨 선수로 꼽힐 정도였다.

나 또한 경기력이 절정에 달해 있었다. 12월에 나는 두 번째로 NBA의 '이달의 선수'로 선정됐다. 첫 번째로 선정됐던 때는 1993-94 시즌의 4월이었다. 14경기를 치르면서 나는 평균 25.5득점 7리바운드 6어시스트 2.36스틸을 기록했다. 필드골 성공률은 54퍼센트였고 3점 슛 라인 밖에서의 슛 성공률은 무려 48퍼센트(80개 중 39개)였다. 이는 MVP들이 받을 수 있는 수치들이었다.

모든 게 잘 풀려갔다. 너무나 잘. 하지만 시즌은 길다. 특히 팀에 데니스 로드맨 같은 선수가 있을 경우 무슨 문제든 일어나게 되어 있다.

조만간 뭔가 문제를 만들 것이다. 문제는 그 문제가 언제 일어나는가이다. 그 문제가 얼마나 심각한 것인가.

1996년 3월 16일 드디어 문제가 터졌다. 우리는 뉴저지에서 네츠와 경기를 벌이고 있었다. 1쿼터 때 경기 종료가 약 1분 30초쯤 남은 상황에서, 데니스가 릭 마혼Rick Mahorn을 상대로 파울을 범했다는 심판 판정이 내려졌다. 심판 판정에 불만을 표하기 위해 데니스가 두 손을 자신의 바지 속에 넣었다. 심판을 향해서도, 그리고 농구 경기 자체에 대해서도 존중이 부족한 표현이었다.

그러자 심판인 테드 베른하르트Ted Bernhardt가 그에게 테크니컬 파울을 주었다. 그 경기에서 두 번째였다. 결국 데니스는 그날 경기에서 퇴장 당했다. 그런데 그걸로 끝이 아니었다. 괴짜 데니스 로드맨 아닌가. 순간 데니스가 발끈 화를 냈다. 별 문제 아니었다. 선수들은 늘 발끈하지 않는가. 나 역시 자주 발끈한다. 내가 접이식 의자를 코트로 집어 던졌던 걸 생각해보라. 다만 데니스는 결코 해선 안 될 일을 했다. 그는 머리로 베른하르트를 들이받았고, 연맹에 의해 6경기 출전 금지를 당했다.

데니스가 없다고 해서 우리의 기세가 꺾이진 않았다. 물론 그가 빠진 건 우려할 만한 일이었지만, 그럼에도 우리는 5승 1패를 달렸다. 필 감독과 마이클은 데니스 때문에 팀의 사기가 떨어진다고 생각했고, 나는 두 사람의 그런 생각에 동의하지 않을 수 없었다. 데니스는 많은 테크니컬 파울을 기록하고 있었음에도 불구하고(그 시즌에만 NBA 리그 최다인 28회의 테크니컬 파울을 기록했다), 뉴저지에서의 그 사고 이전까지 대개는 모범 시민에 가까웠으며, 또 다른 NBA 우승을 위해 우리 팀에 꼭 필요한 선수였다.

데니스가 4월 초에 다시 코트에 복귀했을 때 우리 팀은 62승 8패를 기록 중이었다. 마지막 12경기 중에 8경기만 이기면 꿈의 70승 고지에

도달할 참이었다. 전적이 69승 9패까지 도달한 뒤 우리는 4월 16일 밀워키에서 벅스와 맞붙었다. 시카고에서 밀워키까지는 약 145km 거리밖에 안 됐기 때문에 우리는 버스를 타고 갔다. 그런데 그 원정 여행은 기존의 여행들과는 달랐다. TV 방송국 헬리콥터들이 몇 킬로미터 가까이 우리 뒤를 따랐고 팬들은 고속도로에 늘어서서 응원을 해주었다. 우리는 농구 경기에 참가하는 선수들이라기보다는 전쟁터로 향하는 군인들 같은 대우를 받았다.

70승이라는 역사적인 기록을 목전에 둔 시카고 불스는 NBA 리그 내에서도 가장 주목받는 팀이었다. 사람들은 우리 편을 들고 응원하거나 반대편에서 서서 야유하기보다는 그저 우리 팀 선수들과 가까이 있고 싶어 했다. 우리는 묵묵히 우리가 해야 할 일을 했고, 86 대 80으로 승리했다. 그리고 마이클은 22득점 9리바운드로 승리를 이끌었다.

한 개인의 멋진 작품이었다고? 아니다. 그럼 무엇이었냐고? 70승이라는 기록을 세운 건 우리 모두의 작품이었다. 우리는 결국 그 정규시즌을 72승 10패로 끝냈다. 그 이전의 최다승 기록은 1971-72 시즌에 LA 레이커스가 세운 69승 13패 기록이었다. 나는 우리가 성취해낸 일이 자랑스럽다. 그렇다고 해서 계속 70승 돌파 기록에 취해 있을 때는 아니었다.

2015-16 시즌에 골든 스테이트 워리어스가 겪은 일을 생각해보라. 그들은 73승 9패 기록을 달성했으나, 그 다음 NBA 결승에서 르브론 제임스가 이끄는 클리블랜드 캐벌리어스에 패배했다. 우리의 최다승 기록을 깨는 데 너무 많은 에너지를 쏟았던 것이다.

이와 관련해선 플레이오프 경기 시작을 앞두고 론 하퍼가 아주 적절한 말을 했다.

"챔피언 반지를 받지 못한다면 72승 10패가 무슨 의미가 있는가?"

■ ■ ■ ■

팻 라일리 감독이 이끄는 마이애미 히트와의 플레이오프 오프닝 시리즈는 너무 일방적이었다. 우리는 세 경기 모두 점수 차가 17점도 더 되는 완승을 거두었다. 다음 상대는 팻 라일리 감독의 예전 팀인 뉴욕 닉스로, 당시 그 팀의 감독은 제프 밴 건디Jeff Van Gundy였다. 뉴욕 닉스에는 여전히 패트릭 유잉과 존 스탁스, 찰스 오클리, 론 하퍼 등이 버티고 있었다. 이번 플레이오프 시리즈는 훨씬 더 치열해질 게 뻔했다. 그리고 실제 그랬다.

시카고에서 열린 1, 2차전에서 패한 뉴욕 닉스는 뉴욕 매디슨 스퀘어 가든에서 열린 3차전에서 연장전까지 가는 접전 끝에 102 대 99로 승리하며 꺼져가던 불씨를 살렸다. 그 다음에 열린 4차전에서 경기 종료를 약 30초 앞두고 단 1점 뒤진 상황에서 뉴욕 닉스가 공을 잡았다. 패트릭 유잉이 베이스라인에서 턴어라운드 점프슛을 시도했다. 노 골이었다. 리바운드된 공을 데니스 로드맨(달리 누가 잡겠는가?)이 잡았다. 그 경기에서 19번째 리바운드 기록이었다. 결국 우리는 그 경기를 94 대 91로 승리하면서, 1993년 이후 처음으로 동부 컨퍼런스 결승전에 올랐다. 우리의 상대는 올랜도 매직이었다.

올랜도 매직은 그 시즌에서 60승을 올렸다. 그들이 더 큰 관심을 받지 못한 유일한 이유는 우리가 72승을 거둔 팀이었다는 것 때문이었다. 그 전해에 NBA 결승에서 휴스턴 로켓츠에게 완패를 당한 건 그들에겐 견디기 힘든 아픔이었다. 그러나 우리가 디트로이트 피스톤스에 계속 패하면서 성장했듯, 올랜도 매직 또한 그 패배 덕에 성장했다.

올랜도 매직은 우리가 만나고 싶던 팀이었다. 훈련 캠프에 입소한 첫 날부터 그랬다. 우리 홈구장 안에서 어깨 위에 호레이스 그랜트를 둘러매고 승리를 자축하던 올랜도 매직 선수들. 그 모습은 우리 뇌리에서 지워질 수 없는 모습이었다. 설욕을 하는 게 그걸 지울 수 있는 유일한 방법이었다.

우리는 시카고에서 열린 1차전을 121 대 83으로 대승하는 등 출발이 좋았다. 데니스는 13득점에 21리바운드를 기록하며 최상의 몸 상태를 보였다. 룩 롱리 역시 단 13분 만에 14득점(9개의 슛 중 7개 성공)을 올리는 등 뛰어난 경기력을 뽐냈다. 그 경기에서 올랜도 매직이 잃은 건 경기 자체뿐이 아니었다.

3쿼터 후반에 올랜도 매직의 호레이스 그랜트와 샤킬 오닐이 서로 충돌한 것. 이 세상 사람들 가운데 절대 충돌하고 싶지 않은 한 사람이 있다면, 그건 아마 샤킬 오닐일 것이다. 그 사고로 호레이스는 왼쪽 팔꿈치에 관절 과신전 부상을 입어 그 시리즈를 모두 결장하게 된다.

2차전에서 그들은 호레이스가 없이도 잘 버텨냈다. 적어도 전반에는 그랬다. 샤킬 오닐이 26득점을 올리는 등 평상시의 압도적인 기량을 발휘하면서, 올랜도 매직은 53 대 38로 앞서 나갔다. 그러나 3쿼터 때 더블팀 수비를 당한 샤킬은 슛을 3개밖에 날리지 못했고, 그 덕에 우리가 다시 주도권을 쥐게 됐다. 4쿼터에 접어들 때 우리는 단 2점 차로 뒤져 있었다. 경기 종료를 3분 앞두고 스티브 커가 점프슛을 꽂아 넣으면서 이젠 83 대 81로 우리가 앞서 나갔다. 그리고 다시는 뒤지지 않았다. 최종 점수는 93대 88. 시카고 불스의 승리였다.

올랜도 매직은 그야말로 자신들도 모르는 새에 졌다. 올랜도에서 치러진 3차전은 86 대 67로, 그리고 4차전은 106 대 101로 시카고 불스의 승리였다. 이 중요한 경기에서 승리를 이끈 건 45득점을 올린 마이클이었다. 1년 사이에 얼마나 큰 변화가 생긴 것인가. 이번엔 닉 앤더슨도 마이클의 공을 스틸하지 못했다. 호레이스 그랜트가 팀 동료들의 어깨 위에 앉아 기뻐하지도 못했다. 시카고 불스는 드디어 진즉에 다시 올랐어야 할 NBA 결승에 올라 시애틀 슈퍼소닉스와 맞붙게 되었다.

시애틀 슈퍼소닉스는 정규 시즌에서 64승을 거두었다. 그리고 그들 역시 원하든 원하지 않든 자꾸 72승을 거둔 팀과 비교됐다. 또한 올랜도 매직의 경우와 마찬가지로, 그들을 이끄는 건 숀 켐프와 개리 페이튼이라는 다재다능한 두 스타 플레이어였다. 퍼시픽 노스웨스트 팬들은 시애틀 슈퍼소닉스의 구단주가 1994년 여름에 키 208㎝에 체중 104㎏인 숀 켐프를 시카고 불스로 내보내려던 계획을 취소한 것에 안도했다. 그 이후 두 시즌 동안 숀 켐프는 거의 평균 20득점에 11리바운드를 기록했다. 그가 일단 자기 자리를 잡자, 그를 멈추는 건 거의 불가능했다.

포인트 가드인 개리 페이튼은 뭐든 다 가능한 선수였다. 그는 홀로 20득점을 올리는 것도 가능했다. 결정적인 슛을 날리는 것도 가능했다. 좋아하는 위치에 있는 팀 동료들에게 공을 패스하는 것도 가능했다. 수비 능력도 뛰어났다. 그런 것들이 그가 다른 팀 동료들과 다른 점이었다. '글로브'Glove라고도 알려진 개리 페이튼은 1995-96 시즌에 '올해의 수비수'로 선정되기도 했다.

그렇다고 시애틀 슈퍼소닉스가 이 두 선수가 전부인 팀은 아니었다. 그들의 슈팅 가드인 허시 호킨스와 스몰 포워드인 데틀레프 슈렘프Detlef Schrempf 역시 상대하기 힘든 선수들이었다. 가드인 빈센트 애스큐Vincent Askew와 네이트 맥밀런Nate McMillan, 포워드인 샘 퍼킨스 같은 후보 선수들도 만만치 않았다. 그리고 그들의 감독인 조지 칼George Karl은 NBA에서 가장 두뇌가 명석한 감독들 중 하나였다.

간단히 줄여 말하자면, 시애틀 슈퍼소닉스는 잃을 게 없었다. 압박감에 시달리는 건 역사를 만든 팀인 우리 시카고 불스였다. 이번에 패한다면, 1995-96 시즌의 시카고 불스는 NBA 결승에서 패한 팀으로 기억될 것이었다. 72승을 거둔 팀으로가 아니고. 한 가지 우려되는 일은 혹시 우리가 좀 녹슨 게 아닌가 하는 것이었다.

6월 5일 시카고 유나이티드 센터에서 1차전을 치를 때쯤이면, 우리는 9일간 경기를 치르지 않은 상태가 될 참이었다. 연습 경기는 논외였다. 실제 경기에서 느끼는 그 엄청난 에너지는 전혀 느낄 수 없으니 감각이 다르다. 유타 재즈를 꺾기 위해 7차전까지 치러야 했던 시애틀 슈퍼소닉스는 쉬는 기간이 이틀밖에 안 됐다. 이는 엄청난 차이로 이어질 수도 있었다. 아니면 아무 차이도 없든가.

1차전에서 우리는 그들을 107 대 90으로 격파했다. 마이클은 28득점으로 우리의 승리를 견인했다. 18득점을 올린 토니 쿠코치도, 15득점 7어시스트 5리바운드를 기록한 론 하퍼 등 다른 많은 선수들도 일조했다. 룩 롱리도 14득점 4블록슛으로 힘을 보탰다.

이틀 후 밤에도 우리는 92 대 88로 승리했다. 데니스 로드맨은 NBA 파이널 최다 타이 기록인 11개의 오펜스 리바운드를 비롯해 총 20개의 리바운드를 따냈다. 단 한 가지 안 좋은 소식은 론 하퍼의 왼쪽 무릎 부상이 재발했다는 것. 그는 그날 한 경기에서 33분을 뛰었으나, 이후에 치러진 세 경기에서는 몸 상태가 좋지 않아 총 15분밖에 못 뛰게 된다.

좋은 소식은 시애틀에서 열린 3차전에서는 론 하퍼가 없이도 모두 좋은 플레이를 펼쳤다는 것. 결과는 뻔했다. 우리는 경기 중반에 이미 24점이나 앞섰다. 경기 후반에도 시애틀 슈퍼소닉스는 점수 차를 12점 이내로 좁히질 못했다. 최종 점수는 108 대 86. 토니 쿠코치는 론 하퍼의 빈자리를 멋지게 채워줬으며, 룩 롱리 역시 필드골 13개 중 8개를 성공시키는 등 19득점을 올리면서 맹활약을 펼쳤다.

샴페인을 얼음에 재워둬라. 비행기에 연료를 든든히 채워 넣고. 시카고 그랜트 파크 축하 행사도 예약해둬라. 모든 게 다 끝나간다. 시카고여, 그대가 사랑하는 시카고 불스가 무려 3년 만에 다시 우승 축하 파티를 열기 위해 고향으로 간다.

하지만 너무 서둘지 말라.

시애틀 슈퍼소닉스는 다음 두 경기를 가져갔다. 시카고여 미안, 조금만 더 기다려야겠다. 첫 세 경기에서 시애틀 슈퍼소닉스는 마이클 조던에게 가장 뛰어난 자신들의 수비수인 개리 페이튼을 붙이지 않았었다. 개리 페이튼의 에너지를 아껴 공격 쪽에 더 강한 압박을 가하게 하기 위해서였다. 그러자 마이클은 총 93득점을 올렸다. 3승 0패로 뒤지게 되자, 시애틀 슈퍼소닉스는 결국 마음을 바꿨다.

그리고 그 변화는 보람이 있었다. 4차전에서 시애틀 슈퍼소닉스는 107 대 86으로 승리했고, '글로브' 개리 페이튼은 마이클을 꽁꽁 묶어 필드골 19개 중 6개만 허용했으며, 자신은 21득점 11어시스트를 기록했다. 나 역시 17개의 슛 가운데 4개만 성공시키는 등 슛 감각이 너무 안 좋았다. 이틀 후 열린 5차전 역시 89 대 78로 시애틀의 승리로 끝났으며, 내 슛 성공률은 여전히 낮아 20개 중 5개만 성공했다. 부진한 건 나뿐이 아니어서, 한때 우리는 연속 20개의 3점슛을 놓치기도 했다.

시애틀의 경기력이 뛰어났기도 했다. 정규 시즌에 우리는 NBA 최고 기록인 평균 105.2 득점을 올렸으며, 2월 이후에는 단 한 경기도 지지 않았다. 론 하퍼가 뛰지 못한 것도 패인의 하나였다. 그는 잠시 경기에 출전했다가 바로 나갔다. 무릎 통증이 너무 심했기 때문이었다.

우리는 다시 시카고로 돌아왔다. 우리가 기대했던 분위기는 아니더라도, 홈구장은 홈구장이었다. 6차전은 아버지의 날에 치러졌다. 마이클은 심경이 복잡했다. 나는 그의 심정이 이해됐다. 그는 마이클 조던이었다. 그러면서 또 아버지를 잃은 아들이기도 했다. 경기 초반에 론 하퍼가 아직 무릎 통증이 심한 상태임에도 불구하고 코트로 나오면서 우리 선수들은 사기가 올라갔다. 나는 언더핸드 스쿱슛으로 첫 번째 득점을 올렸으며, 7득점에 2스틸 기록으로 1쿼터를 마쳤다. 그리고 우리 팀이 24 대 18로 앞서 있었다.

그 이후 경기는 우리가 지배했다. 쿠코치는 3점슛을 두 개 성공시켰다. 로드맨은 맞고 나온 거의 모든 볼을 리바운드했다. 마이클과 나는 공수 양면에서 공격적으로 나갔다. 그리고 론 하퍼는 자신의 모든 역량을 쏟아 부어 10득점을 기록했을 뿐 아니라 개리 페이튼도 꽁꽁 묶어 결정적인 슛을 날리지 못하게 했다. 론 하퍼는 큰 주목을 받지 못한 우리의 영웅들 중 하나였다. 우리가 챔피언 자리에 오른 그 시즌은 물론 이후의 두 시즌에서도.

시카고 불스 87, 시애틀 슈퍼소닉스 75.

시카고 불스는 세계 최고의 농구 팀이었다. 오, 이 말이 얼마나 하고 싶었던가. 팬들은 열광했다. 그리고 마이클이 은퇴하면서 다시는 보지 못하리라 생각했던 장면을 보고 있었다. 론 하퍼와 나는 기록원 테이블 위로 뛰어올라갔다. 다른 선수들도 합류했다. 1992년 시카고 스타디움에서 열린 결승 6차전 때 포틀랜드 트레일 블레이저스를 꺾은 뒤 연출됐던 장면이 그대로 재연된 것이다.

축하 행사가 진행되는 동안 마이클은 라커룸으로 갔다. 더 이상 북받치는 감정들을 억누를 수 없었던 것. 그는 훈련용 테이블들 옆 바닥에 누워 농구공 하나를 감싸 안은 채 흐느껴 울었다. 기쁨을 아버지와 함께할 수 없는 첫 우승이었다.

72승 10패의 기록은 잊어라. 여러 면에서 이 시즌 우승은 다른 그 어떤 우승보다 힘든 우승이었다. 1995년 3월 마이클이 복귀했을 때 시카고 불스가 어땠는지를 생각해보라. 그 당시 시카고 불스는 처음 세 번 NBA 우승컵을 들어 올릴 때 없었던 선수들과의 자연스런 화학적 결합을 이뤄내기 위해 안간힘을 쓰고 있었다. 처음에 우리 팀 선수들은 그런 화학적 결합을 이뤄내는 데 몇 년이 걸렸었다. 그리고 새로운 선수들 중 한 선수의 경우(말 안 해도 그게 누군지 알겠지만), 우리는 그의 단점들은 최대한 억제하면서 동시에 장점들을 끌어내는 법을 배워야 했다.

며칠 후 그랜트 파크에서의 축하 행사 중에 데니스 로드맨은 깜짝 놀랄 말을 했다. "우리 팀 선수들 중에 그러지 않아도 되는데도 불구하고 나를 받아들여준 한 선수에게 진심으로 고마움 전하고 싶습니다. 그리고 5년 전에 있었던 일에 대해 사과하고 싶습니다."

그는 1991년 플레이오프 4차전 때 나를 떠밀었던 일 얘기를 하고 있었던 것이다. 그 사과는 받아들여졌다.

오래지 않아 나는 1996년 애틀랜타 올림픽에 출전할 준비를 하기 위해 체육관으로 돌아갔다. 처음엔 올림픽에 출전할 생각이 없었다. 몸과 마음에 휴식이 필요했기 때문이다. 이제 더 이상 젊지도 않았고, 게다가 그 무엇도 오리지널 드림팀 선수가 되는 것과 비교될 수 없었다. 내게 드림팀은 1992년의 오리지널 드림팀뿐이었다.

1996년 올림픽 드림팀을 구성 중인 사람들이 계속 나를 쫓아다니면서, 내가 팀을 이끌면 젊은 선수들이 많은 걸 배울 수 있을 거라며 설득했다. 나는 끝까지 거절할 수가 없었다. 그때 거절하지 않은 게 얼마나 잘한 일인지! 물론 애틀랜타 올림픽에서 뛰는 건 바르셀로나 올림픽에서 뛰던 것과는 비교될 수 없었다. 그러나 전혀 다른 방식으로 보람이 있었다.

1992년 바르셀로나 올림픽 때 래리 버드와 매직 존슨이 그랬던 것처럼, 나는 드림팀에서 가장 나이 많은 리더였다. 그랜트 힐과 페니 하더웨이 같은 선수들은 나를 존경하며 잘 따랐다. 나는 그런 선수들에게 길잡이 역할을 해줄 수 있어 기뻤다. 나는 농구계를 더 좋은 곳으로 만들고 다음 세대의 선수들을 잘 이끌어주는 것이야말로 모든 베테랑 선수들의 책임이라고 믿어오고 있다.

애틀랜타 올림픽 드림팀에는 칼 말론, 찰스 바클리, 데이비드 로빈슨 그리고 존 스탁턴 같은 선수들이 있었다. 그 나머지 선수들로는 샤킬 오닐과 레지 밀러, 개리 페이튼, 미치 리치몬드Mitch Richmond, 하킴 올라주원이 포함됐다. 감독은 레니 윌킨스였다.

미국 대표팀은 이번에도 순항할 것으로 예상됐고, 실제로도 그랬다. 물론 주로 초반에 몇 차례 힘든 고비도 있었고, 막판에 몇 차례 불안한 순간들도 있었다. 다른 국가 대표팀들은 바르셀로나 올림픽 때만큼 우리 팀에 대해 경외심을 갖진 않았다. 금메달을 놓고 맞붙은 유고슬로비아와의 경기에서 우리는 경기 종료 14분 전에 단 1점 차로 앞서 있었다.

1점 차! 유고슬로비아 국가 대표팀에는 블라데 디바치 같이 뛰어난 선수들이 많았다. 그러나 그게 변명이 될 수는 없었다. 다행히 디바치가 5반칙 퇴장 당한 뒤, 그들에겐 골밑에서 우리를 막을 선수가 아무도 없어, 우리는 계속 덩크슛을 성공시키며 점수 차를 벌렸다. 결국 우리는 96 대 69로 이겼다. 데이비드 로빈슨이 28득점으로 승리를 이끌었으며, 레지 밀러 역시 3개의 3점슛을 포함해 20득점을 올리며 승리에 일조했다.

팀 동료들과 함께 시상대 위에 올라 애국가를 들으면서, 나는 바르셀로나 올림픽 때와 마찬가지로 울컥하는 감동을 느꼈다. 내가 열 번째 드림팀에 참가했던 것이라 해도, 아마 그 감동은 변함없었을 것이다. 그리고 미국 땅 위에서 그리고 사방에 온통 성조기가 물결치는 가운데 딴 금메달이어서 감회가 더 새로웠다.

그런데 불행히도 1996년 애틀랜타 올림픽은 또 다른 이유에서 잊을 수 없는 올림픽이었다. 7월 27일, 당시 나는 내 호텔 방에 있었는데, 그때 뭔가 아주 큰 소리가 들렸다. 창밖을 내다봤는데 사방에 사람들이 뛰어다니는 게 보였다. 나중에 알게 된 사실이지만, 그 큰 소리는 센테니얼 올림픽 공원에서 폭탄이 터진 소리였다. 한 사람이 죽고 백 명도 더 되는 사람들이 부상을 입었다. 그 순간 이후로 모든 게 변했다. 외출 금지령이 내려졌다. 바르셀로나에 있을 때는 내내 아무 일도 없었는데. 이번엔 아니었다.

올림픽이 끝난 뒤 나는 비로소 한시름 놓았다. 11월 초 이후 정규 시즌과 플레이오프 게임들과 올림픽 경기를 통틀어, 나는 총 103경기에 출전했다.

■ ■ ■ ■

시카고 불스는 1996-97 시즌에서 첫 12경기에서 승리를 거두는 등 또 다시 더없이 순조로운 출발을 했다. 이후에도 거의 계속 연승 행진을 이어갔다. 12월 11일부터 26일까지 8연승. 12월 28일부터 그 다음 해 1월 19일까지 9연승. 1월 21일부터 2월 5일까지 8연승. 2월 11일부터 27일까지 7연승. 결국 우리는 69승 13패로 정규 시즌을 마무리하면서 또 다시 NBA 최고 다승 기록을 세웠다.

그리고 플레이오프전에서도 상대팀들은 하나하나 무너졌다. 워싱턴 불리츠는 3차전에서. 애틀랜타 호크스는 5차전에서. 마이애미 히트도 5차전에서. 그리고 6월 초에 우리는 또 다시 낯익은 곳에 도달해 있었다.

NBA 결승전. 이번 상대는 칼 말론과 존 스탁턴이 이끄는 유타 재즈였다. 시카고 유나이티드 센터에서 치러진 1차전은 아주 팽팽했다. 경기 종료를 9.2초 앞두고 동점이 된 상황에서, 그 시즌에 간발의 차로 마이클 조던을 제치고 MVP로 선정된 칼 말론이 자유투 라인에 서게 됐다. 별명이 '우편배달부'였던 그에게 내가 "우편배달부는 일요일엔 배달 안 하는데"라는 말을 한 건 바로 그때였다.

나도 모르는 새에 거의 자동적으로 나온 그 말은 너무도 또렷이 들려 잠시 그의 집중력을 흐트러뜨렸겠지만, 그렇다고 우리 두 사람의 우정을 위태롭게 만들진 않았다. 바르셀로나 올림픽 이래로 우리의 우정은 내게 정말 소중했다. 나는 종종 유타 주 솔트레이크 시티에 있는 그의 아름다운 집에서 저녁 식사를 같이 했다. 자수성가한 미국 남부 출신의 두 촌놈이 함께 이런저런 얘기들을 나누면서 보낸 그 시간들. 얼마나 좋았던가!

그렇다고 해서 칼 말론이 자유투 두 개를 다 놓쳤을 때 내가 미안함 같은 걸 느꼈다는 뜻은 아니다. 전혀. 그렇다고 또 그가 내게 악감정 같은 걸 갖게 됐다는 뜻도 아니다. 무엇보다 우리는 NBA 챔피언이라는 궁극의 목표를 놓고 싸우는 선의의 경쟁자였으니까.

다음에 공을 잡은 건 마이클이었고, 몇 초 안 남은 시간은 째깍째깍 계속 가고 있었다. 유타 재즈는 마이클에게 또 다른 수비를 붙이지 않고 바로 막는 걸 택했고 그 대가를 치러야 했다. 경기 종료 버저가 울리는 것과 거의 동시에 마이클이 브라이언 러셀Bryon Russell 머리 위로 점프슛을 날려 성공시킨 것이다.

칼 말론과 달리 마이클 조던은 매일 매일 쉬지 않고 배달을 한 것이다. 2차전은 다른 양상으로 흘러갔다. 경기 초반부터 우리가 경기를 지배했다. 결과는 97 대 85. 2쿼터 때 유타 재즈는 11득점밖에 못 올렸다. 마이클은 그 경기에서도 평소 하던 것처럼 38득점 13리바운드 9어시스트를 기록하며 펄펄 날았다.

그러나 결승 시리즈가 끝나려면 아직 멀었다. 그 시즌에 유타 재즈는 두 차례나 15연승을 거두었었다. 이제부턴 유타에서 경기를 치르게 되는데, 홈구장인 델타 센터에서의 그들의 전적은 무려 38승 3패였다. 그야말로 갈 길이 멀었다.

3차전에선 앞서 부진했던(20개의 슛 중 6개만 성공) 칼 말론이 되살아나 자신이 왜 MVP인지를 보여주었다. 무려 37득점에 10리바운드 12

어시스트를 기록한 것이다. 존 스탁턴 역시 17득점 12어시스트를 기록하며 맹활약을 펼쳤다. 그들은 골밑 득점 측면에서도 우리보다 나았다(48점 대 26점), 결국 3차전은 104 대 93, 유타 재즈의 승리로 끝났다.

7월 8일 일요일에 치러진 4차전에서 마이클이 슬램덩크를 성공시켜 점수를 12 대 4로 벌려, 경기 종료 3분을 채 안 남긴 상황에서 유타 재즈는 5점 뒤진 상태였다. 존 스탁턴이 아크 조금 뒤쪽에서 던진 3점 슛이 골망을 흔들었다. 우리가 득점을 한 뒤 다시 또 스탁턴이 마이클로부터 공을 스틸해 자유투 기회를 만들었다. 곧 이어 공을 잡은 스탁턴은 자유투 두 개를 성공시켰으며, 그런 뒤 코트 한쪽 끝에서 다른 쪽 끝에 위치한 칼 말론을 향해 믿을 수 없을 만큼 긴 패스를 했고, 경기 종료를 44.5초 앞둔 상황에서 칼의 슛이 다시 골망을 흔들었다.

경기 종료 18초 전 유타 재즈가 1점 앞선 상황에서 칼 말론이 자유투 라인에 섰다. 그리고 두 개의 자유투를 다 성공시켰다. 내가 잘못 알고 있었던 것 같다. 칼 말론은 일요일에도 배달을 할 수 있었다. 적어도 유타 주 솔트레이크 시티에서는 그랬다. 4차전은 결국 78 대 73으로 유타 재즈의 승리로 끝났고, 결국 결승 시리즈 전적은 2승 2패 동률이 되었다.

우리는 과거 네 차례의 NBA 결승 시리즈에서 1991년 LA 레이커스에게 초반 전적이 1승 0패로 뒤졌던 걸 제외하곤 결승 시리즈에서 전적이 단 한 번도 상대팀에게 뒤진 적이 없었다. 그런데 유타에서 3연패를 당하며 우리는 갑자기 결승 시리즈 탈락 위기에 처했다.

어쨌든 이제 시카고 불스가 1990년대에 치른 모든 경기들 가운데, 1997년 NBA 파이널 시리즈 5차전이 열릴 예정이었다. 모든 사람들이 '독감 경기'로 기억하고 있는 경기가. 아니면 마이클의 개인 트레이너 팀 그로버Tim Grover의 이야기에 따르자면 '식중독 경기'든지.

우리가 알고 있는 사실들을 정리해보자면 이렇다. 마이클은 5차전

전날 밤 10시 30분경에 피자를 주문한다. 그리고 새벽 2시 30분경부터 토하기 시작해 다시 잠을 잘 수 없게 된다. 그래서 트레이너 팀 그로버에게 전화를 걸고, 팀이 그의 방으로 온다. 그 다음날 마이클은 뜬 눈으로 밤을 샌 채 경기장으로 떠나게 된다. 몇 시간 후 유타 재즈의 홈구장인 델타 센터. 마이클은 아직 몸 상태가 엉망이었지만, 직접 부딪혀 보기로 마음먹는다.

처음에는 잘 풀리는 것 같지 않았다. 유타 재즈 선수들은 19개의 슛 가운데 11개를 넣었다. 우리는 15개의 슛 가운데 5개밖에 못 넣었다. 설상가상으로, 우리는 계속해서 턴오버를 범했다. 2쿼터에 이르러 유타 재즈는 16점 앞서 있었다. 그러다 마이클의 경기력이 되살아나면서 경기 중반에 점수 차는 4점 이내로 줄어들었다. 이후 경기는 계속 엎치락뒤치락했다. 경기 종료를 46.5초 앞두고 마이클이 자유투 라인에 섰다. 유타 재즈가 85 대 84로 앞선 상황이었다. 첫 번째 자유투는 성공이었고, 이후 행운의 여신은 우리 편이었다.

두 번째 자유투를 놓친 마이클은 흘러나온 공을 잡아 잠시 드리블을 한 뒤 내게 패스를 했다. 나는 그 공을 토니 쿠코치에게 넘겼고, 그는 다시 그 공을 자유투 서클 근처에 있던 마이클에게 넘겼다. 마이클은 파울 라인 근처에 있던 내게 패스했는데, 유타 재즈의 제프 호나섹Jeff Hornacek이 내 앞을 막아섰다. 그리고 유타 재즈의 브라이언 러셀이 내 쪽으로 달려오면서 아크 뒤쪽에 있던 마이클의 공간이 열렸다.

유타 재즈의 실수였다. 나는 공을 마이클에게 넘겼다. 동점 상태의 경기. 동점 상태의 결승 시리즈. 농구공은 마이클 조던의 손에 있고. 째깍째깍 시간은 가고. 더 이상 좋을 수가 없었다. 오, 그렇다, 최고였다. 빙고!

우리는 3점을 추가했고, 결국 경기는 90 대 88 우리의 승리로 끝났다. 44분 동안 마이클은 38득점 7리바운드 5어시스트 3스틸을 기록하며 맹활약을 펼쳤다. 워낙 위태로운 상황이었던 데다 몸 상태도 엉망이었다는 점을 감안해, 언론에선 이 경기를 마이클 조던이 가장 위대한 플레이를 펼친 경기로 꼽았다. 나 역시 그에 반대하진 않는다. 그러나 마이클을 무슨 초인처럼 만드는 건 문제라고 생각한다. 우리는 믿을 수 없을 만큼 많은 돈을 받는 프로 운동선수들이다. 늘 100퍼센트 제 기량을 발휘할 수 있어야 한다.

언론에게만 책임이 있었던 건 아니다. 마이클에게도 책임이 있었다. 물론 그가 아프지 않았다는 얘기는 아니다. 그는 분명 아팠다. 다만 그는 그날 밤 자기 역할을 한 것뿐이다. 그 자신이 만들어낸 거의 모든 드라마 같은 경기에서 했던 역할 말이다. 사람들은 경기가 끝날 무렵 마이클이 쓰러지듯 내 품에 안긴 장면을 과대포장했다. 마치 그 장면이 우리 두 사람이 결코 떨어질 수 없는 사이라는 걸 잘 보여주었다는 듯이 말이다.

사람들의 기대 내지 상상을 깨 미안한데, 당시 우리 두 사람이 끌어안은 건 그야말로 얼떨결에 일어난 일이었다. 그게 다였다. 그리고 마이클의 이야기에 너무 초점이 맞춰지다 보니, 우리 모두가 한 팀으로 이룬 일들은 완전히 빛이 바래버렸다. 칼 말론을 19득점으로 묶고 존 스탁턴을 5어시스트로 묶은 건 마이클이 아니었는데 말이다.

어쨌든 유타 재즈는 아직 끝나지 않았다. 그들은 결승 시리즈 이전에도 다 시들어가다 되살아난 적이 있었다. 다시 그러지 말란 법이 어디 있는가. 시카고에서 열린 결승 6차전은 끝까지 승부를 예측할 수 없었다. 경기 종료가 채 2분도 남지 않은 상황에서 유타 재즈의 브라이언 러셀이 그날의 다섯 번째 3점슛을 성공시키면서 86 대 86 동점이 되었다. 경기 종료를 28초 앞두고 우리가 타임아웃을 요청했을 때도 그 점수 그대로였다.

그때부터 다시 또 드라마가 연출됐다. 모두들 마지막 슛은 마이클이 날릴 거라 생각했다. 그러나 자신이 유타 재즈 수비들에게 더블팀 수비를 당할 거라 예측한 마이클의 생각은 달랐다. 그는 스티브 커에게 슛할 준비를 하라고 말했다 역시 유타 재즈는 마이클을 상대로 더블팀 수비를 했고, 존 스탁턴까지 달려와 수비에 가담했다. 마이클은 드리블을 하며 골대 쪽으로 달려가다 스티브 커 쪽으로 패스했고, 스티브는 5미터 정도 떨어진 거리에서 슛을 날렸다.

철썩!

들어갔다. 나는 스티브 커가 자랑스러웠고, 위기 순간에 '조연' 역할을 해주는 선수를 다시 보게 된 것도 기뻤다. 우리는 한 팀이었다. 그리고 그 덕에 우리는 위대해졌으며, 그 점은 아무리 강조해도 부족함이 없다.

경기 종료를 5초 앞두고 유타 재즈에 마지막 기회가 있었다. 브라이언 러셀이 공을 인바운드로 던지게 되어 있었다. 모든 선수들이 자리싸움을 벌이는 가운데 나는 자유투 라인 근처에 있었다. 내 목표는 공이 칼 말론에게 가는 걸 막는 것이었다. 그가 유타 재즈의 가장 위험한 선수였으니까.

5초…… 4초……

공은 유타 재즈의 재능 있는 신참 가드 샌던 앤더슨Shandon Anderson에게로 향했다. 나는 이미 모든 걸 머릿속에 그리고 있었다. 예측. 햄버그에서 고등학교에 다니던 시절 아일랜드 코치가 가르쳐준 그대로였다. 나는 앤더슨 쪽으로 가던 공을 쳐내 토니 쿠코치 쪽으로 향하게 했고, 토니는 그 공을 받아 바로 덩크슛을 날렸다. 이런 게 바로 농구 경기 아닌가!

시카고 불스는 다시 챔피언 자리에 올랐다. 절대 쉬이 오를 수 없는 챔피언 자리에 다시.

그 시즌에 데니스 로드맨은 첫 번째 시즌보다 더 안 좋은 행동들을 했다. 익히 예상했던 일이었다. 동료 집단으로부터 받는 사회적 압력이 아무리 거세다 할지라도, 사람은 결국 자기 색깔을 드러내게 되어 있다(나는 지금 그의 머리카락 색깔 얘기를 하는 게 아니다). 그는 따분해 죽겠다고 했다. 그래서 자신만이 할 수 있는 방법으로 그 따분함을 달래고 있는 것이라고.

12월에 토론토에서 있었던 랩터스와의 경기에서 패한 뒤 가진 한 TV 인터뷰에서 그는 심판들에 대한 얘기를 하다가 불경스런 말을 했다. 그래서 시카고 불스는 자체적으로 두 경기 출전 정지 징계를 내렸다. 이 일은 그 이듬해 1월 15일 수요일 저녁 미니애폴리스에서 있었던 일에 비하면 아무것도 아니었다.

미네소타 팀버울브스와의 경기 3쿼터 때 데니스는 리바운드 공을 확보하는 데 실패한 뒤 한 카메라맨의 사타구니를 발로 걷어찼다. 그 카메라맨은 병원으로 실려 갔고 나중에 퇴원했다. 이번에는 NBA 측에서 직접 데니스에게 출전 정지 징계를 내렸고, 그 바람에 그는 11경기나 결장해야 했다. 그 당시 우리 팀은 데니스의 행동에 대처해야 하는 문제 외에 이미 상당히 불확실한 문제들이 있었다.

나는 지금 모든 게 그 어느 때보다 불확실했던 우리 팀 전체의 미래에 대한 얘기를 하고 있는 것이다. 이는 NBA에서는 늘 있는 일이다. 선수들은 이 팀에서 저 팀으로 워낙 자주 이동하기 때문에, 그걸 일일이 추적하는 건 거의 불가능하다. 그러나 당시 우리 팀의 상황은 그런 경우와는 달랐다. 그러니까 한두 선수가 트레이드된다거나 다른 팀과 계약을 하게 되는 정도가 아니었다. 당시 우리 팀에는 그 시즌이 끝나면 우리 팀의 핵심 선수들과 수석 코치 등이 다들 서로 갈라서게 될지도 모른다는 위기감 같은 게 감돌고 있었다.

그랜트 파크에서 또 다른 NBA 우승 축하 행사가 있을지 없을지와 관계없이 말이다. 매일 새로운 추측들이 난무했다. 마이클이 돌아올 것인가? 필 잭슨 감독은? 데니스 로드맨은? 나 스카티 피펜은?

어쨌든 나는 그런 생각을 하는 데 많은 시간을 쓰지 않았다. 결혼식에 참석해야 했기 때문이다. 내 자신의 결혼식에.

더 라스트 댄스

CHAPTER 16 THE LAST DANCE

1996년 8월의 어느 날 밤에 론 하퍼가 전화를 했다. 내가 올림픽에 출전했다 돌아온 지 며칠 안 됐을 때의 일이다.

"핍, 예전에 내가 소개해줬던 사람 기억나?"

물론 기억났다.

"우리가 이따 가려는 클럽에 그때 그 친구도 올 거야. 안 올래?"

나는 바로 출발했다. 그녀는 당시 론 하퍼가 만나고 있던 여자의 친구였다. 그녀와 나는 그해 여름 초에 한두 차례 전화 통화를 했다. 그녀는 아주 명랑해 보였다. 그런데 유타 재즈를 꺾은 뒤 일정이 워낙 빡빡해 우리 두 사람은 직접 만날 시간을 잡지 못했다. 그러다 나는 애틀랜타로 떠났고 그녀에 대해선 잊고 있었다. 하퍼가 전화를 해올 때까진 말이다.

클럽에 도착한 뒤 나는 내 차 안에 그대로 있었다. 누군가가(나는 하퍼라고 짐작하지만) 그녀에게 내가 주차해 있는 곳을 알려주었다. 우리는 한동안 얘기를 나눴고, 그런 다음 차를 몰고 다른 바로 가서 얘기를 좀 더 나누었다. 그녀에게라면 머릿속에 떠오르는 어떤 얘기든 마음을 열고 말을 할 수 있었다. 잘 모르는 사람을 상대로 그런 경우는 흔치 않았는데……

그녀의 이름은 라르사 유난Larsa Younan이었다. 라르사는 반은 시리아계이고 또 반은 레바논계였다. 그야말로 숨 막히게 아름다운 여성이었다. 그해 가을 1997-98 시즌을 준비하면서, 나는 많은 시간을 그녀와 함께 보냈다. 그러다가 혹독한 시카고의 겨울이 다가오면서 우리는 더 많은 시간을 함께 보냈다.

추운 지역에 살면 장점들이 있다. 몇 시간이고 계속 실내에 머물게 됨으로써, 다른 사람에 대해 많은 걸 알게 된다. 그 사람의 장점들은 무엇인가? 단점들은 무엇인가? 어떤 것들은 같이 하면 좋을까? 어떤 것들은 같이 하기 어려울까? 이 사람과 가정을 꾸려도 괜찮을까? 그리고 운이 좋으면, 나처럼 사랑에 빠지게 된다.

1997년 1월 20일에 라르사와 나는 시카고의 퍼스트 유나이티드 교회에서 결혼식을 올렸다. 그리고 이후 10년간 우리는 아름다운 아이들 넷을 이 세상에 탄생시켰다. 2000년에는 스카티 주니어Scotty Jr., 2002년에는 프레스턴Preston, 2005년에는 저스틴Justin, 그리고 2008년에는 소피아Sophia. 다른 대부분의 부부들과 마찬가지로, 우리 두 사람은 멋진 시간들을 함께 보냈다. 물론 그렇지 못한 시간들도 있었다. 그러나 어떤 경우에도 우리는 우리의 아이들을 가장 소중히 여겼다. 더할 나위 없이 큰 축복이었다.

■ ■ ■ ■

자, 이제 다시 시카고 불스의 이야기로 돌아가 보자. 최근에 있었던 일들을 하나하나 되짚어보다 보면 너무 어지러워 아마 현기증이 날 것이다. 이건 대체 프로농구 팀 이야기인가 아니면 TV 드라마 이야기인가? 양쪽 다였다. 자, 그럼 그 모든 이야기를 좀 더 자세히 알아보도록 하자.

믿기 힘들겠지만, 7월 말 유타 재즈를 꺾고 난 뒤 시카고 불스 경영진은 또 다시 나의 트레이드 문제를 거론하기 시작했다. 당시 거론되던 트레이드 안은 다가오는 드래프트 시즌에 나와 룩 롱리를 1999년의 1라운드 지명 때 3순위 및 6순위 지명권을 가진 보스턴 셀틱스에 보낸다는 것이었다.

그러니까 당시 제리 크라우스 단장의 생각은 이런 식이었다. 스카티 피펜은 다음 시즌 이후 자유계약 선수가 된다. 우리는 그가 요구할 (또는 이적 시장에서 제안될 가능성이 높은) 금액을 맞춰줄 생각이 없으므로, 이제 그를 보내주되 미래를 위해 팀의 리빌딩에 도움이 될 뭔가를 얻어야 할 것이다. 다른 팀들의 경우 나이든 스타급 선수들을 넘기는데 너무 오랜 시간을 끌었고, 그 바람에 리빌딩 작업은 요원했다.

거래는 기본적으로 다 성사된 거나 다름없었다. 또 다른 제리, 즉 제리 라인스도르프 구단주가 반대하기 전까지만 해도 말이다. 제리 라인스도르프는 시카고 불스가 한 번 더 챔피언이 되기 위해선 내가 없는 것보다는 있는 게 더 낫다고 믿었으며, 아직 재계약 전이었던 마이클이 내가 없을 경우 새로운 시즌에 다시 시카고 불스에서 뛸지 장담할 수가 없었다. 결국 나를 잡아둘 경우 리빌딩 작업은 좀 지연되고 시간도 더 걸리겠지만, 그래도 그게 낫다고 판단한 것이다.

제리 크라우스 단장이 자기 삶에서 사라져줬으면 한 사람은 나뿐이 아니었다. 필 잭슨도 눈엣가시였던 것. 제리 단장은 몇 년째 필 감독을 제거하고 싶어 안달이었다. 제리 단장은 1987년에 아직 지도자로서 무명이던 필 잭슨을 시카고 불스로 데려왔다. 물론 필은 NBA에서 선수 생활을 했다. NBA에서 선수 생활을 한 사람은 많다. 그게 농구계에서의 미래를 보장해주진 못한다. 제리 단장은 필이 자신에게 큰 신세를 졌다고 느꼈다. 특히 2년 후 자신이 더그 감독을 해고하고 그 자리에 필을 앉혔을 때 말이다. 생각해보라. 보통 자리인가? NBA 최고의 선수와 함께 동부 컨퍼런스 결승에 진출할 정도인 명문팀을 이끌 감독 자리 아닌가?

처음 4~5년간 제리 단장과 필 감독은 서로 죽고 못 살았다. 더그 감독과 달리 필 감독은 텍스 윈터 코치의 말에 귀를 기울였고 트라이앵글 오펜스 전술에 대한 믿음도 있었다. 게다가 더그 감독과 달리 필 감독은 시카고 불스를 몇 차례나 챔피언 자리에 올려놓았다. 그러던 두 사람 사이가 1995년 마이클이 은퇴했다 다시 돌아오면서 틀어졌다.

필 감독은 둘 중 하나를 택해야 했다. 마이클 편이 될 것인가 아니면 제리 단장 편이 될 것인가? 그는 둘 다 택할 수는 없었다. 마이클은 제리 단장을 경멸했고, 제리 단장 역시 마이클을 경멸했다. 결국 필 감독은 마이클을 택했다. 필 감독은 제리 단장이 우리 팀 일에 개입하는 걸 최대한 막으려 했으며, 가끔은 우리끼리 조용히 할 얘기가 있다면서 라커룸에서 나가달라고 청하기도 했다.

필 감독은 선수들과 코치들과 트레이너들은 모두 한 식구나 다름없으며, 그런 그들에게 라커룸은 신성불가침 구역이라고 생각했다. 제리 단장은 버림받은 연인 같이 반응했으며, 자기 주변에 더 이상 필 감독이 없는 날이 오기를 학수고대했다. 1996년과 1997년 시카고 불스가 NBA 챔피언 자리에 올랐을 때도 제리 단장은 100퍼센트 기뻐할 수 없었다. 시카고 불스가 챔피언 자리에 오르면 필 감독을 제거할 수 없었기 때문. 제리 라인스도르프 구단주가 필 잭슨 감독을 내보내지 않을 테니까. 그래서 제리 크라우스는 적당한 때를 기다려야 했다. 그리고 1997년 가을에 드디어 그때가 왔다.

두 제리는 다음과 같이 의견 일치를 봤다. 필 잭슨은 한 시즌만 더 감독을 맡되 그걸로 불스에서의 지도자 생활을 끝내기로 한다. 제리 크라우스 단장이 필 감독에게 다음과 같은 말을 했던 게 바로 그때였다. "82 경기 전승을 거둔다 해도 달라질 건 없을 거요. 이게 당신이 시카고 불스 감독으로 보내는 마지막 시즌이 될 테니까."

제리 단장은 늘 필보다 더 나은 감독은 얼마든지 있다고 주장했다.

그러나 그가 마음에 두고 있던 아이오와 주립대학교 농구팀 감독 팀 플로이드Tim Floyd를 비롯한 그 어떤 감독도 필 잭슨보다 더 낫진 않았다. 제리 단장은 자신이 통제할 수 있는 감독, 그러니까 자신에게 충성할 감독을 찾으려 했다. 그렇게 단순한 사람이었다.

그럼 이 모든 일들이 대체 나와는 무슨 관계가 있었을까? 많은 관계가 있었다. 물론 마이클과도 아주 밀접한 관계가 있었다. 마이클은 기회 있을 때마다 자신은 필 감독 이외의 다른 감독과는 함께하지 않을 거라는 걸 분명히 했다. 이처럼 들려오는 얘기들을 종합해보면, 내가 오랫동안 생각해온 것들이 맞다는 걸 알 수 있었다. 그런 생각을 한 건 나뿐이 아니었다.

필 감독이 훈련 캠프에서 선수들에게 나눠준 한 소책자 첫 페이지에는 1997-98 시즌이 '마지막 댄스'last dance가 될 거라고 적혀 있었다.

필 감독이 시카고 불스와의 계약서에 서명을 하자, 마이클이 1년 더 팀에 남기로 했고, 그러자 데니스 로드맨 역시 팀에 남기로 했다. 시카고 불스 올드 팀은 마치 고별 투어 콘서트에 나설 준비를 하는 록 밴드 같았다.

그러나 지칠 대로 지친 한 멤버만은 다른 록 밴드로 옮길 생각을 하고 있었다. 그게 누구일 것 같은가? 나도 안다. 나는 정말 떠나고 싶지 않다고 주장했던 사람이다. 나는 동네, 클럽, 식당 등등, 시카고의 모든 것들을 사랑했던 사람이다. 맹세컨대, 그 모든 게 진심이었다.

그러나 1997년 가을은 내가 또 다시 지긋지긋한 거짓말들에 속고 무시당한 시기였고 그래서 나는 확신했다. 내가 행복해질 수 있는 유일한 길은 그리고 NBA의 엘리트 선수들 가운데 한 사람으로서 제대로 대우 받을 수 있는 유일한 길은 다른 데로 가는 것뿐이라고. 시카고 불스가 아닌 다른 데로. 나의 트레이드는 처음부터 보스턴 셀틱스 쪽으로 기우는 듯했다.

시카고 불스는 막 NBA 우승을 한 번 더 했는데, 감히 말하지만, 내가 없었다면 시카고 불스는 앞의 네 차례 우승은 물론 이번 우승도 하지 못했을 것이다. 그러나 우승의 기쁨을 즐길 여유도 갖기 전에 나는 곧 내 자신이 지난 시즌에 15승밖에 못 올린 팀으로 트레이드될 가능성이 높다는 사실을 알게 됐다. 모든 게 말할 수 없이 모욕적으로 느껴졌다. 1994년 시애틀 슈퍼소닉스로 트레이드될 뻔했던 때와 비슷한 기분이었다.

그러다가 9월에 제리 크라우스로부터 협박 편지 비슷한 걸 받았다. 내 기억이 잘못된 게 아니라면, 내가 곧 있을 연례 자선 경기인 스카티 피펜 올스타 클래식 매치에 참가할 경우 벌금을 물리겠다는 내용의 편지였다. 자선 경기라고! 정말이지 얼마나 뻔뻔한 인간인가!

결국 나는 그 경기에 참가하지 않았는데, 그건 제리와 그의 변호사들이 무서워서가 아니었다. 마이애미 히트와의 동부 컨퍼런스 결승전 때 다친 왼발에 계속 너무 심한 통증이 왔기 때문이다. 결국 나는 10월 초에 수술을 받았다. 애초의 예상은 두세 달 정도 코트에 서지 못하리라는 것이었다.

시카고 불스 경영진은 좋아하지 않았다. 내가 만일 7월에 수술을 받았더라면, 프리시즌 경기들부터 정상적으로 뛸 수 있었을 테니까. 이제 나는 빨라봐야 12월에나 코트에 설 수 있었다. 일부 구단 사람들과 미디어는 내가 제리 크라우스 단장에 대한 반발 때문에 일부러 수술을 늦췄다고 생각했다.

나에 관련된 그런 거짓말이 수년째 수없이 많은 사람들에게 퍼졌다고 생각해보라. 나는 또 다른 수술을 받아야 할 위험을 겪고 싶지 않아 그리고 또 목발을 짚고 절름거리며 돌아다니느라 여름을 망치고 싶지 않아 시간을 가졌던 것뿐이다. 또한 충분한 휴식을 취할 기회를 갖게 된다면 훈련 캠프에 들어갈 때쯤에는 몸 컨디션이 좋아질 거라 생각했던 것이고.

■ ■ ■ ■

나는 수술을 받고난 뒤 몇 주일 동안 이런저런 생각을 많이 했다. 7년간 5번이나 챔피언 자리에 오른 시카고 불스 왕조의 일원이었다는 게 얼마나 큰 행운이었는지에 대해. 또 우리가 함께한 시간이 곧 끝나게 된다는 게 얼마나 슬픈 일인지에 대해. 그리고 적절한 기회가 주어진다면, 시카고 시민들에게 얼마나 깊은 감사의 말을 전하고 싶은지에 대해서도. 어려운 날들에도 늘 내 곁을 지켜준 많은 시카고 시민들에게 말이다.

그런데 11월 1일 밤 시카고 유나이티드 센터에서 실제 그런 기회가 주어졌다. 챔피언 반지를 받는 밤이었다. 외출복 차림으로 사람들 앞에서 연설을 하게 된 나는 너무 큰 감동에 목이 다 메었다.

"10년이라는 긴 세월 시카고의 팬 여러분들이 저와 제 팀 동료들에게 보여주신 그 모든 멋진 순간들에 대해 감사드립니다. 저는 열 시즌 동안 여기에서 너무도 멋진 선수생활을 했으며, 앞으로는 이런 기회가 두 번 다시 없을지 몰라 미리 감사드립니다."

한 마디 한 마디가 다 진심이었다.

그날 밤 시카고 불스는 94 대 74로 필라델피아 세븐티식서스를 꺾었다. 17득점 8어시스트로 론 하퍼가 승리를 이끌었다. 제이슨 캐피는 14득점(8개의 슛 중 7개 성공)에 6리바운드를 기록했고, 벤치에 있다가 나온 데니스 로드맨이 리바운드 13개를 추가했다. 그 다음에 우리는 두 번째 연장전 끝에 샌안토니오 스퍼스를 87 대 83으로 꺾었고, 그 이후 다시 94 대 81로 올랜도 매직을 꺾었다.

선수들은 내가 없이도 잘 해나가는 것 같았다. 그게 아닌 것도 같왔고. 11월 20일에 우리는 피닉스에서 치러진 피닉스 선즈와의 경기에서 89 대 85로 패하면서 총 전적이 6승 5패로 떨어졌다. 그 이전 두 시즌에 11경기를 마친 뒤의 전적은 10승 1패와 11승 0패였다. 두 시즌 모두 우리는 1월 또는 2월까지도 다섯 경기나 패배하지는 않았다. 그 다음날 밤 경기에서 우리는 LA 클리퍼스를 맞아 두 차례의 연장전까지 치러야 했고 마이클이 49득점을 올렸다.

신사 숙녀 여러분, 시카고 불스는 예전의 시카고 불스가 아닙니다.

LA 클리퍼스와의 경기를 앞두고 나는 라커룸에 앉아 있었는데, 그때 시카고 교외에 있는 신문사인 「데일리 헤럴드Daily Herald」의 기자 켄트 맥딜Kent McDill이 잠시 들러 이런저런 얘기를 나누게 됐다. 켄트는 나를 공정하게 대한 몇 안 되는 기자들 중 하나였다. 그는 내가 언제 다시 코트로 돌아갈 건지에 대해 명확한 입장을 갖고 있는지 알고 싶어 했다. 수술 후 거의 2개월이 지난 시점이었다.

그런 어처구니없는 질문을 하다니, 켄트. 그 문제에 대해서라면 물론 명확한 입장을 갖고 있지. 메모지 꺼냈어? 좋아. 물론 그건 켄트 기자가 기대한 답은 아니었다. "시카고 불스에서 뛰는 건 끝났어요. 난 제대로 대우받을 수 있는 데로 가고 싶어요." 이는 홧김에 순간적으로 내뱉은 그런 말이 아니었다. 당시 나는 아주 차분했으며, 정확히 하고 싶은 말을 한 것이었다.

그 말은 누구 들으라고 한 말이었을까?

힌트: 그의 이름 이니셜은 JK이다.

그런데 켄트 기자는 그 다음 날 신문에 내 얘기를 기사화하지 않았다. 조금도 과장하지 않고 정말 의외였다. 기자들은 원래 논란을 불러일으킬 얘기는 그게 옳든 그르든 상관없이 서둘러 발표하는 법인데 말이다.

이틀 후 새크라멘토에서 우연히 켄트 기자를 만났을 때, 나는 대체 어찌 된 일이냐고 물었다. 그는 내 말이 진심이 아닐 거라 생각했던 듯했다. 그래서 그에게 다시 말했다. 그러자 이번에는 그도 믿었다. 그 다음 날 신문에 내 얘기가 나왔다. 시카고에선 그리고 NBA 안에선 빅 뉴스였다. 다른 기자들이 기사 얘기가 사실이냐고 물었을 때, 나는 전혀 부인하지 않았다.

보스턴 셀틱스로 트레이드될 가능성. 제리 단장의 협박 편지. 그들의 장기적인 계획에는 내가 없는 게 분명하다는 사실. 더 이상은 참을 수 없었다. 예상했던 일이지만, 나의 불평불만에 넌더리 난 팬들로부터 비난이 쏟아져 들어왔다. 필 감독과 마이클도 떨떠름해했다. 두 사람은 내가 수술을 미뤄 가뜩이나 팀 전체에 안 좋은 영향을 주고 있는데 이젠 또 더 심각한 문제까지 야기하고 있다고 생각한 것이다.

사람들은 자신이 믿고 싶은 대로 믿는 법이다. 나는 해야 할 말을 했으며, 그래서 그것에 대해 떳떳했다. 다만 거기서 멈췄어야 했다. 시애틀 슈퍼소닉스와의 경기가 끝난 뒤, 나는 평소 주량보다 조금 더 많은 술을 마셨다. 그리고 버스를 타고 가던 도중에, 홧김에 당시 우리 팀을 따라왔던 제리 크라우스 단장에게 다가가 소리쳤다.

"대체 언제까지 내 선수 경력과 드래프트 건으로 날 갖고 놀 생각입니까?"

당시 내가 워낙 집중을 못하자, 필 감독은 내게 선수들과 함께 다음 목적지인 인디애나폴리스로 가지 말고 시카고로 돌아가 발 치료를 받는 게 어떻겠냐고 했다. 나는 그런 그의 제안에 이의를 제기하지 않았다. 내가 너무 불만이 많은 상태여서, 계속 제리 단장과 함께 있다가는 훨씬 더 험한 말을 내뱉을 수도 있었기 때문이다.

한편 우리 팀은 마침내 제 리듬을 되찾기 시작했다. 12월 중순부터는 8연승을 거두어 전적이 20승 9패가 됐는데, 그건 당시 동부 컨퍼런스 최고 기록이었다. 8경기 중 6경기에서는 상대팀을 92득점 이하로 묶었다. 그 모든 것의 상당 부분이 데니스 로드맨 덕이었다.

그리고 내가 없는 상황에서, 데니스는 마이클에 이어 넘버 2 선수가 될 기회를 잡았다. 연이어 벌어진 애틀랜타 호크스와 댈러스 매버릭스와의 두 경기에서 그는 총 56리바운드를 기록했고, 12월에는 여덟 경기에서 적어도 15개 이상의 리바운드를 기록했다. 20개 이상의 리바운드를 잡은 것도 다섯 경기나 됐다.

한편 신년을 맞이한 상황에서 한 가지 사실이 점점 분명해지고 있었다. 나는 어디에도 가지 않게 됐다는 것. 믿기 힘들겠지만, 나는 별로 개의치 않았다. 시애틀에서 버스를 타고 가던 중 있었던 그 일 이후 시간이 지나면서 나는 이미 마음이 진정된 상태였다. 나는 팀 동료들과 함께 플레이하는 게 그리웠다. 모두가 합심해 마법 같은 일들을 만들어내던 게 그리웠다. 게다가 나의 트레이드 요청은 팀 동료들과는 아무 상관없는 일이었다.

다만 컨디션 회복이 내 바람처럼 순조롭게 진행되지 않고 있었다. 원래 내가 목표로 삼은 복귀 시점은 크리스마스 무렵이었다. 수술을 받은 지 이제 3개월이 지났다. 1월 초에 필 잭슨 감독은 언론과의 인터뷰에서 내가 아직 2주 더 있어야 본격적인 연습 경기에 합류할 수 있을 거라고 했다. 그 시즌이 다 지나가고 있었다.

그러나 나는 믿음을 잃지 않았다. 나머지 팀 동료들이 연습 경기를 하는 동안, 나는 운동 코치 알 버메일과 함께 나름대로 열심히 운동을 했다. 그리고 그런 노력은 보람이 있었다. 1월 10일, 나는 35경기 결장 끝에 비로소 팀에 복귀했다. 시카고 유나이티드 센터에서 열린 골든스테이트 워리어스와의 경기를 앞두고 코트에 나가 몸을 풀 때 팬들은 기립박수로 나를 환영했다. 팬들은 내가 주전 선수들 중 한 사람으로 소개될 때에도 다시 기립 박수를 보냈다. 나는 내가 코트에 서는 걸 그리워한다는 걸 알고 있었지만, 그렇게까지 그리울지는 정말 몰랐다.

나는 첫 번째 두 골을 성공시켰고, 31분간 뛰면서 12득점에 4리바운드를 기록했으며, 5어시스트로 팀 내 최고 기록을 세웠다. 그 경기는 87 대 82로 우리가 이겼다. 워낙 오래 쉬고 난 이후여서 충분히 예상된 일이었지만, 나는 슛이 별로 좋지 못했다(11개의 슛 중 4개만 성공).

3일 후 치러진 시애틀 슈퍼소닉스와의 경기에서도 나는 15개의 슛 중 3개만 성공시키는 등 부진했다. 그러나 상관없었다. 나는 좋아하는 위치에 있는 팀 동료들에게 공을 적절히 배급해주었고, 상대팀들로 하여금 더 이상 마이클을 상대로 더블팀 수비를 할 수 없게 만들었다. 내가 없는 상황에서 시카고 불스는 경기당 평균 22.5어시스트를 기록했었다. 그런데 우리가 101 대 91로 승리한 시애틀 슈퍼소닉스를 상대로 우리가 기록한 어시스트 수는 26개였다.

정규 시즌 중반쯤에 이르렀을 때 우리의 전적은 41전 29승 12패였다. 한 가지 차질이 있었다면, 그건 스티브 커가 필라델피아 세븐티식서스와의 경기 도중 쇄골 골절을 입었다는 것. 그는 8경기 결장이 예상됐다. 모든 걸 고려할 때 불만을 느낄 이유는 없었다. 다만 데니스 로드맨의 경우 이제 더 이상 넘버 2 선수가 아니었다.

내가 복귀하고 나서 2주일쯤 뒤 데니스는 아침 슈팅 훈련 일정에 빠졌다. 그 시간에 빠진 것에 대한 그의 이유는 '그냥 그러고 싶지 않았다'는 것이었다. 그 결과 필 감독은 우리가 뉴저지로 원정 경기를 갈 때 데니스를 데려가고 싶어 하지 않았고, 그래서 데니스를 집으로 보냈다.

데니스는 몇 주 후에 다시 또 슛 연습에 빠졌다. 이번 핑계는 자신이 몰고 다니는 트럭의 키를 찾지 못했다는 것이었다. 이건 내가 지어낸 얘기가 아니다. 차라리 그랬으면 좋으련만. 그 해 겨울에 데니스는 라스베이거스로 그 유명한 휴가를 떠났다. 데니스 로드맨이니 한창 정규 시즌 중에 휴가 신청을 한 거고, 필 잭슨 감독이니 그걸 허락한 것이다. 그런데 결국 데니스가 필요로 했던 건 잠시 농구를 떠나 있는 것이었다.

그리고 우리는 데니스를 필요로 했다. 2월 19일, 또 다른 트레이드 마감일이 지나갔고, 나는 여전히 시카고 불스의 일원이었다. 나를 비롯해 모든 사람들이 안도했다. 그렇게 우리는 또 다른 NBA 우승을 향해 나아가고 있었다. 내가 복귀한 뒤 시카고 불스는 그 잔여 시즌 경기 중 38승 9패를 기록해 총 62승을 거두면서 정규 시즌을 마쳤고, 동부 컨퍼런스 내 1번 시드에 배정되면서 또 다시 플레이오프에 진출했다.

■ ■ ■ ■

플레이오프 첫 두 시리즈는 그야말로 계획대로 착착 진행됐다. 뉴저지 네츠는 3경기 만에, 샬럿 호네츠는 5경기 만에 꺾었다. 초반 라운드에는 이처럼 경기를 적게 치를수록 좋다. 우리 선수들이 그만큼 덜 혹사당하고 쉴 수 있으니까.

동부 컨퍼런스 결승에서 만난 다음 상대는 그 시즌에 58승을 거둔 인디애나 페이서스였다. 결코 만만한 상대가 아니었다. 인디애나 페이서스는 슈팅 가드 레지 밀러, 스몰 포워드 크리스 멀린, 포인트 가드 마크 잭슨Mark Jackson, 센터 릭 스미츠Rik Smits, 파워 포워드 데일 데이비스Dale Davis 등 라인업부터가 무시무시했다. 특히 너무도 뛰어난 슈터 레지 밀러와 오리지널 드림팀 시절의 팀 동료 크리스 멀린은 명예의 전당에 이름을 올릴 스타들이었다.

제일런 로즈Jalen Rose, 안토니오 데이비스Antonio Davis, 트래비스 베스트Travis Best, 데릭 맥키Derrick McKey 등 후보 선수들 역시 아주 뛰어났다. 3월에 우리와 경기를 가졌을 때, 인디애나 페이서스의 후보 선수들과 우리 후보 선수들의 득점은 32 대 0으로 비교할 수도 없었다. 결국 우리는 스티브 커와 빌 웨닝턴, 랜디 브라운 그리고 골든 스테이트 워리어스에서 영입해온 스윙맨• 스콧 버렐Scott Burrell에게 훨씬 더 많은 걸 의존하는 수밖에 없었다.

정규 시즌 때 우리와 맞붙은 네 경기에서 무려 35어시스트를 기록한 마크 잭슨을 묶는 게 우리 팀의 최우선 과제였다. 근데 어떤 방법으로? 내가 그를 맡는 것, 그게 방법이었다. 론 하퍼와 마이클 그리고 내가 '아침 식사 클럽' 운동 시간에 생각해낸 방법이었다. 우리는 이 방법을 필 감독에게 제안했고, 그는 100퍼센트 동의해주었다. 필 감독은 늘 선수들의 제안에 귀 기울여주었고, 우리는 그걸 고맙게 생각했다. 모든 감독들이 그런 건 아니니까. 그는 선수들이 뭔가를 먼저 제안한 경우, 그 결실을 보기 위해 더 노력할 것이라는 걸 잘 알고 있었다.

인디애나 페이서스의 뱀 머리는 마크 잭슨이었다. 레지 밀러가 아니라. 레지 밀러가 집중 수비를 뚫고 나올 때 그에게 공을 연결해주는 건 마크 잭슨이었다. 아니면 키 223cm의 강력한 공격수 릭 스미츠에게 연결해주거나. 아니면 또 안토니오 데이비스나 데일 데이비스(두 선수는 그냥 성만 같을 뿐 혈연이 아님)에게 완벽한 타이밍의 로브 패스••를 해주었다.

마크 잭슨은 마치 매직 존슨처럼 늘 코트 전체를 손바닥 안 들여다보듯 했다. 공교롭게도 그는 키가 매직 존슨보다 더 작았다. 나는 1991년 NBA 결승에서 매직 존슨을 막은 방법으로 그를 막으려 했다. 하프 코트 가까운 데서 최대한 움직이기 힘들게 만들어 팀 동료들에게 공격 기회를 줄 수 없게 하려 한 것이다. 그 전략은 더없이 잘 들어맞았다.

우리가 85 대 79로 승리한 1차전에서 마크 잭슨은 어시스트(6개)보

• swingman. 코트 좌우를 움직이며 슛을 노리는 선수

•• lob pass. 수비 머리 위로 높게 포물선을 그리는 패스

다 턴오버(7개)가 더 많았다. 내 체격을 감당하기 힘들었던 것이다. 나는 그보다 키가 18cm 더 컸고 체중은 18kg이 더 나갔다. 페이서스 선수들은 총 25개의 실책을 범했고, 그게 경기의 승패를 갈랐다. 마이클은 5스틸을 기록했고, 나도 4스틸을 기록했다.

2차전도 비슷해서, 턴오버를 마크 잭슨은 7개, 팀 전체는 19개나 범했다. 그리고 104 대 98로 우리가 승리한 그 경기에서 마이클은 무려 41득점을 올렸다. 이번에는 내가 5스틸, 마이클이 4스틸을 기록했다. 나는 또 3개의 블록슛도 기록했다.

당시 막 인디애나 페이서스의 감독이 되었던 래리 버드가 경기를 유리하게 끌고 갈 목적으로 타임아웃을 요청했다. 그럴 만도 했다. 백약이 무효였으니까. 래리 버드는 내가 워낙 많은 접촉을 하고 있는데 심판들이 못 본 척 넘긴다며 이의를 제기했다. 그러면서 그는 만일 마이클을 그렇게 막았다면 심판들이 가만있지 않았을 거라 했다.

래리 버드의 이의 제기가 통했는지, 인디애나폴리스에서 열린 3차전 1쿼터 때 나는 파울을 두 개 받았고 적극적인 수비는 엄두도 낼 수 없었다. 마크 잭슨은 실책을 2개밖에 범하지 않았고, 후보 선수인 트래비스 베스트와 번갈아 가며 포인트 가드 역할을 맡았다. 레지 밀러 또한 3점슛을 네 개나 터뜨리는 등 맹활약을 펼쳤고, 결국 3차전은 107 대 105로 인디애나 페이서스의 승리로 끝났다.

하지만 크게 문제없었다. 경기 후에 마이클이 인터뷰에서 설명했듯, 그 패배는 '길 위에 튀어나온 돌멩이' 하나에 지나지 않았다. 이 같은 비유를 그래도 적용하자면, 4차전은 가벼운 자동차 접촉 사고에 휘말린 기분이었고, 그 사고에는 나도 책임이 있었다. 경기 종료를 4.7초 남겨놓고, 나는 자유투 두 개를 던지기 위해 자유투 라인에 섰다. 둘 다 성공시키면 우리가 3점 앞서 나갈 수 있는 상황이었다. 근데 둘 다 놓쳤다.

그리고 경기 종료를 0.7초 앞두고 레지 밀러가 3점슛을 성공시키면서 경기는 인디애나 페이서스의 승리로 끝났다. 나는 너무 속이 상했다. 놓친 자유투 두 개 때문만은 아니었다. 그날 밤 경기에서 나는 자유투 7개 중 2개밖에 넣지 못했다. 나는 하루라도 빨리 설욕을 하고 싶었다. 그리고 다행히 5차전에서 바로 설욕에 성공했다. 우리는 시카고에서 벌어진 5차전을 106 대 87로 이겨 시리즈 전적 3승 2패로 앞서게 되었는데, 그 경기에서 나는 20득점 8리바운드 7어시스트를 기록했다.

이틀 후 인디애나폴리스에서 벌어진 6차전에서 나는 다시 또 너무 속이 상했다. 내 자신 때문이 아니었다. 휴 홀린스 때문이었다. 휴 홀린스라는 이름이 기억나는가? 1994년 뉴욕 닉스와의 결승 5차전에서 경기 종료를 몇 초 앞두고 내게 말도 안 되는 테크니컬 파울을 선언했던 심판 말이다? 그가 또 다시 그런 짓을 했다.

경기 종료를 1분 30초 정도 앞두고 시카고 불스가 1점 앞선 상황에서, 내게 일리걸 디펜스를 선언한 것이다. 플레이오프 같이 중요한 경기에서, 그렇게 결정적인 순간에는 좀체 내리지 않는 일리걸 디펜스 판정을 말이다. 이 인간은 대체 나한테 무슨 원한이 있는 걸까? 결국 레지 밀러가 자유투를 성공시켜 인디애나 페이서스가 92 대 89로 승리했고, 시리즈 전적은 3승 3패 동률이 되었다. 그들의 후보 선수들도 결정적인 역할을 해, 25득점 대 8득점으로 득점 측면에서 우리 후보 선수들을 압도했다. 6차전까지의 후보 선수들의 득점 기록은 197 대 100이었다.

라스트 댄스의 가능성이 갑자기 벼랑 끝에 몰렸다. 모든 건 여기서 끝인가? 동부 컨퍼런스 결승에서? 그럴 가능성이 아주 농후해 보였다. 7차전 초반에 인디애나 페이서스가 첫 필드골 8개를 성공시켜 13점 앞서 나가면서 특히 더 그랬다. 우리의 첫 필드골 19개 중에 성공한 건 겨우 5개뿐이었다. 1쿼터가 끝날 무렵 인디애나 페이서스는 8점 앞서 있었다.

이때 스티브 커 선수 입장! 2쿼터 때 스티브 커가 8득점을 올리는 등 득점 차를 29 대 18로 벌리면서 우리가 3점 앞선 상태에서 라커룸으로 향하게 됐다. 인디애나 페이서스가 경기를 지배하다시피한 상황에서 3점 차로 앞섰다는 건 정말 중요했다. 하프타임 휴식 시간에 마이클 조던이 선수들에게 한 말 또한 아주 중요했다. 그는 우리가 진다는 가능성은 완전히 배제했다. 그리고 실제 그런 일은 일어나지 않았다.

이번에는 토니 쿠코치 선수 입장! 론 하퍼나 호레이스 그랜트만큼이나 시카고 불스의 성공과 관련해 제대로 된 평가를 받지 못하고 있는 토니 쿠코치 말이다. 토니 쿠코치 입장에선 자신이 미국인이 아니라는 게 상처가 됐는지도 모른다. 아니면 마이클과 데니스 로드맨과 나 때문에 설 자리가 없어서였는지도 모르고. 그 이유야 어찌 됐든, 훗날 명예의 전당에 이름을 올린 토니 쿠코치는 자신이 뛴 가장 큰 경기들 중 이날 한 경기에서 진면목을 발휘했다. 우리 팀이 점수 차를 4점으로 벌린 3쿼터 때, 그는 우리가 올린 21득점 중 14득점을 올렸다.

그런데 경기 종료를 6분 30초 정도 앞두고 인디애나 페이서스가 77 대 74로 다시 판세를 뒤집었다. 잠시 후 마이클이 공을 몰고 골대로 달려갔다. 그리고 그 경기에서 가장 중요한 점프 슛이 나왔고, 키가 198㎝인 마이클이 키가 224㎝나 되는 릭 스미츠와 볼 경합을 벌이게 됐다.

그 경합에선 릭 스미츠가 이겼으나, 어떻게 하다 공이 내 손에 들어왔다. 그리고 마이클이 중거리 점프 슛을 놓친 뒤에도 그 공이 또 다시 내가 잡을 수 있는 곳으로 흘러왔다. 새로운 24초, 새로운 생명이 주어졌다.

그때 코트 반대편 아크 뒤쪽에 있던 스티브 커의 공간이 활짝 열린 걸 본 나는 그에게 공을 던졌다.

클린 슛! 시카고 77, 인디애나 77. 다시 새로운 경기.

1분쯤 뒤 룩 롱리가 점프 슛을 놓쳐 리바운드된 공을 다시 또 내가 잡았다. 나는 바로 아웃사이드 쪽에서 슛을 날렸고, 그 결과 81 대 79로 우리가 앞서게 되었다. 그 이후 다시는 역전되지 않았다. 최종 점수는 88 대 83.

그 플레이오프 7차전을 돌이켜보면, 농구의 신들은 분명 우리 편이었던 것 같다. 만일 마이클과 릭 스미츠가 경합을 벌이던 공이 내 쪽으로 오지 않고 다른 쪽으로 갔다면, 또 양쪽 팀 모두 득점을 올리려 사투를 벌이던 경기 후반에 인디애나 페이서스가 5점을 앞섰다면, 경기 결과가 어떻게 됐을지 그 누가 알겠는가?

■ ■ ■ ■

힘겨운 테스트에서 또 다른 힘겨운 테스트로. NBA 결승 상대는 유타 재즈였다. 유타 재즈는 정규 시즌 전적이 62승 20패로 시카고 불스와 같았으며, 아직 전성기를 누릴 준비가 되지 않았던 샤킬 오닐과 코비 브라이언트의 LA 레이커스를 네 경기 만에 격파한 뒤 충분한 휴식을 취할 수 있었다. 그리고 정규 시즌 때 있었던 우리 팀과의 두 경기를 모두 이겼기 때문에, 결승 시리즈는 솔트레이크 시티에서 시작되게 되어 있었다. 당시 유타 재즈는 우리가 NBA 결승에서 두 번째로 맞붙게 된 첫 팀이었으며, 그건 분명 그들에게 유리한 점이었다. 어떻게 대처해야 할 지 잘 알테니까.

그리고 유타 재즈는 적어도 선수들의 경력이나 나이 측면에서 우리와 비슷했다. 존 스탁턴은 36살이었고, 칼 말론은 34살이었으며, 주전 슈팅 가드인 제프 호나섹은 35살이었다. 승패를 결정지을 열쇠들 중 하나는 분명 칼 말론을 묶는 것이었다. 그는 경기당 평균 27.0득점

10.3리바운드를 기록하는 등 그 정규 시즌에 맹활약을 펼쳤다. 그를 묶는 임무는 룩 롱리와 데니스 로드맨에게 맡겨졌다. 1997년 NBA 결승에서 칼 말론을 수비했던 브라이언 윌리엄스Brian Williams는 디트로이트 피스톤스로 트레이드되어 없었다.

브라이언 러셀과 샌던 앤더슨 외에 포워드 앙투안 카Antoine Carr, 가드 하워드 아이슬리Howard Eisley, 센터 애덤 키페Adam Keefe와 그레그 오스터택Greg Ostertag 등, 유타 재즈는 인디애나 페이서스처럼 후보 선수들이 뛰어났다. 우리의 후보 선수들은 인디애나 페이서스와의 경기 때보다 더 분발해야 했다.

1차전에서 우리는 분명 승리할 기회들이 있었다. 경기 종료 2분 30초 정도를 앞둔 상황에서 내가 3점슛을 성공시켜 75 대 75 동점이 되었다. 데니스 로드맨이 칼 말론의 점프 슛을 블록한 뒤 나는 또 다시 3점슛을 시도했다. 이번에는 놓쳤다. 이후 칼 말론이 공을 잡을 때마다 계속 득점을 올렸고, 결국 유타 재즈가 4점 앞서게 되었다. 이후 룩 롱리가 점프 슛을 성공시키면서 연장전에 들어가게 됐는데, 공이 존 스탁턴의 소유가 되었다. 그는 그 공을 칼 말론에게 넘겨 레이업 슛을 성공시켰고, 곧이어 자신이 직접 3점슛도 성공시켰다. 존 스탁턴은 연장전에서만 7득점을 올렸다. 그리고 경기는 88 대 85, 유타 재즈의 승리로 끝났다.

우리는 분명 다 잡은 기회를 놓쳤다. 그러나 상관없었다. 솔트레이크 시티에서 1승을 올릴 가능성은 아직 남아 있었으니까. 그리고 그 가능성은 곧 현실이 되었다. 2차전에서 마이클은 마지막 몇 분간 여러 개의 슛을 성공시키는 등 혼자 37득점을 올렸고, 그 덕에 우리는 93 대 88로 승리했다. 우리의 강력한 수비로 4쿼터 때 유타 재즈는 15득점밖에 못 올렸다. 턴오버 실책은 19개나 범했는데, 그 중 4개는 칼 말론의 실책이었다. 그는 또 16개의 필드골 가운데 5개밖에 못 넣었다.

그 다음 3차전은 시카고에서 열렸는데, 그때 지금까지도 믿어지지 않는 일이 일어났다. 최종 점수가 96 대 54, 시카고 불스의 승리였다. 그렇다, 최종 점수가 96 대 54. 그들은 후반 한때까지 23점에 머물렀고, 최종 점수 54득점은 1950년대 슛클락이 도입된 후 가장 적은 최소 득점 기록이었다. 유타 재즈는 필드골 성공률이 30퍼센트였고, 턴오버를 26개나 범했으며, 리바운드 기록도 50 대 38로 뒤졌다. 그리고 칼 말론(22득점)을 제외한 그 누구도 8득점 이상을 올리지 못했다.

경기 자체는 그리 드라마틱한 면이 없어 좀 허전했는데, 그 다음날 코트 밖에서 일어난 일이 그 허전함을 메워주었다. 고마워, 데니스 로드맨! 그가 아니라면 대체 누가 그런 일을 할 수 있었겠는가? 먼저, 그는 팀 미팅과 의무적으로 참석해야 하는 미디어 행사에 불참했다. 시카고 불스 측에서는 팀 미팅 불참에 대해 1만 달러의 벌금을 부과했다. NBA 연맹에서는 미디어 행사 불참에 대해 같은 금액의 벌금을 부과했다. 그런 다음 그는 대담하게도 비행기를 타고 디트로이트로 날아가, 프로레슬링 선수 헐크 호건Hulk Hogan과 함께 한 케이블 TV 레슬링 쇼에 모습을 드러냈다. 그것도 NBA 결승전이 한창 진행 중인 시기에.

그러나 데니스 로드맨은 그 다음날 연습 경기에 참석했다. 그리고 86 대 82로 우리가 승리한 4차전에서 그는 14리바운드에 6득점을 기록했으며, 결정적으로 중요한 자유투 2개를 성공시켜, 우리는 경기 종료 43.8초를 앞두고 4점을 앞서게 되었다. 데니스 로드맨은 그런 사람이었다.

하루는 벌금을 부과해야 할 사람처럼 행동한다. 그리곤 그 다음날 바로 골대를 벗어난 공을 미친 듯이 쫓아다닌다. 마치 인류의 미래가 그 공에 달려 있다는 듯. 그러니 우리들 중 대체 누가 그의 이런저런 기행에 대해 뭐라 할 수 있겠는가? 어쩌면 그는 가장 좋은 상태로 농구 코트에 나서기 위해 밖에서 그런 배출구들이 필요했는지도 모른다.

물론 나 역시 당시 가장 좋은 상태였다. 4차전에서 나는 28득점을 올렸고(10개의 3점슛 중 5개 성공), 9리바운드에 5어시스트를 기록했다. 수비 측면에선 내 체격과 민첩함을 이용해 존 스탁턴을 꽁꽁 묶었으며, 유타 재즈가 칼 말론과 함께 스크린앤롤• 플레이를 펼칠 때 달려가 그에 맞섰다. 당시 나는 처음으로 NBA 파이널 시리즈 MVP로 선정될 가능성을 높여가고 있었다. 시카고 불스에서의 11년을 마감하는 상황에서 그보다 더 멋진 피날레는 없으리라.

그러나 애석하게도 일은 그렇게 돌아가지 않았다. 토니 쿠코치가 30득점을 올렸음에도 불구하고 우리는 5차전을 83 대 81로 패배했다. 칼 말론은 무려 39득점에 9리바운드를 기록하는 등 멋진 플레이를 선보였다. 그는 또 데니스 머리 너머로 멋진 점프 슛을 날려, 경기 종료 53.3초를 앞두고 유타 재즈가 4점 앞서나가는 데 일조했다. 나는 16개의 슛 중 2개만 성공시키고 아크 너머에서의 슛 7개 중 한 개도 성공시키지 못하는 등, 멋진 플레이와는 거리가 먼 부진을 보였다. 마이클도 26개의 슛 중 9개만 성공시키는 등 저조한 플레이를 펼쳤다. 우리 팀의 슛 성공률은 39퍼센트였다. 유타 재즈의 슛 성공률은 51퍼센트였고.

1993년 우리는 홈구장에서 열린 피닉스 선즈와의 경기에서 져 챔피언 자리에 오르는 데 실패했는데, 지금 우리는 정말 예상하지 못한 장거리 비행기 여행에 나서게 됐다. 이번에 우리 목적지는 유타 주 솔트레이크 시티였다. 그곳은 정말 우리가 세상에서 가장 뛰고 싶지 않은 곳이었다. 나는 낡은 시카고 스타디움이 내가 뛴 경기장들 가운데 가장 시끄러운 경기장인 줄 알았다. 그런데 데시벨 측면에서 이곳 델타 센터에 비하면 시카고 스타디움은 아무것도 아니었다. 나는 마치

• screen-and-roll. 공을 가지고 있는 팀 동료를 위해 스크린 플레이를 한 뒤 골대 쪽으로 방향을 틀면서 패스를 받는 것

요란한 록 콘서트 맨 앞줄에 앉아 있는 기분이었다.

만일 누군가가 뉴욕 닉스와의 경기에서의 마지막 1.8초를 내 선수 생활을 통틀어 최악의 순간이었다고 여긴다면, 그와 반대로 내가 생각하는 내 커리어 최악의 순간은 아마 1998년 6월 13일 일요일 밤일 것이다. 6차전은 초반부터 조짐이 좋지 않았다. 셀 수 없이 많은 시간 나를 괴롭혀온 문제가 문제였다. 허리 문제 말이다. 나는 3차전 때 처음 약간의 허리 통증을 느꼈었다. 칼 말론으로부터 두 차례 등, 너무 많은 차징과 파울을 당해온 결과였다. 허리 통증은 4차전과 5차전 때도 나를 괴롭혔지만, 그래도 그때는 아직 뛸 만했다. 그런데 통증은 점점 더 심해져갔다. 솔트레이크 시티로 향하는 비행기 안에서는 통증이 워낙 심해, 비행기가 착륙할 때까지 기다리기가 힘겨울 정도였다.

나는 관절 통증 완화에 도움이 되는 주사를 맞았다. 그러나 일요일 오후 경기장에 도착했을 때도 여전히 통증이 심했다. 1989년에는 빌 레임비어에게 팔꿈치로 가격을 당해서. 1990년에는 편두통 때문에. 농구의 신들이 이번에도 나를 갖고 놀려 하는 걸까? 설사 그렇다 해도, 그들의 뜻대로 놀아나진 않을 생각이었다. 이번만큼은 안 된다. 경기가 시작되고 처음 공을 잡아 덩크 슛을 날렸는데, 마치 누군가가 등을 칼로 찌르는 느낌이었다. 점프했다 내려올 때의 충격에 온 몸의 신경이 찢기는 듯했다.

달릴 때마다 쥐가 났다. 끝까지 버텨보려 했다. 그럴 수가 없었다. 우리가 17 대 8로 앞선 상황에서, 나는 라커룸에 들어가 전기 자극 치료를 받았고 스트레칭도 좀 했다. 그리고 경기 전반 나머지 시간 내내 라커룸에 있었다. 내가 코트를 뜨자, 유타 재즈가 그 틈을 노렸다. 그들은 그 쿼터가 끝날 때쯤 3점 앞섰고 중간 휴식 시간 때는 4점 앞섰다. 칼 말론은 펄펄 날았다. 그런데 다행히 우리의 45득점 중 23득점을 혼자 올리는 등 마이클 조던도 펄펄 날았다. 우리는 그야말로 마이클 덕에 경기를 이어갈 수 있었다.

나는 괴로웠다. 비단 허리 때문만은 아니었다. 팀 동료들을 실망시키다니. 이런 감정은 한 동안 느끼지 않았는데. 당시 나는 우리 트레이너인 칩 섀퍼Chip Schaefer에게 이런 말을 했다.

"뭐든 할 수 있는 건 다 해주세요. 최대한 빨리 코트로 나가게만 해줘요."

나는 3쿼터 시작에 맞춰 코트로 돌아왔다. 그러나 그 쿼터가 끝나기 3분쯤 전에, 나는 치료를 더 받기 위해 라커룸으로 되돌아갔다. 결국 우리는 5점 뒤진 상태로 4쿼터를 맞게 된다. 그리고 4쿼터 초반에 나는 다시 코트로 돌아왔다. 그런데 평소의 내가 아니었다. 전혀 아니었다. 바닥에서 발을 떼는 게 너무 고통스러웠다. 아예 바닥에서 발을 떼고 싶지가 않았다. 그럴 때마다 허리 디스크가 눌려 신경을 자극했기 때문.

나는 속으로 생각했다. '유타 재즈의 저 친구들, 내가 절뚝거리며 코트 위를 돌아다니는 거 안 보이나? 대체 뭘 보고 있는 거야? 어쩌자고 나한테까지 수비를 붙이는 거야?'

나는 골밑으로 다가갈 수 없었다. 외곽에서 슛을 날릴 수도 없었다. 팀 동료들에게 칼 말론을 어떻게 막으라고 말하는 거 외엔 달리 할 수 있는 게 없었다. 만일 그 경기가 다른 경기였다면, 그러니까 다른 플레이오프 경기였다면, 아마 일찌감치 경기를 포기했을지도 모른다. 그러나 경기 종료를 5분 조금 넘게 남긴 상황에서 나는 어렵게 턴어라운드 점프 슛을 성공시켰고, 그 결과 우리는 77 대 76으로 1점 차까지 유타 재즈를 따라붙었다.

그건 결정적인 슛이었다. 물론 경기 종료 직전에 넣는 슛은 다 결정적인 슛이다. 그러나 경기 종료 42초 전에 존 스탁턴이 넣은 3점슛이야말로 정말 결정적인 슛이었고, 그 결과 86 대 83으로 유타 재즈가 다시 점수 차를 벌렸다. 델타 센터는 홈 관중들의 환호성으로 터져나갈 듯했다.

시카고 불스가 타임아웃을 요청했다. 우리의 목표는 파울을 범하지 않으면서 최대한 빨리 슛을 성공시키는 것이었다. 그 목표는 5초도 안 되는 짧은 순간에 이뤄졌다. 그야말로 빠른 슛이었던 것. 마이클이 하프코트 근처에서 브라이언 러셀의 인바운드 패스를 가로채 레이업 슛을 성공시킨 것이다. 다음 목표는 멈추는 것이었다. 그 목표 역시 아주 빨리 이뤄졌다. 칼 말론이 베이스라인에 있던 존 스탁턴에게서 받은 공을 마이클이 가로챈 것. 유타 재즈의 플레이를 유심히 살펴본 마이클이 공의 흐름을 미리 예상하고 적시에 가로챈 것이다.

자, 이제 우리에게 필요한 건 득점이었다. 그런 상황에서라면 모든 감독이 타임아웃을 요청한다. 그러나 필 잭슨 감독은 그러지 않았다. 필 감독은 유타 재즈에게 수비 형태를 갖출 시간을 주고 싶지 않았던 것이다. 째깍째깍 계속 시간은 갔다. 따로 얘기해준 사람도 없었지만, 나는 내가 해야 할 일을 알고 있었다. 방해하지 말고 가만히 있는 것이었다. 1993년 결승에선 존 팩슨이 승패를 가르는 슛을 성공시켰다. 1997년 결승에선 스티브 커가 그런 슛을 날렸다. 이번에는 마이클 조던의 차례였다.

마지막 결승전. 마지막 댄스. 마지막 슛. 마이클 외에 누가 던지겠는가? 당신이 농구광이라면 그 다음에 어떻게 됐는지 알 것이다. 그러나 당신이 그렇게까지 농구광이 아닐 수도 있으니, 그 이후의 일을 간단히 재연해보도록 하겠다. 당시 유타 재즈는 마이클을 상대로 더블팀 수비를 하지 않기로 했고, 그래서 3점슛 라인 근처에서 브라이언 러셀이 혼자 마이클을 밀착 마크한다. 관중들이 전부 자리에서 일어나 있다. 시간이 정지한 듯하다.

마이클이 공을 드리블해 자유투 서클 위쪽으로 가다가 갑자기 동작을 멈춘다. 브라이언 러셀이 그를 놓친다. 마이클의 몸이 떠오른다. 5.5미터 정도의 거리에서 슛을 날린다. 조용히 골망이 흔들린다. 시카고 불스가 87 대 86으로 앞서 나간다. 경기 종료를 5.2초 남기고 유타 재즈가 타임아웃을 요청한다. 일찍이 델타 센터가 이렇게 조용한 적은 없었다. 핀 한 개 떨어지는 소리가 들릴 정도이다.

공이 존 스탁턴을 향해 스로인되고, 그가 날린 장거리 점프 슛이 빗나간다. 경기 종료 버저가 울린다. 끝났다. 경기가. 결승 시리즈가. 시카고 불스 왕조가. 뒤이어 축하 행사가 시작되었고, 나는 멍하니 서 있었다. 만감이 교차했다. 또 다시 챔피언 자리에 올랐다는 기쁨. 너무 힘든 시간을 거쳐온 뒤의 허탈감. 그 모든 걸 다시는 보지 못할지도 모른다는 슬픔.

다행히 우리는 결승 6차전에서 끝냈다. 7차전까지 갔다면 나는 뛰지도 못했을 것이다. 어느새 나는 동료 선수들과 함께 다시 시카고 그랜트 파크의 무대 위에 섰다. 팬들은 그 어느 때보다 열광했다.

"한 번 더, 한 번 더!" 그들은 외쳤다.

서쪽으로 가다

CHAPTER 17 GO WEST, OLD MAN

필 감독은 휴식을 취하기 위해 몬태나 주 플랫헤드 호수에 있는 자신의 집으로 향했다. 그는 더그 콜린스 감독만큼이나, 아니 어쩌면 그보다 더, 이기는 걸 좋아했고, 지는 걸 싫어했으며, 이기기 위해선 한 해 한 해 많은 희생이 요구됐다. 그럼에도 불구하고 모든 사람들은 그가 오래지 않아 다시 NBA 리그로 돌아와 감독 일을 하리라는 걸 알고 있었다. 농구는 그의 천직이었으니까. 게다가 그는 아직 52세밖에 안 됐다.

마이클은 두 번째 은퇴 생활로 향했다. 누가 알겠는가? 언젠가 세 번째 은퇴 생활도 있을지? 그러면서 그는 골프를 더 즐겼고 더 많은 광고도 찍었다. 그리고 마이클 조던으로 산다는 건, 그 자체로 하나의 힘든 직업이었다.

내 자신은? 내 자신은 어디로 향했냐고? 좋은 질문이다. 나는 서쪽 어딘가로 가고 싶었다. 보다 기후가 따뜻한 곳을 찾아서. 어디든 시카고보다 따뜻한 곳이면 좋았다. 나는 또 서부 컨퍼런스로 팀을 옮겨 물 흐르듯 보다 자유롭고 덜 거친 농구를 하고 싶었다. 이제 30대 중반에 접어들어 부상을 당해도 예전처럼 빨리 치유되지 않게 되어 특히 더 그랬다. 나는 찰스 오클리와 알론조 모닝 같은 거구 선수들에 의해 이리저리 치이는 삶에 지쳐 있었다. 이제는 그만 보다 쉽고 편한 삶의 길을 걷고 싶었다.

가장 마음에 둔 곳은 LA 레이커스였다. 26세인 샤킬 오닐과 겨우 20세인 코비브라이언트가 있는 LA 레이커스는 미래의 팀이었다. 아니 내가 베테랑다운 리더십을 발휘할 수 있다면 현재의 팀이 될 수도 있었다. LA 레이커스에서는 로버트 오리Robert Horry 외엔 챔피언 반지를 받은 선수가 없었다. 내게 더없이 좋은 팀으로 보였다.

피닉스도 생각해볼 수 있는 또 다른 목적지이긴 했다. 다만 피닉스 선즈는 재능이 뛰어난 선수들이 많은 팀이었지만, 챔피언과는 아직 거리가 멀었다. 게다가 시카고 불스에서 워낙 큰 성공을 누린 후여서(심지어 마이클 조던이 없는 시절에도), 나는 시카고 불스보다 못한 팀에 정착하는 건 상상할 수가 없었다.

결국 나는 휴스턴 로켓츠에 합류했다. 그 팀은 챔피언 자리에 거의 다 다가가 있었다. 아니 어쩌면 순전히 내 생각이었는지도 모른다. 나는 1999년 1월까지도 새로운 팀에 합류하지 못했다. NBA 리그의 직장폐쇄로 인해 그 시즌 전체가 취소될지도 모르는 상황이었기 때문이다. 일단 선수들과 구단주들 간에 타협이 이루어지면서, 각 팀이 50경기만 치르기로 결정됐다. 나로선 오히려 잘됐다. 7월에 다시 허리 수술을 받은 상태였기 때문. 나는 허리 디스크 문제로 유타 재즈와의 마지막 세 경기만 뛰었다.

휴스턴 로켓츠와의 계약 조건은 5년간 6,700만 달러였다. 마침내 제대로 된 대우를 받고 선수 생활을 할 수 있게 된 것이다. 이 계약 건과 관련해 고마움을 표해야 할 인물이 있었는데, 그건 뜻밖에도 제리 크라우스 단장이었다. 시카고 불스가 휴스턴 로켓츠와 사인 앤 트레이드 방식의 계약에 합의함으로써, NBA 원칙에 따라 최소 2,000만 달러가 넘는 대규모 계약이 성사됐던 것이다. 어쩌면 제리 크라우스가 그리 나쁜 사람만은 아니었던 것 같다.

나는 모든 게 마무리된 직후에 제리 단장에게 전화를 했다. 대화는 좋은 분위기 속에서 이루어졌다. 그러나 그 모든 것에도 불구하고, 나는 그가 나를 이용한 건 절대 잊을 수 없었다. 내가 만일 실패작이었다면 어땠을까? 시카고 불스가 시카고 불스가 될 수 있었을까? 제리 단장이 아니었다면, 나는 아마 계속 시카고 불스에 몸담았을 것이다. 시카고 불스는 팀의 리빌딩을 바라고 있었으니까.

그 리빌딩 계획에 마이클 조던은 없었다. 그럼에도 불구하고 그 계획은 성공했을지도 모른다. 그리고 1996년에 NBA 탄생 50주년 시즌을 앞두고 '역대 가장 뛰어난 선수 50인' 중 하나로 선정됐던 나는 아마 그 이후에도 여전히 그런 선수였을 것이다. 그리고 여전히 내 몫의 챔피언 반지들을 받았을 것이고. 물론 그러지 못했을 수도 있지만.

나는 휴스턴 로켓츠에서 새로운 팀 동료들과 함께 뛸 날을 학수고대했다. 훗날 명예의 전당에 이름을 올릴 하킴 올라주원 같은 선수들과 함께 말이다. 하킴은 당시 막 36세에 접어들고 있었다. 시카고 불스에는 그렇게 큰 키와 큰 체격을 가진 선수는 전혀 없었다. 그런데 하킴은 한참 전성기 때의 하킴이 아니었다. 물론 나도 마찬가지였다.

유감스럽게도, 한 선수가 연습 경기에 불참했다. 그 선수는 캘리포니아 팜 스프링스에서 열린 밥 호프 토너먼트에서 골프를 치고 있었다. 그 토너먼트는 유명인들을 포함한 아마추어들이 PGA 투어 출신의 프로 선수들과 함께 경쟁을 벌이는 토너먼트였다. 나는 지금 바르셀로나 올림픽 때 드림팀 동료였던 찰스 바클리 얘기를 하고 있는 것이다.

나는 과거 한 신문 기사에서 마이클이 찰스는 팀을 이끌고 챔피언 자리에 오를 만큼 헌신적인 선수가 아니라고 말했던 걸 본 기억이 났다. 그때 나는 그 말에 동의하지 않았다. 찰스는 연습 경기 때 드림팀의 다른 그 어떤 선수만큼이나 열심히 뛰었고, 실제 경기에서도 자신의 모든 걸 코트 위에 쏟아 부었다. 그러나 물론 그가 NBA 직장 폐쇄가 끝난 뒤 마이클 조던 등과 함께 골프를 치기로 한 것은 결코 옳은 결정은 아니었다.

우리는 최대한 빨리 다 함께 코트에 모여, 우리가 한 팀으로서 얼마나 잘 맞는지 또 각자 어떤 노력을 해야 하는지 등을 알아봤어야 했다. 이제 곧 전혀 새롭고 응축된 1998-99 시즌이 다가올 참이었다. 이제 경기 하나하나가 더 큰 중요성과 의미를 갖게 되리라.

드디어 그가 나타났다. 그리고 그를 보니, 예전의 찰스 바클리 그대로였다. 찰스는 나이가 35세였지만, 여전히 NBA 리그에서 가장 뛰어난 선수들 중 하나였다. 하킴 올라주원과 찰스 바클리 그리고 나로 이루어진 이른바 '빅 쓰리'. 이는 이후 NBA에서 일종의 트렌드가 된다. 뭐가 잘못될 수 있을까? 생각보다 잘못될 것들이 많았다.

시즌이 시작되고 한 달간, 경기당 40분 넘게 뛰었음에도 불구하고 (시카고 불스 시절에 나는 평균 38.6분 이상 뛴 적이 없었음), 내 득점은 계속 하향세였다. 거기엔 그럴 만한 이유가 있었다. 정확히 말하자면, 두 가지 이유였다. 찰스 바클리와 하킴 올라주원. 나는 골대 가까운 곳에 있는 두 사람에게 계속 공을 공급해주었다. 그게 내가 할 일의 전부였다.

그러니까 나는 내내 우두커니 서서 두 사람이 뛰는 걸 지켜본다는 의미였다. 나는 공이 우리 소유가 될 때, 그 공이 한 선수에게서 다음 선수로 가장 득점하기 좋은 선수에게 계속 이동해가는 트라이앵글 오펜시브 전술에 익숙해져 있었다. 나는 마치 1980년대 후반으로 되돌아간 기분이었다. 경기 때마다 마이클 혼자 백만 개의 슛을 날려대던 시절로 말이다. 경기가 재미없어졌다. 나는 속으로 생각했다. '휴스턴 로켓츠는 대체 왜 나를 데려오려 했을까? 골대 근처로 공을 던지는 건 누구든 할 수 있는 건데.'

그런데 그때부터 우리는 이기기 시작했다. 그것도 많이. 3월 마지막 두 주 동안에는 연속 9연승을 거두었으며, 그중 5승은 원정 경기에서 거둔 것이었다. 경쟁이 아주 치열한 서부 컨퍼런스에서 1번 시드를 배정받을 가능성도 아주 높아졌다. 그러나 유감스럽게도 뒤로 가면서 전적이 저조해졌다. 그럼에도 불구하고 우리 팀은 31승 19패라는 꽤 괜찮은 전적을 거둬, 샌안토니오 스퍼스와 유타 재즈에 이어 미드웨스트 디비전 3위로 정규 시즌을 마쳤다.

플레이오프 1라운드에서 5전 3선승제로 맞붙게 될 상대는 LA 레이커스였다. 그들은 시카고 불스에 이어 곧 NBA의 다음 왕조를 건설하게 될 그 LA 레이커스는 아니었다. 그들은 델 해리스Del Harris 감독 휘하에서 그 시즌을 시작했다. 그러나 그는 12경기 만에(6승 6패의 전적으로) 해고됐고, 커트 램비스Kurt Rambis가 그 후임 감독이 됐다. 그래도 그 팀에는 샤킬 오닐과 코비 브라이언트가 있었고, 그 외에 포워드 글렌 라이스Glen Rice와 로버트 오리, 릭 폭스Rick Fox 그리고 포인트 가드 데릭 피셔Derek Fisher 같은 주력 선수들이 있었다. 그리고 우리와 마찬가지로 31승 19패라는 전적으로 정규 시즌을 마쳤다. 그들의 후보 선수들은 언급도 하지 않았다는 걸 잊지 말라.

어쨌든 로스앤젤레스에서 열린 1차전에서 우리는 경기 종료를 30초도 안 남긴 상황에서 공을 소유했고 1점 앞서고 있었다. 한 골만 더 넣으면 모든 게 끝날 참이었다. 그때 내가 공격 중에 몸의 균형을 잃어 슛이 빗나갔고, 그 공을 다이빙하듯 데릭 피셔가 잡았다. 그들은 경기 종료를 7.6초 앞두고 타임아웃을 요청했다. 그 공을 로버트 오리가 코비 브라이언트에게 스로인했고, 우리 가드들 중 한 명인 샘 맥Sam Mack이 코비에게 파울을 범했다. 코비는 자유투 두 개를 다 성공시켰다.

이제 LA 레이커스가 101 대 100으로 앞서 나갔다. 경기 종료를 5.3초 앞두고 휴스턴 로켓츠가 타임아웃을 요청했다. 인바운드 패스를 받은 우리의 재능 있는 신참 선수 커티노 모블리Cuttino Mobley가 공을 드리블해 골대 쪽으로 향했다. 그 공을 샤킬 오닐이 뒤쪽에서 채갔다. 그리고 경기 종료 버저가 울렸다. 원정 경기에서 1승을 올릴 절호의 기회가 날아갔다. 그리고 그런 기회는 다시 오지 않았다.

LA 레이커스는 2차전에서도 110 대 98로 우리를 꺾었고, 우리와의 플레이오프 시리즈를 4경기 만에 끝냈다. 그렇게 큰 실망을 했던 마지막 경기가 어떤 경기였나 기억나지가 않았다. 편두통 때문에 망친 1990년 경기였을까? 아니면 심판 휴 홀린스 때문에 망친 1994년 경기? 나는 이 팀이 NBA 결승에 오를 가능성이 있다고 생각했다.

그 시즌에 나는 평균 14.5득점을 기록했다. 1988-89 시즌 이후 가장 낮은 득점이었다. 우리의 감독 루디 톰자노비치Rudy Tomjanovich가 세운 공격 전술 탓도 컸다. 물론 내 자신 탓도 컸다. 나는 예전의 내가 아니었다. 허리 디스크 문제로 인한 통증 탓이든 세월 탓이든(나는 그 해 9월이면 34살이 될 나이였다) 아니면 둘 다 탓이든, 나는 시카고 불스 시절처럼 공을 잡을 때마다 전력을 다할 수가 없었다. 나는 일일이 내 위치에 신경 써야 했고 내 자신의 농구 IQ에 더 많이 의존해야 했다.

이는 플레이오프 시리즈에서도 마찬가지였다. 나는 3차전에선 37득점으로 정규 시즌 이후 가장 많은 득점을 올렸으나, 나머지 3경기에선 통틀어 36득점밖에 못 올릴 정도로 형편없었다. 2차전에선 필드골 7개 중 한 개도 못 넣었다. 4차전에선 23개의 슛 중 6개밖에 못 넣었다. 플레이오프 네 경기의 슛 성공률이 고작 33퍼센트였다.

나는 내 팀 동료들과 구단과 휴스턴 시민들 모두를 실망시켰다. 불행히도 그들을 실망시킨 건 나뿐이 아니었다. 마이클 조던의 말이 옳았다. 찰스 바클리는 팀을 이끌고 챔피언 자리에 오를 만큼 헌신적인 선수가 아니었다. 전혀 아니었다. 시즌이 시작되기 전에, 마이클의 트레이너 팀 그로버가 휴스턴에 와 찰스와 나를 데리고 트레이닝을 시켜준 적이 있었다. 찰스는 1주일도 넘기질 못했다. 마이클은 골프를 치는 등 분주한 생활을 하면서도 선수 생활을 잘해냈다. 그러나 찰스는 그렇질 못했다. 그 무언가는 희생되어야 했고, 희생된 건 농구였다. 그는 샤킬 오닐과 아주 비슷했다. 뛰어난 선수이긴 했지만, 더 뛰어난 선수가 될 수도 있었던 것.

어쨌든 그해 여름 나는 내가 휴스턴 로켓츠를 나가고 싶어 하며, 가능하다면 내가 조금은 잘 아는 필 잭슨이 새 감독으로 부임한 LA 레이커스로 가고 싶어 한다는 소문을 냈다. 분명히 말하지만, 나는 필 감독이 마지막 슛을 토니 쿠코치에게 넘기게 한 일은 잊지 않고 있었다. 아마 평생 못 잊을 것이다. 그러나 나는 적어도 필 감독은 선수들이 몸 컨디션이 엉망인 상태로 나타난다거나 운동을 열심히 하지 않는 걸 용인하지 않으리라는 건 알고 있었다. 또한 LA 레이커스의 수석 코치들 중 하나가 된 텍스 윈터는 말할 것 없고 필 감독 또한 어떻게든 모든 선수들이 공격에 가담하게 하리라는 것도. 그러면 더 이상 우두커니 서서 바클리와 올라주원이 뛰는 것만 지켜봐야 하는 일은 없을 것이다. 경기도 다시 재미있어질 것이고.

찰스 바클리는 내 의중을 알기 무섭게 여기저기 떠벌렸다. 그러면서 내가 자신과 휴스턴 로켓츠에 사과해야 한다고 했다. 좋아, 찰스! 그런 식으로 나온다 이거지. "나는 총구를 들이댄다 해도 찰스 바클리에게 사과하지 않을 겁니다." 언론과의 인터뷰에서 내가 말했다. "그는 절대 내게서 사과를 받지 못할 겁니다. 오히려 그가 내게 사과를 해야 합니다. 투실투실 살찐 엉덩이로 경기장에 오곤 했으니까요."

먼저 공격하지 않았다면, 나 역시 절대 그를 공격하지 않았을 것이다. 대체 무슨 권리로 나를 공격한단 말인가? 그가 먼저 공격해오는 바람에, 수개월간 꾹 참아왔던 감정들이 폭발했다. 내 선수 생활은 몇 해 남지 않았다. 그런데 그런 몇 해 중 일부를 허비한 것이다.

물론 지금 찰스 바클리와 나는 잘 지낸다. 이 모든 건 오래 전 얘기이다. 우리 두 사람은 경기에 임하는 접근방식이 달랐을 뿐이며, 그 문제를 해결할 방법은 하나뿐이었다. 그렇다, 나는 곧 다시 팀을 옮겼다.

목적지는 로스앤젤레스가 아니었다. LA 레이커스의 구단주 제리 버스Jerry Buss가 계약 마지막 해의 나를 영입하는 걸 꺼렸기 때문이다. 그를 탓할 수도 없었다. 그는 이미 샤킬 오닐에게 막대한 돈을 투자하고 있었으니까. 나는 늘 이런 생각을 했다. '샤킬 오닐과 코비 브라이언트의 팀 동료가 된다면 어떨까? 40세가 되기 전에 LA 레이커스에서 뛸 수 있을까?'

그러나 나는 결국 포틀랜드 트레일 블레이저스로 갔다. 그들은 나를 데려가기 위해 켈빈 카토Kelvin Cato, 스테이시 오그먼, 월트 윌리엄스Walt Williams, 에드 그레이Ed Gray, 브라이언 쇼, 카를로스 로저스Carlos Rogers 등 6명의 선수를 휴스턴 로켓츠에 내주어야 했다. 연착륙 얘기를 해보자. 1999년 서부 컨퍼런스 결승전에서 샌안토니오 스퍼스에 패한 포틀랜드 트레일 블레이저스는 자금력이 풍부했다.

그들은 라시드 월러스Rasheed Wallace와 데이먼 스타더마이어Damon Stoudamire, 아르비다스 사보니스Arvydas Sabonis, 그레그 앤서니Greg Anthony, 브라이언 그랜트Brian Grant, 본지 웰스Bonzi Wells 그리고 고등학교를 막 나온 유망주 센터 저메인 오닐Jermaine O'Neal 등을 선수 명단에 올렸으며, 근래 들어서는 나 외에 애틀랜타 호크스의 가드 스티브 스미스Steve Smith, 시애틀 슈퍼소닉스의 포워드 데틀리프 슈렘프도 새로 영입했다. 나는 하루라도 빨리 그들과 뛰어보고 싶었다.

포틀랜드 트레일 블레이저스에는 내가 있고, LA 레이커스에는 필 감독이 있고. 우리가 서부 컨퍼런스 결승에서 만나게 된다면 멋질 것 같지 않은가?

'진정해, 핍. 휴스턴 로켓츠에 대해서도 기대가 컸는데, 그 결과가 어땠어?'

포틀랜드는 로스앤젤레스처럼 큰 도시는 아니었다. 프로 농구 선수에게 중요한 것은 대부분의 시간을 보내는 장소이며 또 함께 시간을 보내는 사람들이다. 팀 동료들. 이웃 주민들. 소속팀.

체크! 체크! 체크!

■ ■ ■ ■

나는 시카고에선 뭐든 빨리 시작하는 것에 익숙했었는데, 여기는 다른 곳이었다. 4연승. 11경기 중 10승. 15경기 중 13승. 12월 초에 이르자, 우리는 우리의 디비전에서 선두였으며, LA 레이커스와 새크라멘토 킹스보다 한 경기 반 앞서 있었다. 우리는 흥분을 가라앉혔고, 그런 다음 심기일전해 두 차례에 걸쳐 6연승을 거두었다.

포틀랜드 트레일 블레이저스는 내 생각만큼(그 이상은 아니더라도) 막강한 팀이었다. 처음 몇 개월간 예정되어 있던 경기 일정들 가운데 유독 한 일정이 눈에 들어왔다. 어찌 그러지 않을 수 있었겠는가? 그때 고향으로 가게 되어 있었으니. 그렇다, 고향. 시카고는 내게 고향이나 마찬가지였다. 거기서 아무리 많은 무시를 당했다 해도 그랬다. 시카고 불스 경영진을 향해 틈나는 대로 다른 데로 보내달라고 요청을 했었다 해도 그랬다.

내가 마지막으로 유나이티드 센터에 모습을 드러냈던 건 1998년 NBA 파이널 5차전 때였는데, 그 이후 시카고는 너무 많이 변해 있었다. 나는 3년 만에 세 번째 팀에서 뛰고 있었고, 팀 플로이드 감독이 이끄는 시카고 불스는 당시 2승 25패라는 최악의 전적을 기록하고 있었다(시카고 불스는 결국 그 시즌을 17승 65패의 전적으로 끝냈음). 혹 궁금해 할지 몰라 하는 말인데, 나는 제리 라인스도르프 구단주나 제리 크라우스 단장이 안쓰럽다거나 하진 않았다. 그들의 그릇 크기로 봐선 그런 대가를 치르는 게 당연했으니까.

그러나 시카고 불스라는 조직 전체를 생각하면 너무 마음이 안 좋았다. 그들은 그런 대가를 치를 이유가 없었으니까. 내가 말하는 조직이란 시카고 불스의 티켓 판매원들, 보안 요원들, 관리 직원들, 홍보 직원 등등을 가리키는 것이다. 마주치는 사람들마다 이런 말을 했다.

"모든 게 정말 예전 같지 않아요."

경기 시작 직전에 시카고 불스는 경기장의 대형 스크린에 내가 시카고 불스에서 뛰던 시절의 하이라이트 장면들을 동영상으로 보여주었다. 그리고 관중들은 정말 송구스럽게도 열렬한 박수를 보내주었다. 그들은 잠시나마 뭔가 축하할 일이 생겼던 것이다.

경기 그 자체는 예상했던 대로 일방적이었다. 시카고 불스는 턴오버만 31개씩 범하며 88 대 63으로 져 11연패를 기록했다. 데이먼 스타더마이어가 16득점 5스틸을 기록하며 우리의 승리를 견인했다. 나는 11득점 6어시스트로 승리에 일조했다.

나는 랜디 브라운과 딕키 심프킨스, 토니 쿠코치 등, 남겨두고 떠났던 시카고 불스의 옛 팀 동료들에게 미안했다. 토니 쿠코치는 등 경련으로 그 날 경기에는 뛰지 못했다(그리고 다행히 그는 한 달 후 필라델피아 세븐티식서스로 트레이드됐다). 1980년대 말에 선수생활을 시작했던 시카고 불스로 되돌아와 마지막 시즌을 보내고 있던 윌 퍼듀와 B.J. 암스트롱에게도 너무 미안했다. 그들이 어떤 시간들을 보내고 있을지 헤아릴 수조차 없었다.

2월 말에 우리는 포틀랜드에서 LA 레이커스와 맞붙었다. 전형적인 정규 시즌 경기는 아니었다. 그리고 두 팀 모두 NBA 리그 최고 전적인 45승 11패를 기록 중이었다. 두 팀 모두 11연승도 기록했다. 둘 중 한 팀은 희생양이 되어야 했다. 알고 보니 그 희생양은 우리였다.

경기는 90 대 87로 LA 레이커스의 승리로 끝났고, 샤킬 오닐이 23득점 10리바운드를 기록하면서 그 승리를 이끌었다. 코비 브라이언트는 22득점을 올렸다. 그날 밤의 경기는 완전한 패배는 아니었다. 우리 선수들은 4쿼터 때 11점까지 벌어졌던 점수 차를 좁히면서 뛰어난 위기 극복 능력을 보였고, 경기 막판에는 동점까지 만들 기회도 있었다. 그래서 나는 고개를 꼿꼿이 들고 로즈 가든 경기장을 걸어 나왔다.

'5월까지만 기다려라. 우리는 LA 레이커스를 꺾을 수 있다. 의심할 여지가 없다.'

우리가 경기 일정표 상에 있는 다른 팀들을 꺾을 수만 있다면 말이다. 3월 1일부터 정규 시즌이 끝날 때까지, 우리의 전적은 14승 11패로 아주 저조했다. 플레이오프를 앞둔 상황에서 분명 우려할 만한 상황이었다. 우리에겐 리더가, 그러니까 선수들이 해야 할 일을 제대로 하지 못할 때 그걸 바로잡아줄 선수가 없었다. 가끔 도를 넘어 탈이었지만, 마이클 조던 같은 선수 말이다. 가끔 도를 넘더라도 그런 리더가 있는 게 없는 것보단 나으니까.

내가 그 리더 역할을 하면 안 됐냐고? 지난 20여 년간 나는 그런 질문을 내 자신에게 여러 차례 해봤다. 적절한 답을 낼 수 있었더라면 좋았을 텐데. 팀에 새로 들어온 선수 입장에서, 나는 데이먼 스타더마이어나 라시드 월러스 같이 잠시 같이 지낸 선수들과 잘 어울릴 수 있을지 걱정이었다. 그런데 지금 와서 돌이켜보면, 나는 당시 챔피언 자리에 오르려면 무얼 해야 하는지에 더 많은 신경을 썼어야 했다.

5전 3선승제 시리즈에서 우리의 첫 상대는 젊은 스타 선수 케빈 가넷Kevin Garnett이 이끄는 미네소타 팀버울브스였다. 그들은 4경기 만에 무릎을 꿇었다. 다음 상대는 젊지 않은 두 스타 선수들이 이끄는 유타 재즈였다. 존 스탁턴은 38세였고, 칼 말론은 이제 곧 37세가 될 참이었다. 그러나 유타 재즈는 그 어느 때 못지않게 투지가 넘쳐, 처음 세 경기를 18점 차 이상으로 패한 뒤 4차전에서 88 대 85로 되살아났다.

그러나 결국 5차전에서 끝났다. 훗날 명예의 전당에 이름을 올릴 유타 재즈의 그 두 선수와 곧 은퇴하게 될 제프 호나섹을 보고 있노라니, 1997년과 1998년에 있었던 시카고 불스와 유타 재즈의 그 잊지 못할 경기들이 생각났다.

나는 이제 곧 또 다른 팀과 맞붙게 됐다. 한때 LA 레이커스에 갔으면 했었는데, 이제 그들과 맞붙게 됐다. 승자가 NBA 결승에 진출하게 될 것이다. 모든 게 걸린 중요한 플레이오프 1차전을 앞두고, 필 잭슨 감독은 그가 즐겨 쓰던 심리전을 쓰려 했다. 몬태나의 숲 속에서 1년을 보냈지만 그는 조금도 부드러워지지 않았다.

이번에 그의 심리전 대상은 그가 잘 아는 선수였다. 필 감독은 언론과의 인터뷰에서 이런 말을 했다.

"개인적인 생각입니다만, 만일 스카티가 팀을 이끌지 않고 선수들이 제각기 움직인다면, 그들은 절대 우리를 이길 수 없을 겁니다." 이번에는 내가 뱀의 머리가 될 차례였고, 필 감독은 그 머리를 잘라낼 방법을 찾고 있었다. 그러나 이번에 참선의 대가 필 감독은 적수를 만났다. 그가 나를 아는 만큼 나도 그를 잘 알았다. 그가 던진 미끼를 덥석 물 생각은 없었다.

게다가 나는 트라이앵글 오펜스 전술도 잘 알았다. LA 레이커스의 선수들 자신보다 더 잘. 그들이 그 전술을 쓸 때마다, 나는 우리 선수들에게 큰 소리로 그 다음 단계를 알려주었다. 그 때문에 필 감독은 애를 먹었지만 별 도리도 없었다.

한편 샤킬 오닐에겐 적수가 없었다.

경기가 끝날 때까지 팀 동료들에게 소리를 질러댈 순 있었겠지만, 그래 봐야 별 소용이 없었을 것이다. LA 레이커스가 109 대 94로 승리한 1차전에서 샤킬 오닐은 무려 41득점에 11리바운드 7어시스트 5블록슛을 기록했다. 나도 그런대로 노력하며 19득점 11리바운드 5어시스트를 기록했지만, 우리 팀은 역부족이었다.

가장 실망스러웠던 건 라시드 월러스로, 그는 3쿼터 때 두 번째 테크니컬 파울을 받으면서 퇴장 당했다. 라시드는 단연코 우리 팀에서 가장 뛰어난 선수였다. 그의 한 가지 단점은, 그리고 그건 큰 단점이었지만, 분노를 통제하지 못한다는 것이었다. 그에 비하면 데니스 로드맨은 양반이었다. 정규 시즌에 라시드는 테크니컬 파울을 무려 38개나 받았다. NBA 리그 최고 기록이었다.

그는 내게 자신의 그런 단점이 플레이오프전에서는 문제가 되지 않을 거라고 했었다. 그런데 그게 아니었다. 당시 나는 라시드와 심판들 간의 문제가 해묵은 문제라는 걸 깨닫지 못했다. 선수들의 경우 일단 안 좋은 평판을 얻게 되면, 그 평판이 선수 생활 내내 따라다니게 된다. 그리하여 결정적인 순간에 불리한 판정을 받아도 그저 그런가보다 하게 된다.

라시드는 그 시절의 케빈 듀란트• 같은 선수로, 왼손으로든 오른손으로든 자신이 원하는 때면 언제든 슛을 날릴 수 있었고, 슛 성공률도 높았다. 그는 또 3점슛으로 이름을 날린 최초의 스타급 선수들 가운데 한 사람으로, 스테픈 커리•• 만큼이나 슛 반경이 넓었다. 우리가 플레이오프 시리즈에서 승리하려면 라시드가 최선을 다해주어야 했다.

플레이오프 2차전에서 라시드는 최선을 다했다. 그는 아크 뒤쪽에서 날린 슛 3개가 다 들어가고 12리바운드에 2스틸을 기록하는 등 총 29득점을 올렸고, 그의 활약 덕에 우리는 106 대 77로 이기면서 LA 원정 경기에서 1승을 거두었다.

포틀랜드로 돌아갈 때 우리는 상황을 낙관했다. 그러나 포틀랜드를 떠날 때는 참담했다. LA 레이커스는 두 경기를 다 가져가면서 3승 1

• Kevin Durant. '득점 기계'로 불릴 정도로 슛 성공률이 높은 선수로 현재 브루클린 네츠에서 뛰고 있음

•• Stephen Curry. 농구 역사상 최고의 슈터로 인정받고 있는 선수로 현재 골든스테이트 워리어스에서 뛰고 있음

패로 앞서 나갔다.

93 대 91로 승리한 3차전에서 당시 LA 레이커스의 자유 계약 선수가 되어 있던 론 하퍼는 경기 종료를 29.9초 앞두고 약 5.8미터 떨어진 코너 지역에서 멋진 점프 슛을 날려 팀의 승리에 일조했다. 코비 브라이언트는 그 다음에 라시드가 공을 잡았을 때 낚아챘으며, 막판에는 아비다스 사보니스가 날린 슛을 블로킹하기도 했다.

4차전에서 LA 레이커스는 별 어려움 없이 104 대 91로 승리를 가져갔다. 3쿼터 때 그들은 득점 면에서 34 대 19로 우리를 앞질렀다. 그리고 놀랍게도, 샤킬 오닐은 자유투 9개를 얻어내 9개 모두를 다 집어넣었다. 그런 일이 일어날 확률이 얼마나 될까?

모든 사람들이 포틀랜드 트레일 블레이저스는 끝났다고 생각했다. 그러나 우리 생각은 달랐다. 5차전 원정 경기에서 우리는 일찌감치 앞서 나가 경기가 끝날 때까지 우위를 지켰다. 결과는 96 대 88. 나는 1쿼터 때의 12득점을 포함해, 총 22득점을 올렸다. 그 승리는 계속 이어가지 못한다면 아무 의미 없었을 텐데, 우리는 그 승리를 이어갔다. 포틀랜드에서 치러진 6차전을 103 대 93으로 이긴 것이다. 그 경기에서는 후보 선수 본지 웰스가 20득점을 올리면서 맹활약을 펼쳤다.

이제 우리는 2000년 6월 4일 저녁에 캘리포니아 주 로스앤젤레스에 있는 LA 레이커스의 홈구장 스테이플스 센터Staples Center로 향하게 된다. 선수 생활을 하면서 치른 그 많은 경기들 가운데, 지금도 그때 생각만 하면 밤새 잠 못 이루게 만드는 경기. 그건 편두통으로 망친 경기도 아니고, 1.8초 남기고 망친 경기도 아니다. 심판 휴 홀린스 때문에 망친 경기도 아니고, 바로 이 경기이다.

'그때 만일 내가 이랬다면 어땠을까? 감독인 마이크 던리비Mike Dunleavy가 이랬다면 어땠을까? 그때 만일……'

그때를 떠올리면, 그야말로 온갖 '그때 만일……'이라는 생각들로 미칠 지경이다.

최선을 다해 그때 있었던 일을 설명해보겠다. 나로선 견디기 힘든 기억이지만, 내 설명을 듣고 내 심정을 이해해줄 수 있었으면 한다. 중간 휴식 시간에 이르러 42 대 32로 우리가 앞서 있었다. 양 팀의 치열한 공격은 3쿼터 초반까지 계속됐다. 그 쿼터를 6분 안 되게 남긴 상황에서 글렌 라이스가 약 5.8미터 거리에서 날린 점프 슛이 들어가면서 51 대 50으로 LA 레이커스가 앞서 나갔다.

그때 놀라운 일이 일어났다. 우리는 1995-96 시즌 때의 시카고 불스처럼 돌변했다. 다음 5분여 만에 21 대 4라는 큰 득점 차로 LA 레이커스를 압도해버린 것이다. 그 시간에 스티브 스미스는 자유투 2개를 비롯해 필드골 4개를 성공시켰다. 라시드도 슛을 몇 개 성공시켰고, 나는 경기 종료를 20초 앞두고 3점슛을 성공시켜, 우리가 16점 앞서게 되었다. 그 쿼터의 그 시점까지 LA 레이커스는 16득점밖에 못 올렸다. 코비 브라이언트는 4득점을 올렸고, 샤킬 오닐은 슛 2개를 시도해 둘 다 놓쳤다.

LA 레이커스 팬들은 충격에 휩싸였다. 3쿼터 때 자기 팀이 마지막으로 공을 잡았을 때, 더블팀 수비를 당하고 있던 코비 브라이언트는 그 공을 브라이언 쇼에게 넘겼고, 브라이언 쇼는 경기 종료를 2초쯤 앞두고 뱅크슛을 시도했다.

뱅크슛? 진심인가?

나는 브라이언 쇼의 간절한 바람이 LA 레이커스 선수들과 그의 팬들에게 가 닿아 형세가 역전될까 걱정됐다. 그런 일은 일어나지 않았다. 4쿼터 초반에 스티브 스미스가 슛을 성공시키면서 점수 차는 15점으로 벌어졌고, 그 점수 차는 10여 분간 그대로 유지됐다.

이젠 그 무엇도 우리를 멈출 수 없었다. 다만 더 득점을 하지 못한 게 문제였고, 모든 게 무너져 내리기 시작하는데 NBA 챔피언 자리에

여섯 번이나 오른 나와 베테랑 감독 마이크 던리비를 비롯해 포틀랜드 트레일 블레이저스의 그 누구도 거기에 제대로 대처하지 못한 게 문제였다.

필 잭슨 같은 감독이 필요한 상황이었는데, 그때 그는 어디 있었는가? 아, 그는 상대 팀 감독을 맡고 있었다. 샤킬 오닐이 공격의 포문을 열면서 LA 레이커스의 반격이 시작됐다. 다음에 공을 잡았을 때 예의 그 브라이언 쇼가 다시 또 3점슛을 성공시켰다. 이번엔 뱅크슛이 아니었다.

갑자기, 그리고 놀랍게도 LA 레이커스가 점수 차를 10점까지 좁혀 왔다. 이제 LA 레이커스 팬들도 되살아나기 시작했다. 이후 6분 30초 동안 우리는 연속 11개(총 13개)의 슛을 허용하면서, LA 레이커스는 75 대 75 동점까지 따라 붙었다. 우리 팀의 슛 미스 13개 가운데 6개는 라시드에게서 나왔다.

우리의 문제는 슛 미스뿐이 아니었다. 우리의 정신 자세도 문제였다. 우리의 정신 자세는 엉망이었다. 초반 타임아웃 시간에 마이크 던리비 감독은 공을 라시드에게 스로인하는 플레이를 주문했다. LA 레이커스 선수들이 라시드를 막지 못할 거라 생각한 것이다. 라시드는 거의 샤킬 오닐 같은 반사신경을 갖고 있었다. 그런데 우리가 작전 타임을 끝내고 다시 코트로 들어가려는 순간, 라시드가 자기 생각은 다르다며 한 마디 했다.

"스티브, 저 자식•이 방금 말한 건 개소리야." 라시드가 우리에게 한 말이다. "난 빌어먹을 공을 네게 줄 거야. 그러니까 니가 3점슛을 날려."

정말 어이가 없었다. 오래 농구를 해왔지만, 정말이지 이런 경우는

• 던리비 감독을 가리킴

처음이었다.

'한 번 더 생각해봐, 핍.'

나는 선수가 감독에게, 그것도 그렇게 중요한 순간에, 그리 무례하게 대드는 건 본 적이 없었다. 심판이 휘슬을 불어 경기가 재개되기 전에 라시드에게 뭔가 한 마디 해줘야 했다. 그때 왜 그러지 않았는지 모르겠다.

게다가 그런 일이 일회성 해프닝도 아닌 듯했다. 세상에 이럴 수가! 선수들은 늘 던러비 감독에게 무례하게 대했고, 더 나쁜 건, 던러비 감독이 그걸 그냥 내버려둔다는 것이었다. 그는 선수들이 자신이 지시한 것과 다른 플레이를 펼칠 경우 두 팔을 들어 올려 불만을 표할 뿐, 절대 그 어떤 후속 조치도 취하지 않았다. 그는 이미 오래 전에 팀에 대한 장악력을 잃은 상태였다.

그러나 선수들이 계속 슛을 놓치고 감독에게 대들고 있음에도 불구하고, 우리에겐 아직 NBA 결승에 오를 기회가 있었다. 정말 놀라운 일이었다. 경기 종료가 3분도 채 안 남은 상황에서, 라시드가 로버트 오리 머리 위로 슛을 날려 득점을 올려 골 가뭄이 해소됐고, 77 대 75로 우리가 2점 앞서게 되었다. 이후 샤킬 오닐이 자유투 두 개를 성공시킨 뒤(그는 가장 중요한 순간에는 슛을 다 성공시키는 듯했다), 라시드가 다시 슛하기 좋은 위치를 선점했다. 샤킬 오닐이 그의 슛을 블로킹했지만, 골텐딩 반칙이 선언됐다.

점수는 79 대 79 동점이 되었다. 이후 코비 브라이언트가 공을 잡았을 때 라시드가 파울을 범했다. 코비는 자유투 두 개를 다 넣었다. 그 뒤 라시드가 공을 잡았는데, 이번에는 샤킬이 파울을 범했다. 라시드는 자유투 두 개를 다 놓쳤다. 이어서 코비가 점프 슛을 성공시키면서 LA 레이커스가 4점 앞서게 되었다.

그런 다음 경기 종료를 1분쯤 남기고 내가 3점슛을 날렸다. 그 쿼터 들어 내가 날린 세 번째 3점슛이었다. 노 골. 모든 3점슛이 노 골이었다. 여기까지. 더 이상은 실황 중계를 못할 것 같다. 결국 우려했던 결과가 나왔다. LA 레이커스 89점, 포틀랜드 트레일 블레이저스 84점.

이 플레이오프 7차전 패배는 정말 쓰라렸다. 이는 단순한 서부 컨퍼런스 결승 그 이상의 의미가 있는 경기였다. 그야말로 모든 것이 걸린 경기였다. 서부 컨퍼런스 결승에서 어느 팀이 이기든, 동부 컨퍼런스 결승에서 뉴욕 닉스를 꺾고 올라온 인디애나 페이서스는 그리 어려운 상대가 아니었다. LA 레이커스는 6경기 만에 우승했다. 게다가 이 플레이오프 결승은 내가 마이클 조던 없이 챔피언 자리에 오를 수 있는 두 번째이자 마지막 기회였다.

첫 번째 기회는 심판 휴 홀린스가 망쳐버렸다. 그러나 이번엔 우리 자신 외엔 그 누구도 탓할 수 없었다. 7차전에선 LA 레이커스가 승리한 게 아니었다. 우리가 패배한 것이었다. 그 시즌에서 우리 선수들은 우리의 진짜 적은 상대 팀이라는 사실을 까맣게 잊은 듯, 시즌 내내 허구한 날 서로서로 싸웠고 또 던리비 감독과 싸웠다.

그렇다고 해서 다른 모든 팀들과의 경기에서 자멸하진 않았다. 그러기엔 우리는 재능이 워낙 많은 팀이었다. 그러나 LA 레이커스와의 경기에선 우리 스스로 자멸했다. 특히 모든 게 흔들리기 시작한 7차전 4쿼터 때 그랬다. 어느 때보다 서로 합심해야 할 때였는데. 어느 때보다 리더가 필요한 때였는데.

■ ■ ■ ■

나는 포틀랜드에서 세 시즌을 더 보냈다. 기억에 남는 게 별로 없는 시즌들. 나는 늘 이런저런 부상에 시달렸다. 포틀랜드 트레일 블레이저스는 한 번도 플레이오프 1라운드를 통과하지 못했다. 2001년과

2002년에 두 번 더 챔피언 자리에 오를 기회가 있었으나, 5전 3선승제 시리즈에서 계속 LA 레이커스에게 참패를 당했다. 6번의 경기 가운데 단 한 번만 최종 점수 차가 7점 이내였다. 던리비 감독은 2001년 5월에 해고됐다. 더그 감독 때도 그랬지만, 나는 그가 너무 안쓰러웠다. 그러나 사실 그는 훨씬 더 일찍 해고됐어야 했다.

던리비 감독의 후임은 필라델피아 세븐티식서스에서 수석 코치로 있던 모리스 칙스였다. 칙스 감독과 선수들 간의 허니문 관계는 5분 정도밖에 못 갔다. 선수들은 그의 전술 패턴들도 그가 선수들을 활용하는 방식도 그리 좋아하지 않았다. 그 당시 세대의 선수들은 내 세대의 선수들과는 달랐다. 만일 텍스 윈터 코치가 그 선수들을 코치해야 했다면 아마 심장마비에 걸렸을 것이다.

그런데 유난히 기억이 많이 나는 경기가 하나 있었다. 그건 2002년 12월 10일 미국의 수도에서 있었던 워싱턴 위저즈Washington Wizards의 경기였다. 양쪽 팀 모두 부진한 상태였고, 그래서 그 날 경기도 지루한 정규 시즌 82경기 중 또 다른 경기일 수도 있었다.

그런데 꼭 그렇진 않았다. 워싱턴 위저즈의 선수 명단에 등번호 23번을 단 선수가 있었다. 그랬다. 그 유명한 등번호 23번. 마이클 조던과 내가 세월이 흘러 둘 다 전성기를 한참 지난 상태에서 서로 다른 팀 선수로 만나게 됐으니 얼마나 묘한 일이었겠는가. 마이클은 워싱턴 위저즈에서 두 번째 시즌을 보내고 있는 중이었다. 우리는 그의 첫 시즌 때는 서로 맞붙을 일이 없었다. 우리 팀과의 경기가 있던 날 두 번 다 그가 부상으로 결장했기 때문이다.

많은 사람들은 마이클이 38세라는 나이에 컴백해 자신의 전설을 바래게 만들고 있다고 생각했다. 그러나 나는 그리 생각하지 않았다. 그는 자신이 사랑하는 농구를 하고 싶어 했고, 그건 전혀 잘못이 아니었으니까. 장담하건대, 오늘도 아직 농구 경기를 할 수 있다고 느낀다면, 마이클은 아마 그렇게 할 것이다.

그 날 밤 경기에서 우리는 둘 다 그리 좋은 성적을 내지 못했다. 나는 14득점에 7리바운드를 기록했다. 마이클은 14득점에 5리바운드를 기록했다. 그리고 경기는 98 대 79로 우리 팀의 승리로 끝났다. 마이클은 2002-03 시즌 이후에 영영 은퇴를 했다. 내 경우는 연극의 마지막 한 막이 남아 있었다.

나의 라스트 댄스

CHAPTER 18 MY LAST DANCE

2003년 7월 1일, 나는 내 커리어 통틀어 두 번째로 공식적인 자유계약 선수가 되었다. 처음 걸려온 전화들 중 하나는 그 당시 시카고 불스의 단장이 되어 있던 예전 팀 동료 존 팩슨의 연락이었다. 제리 크라우스는 그해 4월에 18년간의 단장 생활을 끝내고 은퇴한 상태였다. 팩슨은 단도직입적으로 말했다.

"스카티, 우리 팀에 와서 올해 한 시즌 같이 뛰었으면 해. 우린 자네가 필요해. 특히 빌•이 자네를 원해."

사실 휴스턴과 포틀랜드에서 5년간 선수 생활을 하면서, 나는 시카고에서 선수 생활을 마치는 건 생각해본 적이 없었다. 시카고 불스의 선수들은 나이도 어린데다 별로 뛰어나지 못했고(그들은 2002-03 시즌을 30승 52패로 마감했음), 기억하겠지만 시카고 불스를 떠날 때까지 나는 제대로 대우 받지 못했다.

게다가 이제 선수 생활을 마감할 때가 다가오고 있기 때문에 나는 정상에 오른 상태에서 은퇴하고 싶었다. 어떤 선수가 그렇지 않겠는가? 그런데 가능한 목적지 중 하나인 팻 라일리 감독의 마이애미 히트는 베테랑 선수에게 한 시즌당 1,500만 달러 이상을 지불할 의사가 없어 보였다. 그리고 시카고 불스에서 여러 해 동안 제대로 대우 받지 못

• 당시 시카고 불스의 감독이었던 옛 동료 빌 카트라이트를 가리킴

했던 나는 스스로 다짐했다. 다시는 내가 제대로 대우 못 받는 일은 절대 없게 하겠다고.

비단 돈 문제뿐이 아니더라도, 이런저런 이유들로 결국 멤피스 그리즐리스가 가장 매력적인 선택지로 남게 됐다. 돈 문제에 관한 한, 당시 그들은 내게 시카고 불스와 비슷한 금액을 제시했었다. 게다가 구단주 마이클 헤이즐리Michael Heisley는 이런 제안도 했다. 내가 원한다면 선수 생활을 끝낸 뒤 구단의 지분 일부를 매입할 수도 있을 거라는 얘기였다.

마이클 조던처럼 되고 싶었던 측면도 있었다. 마이클은 두 번째 은퇴 후에 워싱턴 위저즈의 주식 일부를 사들였고 현재 샬럿 호네츠의 구단주이다.

내가 아직 가보지 않은 곳은 태평양 북서 지역 쪽이었다. 포틀랜드 트레일 블레이저스는 당시 자신들의 프런트 직원 및 경기장 직원 3분의 1 가까이를 해고해야 할 정도로 어려운 상황이라 내게 충분한 돈을 줄 수 있는 형편이 못 됐다. 포틀랜드 팬들은 NBA 농구 팬들 가운데 가장 열정적인 편에 속하는데, 나는 그런 그들에게 NBA 우승의 기쁨을 안겨주지 못한 것에 대해 늘 미안함을 느끼고 있었다. 그건 아마 앞으로도 마찬가지일 것이다.

우리는 LA 레이커스와의 2000년 플레이오프 컨퍼런스 파이널 시리즈에서 좋은 경기를 펼쳤고, 결승 진출, 챔피언 자리에 정말 가까이 다가갔다. 7차전 마지막 쿼터에서 조금만 더 힘을 냈더라면 좋았을 걸.

결국 고민 끝에 나는 시카고 불스를 택했다. 시카고라는 도시도, 건물도, 감독도, 그야말로 모든 게 익숙했기 때문이다. 나는 내가 너무도 존경했던 옛 팀 동료이자 시카고 불스 감독인 빌 카트라이트를 힘닿는 한 돕고 싶었다. 그는 2001년 12월에 시카고 불스의 감독이 됐는데, 선수들의 자질도 그렇고 모든 여건이 좋지 못했다.

필 잭슨 감독 후임으로 시카고 불스를 이끈 팀 플로이드 감독은 제리 크라우스 단장의 신임을 한 몸에 받았다. 그러나 그가 감독을 맡은 3시즌 조금 넘는 기간 동안 시카고 불스의 전적은 49승 190패로 아주 참담했다.

한편, 시카고 출신인 라르사와 나는 2000년에 가정을 꾸렸는데, 가족들과 함께 있고 싶다는 것도 내가 시카고 불스를 택하게 된 또 다른 중요한 이유였다. 나는 시카고 불스와 NBA 리그 중간 수준쯤 되는 1,300만 달러에 2년 계약을 맺었다. 나는 결코 산수를 잘하지 못했지만, 중간 수준이 최저 수준보다 높다는 건 알고 있었다.

시카고 불스 측에서 내게 바라는 건 나 같은 노땅 선수에게 딱 맞는 역할이었다. 내가 맡은 역할은 한 경기당 20분에서 25분 정도 뛰면서, 거구인 에디 커리와 타이슨 챈들러, 가드인 자말 크로포드와 커크 하인릭 같은 젊은 선수들을 뒷받침해주는 것이었다. 나는 그들의 뛰어난 재능에 그리고 또 경기에 대한 그들의 열정에 깊은 인상을 받았다. 그러나 에디와 타이슨은 둘 다 '원 앤 던' 룰•이 시행되기 전에 고등학교에서 곧장 NBA에 들어온 선수들로, 아직 원석처럼 다듬어지지 않았고 배워야 할 것도 많았다.

저주처럼 따라다닌 허리 통증 때문에, 나는 프리시즌 초반 5경기는 결장해야 했다. 마침내 10월 18일, 나는 솔트레이크 시티에서 있었던 1998년 결승 6차전 이후 처음으로 시카고 불스의 유니폼을 입고 시카고 유나이티드 센터에 모습을 드러냈다. 그리고 그 경기에서 4득점에 3리바운드 3어시스트를 기록했다. 정규 시즌 개막전을 지켜보면서 나는 우리 팀이 생각보다 더 길고 힘든 시즌을 보내게 될 거라 생각했다.

• one-and-done rule. 고등학교 선수가 곧바로 NBA로 직행하는 것을 금지하여, 대학에서 1학년을 마치고 NBA 드래프트에 참여할 수 있게 하는 규칙

우리는 홈구장에서 워싱턴 위저즈에 패했다. 샤킬 오닐과 코비 브라이언트가 이끄는 LA 레이커스도 아닌 워싱턴 위저즈에게 졌다. 패배? 아니 단순한 패배가 아니라 99 대 74의 참패였다. 그 경기에서 우리 선수들은 필드골 성공률이 32퍼센트밖에 안 됐고, 어시스트(16개)보다 턴오버(18개)가 더 많았다. 우리는 자유투도 31개 중에서 12개만 성공했다. 그런 식이었다.

이틀 뒤에는 다시 시카고에서 애틀랜타 호크스와 맞붙었다. 우리의 플레이는 훨씬 나아졌고, 두 거구 에디 커리와 타이슨 챈들러는 그들의 미래가 왜 밝은지 잘 보여주었다. 타이슨은 리바운드 22개(그중 9개가 오펜시브 리바운드)에 블록슛 4개를 기록했다. 에디는 22득점을 기록했으며, 특히 경기 종료 약 1분 전에 벼락같은 덩크 슛을 성공시켜 우리가 4점 앞서게 됐다.

미래에서 과거로 돌아가, 하프타임 휴식시간에 시카고 불스는 다음과 같은 문구가 쓰인 플래카드를 내걸었다. 'NBA 챔피언 6회에 빛나는 제리 크라우스 단장'.

제리 단장의 퇴임을 기리는 행사가 열리자, 나는 그와 악수를 하며 행운을 빌어주었다. 그의 아내 텔마Thelma에게도.

과거 마이클과 나는 제리 크라우스 단장을 향해 많은 비난을 했는데, 지금 생각해보면 어쩌면 그 모든 비난을 제리 라인스도르프 구단주에게 했어야 했던 것 같다. 어쨌든 비즈니스와 관련된 중요한 결정들을 한 건 늘 크라우스 단장이 아니라 라이스도르프 구단주였으니까. 내 계약 재협상을 매년 거절했던 것도 크라우스 단장이 아니라 라인스도르프 구단주였고. 시카고 불스의 소유주는 라인스도르프였다. 크라우스가 아니라.

나는 워싱턴 위저즈와의 경기에선 31분간 뛰었고, 애틀랜타 호크스와의 경기에선 37분간 뛰었다. 허리 통증과 관계없이, 내 나이의 선수치고는 아주 잘 버틴 편이었다. 그해 3월에 수술을 했던 왼쪽 무릎이 다시 아프기 시작했다. 그 다음날 밤 밀워키에서 나는 13분 30초밖에 못 뛰었고, 필드골 6개를 다 놓치는 등 경기력도 좋지 못했다. 우리는 98 대 68로 밀워키 벅스에게 참패를 당했다. MRI 정밀 검사를 받은 뒤 나는 다음 4경기를 결장했다.

이후 11월 10일, 우리는 105 대 97로 덴버 너기츠에게 패했다. 시카고 유나이티드 센터에서 치른 다섯 번의 홈경기 중 네 번째 패배였다. 홈구장의 이점도 소용없었다. 엎친 데 덮친 격으로, 일부 선수들이 선발 선수 명단에서 빠졌다며 불만을 토로하고 있었다. 다시 포틀랜드로 돌아온 기분이었다.

경기가 있던 그날 일찍 팀 미팅이 있었는데, 그 자리에서 나는 다른 그 누구보다 오랜 시간 얘기를 했다. 그들이 나를 이 팀으로 데려온 게 바로 이런 이유 때문 아니었겠는가. 아직 어린 선수들에게 프로답게 행동하는 법을 가르쳐주라고. 나는 100퍼센트 빌 감독 편을 들었다. 그건 그가 내 친구였기 때문이 아니라 내 감독이었기 때문이다. 누구든 자신이 원하는 선수를 기용할 권리는 그에게 있었다. 그 이후 모두들 한 배를 탄 사람들 같아졌다. 이틀 후 우리는 보스턴에서 89 대 82로 보스턴 셀틱스를 격파했다. 나는 12득점에 5리바운드 2스틸을 기록했다. 우리의 전적은 시즌 4승 5패가 됐다.

어쩌면 생각보다 전혀 길고 힘든 시즌이 되지 않을지도 몰랐다. 어쩌면 사람들을 깜짝 놀라게 해줄 수 있을지도 몰랐다. 그러나 그건 어림도 없는 바람이었다. 홈구장에서 미네소타 팀버울브스와 시애틀 슈퍼소닉스에 두 차례 더 패한 뒤, 우리 팀은 원정 경기에 나섰다. 경기가 열리는 도시의 풍경은 바뀌었지만, 특별히 우리에게 도움이 될 건 없었다. 11월 23일, 우리는 새크라멘토에서 열린 킹스와의 경기에서 5연패를 기록하게 됐다. 그리고 11월 24일, 빌 카트라이트 감독이 해고됐다. 이제 우리의 전적은 4승 10패였다.

빌의 해고 소식을 듣는 순간 나는 머리가 띵해졌다. '또 시작이군. 제리 크라우스가 있으나 없으나, 시카고 불스는 늘 이 모양이야. 다시 돌아오는 게 아니었는데. 멤피스 그리즐리스의 제안을 받아들였어야 했어. 그렇게 2년 더 뛴 뒤, 구단 소유주가 되는 건데. 대체 무슨 생각을 한 거야?'

존 팩슨 단장은 번개 같이 빌을 쳐냈다. 우리가 연전연패를 하는 건 빌 때문이 아니었다. 선수들을 뽑은 건 그가 아니었으니까. 나에게도 일부 책임이 있었다. 나는 빌의 기대에 부응하지 못했다. 멘토로서도 선수로서도. 패배로 끝난 마지막 다섯 번의 경기에서 나는 다 합쳐서 35득점과 17리바운드밖에 기록 못했다. 우리가 그중 두세 경기만 이겼어도, 그는 감독 자리를 보전할 수 있었을 텐데.

어쨌든 빌 카트라이트 감독이 떠나자, 나는 찬밥 신세가 됐다. 나는 출구 표지들을 찾기 시작했다. 만일 시카고 불스 측에서 빌을 대체할 뛰어난 감독을 영입했더라면, 나 역시 다시 기운을 냈을지 모른다. 그러나 그들은 그러지 않았다. 그들은 새 감독으로 스콧 스카일스를 영입했다.

스카일스 감독은 여러 시즌 동안 피닉스 선즈에서 지도자 생활을 했는데, 나는 그가 마음에 들지 않았다. 그는 올랜도 매직에서 단지 샤킬 오닐과 함께 뛰었다는 이유로 마치 자신이 대단한 프로 의식을 가진 대단한 승자라도 되는 양 행동했다. 그만 좀 해! 올랜도 매직에서 그가 한 거라곤 샤킬 오닐에게 공을 패스한 게 다였다. 그건 누구나 할 수 있는 일이었다.

스카일스 감독은 에디 커리가 몸 관리를 제대로 못하는 걸 참지 못했다. 나 역시 그게 그리 좋지는 않았다. 근데 문제는 그의 해결책이 모든 선수들로 하여금 죽도록 뛰게 만드는 거라는 데 있었다. 나도 꽤나

고지식한 사람이다. 그런데 한 선수가 몸 관리를 못한다고 해서 모든 선수들을 상대로 단체 기합을 준다는 게 말이 되는가.

한편 내 무릎은 조금도 나아지질 않았다. 나는 무릎에서 계속 물을 빼냈다. 그러나 조금 지나면 다시 물이 찼다. 너무도 당연한 일이었다. 내 몸은 이미 어느 지점에서는 망가지게 되어 있는 상태였다고 봐야 한다. 드디어 그때가 온 것뿐이다. 1987년 가을부터 나는 플레이오프 경기들을 비롯해 총 4만 9천분 이상 플레이했고, 크고 작은 수술을 아홉 번이나 받았다. 그 전에 망가지지 않은 게 운이 좋았을 정도다.

수술 열 번은 채워야지. 나는 무릎 연골 수술을 받고 한 달 정도 쉬었다. 그런 뒤 1월 중순에 디트로이트 피스톤스와의 경기 때 코트로 돌아왔다. 나는 1득점도 기록하지 못했다. 그리고 다음 여덟 경기에서 딱 한 번 두 자리 득점을 기록했다. 우리 팀은 그 여덟 경기에서 모두 패했다.

1월 31일, 우리는 포틀랜드로 날아가 포틀랜드 트레일 블레이저스와 맞붙었다. 그날 밤 팬들은 모두 내 편이었다. 선수 소개 시간에 내가 호명될 때 기립 박수로 환영하는 등 많은 응원을 보내줬다. 나는 정말 큰 감동을 받았다.

농구의 신들 역시 내 편이었다. '핍, 우리는 네 선수 경력이 거의 끝에 도달해 있다는 걸 안다. 옛정을 생각해서, 우리는 네게 빛을 발할 마지막 기회를 주기로 마음먹었다. 그 기회를 최대한 잘 이용하도록 해라.'

나는 정말 그렇게 했다. 35분 동안 뛰며 17득점 7리바운드 4어시스트를 기록한 것이다. 나는 그 시즌에 11월 21일 이후 한 경기에서 17득점을 기록한 적도, 30분 이상 뛴 적도 없었다. 그러나 우리는 연장전 끝에 그 경기를 102 대 95로 패했다.

이틀 후 밤에 시애틀 슈퍼소닉스와의 경기 1쿼터 때, 나는 경기 종료를 9분 53초 남긴 상황에서 커크 하인리히가 패스한 공을 잡아 6.4미터 거리에서 점프슛을 성공시켰다. 바스켓에는 아무 이상 없었다. 아무 이상도. 그 골이 NBA에서의 내 마지막 골이었다. 시카고 불스에 앞서 먼저 나를 드래프트했던, 그리고 1994년에 거의 나를 트레이드할 뻔했던 시애틀 슈퍼소닉스가 있는 시애틀에서 마지막 골이라니. 아이러니한 일이었다.

나는 곧 다시 부상 선수 명단에 올라갔고 다시는 코트에 돌아오지 못했다. 그리고 결국 평균 5.9득점 3리바운드 2.2어시스트의 기록으로 그 시즌을 마감했다.

이제 남은 건 단 하나, 언제 공식적인 은퇴 선언을 하느냐 하는 것뿐이었다. 훈련 캠프가 시작되는 가을까지는 기다려야 했다. 오프시즌에 은퇴하는 선수는 없으니까. 그러니 그 사이 마음이 어찌 바뀔지 알 수 없는 일이다.

어느 날 나는 시카고 불스의 재무 담당 직원으로부터 전화를 받았다. 당시 나는 아직 500만 달러 조금 넘는 2년차 계약금을 받지 못한 상태였다. 그래서 나는 그가 그 문제에 대한 얘기를 하려는 게 아닌가 했다.

"그 돈을 몇 년에 걸쳐 나눠 드렸으면 하는데요. 괜찮으시겠어요?" 그가 말했다.

말도 안 되는 소리! 나는 고집을 꺾지 않았고, 그로 인해 나와 시카고 불스 구단 사이에는 다시 불화가 생겨났다. 마치 양측의 악감정은 평생 계속되어야 하는데, 그러려면 그간의 불화 정도로는 충분치 않다는 듯.

■ ■ ■ ■

10월 5일 베르토 센터에서 열린 기자 회견은, 1993년 10월 열린 잊지 못할 그 기자 회견과는 전혀 달랐다. 그날에는 NBC 방송국 야간 뉴스 앵커인 톰 브로코우도 있었고 NBA 커미셔너 데이비드 스턴도 있었으며 미국의 모든 카메라맨과 기자들이 있었다. 그날은 한참 잘나가던 마이클 조던이 갑자기 은퇴한다는 사실 때문에 농구팬들도 충격에 휩싸였었다.

나는 등번호가 23번인 선수도 아니었고, 사람들은 이미 몇 달째 내가 곧 은퇴할 거라는 걸 알고 있었다.

"선수들과 함께 동료애로 뭉쳐 매일매일 치열한 경기를 하던 게 그리울 겁니다." 당시 나는 그 기자 회견에서 말했다. "그게 가장 견디기 힘든 일이 될 거 같네요."

그러면서 나는 팬들과 제리 라인스도르프 구단주 그리고 존 팩슨 단장에게 고마움을 표했다. "오늘은 제게 참 힘든 날입니다." 내가 말했다. "농구가 오랜 세월 제게 너무 큰 의미가 있었다는 걸 잘 압니다."

그렇게 얘기하다보니 어느새 더 이상 사진 찍는 사람들도 없었고 질문도 없었다.

아내 그리고 두 아들과 함께 베르토 센터를 걸어 나오면서, 나는 고등학교와 대학을 졸업했을 때와 비슷한 기분을 느꼈다. 이제 무얼 해야 하나?

한 가지 가능성은 코치 일을 하는 것이었다. 시카고 불스에서 젊은 선수들과 함께 뛰면서, 나는 내가 사랑하는 농구를 위해 아직 해야 할 일이 많다는 걸 깨달았다. 내 인생을 송두리째 바꿔놓은 농구. 내게 모든 걸 준 농구. 나는 어떻게 플레이를 하고 어떻게 수비를 해야 하는지 잘 알았다. 어떻게 적절한 선수를 적절한 포지션에 배치해야 하는지도 잘 알았다. 서로 다른 개인들이 모인 팀을 단합시키려면 어떤 동기부여를 해줘야 하는지도 잘 알았다.

또 다른 가능성은 시카고 불스를 위해 뭔가를 하는 것이었다. 시카고 불스 경영진에서 어떤 결론을 내든, 나는 늘 6회 우승을 차지한 챔피언 팀의 한 멤버였으며, 그건 그 누구도 부인할 수 없는 사실이었다. 나는 1986년 여름에 누나를 만나기 위해 시카고를 찾았다가 레이크 쇼어 거리의 농구 코트에서 드웨인 웨이드 선수의 아버지와 농구 경기를 즐기기도 했으며, 바로 그때부터 시카고라는 도시를 사랑하게 되었다.

그리고 그 사랑은 결코 식지 않았다. 어쨌든 NBA에 진출하기 위해 많은 우여곡절이 있었고, 그 끝에 실제 NBA에서 선수 생활까지 한 나로서는 굳이 서둘러 다음에 할 일을 결정할 필요는 없었다. 그런데 당시 내겐 부양해야 할 가족이 있었다. 2005년에 셋째 아들 저스틴이 태어나, 우리 식구는 이제 다섯이었다.

잘 키워 나가야 할 새로운 팀.

■ ■ ■ ■

2005년 12월 9일, 시카고 불스는 LA 레이커스와의 경기 하프타임 시간에 내 등번호 33번에 대한 영구 결번 행사를 가졌다. 팬들의 반응은 정말 뜨거웠다. 유명한 TV 해설가 자니 '레드' 커Johnny "Red" Kerr가 나를 소개할 때 보내준 팬들의 그 열렬한 박수는 아마 평생 잊지 못할 것이다. 때론 내가 그들에게 모질게 굴었고 때론 그들이 내게 모질게 굴었지만, 대부분의 경우 그들은 내 편이 되어주었다. 좋을 때든 나쁠 때든 말이다.

찰스 오클리와 데니스 로드맨, 호레이스 그랜트, 토니 쿠코치 등 많은 옛 팀 동료들과 함께 무대에 있으니, 정말 말로 표현할 수 없을 만큼 감개무량했다. 필 잭슨 감독과 마이클 조던이 보내준 따뜻한 축하 메시지도 너무 고마웠다. 더 라스트 댄스 이후 벌써 7년이 지났다는 게 믿기지 않았다.

2011년 3월에 우리는 우리의 첫 NBA 우승 20주년을 기념하기 위해 시카고 유나이티드 센터에 다시 모였다. 마이클 조던은 그 자리에 오고 싶어 하지 않았다. 내가 그를 설득해야 했지만, 쉽지 않았다. 2010년에 시카고 불스 측에서 나를 유료 '홍보 대사'로 임명한 이유들 중 하나가 바로 그런 경우를 위해서였다. 마이클을 다시 시카고 불스의 일원으로 맞아들이기 위해서. 그리고 또 팬들과 언론을 상대로 우리 모두가 여전히 화목한 한 가족이란 걸 보여주기 위해서.

나는 선수 시절 코트 위에서 했던 역할을 그대로 하고 있었다. 모든 사람들을 하나로 묶는 일 말이다.

"이번 한 번만 그렇게 해줘." 내가 마이클에게 말했다. "다시는 이런 부탁하지 않는다고 약속할게."

우리에게 한 번 더 챔피언 자리에 오를 기회를 주지 않은 시카고 불스 경영진에 대한 마이클의 분노는 그때까지도 아직 식지 않고 있었다. 아닌 게 아니라, 모든 꿈을 이룬 뒤 팀을 깨버린 건 분명 시카고 불스 경영진 아니었던가? 꿈을 이룬 것도 그저 한 번이 아니었다. 3년 연속이었다! 8년 가운데 6년!

반면에, 나는 늘 시카고 불스 왕조는 막을 내릴 만한 시기에 막을 내렸다고 생각한다. 농구에서든 인생에서든, 모든 건 어느 시점에선가는 끝나게 되어 있다. 그래서 그 결과 어디로 가게 되든, 우리는 변화를 자축해야 한다. 이거 내가 무슨 참선 마스터 같은 말을 하는 것 같다.

우리는 또 다른 우승을 할 수 있었을까? 분명 그랬을 것이다. 당시 NBA 직장 폐쇄 사태로 정규 시즌이 82경기에서 50경기로 줄어든 상황이어서, 선수들의 나이대가 높은 우리로선 더없이 좋은 기회였다. 게

다가 1999년 NBA 결승에선 데이비드 로빈슨, 팀 던컨, 에이버리 존슨 Avery Johnson, 션 엘리엇Sean Elliott 등이 버티고 있던 샌안토니오 스퍼스가 플레이오프 시리즈에서 우리를 꺾고 올라간 뉴욕 닉스를 제압했는데, 우리의 경우 그 샌안토니오 스퍼스에 꿀릴 것이 전혀 없었다. 우리가 좀 더 분발했더라면 말이다.

이는 이후에 NBA를 지배한 두 왕조, 즉 2000년대 초의 LA 레이커스와 2015년, 2017년, 2018년의 골든스테이트 워리어스의 경우도 마찬가지이다. 특히 NBA 파이널에서 두 번째 3연속 우승을 달성한 그때 시카고 불스의 멤버들이라면 어느 시대의 골든스테이트 워리어스든 맞붙을 만하다.

자, 그럼 시카고 불스와 골든스테이트 워리어스 두 팀을 포지션별로 한 선수씩 비교해보자.

- 파워 포워드: 데니스 로드맨 대 드레이먼드 그린Draymond Green? 데니스의 승.
- 센터: 룩 롱리 대 앤드류 보거트Andrew Bogut 혹은 저베일 맥기JaVale McGee? 룩의 승.
- 슈팅 가드: 마이클 조던 대 클레이 탐슨Klay Thompson? 마이클의 승.
- 스몰 포워드: 스카티 피펜 대 케빈 듀란트? 둘 중 누구를 골라도 괜찮다.

이런 식으로 선수들을 비교해볼 때, 골든스테이트 워리어스가 시카고 불스보다 확실히 우위에 있는 건 론 하퍼를 상대할 포인트 가드 포지션의 스테픈 커리뿐이다.

한 가지 더: 골든스테이트 워리어스에는 토니 쿠코치처럼 뛰어난 후보 선수가 없었다.

예측: 6경기 안에 시카고 불스의 우승(결승 시리즈는 7차전까지 갈 필요가 없었을 것이다. 어쨌든 늘 그랬듯 우리는 결승 시리즈에서 절대 7차전까진

가지 않았을 테니까).

이렇게 왕조를 비교해보니, 나는 내가 지금이 아니라 그 시절에 선수 생활을 한 게 그렇게 행복할 수가 없다. 그 당시에는 농구 경기에서 공격수와 수비수는 대등한 대우를 받았다. 그러나 지금은 공격수를 더 우대하는 경향이 강하다.

또한 지금은 하프타임이 되면 양 팀이 이미 70득점 정도를 기록한다. 그러나 우리 때는 최종 점수가 80점대인 경기도 꽤 많았다.

그건 그렇고, 2011년에 옛 팀 동료들이 다시 모였을 때 모든 것들이 잘 풀리지는 않았다. 시카고 불스 경영진에 대해 불만이 있는 건 마이클뿐이 아니었다. 모두가 시카고 불스 경영진이 마지막 순간에 한 처신에 분노하고 있었다. 우리는 여전히 화목한 가족이 되지 못하고 있으며, 그건 시카고 불스 경영진 탓이다. 그들은 72승을 거둔 1995-96 시즌의 시카고 불스를 비롯해 NBA 우승을 달성했던 다섯 시즌의 팀 멤버들에 대해서는 별다른 예우를 하지 않고 있다. 마치 그 팀, 그 멤버들은 존재하지도 않았던 것처럼 행동하고 있는 것이다.

단언컨대, LA 레이커스나 보스턴 셀틱스였다면, 그리고 우리가 8년간 여섯 번이나 우승컵을 들어 올렸다면, 우리는 아마 왕족 같은 대우를 받고 있을 것이다. 시카고 불스는 그러지 않고 있다. 그러니 그들이 1998년 이후 단 한 번도 NBA 결승에 오르지 못하고 있는 것도 절대 우연이 아니다. 심지어 메이저리그의 시카고 컵스도 그 이후 한 번은 우승 트로피를 들어 올렸다.

그건 그렇고. 2010년 봄, 인디애나폴리스에서 파이널 포•가 열리는 주말에, 나는 네이스미스 농구 명예의 전당에 이름을 올리게 되었다. 그런 발표가 있을 거라는 것을 추호도 의심한 적은 없었음에도 불구하

• Final Four. 미국 대학 농구에서 예선을 거쳐 올라온 마지막 네 팀이 펼치는 준결승

고 나는 정말 놀랐다. 로니 마틴과 내가 파인 스트리트 농구 코트에서 1대 1 하프코트 경기를 하며 미래의 꿈에 대한 얘기를 할 때, 둘 중 누구도 명예의 전당 얘기는 입에 올린 적도 없었다.

어떤 꿈들은 너무 커서 상상조차 할 수 없는 법이니까. 그런데 어떻게 그런 일이 일어났을까? 나는 대체 어떻게 윌트 체임벌린, 카림 압둘자바, 매직 존슨, 마이클 조던, 래리 버드 등과 함께 믿을 수 없을 만큼 올리기 힘든 명예의 전당에 이름을 올릴 수 있었을까?

운이 아주 큰 역할을 했다. 적절한 사람들이 계속 내 삶 속으로 들어왔고, 감사하게도 나는 그때마다 현명하게도 그들에게서 뭔가를 배웠다. 마이클 아일랜드 코치, 도널드 웨인 감독, 돈 다이어 감독, 아치 존스 코치, 필 잭슨 감독 같은 사람들 말이다.

노력 또한 아주 큰 역할을 했다. 나는 모든 좌절을 기회로 여겼다. 그 빌어먹을 관중석 계단이 좋은 예이다. 그런데 그 모든 노력은 내게서 시작된 게 아니었다. 결단코 아니었다.

그 모든 노력은 어머니 에델 피펜에서부터 시작됐다. 나는 어머니가 매일 로니 형과 아버지 그리고 그 밖의 모든 형제들을 위해 온갖 노력을 다 하는 걸 지켜봤다. 어머니의 가슴 속에 깃든 사랑은 무한정 컸다. 어머니는 2016년 2월, 92세의 나이로 돌아가셨다. 나는 지금도 어떤 말로도 표현할 수 없을 만큼 어머니가 그립다.

■ ■ ■ ■

명예의 전당에 이름을 올리는 행사를 앞두고, 나는 공식 프리젠터, 즉 내가 연설을 할 때 함께 무대 위에 서 있어줄 사람을 선정해야 했다. 그리고 그 프리젠터는 이미 명예의 전당에 이름을 올린 사람이어야 했다.

나는 처음엔 닥터 제이를 생각했다. 어린 시절 내 우상 같은 선수였으니까. 그런데 문제는 내가 그와 아무 친분도 없었다는 것.

그래서 그 대신 내가 너무도 잘 아는 선수를 선정하기로 했다. 한 해 두 해 매일 매일 그 위대한 모습을 가까이서 지켜본 선수를. 그런 점에서 마이클보다 더 나은 선택이 있을까? 그리고 설사 마이클과 내가 절친한 사이가 아니면 또 어떤가?

좋든 싫든 우리 두 사람은 NBA 역사상 가장 뛰어난 듀오로 늘 함께 거론될 것이다. 그는 내 꿈이 실현되는 데 도움을 주었고, 나 또한 그의 꿈이 실현되는 데 도움을 주었다. 그는 바로 내 요청을 받아들였다. 그렇게 고마울 수가 없었다.

명예의 전당에 이름을 올리는 행사는 2010년 8월 13일 매사추세츠주 스프링필드에서 열렸다. 얼마나 감동적인 밤이었던가! 그 행사에선 내 개인적인 성취는 물론 1992년 드림팀의 일원으로서 이룬 업적도 거론되었다. 옛 동료들을 다시 보니 이런저런 멋진 기억들이 떠올랐다.

그날 밤 나는 연설을 통해 부모님들과 빌리 형, 로니 마틴, 시카고 불스 구단, 내 예전 감독들과 팀 동료들에게 고마움을 전했다. 물론 아내 라르사에게도.

"저는 제가 너무도 사랑하는 농구를 해왔고, 제가 가진 모든 걸 농구에 쏟아 부었습니다." 그날 나는 사람들에게 말했다. "또한 제가 사랑하고 관심을 가진 사람들이 저를 자랑스러워하게끔 살고 싶어 노력했습니다……. 저는 사랑하는 사람들에 둘러싸여 그리고 또 세상에서 가장 멋진 팬들의 환호 속에 농구 경기를 하는 꿈같은 삶을 살아왔습니다. 더없이 멋진 여정이었습니다."

■ ■ ■ ■

은퇴를 한 뒤 나는 가끔 코치 일을 하고 싶다는 생각을 하곤 했다. 농구 경기가 너무도 그리웠기 때문이다. 2008년에 나는 내가 얼마나 코치 일에 관심을 있는지 보여주기 위해 마이클에게 코치 일자리를 부탁했다. 자신 있게 말하지만, 나는 그에게 부탁 같은 건 최대한 하지 않으려 했다. 그 당시 그는 래리 브라운Larry Brown을 자기 팀 샬럿 호네츠(당시에는 밥캣츠Bobcats)의 감독으로 영입했다.

"래리와 얘기해봐." 마이클이 답했다.

나는 조금도 기분이 상하지 않았다. 래리 브라운은 대학 농구팀(캔자스대학교)과 프로 농구팀(디트로이트 피스톤스)을 이끌고 수차례 우승을 한 경력이 있는, 농구계에선 아주 알아주는 감독들 중 한 사람이었기 때문이다. 그에게는 구단주의 간섭을 받지 않고 직접 자신의 코치를 선택할 권한이 있었다. 구단주가 누구든 말이다.

그런데 래리는 관심이 없는 듯했다.

"필요한 스태프는 이미 다 있어서……" 그가 내게 말했다.

나는 두 번 다시 마이클에게도 래리에게도 코치 일자리를 부탁하지 않았다.

나는 시카고 불스 관계자들에게 코치 일에 대한 얘기를 몇 차례 한 적이 있다. 그들은 2010년부터 2015년까지 시카고 불스의 감독이었던 톰 티보듀Tom Thibodeau가 나를 쓰고 싶어 하지 않는다고 했다. 그 이유는 전혀 듣지 못했다.

톰 티보듀 감독이 해고되고 시카고 불스가 아이오와주립대학교 농구팀 감독이던 프레드 호이버그Fred Hoiberg를 새 감독으로 영입하고 얼마 지나지 않아, 나는 내가 시카고 불스 측으로부터는 앞으로 그 어떤 의미 있는 역할도 제안 받지 못할 거라는 걸 깨달았다. 그래서 가족들과 함께 플로리다로 이사했다.

초기에 내게 코치 일을 할 수 있는 기회를 준 한 사람이 있었는데, 그건 필 잭슨 감독이었다. 당시 그는 농구계를 떠난 지 1년 만에 LA 레이커스로 돌아온 상태였다.

"하와이에 있는 훈련 캠프로 오게." 필 감독이 말했다. "그래서 그 얘기를 해보자고."

때는 2005년 가을이었다. 나는 선수들과 함께 트라이앵글의 다른 측면들을 들여다보게 됐다. 정말 너무도 즐거운 일이었다. 특히 코비 브라이언트와 함께할 수 있어 흥분됐다. 여러 해 동안 먼발치에서 후배 선수로서 또 한 인간으로서 그가 성장해나가는 걸 지켜봐왔는데, 그런 그를 코트 안과 밖에서 가까이서 지켜보니 그 느낌이 아주 새로웠다. 그는 2020년 1월 말 헬리콥터 사고로 갑자기 세상을 떴는데, 그건 정말 엄청난 충격이었다.

그걸 오디션이라고 불러도 좋다면, 오디션은 더없이 잘 끝났다. 그러나 그 이후 필 감독은 코치 일과 관련해 그 어떤 언급도 하지 않았다. 내 짐작에는 당시 그의 코치들 중 하나로 일하던 브라이언 쇼•가 나를 위협적인 존재로 봤고, 그런 그를 필 감독이 밀어준 듯하다.

한번은 내 모교인 센트럴아칸소대학교에서 코치 제안이 왔다. 하지만 그 제안은 사양했다. 가족들을 모두 다 끌고 아칸소 주까지 가는 건 무리라고 느낀 것이다. 그런데 지금 돌이켜보면, 그때 코치 일을 맡지 않은 게 잘된 듯하다. 나는 그간 늘 농구 중심의 삶을 살았고, 그 외의 것들은 다 뒷전이었다. 나는 평생 그렇게 살았다.

코치 일을 맡지 않은 덕에, 나는 또 다른 젊은이들 집단인 내 아이들의 코치가 될 수 있었다. 나는 내 아이들이 더없이 자랑스럽다. 안트

• LA 레이커스에서 선수 생활을 하다 코치가 됨

론, 테일러, 시에라, 스카티 주니어, 프레스턴, 저스틴 그리고 소피아.

나는 매일 안트론 생각을 한다. 첫째 안트론은 천식 관련 합병증으로 몇 달 전에 세상을 떠났다. 서른셋의 젊은 나이였다.

안트론은 내 가장 친한 친구들 중 하나였다. 나는 건강 문제에 대처하는 아들의 꿋꿋한 모습을 보면서 로니 형 생각을 많이 했다. 그 아이는 절대 자신을 약자로 생각하지 않았다. 세상을 떠나지 않았다면 정말 놀라운 일들을 이뤘을 텐데. 나는 영원히 그를 그리워할 것이다.

놀라운 일 얘기를 하나 하자면, 나는 나와 라르사 사이에 가진 네 아이들 중 맏이인 스카티 주니어의 미래를 생각하면 왠지 흥분된다. 그 아이는 나름대로 뛰어난 농구 선수이다. 내슈빌 밴더빌트대학교 농구팀 주전 포인트 가드로 키가 약 190㎝인 스카티 주니어는 마지막 시즌에 평균 20.8득점에 4.9어시스트를 기록했다. 신시내티대학교와의 경기에서는 36득점에 4스틸을 기록하기도 했다. 그 아이는 머지않아 NBA에서 뛸 기회를 갖게 될 것이다.

스카티 주니어는 나와는 전혀 다른 유형의 농구 선수이며, 농구 경기 자체도 내가 그 아이 나이였을 때와는 아주 많이 달라졌다. 그러나 그 아이가 살아가는 여정을 지켜보고 있노라면, 내 자신이 살아온 여정이 주마등처럼 스쳐 지나간다.

아이재아 토마스와 빌 레임비어 같은 디트로이트 피스톤스의 '악동'들과 거친 몸싸움을 벌이며 챔피언 자리를 향해 나아가던 생각. LA 레이커스를 꺾고 처음 챔피언 자리에 올랐을 때 믿을 수 없을 만큼 기뻤던 생각. 바르셀로나에서 금메달을 목에 걸고 미국 국가를 들으며 숙연해졌던 생각. 1998년 NBA 파이널 6차전 때 바닥에서 발을 떼기가 겁날 만큼 심한 허리 통증에도 불구하고 끝까지 이 악물고 뛰었던 생각. 여러 코치와 감독들에게서 농구는 물론 인생에 대해서도 많은 걸 배운 생각 등등.

특히 꿈 외에는 아무것도 가진 게 없었던 아칸소 햄버그 출신의 삐쩍 마른 소년 생각이 많이 난다. 파인 스트리트와 흙먼지 덮여 있던 할머니 집 뒷마당의 코트도. 그리고 고등학교 시절 경기장 관람석 계단을 뛰어 오르내리기를 거의 중단할 뻔했던 날의 일도. 그 날 계단에 서서 숨을 헐떡이면서, 나는 그 어느 때보다 절박하게 내 자신에게 말하던 내면의 목소리를 들었다. 그 목소리는 당시 내 팀 동료들과 같은 말을 하고 있었다. 그 날 이후 도전에 부딪힐 때마다 내 자신에게 해오고 있는 말을.

“힘내, 피펜! 넌 할 수 있어!”

ACKNOWLEDGEMENT

오래 전부터 내 친구와 가족들은 내게 그간 살아온 이야기를 책으로 써보라고 권유했다. 사람들에게, 특히 젊은 사람들에게, 내 삶의 이야기는 영감을 줄 수 있을 것이며, 자기 자신에 대한 믿음만 잃지 않고 꾸준히 노력한다면 꿈은 이루어질 수 있다는 걸 보여줄 수 있을 거라면서.

내 지난날들을 돌아본다는 건 분명 매력적인 일이었다. 그러나 나는 늘 그 권유를 거절했다. 따로 시간을 들여 내 지난날들을 돌아보기엔 너무 바쁜 삶을 살고 있었기 때문이다. 그러다 몇 년 전, 내 나이가 40대 중반에 접어들면서 나는 그 권유를 더는 거절하지 않았다. 계속 이런저런 핑계를 대다 너무 늦어지기 전에, 사람들에게 그만 내 이야기를 들려주는 게 낫겠다는 걸 깨달은 것이다.

그로부터 얼마 지나지 않아, 그러니까 코로나 19 팬데믹이 시작된 지 몇 주 안 되었을 때, 〈더 라스트 댄스〉 1회 에피소드를 시청하게 됐다. 그러면서 책을 쓰는 게 옳은 결정인 것 같다는 확신을 굳히게 됐다. 내가 내 이야기를 하지 않는다면, 대체 누가 하겠는가? 누군가가 한다고 해도 왜곡된 이야기를 할지도 모르지 않는가.

나는 곧 책을 쓴다는 게 농구팀의 일원이 되는 것과 별반 다르지 않다는 걸 알게 됐다. 중심적인 역할을 하는 사람들뿐 아니라 다른 많은 사람들도 다 중요한 역할을 맡고 있으며, 각자가 맡은 일을 제대로 하지 않으면 그 결과물 또한 성공작이 될 가능성이 없는 것이다.

다행히 출판사 아트리아 북스의 팀원들은 전부 다 재능도 있었고 헌신적이었다. 나는 더없이 운이 좋은 사람이었다. 제일 먼저 편집자 아마르 데올에게 감사를 전한다. 인상적이었던 건 이 책 프로젝트에 대한 그의 비전뿐이 아니었다. 무한한 그의 에너지 또한 인상적이었다. 어떤 일이든, 또 어떤 문제가 있든, 그는 늘 내게 힘이 나는 말을 해주었다.

아트리아 북스의 다른 많은 사람들에게도 많은 신세를 졌다. 출판인 리비 맥과이어, 부출판인 다나 트록커, 편집 책임자 린제이 새그넛, 편집 보조 제이드 후이, 마케팅 전문가 마우디 제나오, 홍보 부책임자 데이비드 브라운, 주필 페이지 라이틀, 부주필 제시 맥닐, 제작 책임자 바네사 실베리오, 제작 편집자 알 마독스 그리고 디자이너 다나 슬론과 레나토 스타니시치에게 감사 드린다.

물론 공동 저자 마이클 애커시가 없었다면 그 어느 것 하나 가능하지 않았을 것이다. 마이클은 필요하다고 생각되는 쪽으로(그게 설사 내가 가고 싶어 하지 않는 쪽이라 해도) 나를 강하게 밀어 붙였다. 내 이야기를 정확하면서도 올바르게 만들기 위해 그는 정말 헌신적인 노력을 기울였다. 두고두고 늘 고마워할 것이다. 그의 아내 파울레타 월시와 내 에이전트 제이 멘델에게고 고마움을 전하고 싶다. 멋진 팀을 이뤄준 마이클 애커시에게 다시 고마움을 전한다.

중학교 시절에서부터 프로 시절에 이르기까지 선수 생활을 하면서, 나는 늘 너무도 멋진 팀 동료들과 함께했다. 나는 지금까지도 그들 중 상당수와 가까이 지내고 있다. 그들은 한두 명이 아니어서 일일이 다 거명할 수는 없지만, 다음 몇몇 팀 동료들의 이름은 거명하고 싶다.

햄버그 고등학교 팀 동료들: 데이비드 데니스, 데릴 그릭스, 리 님머, 레트로이 웨어, 스티븐 화이트.

센트럴아칸소대학교 팀 동료들: 제이미 비버스, 로비 데이비스, 믹키 패리쉬.

시카고 불스 팀 동료들: B.J. 암스트롱, 랜디 브라운, 코리 블런트, 주드 부쉴러, 스콧 버렐, 제이슨 캐피, 빌 카트라이트, 데이브 코진, 론 하퍼, 크레이그 하지스, 마이클 조던, 스티브 커, 스테이시 킹, 조 클라인, 토니 쿠코치, 클리프 레빙스턴, 룩 롱리, 피트 마이어스, 찰스 오클리, 존 팩슨, 윌 퍼듀, 데니스, 로드맨, 브래드 셀러즈, 로리 스패로우, 시데일 스레트, 데릴 워커, 빌 웨닝턴, 스콧 윌리엄스.

휴스턴 로켓츠 팀 동료들: 찰스 바클리와 하킴 올라주원, 그리고 지금은 고인이 된 모제스 말론에게도 감사의 말을 전하고 싶다. 그는 1970년대 말부터 1980년대 초까지 휴스턴 로켓츠의 스타플레이어였다.

포틀랜드 트레일 블레이저스 팀 동료들: 그레그 앤서니, 스테이시 오그먼, 브라이언 그랜트, 숀 켐프, 저메인 오닐, 아르비다스 사보니스, 데틀레프 슈렘프, 스티브 스미스, 라시드 월러스, 본지 웰스.

함께했던 감독과 코치들에게도 말할 수 없이 큰 감사를 드리고 싶다. 그들은 내게 농구보다 훨씬 많은 것들을 가르쳐준 다음 분들에게 감사를 전한다. 자니 바흐, 로니 블레이크, 모리스 칙스, 짐 클리먼스, 더그 콜린스, 마이크 던리비, 돈 다이어, 엔젤 에반스, 마이클 아일랜드, 필 잭슨, 아치 존스, 루디 톰자노비치, 도널드 웨인.

지금은 고인이 된 텍스 윈터 코치에게는 특별히 더 큰 감사를 전하고 싶다. 텍스 코치는 어떨 땐 정말 나를 정말 호되게 비판하곤 했지만, 알고 보면 나의 열렬한 팬이기도 했으며, 내게 늘 올바르게 플레이하는 법을 가르쳐주었다.

이 책이 나오기까지 많은 도움을 준 다음과 같은 분들에게도 고마움을 전하고 싶다. 리안 블레이크, 먹시 보그스, P.J. 칼레시모, 프랭클린 데이비스, 돈 폴 다이어, 스티브 이스트, 프랭키 프리스코, 아치 존스 주니어, 아티 존스, 빌리 맥키니, 칩 섀퍼, 필리스 스페이델.

여러 해에 걸쳐 도움을 준 다음과 같은 미디어 관계자들에게도 감사 드리고 싶다. 고인이 된 레이시 뱅크스를 비롯해 멜리사 아이작슨, K.C. 존슨, 켄트 맥딜, 라셸 니콜스, 빌 스미스, 마이클 윌본.

다음 분들도 여러 해 동안 내게 이런저런 도움을 주었는데, 그들에게도 내가 너무도 고마워하고 있다는 말을 전하고 싶다. 줄리 브라운, 제프 초운, 맷 델젤, 피터 그랜트, 팀 그로버, 제프 카츠, 팀 할람, 카말 호찬다니, 린 메릿과 데브론 메릿 부부, 마이클 오쿤, 조 오닐, 제리 라인스도르프, 마이클 라인스도르프와 낸시 라인스도르프 부부, J.R. 리딩거와 로렌 리딩거 부부, 웨스 서튼, 윌리엄 웨슬리, 제프 와인먼과 뎁 와인먼 부부. 지금은 영면 중인 안트완 '스네이크' 피터스도 잊을 수 없다.

이 책을 출간하기 위해 함께 일해온 몇 사람에게도 감사를 전하고 싶다. 대형 에이전시 WME에 몸담고 있는 내 에이전트 슬론 캐빗 로그. 그녀는 지난 몇 년간 나를 위해 정말 많은 일을 해주었다. 그녀의 놀라운 추진력과 열정 그리고 적극성에 뭐라 고마움 표해야 좋을지 모르겠다.

내 친한 친구 애덤 플럭도 마찬가지이다. 내 팀에서 그 누구도 그만큼 헌신적일 수는 없을 것이다. 정말 믿을 만한 친구. 앞으로도 더 많은 프로젝트를 함께할 수 있길 고대한다.

내 가장 친한 친구인 로니 마틴에게는 특히 더 큰 고마움을 전하고 싶다. 로니와 나는 중학교 때 친구가 됐으며, 그 이후 늘 가깝게 지내왔다. 어려운 일들이 있을 때마다 그의 도움과 현명한 조언이 얼마나 큰 힘이 됐는지 모른다. 로니는 친구 그 이상이다. 내 가족이다.

물론 가족은 내게 모든 것이다. 내가 12형제 가운데 막내이다 보니, 일일이 열거할 수 없을 만큼 친척이 많다. 하지만 다음 형제들은 빼놓을 수 없다. 바바라 켄드릭스, 빌리 피펜, 페이 터커, 레이 로빈슨, 로니 피펜, 샤론 피펜, 지미 피펜, 도널드 피펜, 도로시 피펜, 칼 피펜, 킴 피펜.

나를 올바로 키워주시고 성공하는 데 필요한 모든 것들을 주신 부모님 프레스톤과 에델 두 분께는 아무리 감사해도 충분하지 못할 것이다. 내게 책임을 진다는 게 무언지 그리고 또 열심히 노력한다는 게 무엇인지 알게 해주신 분들이다. 두 분은 또 늘 다른 사람들의 상황을 이해하고 따뜻하게 대해야 한다는 걸 강조하셨다. 두 분의 사랑과 도움이 없었다면 오늘날의 나도 없었을 것이다.

UNGUARDED

언가디드 : 스카티 피펜 자서전

초판 1쇄 펴낸 날 | 2023년 10월 20일

지은이 | 스카티 피펜, 마이클 애커시
옮긴이 | 엄성수
펴낸이 | 홍정우
펴낸곳 | 브레인스토어

책임편집 | 김다니엘
편집진행 | 홍주미, 박혜림
디자인 | 참프루, 이예슬
마케팅 | 방경희
사진 | Getty Images Korea

주소 | (04035) 서울특별시 마포구 양화로 7안길 31(서교동, 1층)
전화 | (02)3275-2915~7
팩스 | (02)3275-2918
이메일 | brainstore@chol.com
블로그 | https://blog.naver.com/brain_store
페이스북 | http://www.facebook.com/brainstorebooks
인스타그램 | http://www.instagram.com/brainstore_publishing

등록 | 2007년 11월 30일(제313-2007-000238호)

ISBN 979-11-6978-017-9